自治区重大文化工程《格萨尔》藏译汉项目
《〈格萨尔〉艺人桑珠说唱本》汉译丛书

曲木里赤财宝宗

《格萨尔》藏译汉项目领导小组办公室

落桑旺秋　　翻译
白玛扎西　　译校
龙 仁 青　　编校

西藏藏文古籍出版社

图书在版编目（CIP）数据

曲木里赤财宝宗 / 落桑旺秋译. -- 拉萨 : 西藏藏文古籍出版社, 2018.12

ISBN 978-7-5700-0189-7

Ⅰ. ①曲… Ⅱ. ①落… Ⅲ. ①藏族一英雄史诗一中国 Ⅳ. ① I222.74

中国版本图书馆 CIP 数据核字（2018）第 201621 号

曲木里赤财宝宗

译　　者　落桑旺秋
责任编辑　曾　恒
装帧设计　许代兵
策　　划　天利文化
出　　版　西藏藏文古籍出版社（拉萨市色拉路 22 号）
　　　　　邮政编码：850000
　　　　　西藏藏文古籍出版社第二编辑部（拉萨市林廓北路 20 号）
　　　　　打击盗版：0891-6930339
印　　刷　大厂回族自治县德诚印务有限公司
经　　销　全国新华书店
开　　本　16 开（710×1 000）
印　　张　54.5
印　　数　0001-2000 册
版　　次　2018 年 12 月第 1 版第 1 次印刷
标准书号　ISBN 978-7-5700-0189-7
定　　价　88.00 元

《格萨尔》藏译汉项目领导小组

总顾问：洛桑江村

顾　问：边巴扎西　石 谋 军　白玛朗杰

组　长：陈　凡

副组长：索　林　车 明 怀　卢 明 秀　保　罗

降边嘉措　杨 恩 洪

成　员：诺布旺丹　次仁平措　许 德 存　宁　梅

达　瓦　黄　智　蓝 国 华　王 彦 杰

白玛扎西　阴 海 燕

办公室：次仁平措（主　任）　蓝 国 华（副主任）

王 彦 杰（副主任）　裴 洪 霞　尼玛仓决

白玛扎西　阴 海 燕　索朗扎西

专家组：巴桑旺堆　格桑益西　曼秀·仁青道吉

仁　增　索朗格列

《〈格萨尔〉艺人桑珠说唱本》
汉译丛书编委会

目　录

总　序

白玛朗杰[1]

传承民族优秀传统文化是推动文化大发展大繁荣、建设社会主义文化强国、传承民族血脉、建设人民精神家园的必然要求。党的十八大提出，“建设社会主义文化强国，关键是增强全民族文化创造活力”“建设优秀传统文化传承体系，弘扬中华民族优秀传统文化”。2015 年，习近平总书记在中央第六次西藏工作座谈会上指出：“加强民族团结，不断增进各族群众对伟大祖国、中华民族、中华文化、中国共产党、中国特色社会主义的认同。”为了把西藏建设成为中华民族特色文化保护地，我们亟需将藏民族史诗《格萨尔》推向全国乃至世界，以进一步丰富中华民族文化宝库。2013 年 6 月，西藏自治区社会科学院向西藏自治区人民政府呈报了《关于启动自治区重大文化工程〈格萨尔〉史诗藏译汉项目的请示》。在洛桑江村主席的亲自关心下，2013 年 12 月自治区重大文化工程《格萨尔》藏译汉项目得以立项。如今，30 卷本的《〈格萨尔〉艺人桑珠说唱本》汉译丛书即将陆续与广大读者见面。这是党和政府大力关怀和支持的结果，是课题组的同志们辛勤努力的结果，也是中国《格萨尔》学界众多同仁通力协作的共同成果。

1　白玛朗杰：西藏自治区重大文化工程《格萨尔》藏译汉项目领导小组顾问，第十届政协西藏自治区党组副书记、副主席，西藏自治区社会科学院原院长。

一

人类的思想和文化是智慧的结晶、进步的阶梯、文明的象征。德谟克里特说："智慧生出三种果实，即善于思想、善于说话、善于行动。"为了实现中华民族伟大复兴的中国梦，一方面，我们要立足时代，放眼全球，锐意进取，吸取现当代人类社会的一切优秀文明成果，创造无愧于时代、无愧于人民、无愧于历史的文化成果；另一方面，我们还要向历史和祖先学习，发扬中华民族优良传统，保护和传承优秀民族传统文化，从中挖掘有益成分，汲取营养和精华以丰润己身。

藏族是中华民族的重要成员，是一个有思想、善说唱、富有智慧的伟大民族。英雄史诗《格萨尔》是被公认为"藏族文学之冠"的名著，在千百年来的流传演变过程中，它以高度的人民性和强大的艺术生命力在藏族民间不断得以充实和发展。直到今天，《格萨尔》说唱艺人仍以他们非凡的聪明才智和辛勤的劳动创作活跃在民间，为史诗增光添彩。从全世界史诗的情况看，首先，《格萨尔》与《伊利亚特》《奥德赛》《罗摩衍那》《摩诃婆罗多》等相比，其最大的不同则是仍以活形态流传于世。早在1776年，俄国学者帕拉斯在《俄罗斯帝国各省旅行记》中就对《格萨尔王传》给予了极高的评价。众所周知，无论是《伊利亚特》《奥德赛》，还是《罗摩衍那》《摩诃婆罗多》等著名史诗，都早有定本传世，但早已没有创作性说唱艺人可寻。《格萨尔》史诗不仅至今尚未有最后之定本，而且各种抄本、刻本、说唱整理本仍在不断增加，《格萨尔》民间艺人的说唱活动从未停止，至今仍有百余位《格萨尔》说唱艺人活跃在民间。从根本上讲，众多活跃在民间的《格萨尔》说唱艺人的存在，是《格萨尔》史诗仍然以活的形态传唱的现实基础。其次，《格萨尔》是一部结构宏伟、内容丰富、卷帙浩繁的史诗巨制。据研究人员不完全统计，《格萨尔》全传至少有226部，累计100多万诗行，这要比之前常说的世界最长史诗《摩诃婆罗多》的 20 多万诗行还要长。较早研究《格萨尔》的王沂暖（1907—1998）教授，曾经填写《凤凰台上忆吹箫·格萨尔颂》[1] 一词，把千年史诗《格萨尔》的神采风华歌颂得淋漓尽致。

中华文化是中华各民族成员在长期的生产、生活中积累形成的，是一笔宝贵的精神财富。《格萨尔》是中华文化中闪烁着熠熠光彩的魅力瑰宝，它集中代表了古代藏族文学的最高成就，是一部涉及古代藏族社会生活、民族历史、经济文化、阶级关系、民族交往、意识形态、道德观念、风俗习惯、宗教信仰的百科全书。自 20 世纪 30 年代始，任乃强、李安宅、谢国安、刘立千、马长寿、何剑薰、谭英华、陈宗祥、彭公侯等一批学者就对其作了详细介述和研究。中华人民共和国成立后，在马克思主义的理论指导下，中国民族民间文化的发展迎来了新的春天，《格萨尔》也受到了前所未有的重视。著名文学家茅盾、周扬和老舍等人较早对《格萨尔》给予了关注。1956 年在北京召开的中国作协第二次理事会上，老舍做了关于少数民族文学创作和发展的报告，其中提及《格萨尔》并首次将其定性为“史诗”。1958 年，中央政府有史以来第一次在青海、西藏、甘肃、四川、云南等广大藏族同胞聚居地有计划、有组织地搜集、整理、抢救《格萨尔》，并取得了显著成绩。十一届三中全会后，随着国家对文学发掘和研究的深入，《格萨尔》的搜集、整理与研究在国内出现了无比繁荣的局面。1980—1981 年，全国七省区召开“格萨尔工作会议”，之后有关省区相继建立了“格萨尔”工作组及专门机构 [2] 积极从事《格萨尔》的抢救、搜集、整理、翻译、研究和出版工作。随着国内相关科研院所、高等学校格萨尔研究机构的纷纷成立，尤其是中国社科院《格萨尔》研究中心的成立，国内集中出现了一大批主

1　这首词的全部内容为：世界绝无，人间仅有，说来话粲莲花。似空中虹彩，天外奇霞。难尽无边才艺，何须借铁板红牙，只面对云山雪岭，传唱千家。堪夸，英雄儿女，有梵王神子，度母仙娃。任东西南北，雨露风沙。战罢天魔五百，让玉宇无限清嘉。舒放眼，泱泱万里，诗国中华。

2　参阅《记〈格萨尔〉工作座谈会》（载《民间文学》1980 年第 8 期）、《藏族英雄史诗〈格萨尔〉第二次工作会议纪要》（载《民族文学研究》1981 年第 1-2 期）、《西藏成立抢救、整理〈格萨尔王传〉领导小组》（载《西藏日报》1980 年 6 月 25 日）等。

要从事《格萨尔》研究的学者，成就斐然[1]。20世纪90年代，中国学术界已经鲜明地提出建立“《格萨尔》学”[2]，这是中国现代藏学繁荣发展的重要表现。2001年10月，在法国巴黎召开的联合国教科文组织第31届大会上，参会人员一致通过将我国“《格萨（斯）尔》千年纪念活动”列入该组织参与的周年纪念活动之中，这是迄今我国政府向该组织唯一申报成功的一项。2009年9月，在阿联酋首都阿布扎比召开的联合国教科文组织保护非物质文化遗产政府间委员会第四次会议上，我国的《格萨（斯）尔》被批准列入《人类非物质文化遗产代表作名录》。

二

人民群众是历史的创造者，是一切文艺创作的源头活水。《格萨尔》史诗是一部以抑强扶弱、除暴安民为主线的宏伟史诗，反映了人民群众与社会丑恶势力作斗争，消除青藏高原一切不平等和灾难，用自己的劳动和汗水缔造幸福生活的美好愿望。也正是因为如此，在“政教合一”的封建农奴制度下，统治阶级最害怕听到说唱《格萨尔》，最害怕听到这一歌颂人民的力量以及呼唤自由、平等和幸福的乐章。旧西藏地方政府利用统治农奴的各种手段，禁止《格萨尔》史诗的说唱和传播，把它当作“下等人”

1　从1989年开始，中国政府主导开展了七次《格萨尔》国际学术研讨会，时间分别为1989年11月（成都）、1991年8月（拉萨）、1993年（锡林浩特）、1996年7月（兰州）、2002年7月（西宁）、2006年7月（玛曲）、2015年7月（成都）。

2　王兴先：《关于建立“格萨尔学”科学体系的初步构想》，载《西北民族学院学报》1993年第2期；王兴先：《〈格萨尔〉与“格萨尔学”》，载《甘肃科技》2003年第12期；扎西东珠：《“格萨尔学”学科之我见》，载《中国藏学》2002年第4期。王兴先在《〈格萨尔〉与“格萨尔学”的发展历史》中提到：“《格萨尔》研究之所以能够逐渐形成为一门独立的学科，就是因为既有《格萨尔》史诗本体提供的形成一门学科的基本要素和它所富有的历史文化之魅力，又有它的研究者们的创新思维和开拓性研究之功以及二者的有机结合。”

的“俗言俚语”，称其为“乞丐的喧嚣”，称民间艺人为“下贱的乞丐”。广大民间说唱艺人过着以乞讨为生的流浪生活。

西藏和平解放后，党和政府投入大量人力、物力和财力到西藏《格萨尔》的抢救、整理、出版、翻译等工作中，在党和政府的领导、关心、支持下，该项工作得到了快速发展。1980 年 4 月，国家批准成立西藏自治区《格萨尔》领导小组及抢救办公室，指定自治区党委宣传部、自治区社会科学院、自治区文联、自治区出版局的负责同志分别担任抢救领导小组正副组长，自治区文联代管抢救办公室。财政下拨抢救专项经费，建立了西藏有史以来第一个《格萨尔》抢救领导小组和抢救办事机构——西藏自治区《格萨尔》抢救办公室，核定编制为 15 人。同时，在西藏师范学院（西藏大学前身）成立了《格萨尔》民间说唱艺人扎巴抢救小组，当时受到中央有关部委的表扬，并成为七省（区）的榜样。1984 年，西藏自治区《格萨尔》抢救办公室正式划归西藏社会科学院管理，成为社科院下设县级部门，编制 10 人，专项经费每年 10 万元。1987 年机构改革时，《格萨尔》办公室降级合并到西藏社科院原语言文学研究所，并取消了专项经费。1997 年机构改革时，随着原语言文学研究所和民族研究所的合并，《格萨尔》办公室划归民族研究所管理，成为民族研究所的一个内设室，对外亦称自治区《格萨尔》研究中心。

西藏《格萨尔》抢救办公室成立之初，国家投入大量人力、财力和物力，为史诗的抢救、保护、整理、出版和研究工作奠定了良好的基础。30 多年来，《格萨尔》抢救办公室做了大量工作：

一是 20 世纪 80 年代开展大面积的艺人普查工作，对西藏范围内的重点说唱艺人及其唱本进行了录音、整理和出版。了解和掌握艺人的现状，记录艺人口头说唱本是《格萨尔》抢救工作的重中之重，在当时是一项非常急迫的工作。20 世纪 80 年代初，自治区人民政府投入大量资金，先后 20 余次派人到《格萨尔》史诗流传比较广泛的地区，进行了大规模的民间艺人普查，《格萨尔》史诗旧版本搜集以及有关传说、实物等抢救工作。经过这一阶段的工作，工作组先后共寻访到能说唱 10 部以上《格萨尔》史诗的民间艺人 57 名。根据“择优择缺”原则，按照“优先为老艺人录音”的指导思想，《格萨尔》抢救办公室进行了深入细致的录音整理工作。目前，西藏社会科学院已完成录制 100 多部《格萨尔》艺人说唱本，整理磁带 5000 多盘，笔录成文 90 部，《格萨尔》抢救工作的进度和质量均走在了全国各省（区）前列。

二是《格萨尔》旧版本及实物的登记和抢救取得历史性突破。过去，与《格萨尔》史诗相关的实物及旧版本零散地保存在民间，这些资料不仅从来无人问津，还极易损坏和丢失。在普查寻访艺人的同时，抢救办公室对这些有关《格萨尔》史诗的实物进行全面普查和鉴定，对其中具有一定历史价值和艺术价值的珍贵文物进行抢救和保护。这是《格萨尔》抢救工作的重要组成部分，对于史诗的全面研究具有不可替代的重要作用。随着工作的深入开展，西藏全区先后搜集和发现 50 多种与《格萨尔》史诗有关的民间人物传说和 10 件实物，搜集到 74 部 55 种《格萨尔》史诗旧版本和旧手抄本，整理出版《格萨尔》旧版本 32 部。

三是 2000 年之后启动了抢救、整理、编辑和出版《〈格萨尔〉艺人桑珠说唱本》的文化工程。桑珠（1922—2011）是杰出的《格萨尔》说唱艺人，也是一位被人津津乐道的奇人，他目不识丁，却能说唱 50 万诗行。这是藏民族独有的一个文化现象，“桑珠现象”可以说在全世界都绝无仅有。桑珠是西藏丁青县人。他在旧西藏和其他很多说唱艺人一样云游四方，以说唱《格萨尔》史诗为生，过着牛马般的乞丐生活。西藏和平解放后，他和百万农奴一起翻身获得新生，在拉萨市墨竹工卡县尼玛江热乡定居落户，建立了自己的家庭。1984 年，桑珠和其他十余名民间艺人一起受聘于西藏社会科学院，并与他们合作抢救说唱故事。桑珠艺人极富说唱天赋，说唱从不人云亦云，对《格萨尔》史诗有着自己透彻的认识和独特的见解。1991年，他被国家民委、文化部、中国文联、中国社会科学院四部委联合授予“《格萨尔》说唱家”称号。而后，他又被授予“国家级非物质文化遗产项目代表性传承人”，并被学术界誉为“语言大师”和“国宝级人才”。目前，藏文本的《〈格萨尔〉艺人桑珠说唱本》丛书45部（48本）经整理、编校人员的艰辛劳动，现已基本整理和出版完毕。这套丛书的问世，不仅创造了世界史诗领域个体艺人说唱史诗最长的记录，而且填补了迄今还没有整理和出版过单个艺人全套《格萨尔》说唱本的历史空白。若按平均每部（本）10000多诗行计算，这套丛书的诗行总数将超过520000，大大超过了《摩诃婆罗多》的207000诗行，创造了世界史诗文本新的吉尼斯纪录。2011年2月16日，桑珠老人不幸去世，这是《格萨尔》抢救保护工作的重大损失。我们只有加倍地努力，继续做好这项工作，才不辜负老人的期望，不辜负人民的期望。

三

翻译是语际交流和沟通的桥梁，是传播民族文化、促进文化交流的重要途径。历史上，西藏地方通过翻译佛教、医药、天文历算等书籍[1]与祖国

1　松赞干布时，从古印度翻译《十二缘起》《六日轮转》等占卜理算书籍；又如《松赞干布遗教》说，“法王松赞干布在位之时，从印度迎请鸠摩罗大师，由吞弥·桑布扎为他担任翻译，译出《阿毗达摩藏》的广、中、略三种写本；又迎请尼泊尔的锡拉曼殊大师，由尼泊尔妃赤尊公主担任翻译，译出《经藏》《华严经》《观世音菩萨经咒》等；又迎请印度的婆罗门夏迦罗，由阿札雅达摩郭夏担任翻译，译出《律藏》《迦陵迦光明律》《止雅经咒》等；又从汉地迎请和尚摩诃衍那大师，由汉妃公主和拉隆多吉贝担任翻译，译出众多汉地历算及医药之书籍”。赤德祖赞时，汉族人格谢哇翻译了《金光明经》《业缘智慧经》，比吉赞巴锡拉翻译了许多医药书籍。赤松德赞时，有所谓“译师六试人”出现，他们是努布·南喀宁布、孜·嘉哇洛追、如贡·比雅热扎、突厥吾比夏、朗·贝吉僧格、杰·古古热扎，他们翻译了许多密咒部的经续。达仓宗巴·班觉桑布著，陈庆英译：《汉藏史集》，西藏人民出版社，1986年，第87、89、95、99页。

内地及周边国家和地区保持了密切的文化联系[1]，丰富了西藏地方文化的结构体系和内容，也为藏文化的翻译积累了历史经验。《格萨尔》史诗是当今世界第一长诗，尽快完成从口头文学到文字文学的转化，尽快完成藏文本到汉译本及其他文字译本的转化，是一件功在当代、利在千秋的大好事，是中华民族对世界文化宝库所作出的重要贡献之一，推动了中华文化走向世界，同时也是我们有力回击和反驳达赖分裂主义集团和西方敌对势力长期恶毒攻击“西藏传统文化毁灭论”的现实需要。因此，抓紧实施《格萨尔》史诗系列丛书的翻译工程任务十分紧迫，做好这项工作具有重大的现实意义和深远的历史意义。

第一，形成丰硕的《格萨尔》翻译成果，有利于用事实说话，有力驳斥达赖集团的“西藏传统文化毁灭论”。西藏和平解放后，西藏虽然摆脱了帝国主义势力的羁绊，但1959年达赖集团叛逃以后，在西方敌对势力的支持下，长期在国内外从事针对西藏的分裂破坏活动。从国际大形势看，西方反华势力和达赖集团在西藏历史问题上一直歪曲事实，制造谎言，尤其是在文化上鼓吹“西藏传统文化毁灭论”，蒙蔽世界舆论，欺骗了不少不明真相的人士。在文化工作上，我们需要与其展开针锋相对的斗争，开展重大文化工程，以文化保护与创造成果的事实揭示谎言，廓清迷雾，以正本清源。从这种意义上讲，我们开展《格萨尔》藏译汉工程的任务就显得刻不容缓。《〈格萨尔〉艺人桑珠说唱本》汉译丛书的出版，不仅有助于鼓舞西藏人民推动文化大发展大繁荣的巨大热情，而且还将进一步促进

1　元代中央政府集合官员及西藏、北庭、汉地和印度僧人对汉藏佛教经典进行勘同、分类、纠误和拾遗，最后编写出了一部藏汉对勘的佛教大藏经目录——《至元法宝勘同总录》。苏晋仁：《藏汉佛教学者团结合作的盛举——纪念佛经对勘七百周年》，载《西藏研究》1985年第4期，第37—47页。自元以来，《大藏经》曾被译成蒙文、汉文、满文等多种文字，促进了佛教文化的传播和交流。如，元大德（1297—1307）年间，在萨迦派喇嘛法光的主持下，由西藏、蒙古、回鹘和汉地僧众将藏文《大藏经》译为蒙文，在西藏地区雕造刷印。又如，金代民间劝募的《赵城金藏》，1959年9月在西藏萨迦寺北寺图书馆发现31种、559卷卷轴式装帧木刻印本佛经，其编次和《赵城金藏》完全一致，从版式、字体和刻工等方面判断，基本上可以肯定是《赵城金藏》输版入燕京后的补雕印本。

民族文化的传播与交流，有力地粉碎达赖集团和西方反华势力鼓吹“西藏传统文化毁灭论”的无耻谎言，在国际视听中匡正言论，维护西藏地方之于中国的无可争辩的主权，维护西藏社会稳定和民族团结，是一项具有重要政治意义的文化工程。

第二，开展《格萨尔》汉译工程，有利于弘扬西藏优秀传统文化的传承体系，建设好中华民族特色文化保护地，促进西藏的文化认同。2014年9月，习近平总书记在中央民族工作会议上特别强调：“繁荣发展各民族文化，要在增强对中华文化认同的基础上来做，对本民族历史坚持正确的观点，不能本末倒置。”这对于我们开展《格萨尔》藏译汉项目、繁荣和发展西藏优秀传统文化，提供了正确的工作方向和有力的理论指导。习近平总书记还讲到：“加强中华民族大团结，长远和根本的是增强文化认同，建设各民族共有精神家园，积极培育中华民族共同体意识。文化认同是最深层次的认同，是民族团结之根、民族和睦之魂。文化认同解决了，对伟大祖国、对中华民族、对中国特色社会主义道路的认同才能巩固。”[1]2015年8月，习近平总书记在中央第六次西藏工作座谈会上指出：“必须全面正确贯彻党的民族政策和宗教政策，加强民族团结，不断增进各族群众对伟大祖国、中华民族、中华文化、中国共产党、中国特色社会主义的认同。”要想把《格萨尔》变成中华民族共同的精神财富，进而成为全人类的共同财富，就需要通过翻译，而做好汉译本的翻译，是至关重要的。可以说，开展《格萨尔》藏译汉项目，有利于将藏民族千百年来世代传唱的英雄史诗翻译成国家通用语言文字，使之传播于全国乃至全世界，有助于增强西藏各族人民对于中华民族的文化认同，进而增强各族群众对伟大祖国、中华民族、中华文化、中国共产党、中国特色社会主义的认同。

第三，开展《格萨尔》汉译工程，有利于推动西藏文化大发展大繁荣，

1　习近平：《在中央民族工作会议上的讲话》，2014年9月28日。

促进西藏哲学社会科学和藏学研究事业。作为民间文学，特别是具有世界级重要成果的《格萨尔》是藏学研究的重要领域之一，对其进行系统整理和翻译，对于繁荣发展我国哲学社会科学和藏学研究事业将发挥积极作用。藏学的故乡在中国，西藏是藏学研究的发祥地，藏学的旗帜理应由我们高高举起。然而，长期以来在藏学研究上“西强我弱”的被动局面始终没有被根本扭转，给我们的涉藏外事外宣工作带来了诸多麻烦。西方反华势力和达赖分裂主义集团企图长期把国际藏学研究当成阻止中国前进步伐的工具，现行的国际藏学学术研讨会，时常由国外研究机构操作，反华势力幕后插手，明确设置我国参会人员的资格、论文评定等学术“门槛”，企图把持我国涉藏外宣在国际舆论舞台上的话语权。积极主动改变这种不利的被动局面，已成为当前藏学工作迫在眉睫、势在必行的大事。我们开展《格萨尔》翻译工作，将是瞄准这一方向的有益文化工程。有一次，时任中央外宣办副主任的崔玉英同志曾与我交流涉藏外宣问题，她鼓励我们将来把藏族英雄史诗《格萨尔》翻译成外文，将其拿到国际藏学研讨会上和涉藏外宣活动中，这是对我们继续开展好《格萨尔》传承工作的莫大鼓励和鞭策。

第四，我们有能力、有信心、也有勇气做好《格萨尔》翻译工程。中华人民共和国成立后，党和政府高度重视《格萨尔》史诗的抢救、整理、保护、出版和翻译等工作，经过30多年的艰苦努力，该项工作取得了令人振奋的丰硕成果。然而，整理出版的《格萨尔》文本绝大多数是藏文书籍，能够阅读原文的人很少，更不必说概知其全貌。与此同时，现实中的《格萨尔》译本屈指可数，根本不能反映全传的完整面貌，让这部世界级的民族史诗埋没于世实在可惜。这种严酷的现实告诉我们，必须下大决心攻坚克难，及时启动《格萨尔》史诗的翻译工程。经过几年的努力翻译，我们这套《〈格萨尔〉艺人桑珠说唱本》汉译丛书即将与世人见面，可以使全国各族群众都有机会了解《格萨尔》史诗，实现了我国政府向联合国教科文组织申报世界遗产时许下的“要在几年内让《格萨尔》工作取得显著成效”的承诺，又能以此丰富中华民族的文化宝库，为实现中华民族伟大复兴的中国梦提供文化智力支持。

四

翻译工程必须遵循翻译标准，实施精品战略。中国的翻译理论和实践在世界上有显著的地位。《格萨尔》藏译汉项目是西藏自治区重大文化工程，为了保证翻译工程的质量，项目领导小组办公室专门制定了《翻译要则》，统一了名词术语。在项目开展中，要求项目参与人员树立精品意识，实施精品战略，将“科学本”与“文学本”相统一，力求达到艺术翻译的高度，使《格萨尔》汉译本成为经得起时间和实践的检验、经得起人民群众的检验、经得起国内外专家学者的检验的典范之作。在质量上，译文总体上遵守“信、达、雅”相统一的原则，以信为本，遵实崇本，雅不背信，辞尚体要。同时，忠实于原作的内容、形式和风格，保持译文的真实性、文学性和文化性，充分展现《格萨尔》史诗所蕴含的文化内容和民族地域特色。在技术上，译文总体上遵守原则性和灵活性相统一的原则，韵散结合，直译与意译相结合，坚持真实性，把握文学性，体现时代性和文化性及民族、地域特色。

当然，《格萨尔》史诗是一门内容丰富的学科，它包罗万象，错综复杂，涉及政治、军事、历史、地理、民俗、宗教、语言（方言、词汇）、文化等各个方面，在研究和翻译过程中也会遇到各种各样的困难。可以说，系统地翻译一整套《格萨尔》史诗丛书，我们没有可供借鉴的有用经验，只能摸着石头过河，慢慢地去研究和探索。对于我们自身而言，整部地翻译《格萨尔》史诗故事，要求译者既要专精，又要博通，而事实上对于每部史诗故事的翻译，又必须经历一个初译、译校、编校、再校的反复过程，一个人很难独立完成全部的工作内容。尽管如此，我们并不回避这些困难，有些时候还将课题组的参与人员集中起来进行统稿和研讨，尽量达成基本统一的意见，诸如《〈格萨尔〉藏译汉项目规范术语》（样本）就是这样反复琢磨出来的。我们付出了艰辛的努力，这项工程基本已经完成了，然而我们却越来越感到翻译工作的艰难，项目开展中有许多问题还值得深入研究和完善解决。即使丛书得以出版，其中依然会存在这样或那样的不足甚至错误，希望广大读者和专家批评指正，以便我们以后有机会进一步修改、补充、完善和提高。

在《〈格萨尔〉艺人桑珠说唱本》汉译丛书即将出版之际，我们衷心感谢自治区党委政府对这项重大文化工程的高度重视以及在财力、物力等方面给予的大力支持和关心。同时，还要感谢自治区社科院几届领导，长期从事《格萨尔》抢救、录音、整理的科研人员的大力支持和辛勤劳动，感谢中国社会科学院民族文学研究所及全国《格萨尔》工作领导小组办公室、西藏大学、自治区档案馆、自治区电视台、布达拉宫管理处、西北民族大学《格萨尔》研究院、青海省文联等相关部门专家学者的鼎力帮助。正是在多部门的专家学者的通力合作下，才如期圆满地完成了这项文化工程。

2015 年 12 月

于拉萨

内容梗概

在南天竺有一个叫作曲木里赤的国家，国王名叫曲赞扎杰，手下有来自鸟族、蛇族和猪族的妖臣五十余名，各个善使妖法巫术，且库中藏有金银、珍珠、珊瑚等各种财宝。

有一回，王妃想起国王用武力将自己的父母投入狱中，亲人皆被残害，将自己掳至宫中，不禁悲从中来。她登上宫殿的高处，自言自语道："不育女祸不单行，前路茫茫不知归处，与其做恶魔王妃，不如投阿鼻地狱。"语毕，王妃将自己的金镯扔向空中，希望能从中得到指引。金镯飞向东北方，王妃从而得知解脱之法在东北方的岭国。于是，王妃带上男女仆从各一名以及各种金银珠宝踏上了前往岭国的艰辛道路。

国王曲赞扎杰得知王妃逃走之后，一面派人打听王妃的下落，一面派兵攻打岭国。与此同时，岭国格萨尔王也根据姑母南曼杰姆的预言做好了抵御外敌的准备。于是，双方开战。最初，双方打得难分难解，血流成河，尸横遍野。交战一年多后，曲木里赤军渐渐不敌岭军，不得不退回本国境内。岭军由从曲木里赤逃来的王妃和仆从带路，沿着虹桥和水路，很快追上了溃逃的曲木里赤军。

格萨尔王用乔装成乞丐、卦师等方法，最终战胜了魔王、王后阿嘎夏三和妖臣等人，彻底消灭了魔王的体内值日神位，将魔国变成了佛国，并尽数运走了魔王的珍珠宝库。岭军凯旋后，军民同乐，摆下盛大的宴席庆贺。

一

无比怙主释迦王，
转动四善法轮日，
不服佛法大魔王，
曲赞扎杰魔王名。
倒行逆施喜恶行，
引领属民皆向恶，
崇拜异端及邪术，
最终善恶因果至，
岭王挥刀斩妖魔。

话说岭国的地势分布如下：在岭国的中央，上岭赛巴八部，犹如猛虎出林；中岭文布六部，犹如青龙怒吼；下岭穆江四部，犹如雪中雄狮。[1]仁赛阿佳六部，犹如宝刀之尖；嘉洛牲畜集汇，好似供奉乳汁；擦恰牧地九部，好似牛奶满桶；右翼尕将属下，吉祥珍宝六部；左翼青稞之部，好似青稞遍地；丹玛[2]十二万户，好似天降冰雹；达戎鲜红火海，火势燎原不绝；噶如十三万户，好似雪中红日；纳如十一万户，好似石山阴影。[3]外似遍地野

1　岭国有上岭赛巴、中岭文布、下岭穆江之分。

2　丹玛：格萨尔手下不可或缺的人物中最为忠心不二、智勇双全的人物之一。他的光荣业绩伴随着格萨尔一生，对其称谓也随着《格萨尔》故事的进展与其本人特征的显现而有所变化。这些不同的称谓有擦香·丹玛强查、丹玛玉杰托桂、丹玛赤杰桑珠等。

3　阿佳、嘉洛、擦恰、丹玛、达戎、噶如、纳如等均为岭国部落名。

草，内如漫天繁星。看这白岭国，吉祥堪比佛国，享乐赛过仙境，富有比肩龙宫，声名传扬四海。岭国三十大将、七贤人、鹞雕狼三虎将，[1]皆为西天得道者的化身，执掌着白岭国。而莲花生大师的化身，降为凡人之子的诺布占堆[2]，是所有妖魔的天敌，是扶危济困的救世主、六道众生的上师，将十八大宗、二十五小宗以及十九个属宗收归治下，属民皆安居乐业。其时，格萨尔王从丝路攻下了达域国[3]，将达域国女国主引为同盟，将达域国收归岭国治下，将天竺的白绫、卡切的短绫、白岭国的神绫、高原藏地的喜绫传遍天下。

在藏地南方，天竺[4]东北，有一个叫做曲木里赤的国家，国王叫做曲赞扎杰。其人一贯独断专制，为所欲为，时刻觊觎他人的财物，精通天竺的各种巫术和魔咒，会各种眼花缭乱的妖术，掌握许多技艺。他拥有无数的财宝，宫殿用金子打造，上面缀满珍珠，装饰着出自大海的殊胜金色琥珀和红黄白三色的珍珠。这一天，他听人说，在天竺和汉地之间，是高原藏地，卫藏四茹[5]像湖泊流淌，四水六岗如狮虎挺立，格萨尔王好似日月当空，八十勇士像天上的二十八宿，统领着岭这个强大的国家。

曲赞扎杰思忖：天竺像空中照耀大地的日月一般，与汉地之王一样，拥有万千属民。但就算树木再多终敌不过火焰，即便大海宽广，水流也要在纵横舟桥之下。而在舟桥的下面，是不惧怕天竺和汉王的曲赞王我。我占据着珍珠宝殿，九天之外的敌人，也无法在水里逞威。我精通的神巫之术，不是平常的巫术。那天竺的瑜伽咒术，连大咒师也很难练成。我这仙法幻化的宫殿，层叠在水波中间。我这各色珍珠和宝石，想施予人皆可赠，想留下便是自己的财物。于是曲赞扎杰便将海中所有矿藏之门都锁闭，使南

1　三十大将、七贤人、鹞雕狼三虎将：岭国主要将领的统称。

2　诺布占堆：格萨尔王异名。

3　达域国：岭国北方的一国名。

4　天竺：古印度名。

5　卫藏四茹：古时藏地分为上部阿里三围、中部卫藏四茹、下部多康六岗。

瞻部洲的所有国家都失去珍珠、宝石、石油等。这个在海中建着宫殿的魔王曲赞扎杰，诸善不行专作恶，嗜杀成性，没有一丝善念，扬言要用右肩压住天竺，用左肩压住汉地，用牙啃住藏地。他狂妄无比的言语遍及四大部洲的大国，与众为敌，广行杀戮。他口出狂言道："即使用天空来做衣裳，还嫌它短；即使用大地来当席子，还嫌它小。我这一国的力量，全南瞻部洲都不能匹敌。"

在藏历四月九日那天，国王曲赞扎杰携王妃西绕贡桑从水中的宫殿来到陆地，随后坐着唤作"风火铁器[1]"的自制风翼升上空中，架起一支能及几由旬[2]远的"瞭望天际"望远镜。国王看着望远镜对妃子说道："姑娘西绕贡桑拉姆，你看，这东西是如此神奇。古时天竺传说佛的弟子舍利子[3]能用肉眼看到三十由旬以外，如今用这个神器，距离愈远看着愈近，该能看到多少由旬啊？汉地、天竺、泥婆罗、藏地、卡切等都近在眼前，难不成我就是那舍利子？"曲赞扎杰就像那目中无人的兔子，想用耳朵遮住天空；狂妄至极的鹿儿，想用鹿角在空中作画；自不量力的小鱼，想在海中兴风作浪；目中无人的婢女，想做富人的施主；自不量力的奴仆，想做贵人的判官；自以为是的伪君子，想做度世的上师。

正当曲赞扎杰四处张望的时候，西绕贡桑心里却在想：这个自大的国王，有手摘日月的狂妄，一点善事都不做，以后也不会得善果。狂妄到要将南瞻部洲铺在身下，岂不知这大千世界中，除却天上的日月以外，须知一山还有一山高？在没见到法王之前，常会自忖没有敌手。须知宝石之外还有宝石，在没有见到如意之宝前，还觉得金银非常珍贵。手中拿着的宝石，如果不知道它的价值，又如何成有福之人？一国之君，如果不能胸怀天下，如何能自立于天下？就像富人经商时，对买家不能有贵贱之别，要不如何

1　风火铁器：书中指一种类似现代飞船的机械。

2　由旬：古印度长度单位，佛学常用语，梵语 yojana 之音译，即公牛挂轭行走一日之旅程。

3　舍利子：佛陀十大弟子之一，以智慧第一著称。

能积得万贯家财？曲赞王手下有很多享受荣华富贵的大臣，但无甚用处，所行皆是恶事，一句佛经也不会诵念。原先还对母苏黑教[1]比较崇敬，现如今连这都弃之脑后，醉心于琢磨一些器械，来做损人利己的事。修炼一些巫术，与天下为敌，拜瑜伽巫师为上师，这便是魔王的所作所为。待在这种地方，还不如另外寻一个梵音缭绕，能让弱小者丰衣足食、身心安宁，自己可随意找个山洞修行、诵念六字真言的地方。

现在虽然在这国土上有财富、有名望、有权力，但是这些暂时的欢愉就像空中的飞絮，又怎能成为今世的依靠，来世的归宿？因为这个刺蒺藜一般的国王，在他周围会被刺蒺藜刺到，待久了就定会成仇。就像那蜉蝣一样，即使再怎么飞窜去吸食血液，也逃不过一天的寿数，又有什么幸福可言？西绕贡桑看了国王几眼，暗忖：这样一个无恶不作的魔王便是我今生的伴侣。当初格萨尔王来的时候父母若是臣服，如今我定是在天竺佛国。如今不知何时才能有机会到天竺、泥婆罗或是藏地？我为何不能像天空中的云朵一般，去找寻自己的安身之处、缘归之所？真是不育女祸不单行，前路茫茫不知归处，与其做恶魔王妃，不如投阿鼻地狱。

于是，王妃西绕贡桑用左手将自己的金镯扔向空中。国王看到后说："你这是疯了还是醉了？要不然就是心里着了魔。金银财宝以金子最贵，你反把它抛向空中。看你面色惨如乌云，眼眶里眼泪打转，瘪着个嘴，把双手收拢着，真是让魔鬼上了身了。"再看那金镯，在空中划了一道彩虹般的弧线后，像大雁一般往东北方向飞去。贡桑拉姆心想自己此生的归宿便是在东北方，便毫不迟疑地朝着东北方祈祷。此时，国王暴跳如雷地叫道："你这个狡猾老练、诡计多端的女人，终有一天会成为祸害。容易受惊的马儿，必会死于脑溢血。喜欢往上爬的山羊，必会被豺狼吃掉。两面三刀的女人，对财宝一点都不知珍惜，将金镯都抛向空中，是何道理？"国王说完，在

1　母苏黑教：曲木里赤国信奉的一种宗教，擅长使用巫蛊之术。

太阳下山之前又回到自己水中的宫殿里，心里充满愤怒，致使寝食不安，一连七天都没给王妃好脸色。

有一天，他又将王妃领到宫殿顶上，对她说："我们俩应该同甘共苦，眼往一处看，心也应往一处想。终身伴侣的幸福便是自己的幸福，就像那旭日东升。终身伴侣的痛苦便是自己的痛苦，就像那乌云盖顶，还有可能因此殒命，这个是万世不移的真理。一个笑靥如花的女子，才会招人欢喜。你在我的宫殿，有山珍海味你不吃，有绫罗绸缎你不穿，有说话的地方你不说。你反倒郁郁寡欢、不言不语，是不是要将你投入无底的深海中你才高兴？要不然就将你悲伤的原因速速说给我听。"曲赞王说着便要对她施以酷刑。

此时贡桑拉姆心想：这个残暴不仁的魔王必会将自己置诸死地，倒不如先用言语敷衍一下，再想脱身之法。于是她说道："国王陛下，我郁郁寡欢、眼带泪水、心里悲伤，这些哪是对您的不满和忿怒啊？我们是命中注定的终身伴侣，国王您就像那随心所欲的鹿儿，要用鹿角戳破天空，哪儿会知道猎人的暗箭难防？哪儿会想到顶在头上的哪怕是珍贵的药材，也会成为你丧命的因由？香獐用尾巴摩擦树木，殊不知快要丧命，狭小的地方处处是陷阱，行几步便会被绳索困住。如今，国王你与善法为敌，将天竺、汉地都当作敌人，掠夺藏地的财宝，背离佛法，唾弃众生。地底的石油，水里的珍珠，沙漠里的金沙，海水里的琥珀，峭壁上的九眼珠等，这个地方应有尽有。但这是天下共同的财富，若能够共同分享，便会相安无事。如果想独占财宝，一定会招来杀身之祸。我眼眶中眼泪打转，脑中被痛苦萦绕，五脏六腑被烙铁炙烤。我闷闷不乐的一切，都是在担心陛下您不能长寿，这便是痛苦的缘由啊。"

曲赞王听后说道："心胸狭窄的人就喜欢自寻烦恼。常言道弱小的人再怎么愤怒也不能使国王屈服，乞丐再怎么渴望也不会有山珍海味。你安心待着就是了，我自忖天下还没有能打败我的人。你看，这人丁兴旺的国度，占据着矿石宝藏。瑜伽咒师的仙法，能让水中燃火焰，能让宝石地底生。一个人便能震慑三界[1]，一道咒便能平定三世。我国王和臣民，还有上师母苏阿杂，哪里有一点要衰败的迹象？”于是，裹着金色的头巾，穿着龙纹袍子的曲赞王拖着身后的披风气势汹汹地来到宫殿顶上，竖起红色大纛；在皇宫中摆上盛大的海鲜宴，桌上美酒佳肴应有尽有。席间，国王放声唱道：

呜声呜声又呜声，
三声过后唱支歌。
呜呜风声起南方，
伴着南海波涛唱，
敬请水神快显灵。
波涛上下翻涌间，
居住强大波涛神，
请将海水变流向。
敬请母苏神[2]显灵，
龙神三尊齐显圣，
苍茫天与地之间，
地堑之间救世人。
海中波涛威力大，
水神妖龙亦显身，
云朵端坐天空中，
击破它是风之使，

1　三界：欲界、色界和无色界。在佛教宇宙观中，三界是一切众生六道轮回的处所。
2　母苏神：曲木里赤国所信奉的宗教中的一种神明。

名唤食肉哈热神。
日月星辰何其伟，
罗睺[1]曜能吞口中，
凡此皆为南方神。

如若不识此间土，
南方海中里赤国，
天竺东部建声名，
神器法轮佑此邦。
巫术堪比阿杂惹，
财富珍宝地上取，
神奇宫殿水中建，
深海底部水路出。
驰骋陆地有铁马，
遨游天际有铁鸟，
还有红色电火舌，
无需驱使自己飞，
触及铁石皆融化，
自然神电威力大，
平定四面和八方。
即使日月想转动，

1　罗睺：民间传说能吞食日月的神妖。

转动之路被电阻。

大河大江想流动，

流动之路被电阻。

巨鳌之王威力大，

能将海水一口吸，

火舌更胜其一筹。

白腹金眼神之鱼，

能将大海齐腰斩，

电船更胜其一筹，

神巫之术显神威，

能使敌人心惊惧。

隐身咒师有能耐，

能将财宝聚我方，

此方万千财宝主，

是我曲赞扎杰王。

水之精魂便是我，

三界由我定生死，

号称威力无边王，

名副其实扎杰王。

漫漫碧空无边际，

二十八宿执边际，

天之道法从此知，
三十三天玉皇帝，
众仙之王法力高，
还有谁能出其右？
海中水国财宝主，
是那黑色龙魔王。
无敌玉赞统领下，
九百户民绕四周，
阿乌巴苏实力雄，
麾下大小十虎将。
还有赤嘴阎罗曜，
和那扎拉托杰怪，
帐中六十大臣辅，
陆上谁能与我敌？

在座大臣均明了，
疯癫婆娘细细听，
道理多想才透彻，
骏马多跑才成长，
话语多说才灵巧。

国王歌中的狂妄之言让王妃西绕贡桑心生不满，觉得国王说的这些狂妄的话不堪入耳。她将右腿放到左腿上，想到自己是生在天竺波罗奈斯[1]的人，自小崇拜格萨尔王，希望有朝一日这个魔王的罪孽之树枯死，让这些珍宝福泽高原藏地和岭国的人们。于是，她想用计激怒魔王，便斜坐在八瓣莲花座上说道："如果国王您有这么大的志向，您应该听说过东方岭国威震三界的魔女之子觉如[2]吧。人都说在这个世上，如果想环绕天宇，谁能比得过太阳？如果说环绕大地，谁能比得过大海？如果说声威震天，谁能比得过青龙？如果说克敌制胜，谁能比得过岭国勇士？如果说消灭魔王，解救众生，谁能比得过岭国格萨尔王？"国王接道："如果是这样，那食人肉、饮人血就没有人能比得上我。常言道，贪墨的官员不会有百姓拥戴，蛮横的汉子无法取得桂冠，无事生非的女人嫁不到豪门。"国王心想：他觉如若真有这般威猛，那他的国土地势如何？是好是坏？是山谷还是平川？马的耐力如何？有多少珍宝矿藏？可暗中命十余名亲信大臣去打听岭国的虚实。

国王连看了王妃三眼后，说道："谎话连篇的人，一定不能自保其命。喜欢往高处爬的山羊，一定不知道山路的崎岖。喜欢乱吠的老狗，一定不能挡住盗匪。价值连城的宝物，如果不能体现其价值，那就像放在箱子里的石头。震天的青龙吼声，如果看不到雨滴洒在地上，再吼又有何益？你好好想想是不是这般道理，如果觉如不像你说的那般英勇，那到时候你就会自食恶果。无勇匹夫多空话，真英雄前惊胆颤。低俗女子眼界高，出门却无美衣物，要你这般女子又有何用？"听到曲赞王的这般言语，王妃从心底升起一股厌恶之情，心想：这个魔王喜爱谄言，自命不凡，总有一天会被自己的角剜眼睛，因为身子高而撞到鼻子。派兵征伐我的兄弟亲人，

1 波罗奈斯：印度恒河流域一城市名，为佛陀座下五比丘初转四谛法轮之处。

2 觉如：格萨尔王幼年时期使用的名字。关于此名的含义有多种说法，有的说是康区方言中对双耳竖立者的称号，有的说是圆球，也有的说是丑陋者，凡此种种。

将我的双亲投入牢狱，抢走我们的金银财宝，极尽杀戮之能事。用武力抢来的女子，心悲叹没有靠山。心中堆积的阴云，何时才能散去？朝不保夕的乞丐，何时能有一日三餐？无衣鱼儿在冰冷的水底，何时才能感觉到温暖？与其跟魔王一起，不如投阿鼻地狱。

如此过了七日之后，魔王信心倍增，做出清楚的部署，往海上派出了许多船只，并且命令下署在与南部天竺、东部汉地、北部泥婆罗等地交界的地方设立哨卡，海上除了飞鸟，任何动物一律不许飞过，连蜂鸣似的声音也不能有。所有地上地下的宝藏，都为自己所有。每个水域都安排了哨船，每个山坡都安排军队，严令此地的居民一律不许离境，安排七万大军驻扎在宫殿和附近海域的外围。魔王对麾下的妖臣魔将们说道："号称勇猛无敌的豪言壮语，在没有取敌人首级之前，就像空中的雷声。号称能飞天的良驹，若不能驰骋千里，毛发鲜艳又有何用？富人们的金银财宝，如不能用于战事，与饿鬼又有何异？"于是魔王曲赞扎杰将所有部众召集到九层珍宝宫殿里，他坐在红珍珠宝座上，宝座上盖着龙纹的绸子，左右都堆满宝物。前面绢座上坐着王妃，右首坐着大臣黑阿杂惹，他的前方坐着父系的阿乌多吉、大臣夏萨达珠、度那珠古哈赞等。阿杂惹母苏的兵将们也在周围集结，叫嚣着："肉由我食，血由我饮，敌人由我来消灭。"于是，曲赞扎杰接连摆下十五天盛大的宴席，君臣尽情欢享。

曲赞扎杰须髯竖天，口中念着咒语，做起能够呼风唤雨的母苏阿杂惹大法[1]。他心想：从今年初冬，这个无知女人整日愁眉苦脸、啰里啰嗦、似是而非，也不知说的是真是假。如今臣民都已聚在我周围，众臣和勇士们也已归位，边上又是茫茫大海。言语如果不能付诸行动，那聚集在此又有何用？如果这女人说的是实情，须先探清敌方的虚实。于是伴着震天的吼声，曲赞扎杰唱了一支这样的歌：

1　阿杂惹大法：曲木里赤国母苏教派的一种巫咒之术。

阿拉塔拉[1]塔拉歌，

塔拉是歌之唱法。

后山耸立似明镜，

山妖惹恰请显灵。

竹藤遍布林野中，

三头魔王请显灵。

达曲山峰峰顶处，

多赞鹏魔请显灵。

辅佑众神一怙主，

预知前生与后世。

魔法巫术有神速，

阿杂咒师请显灵，

助我一臂之神力。

东部天竺海之边，

声名显赫震天际，

势雄海中曲赞王，

众魔佑我图霸业。

如若不识此间土，

1　阿拉（塔拉）：在《格萨尔》史诗中，艺人演唱时常常以“鲁塔拉”或“鲁阿拉”等作起音，是开始吟唱史诗时有音无意的衬词，作为唱腔的起音曲已成定格。

南方海中里赤国，
珍珠宝殿财宝宗，
水火风等皆幻化，
五行皆为我所用。
我乃世上自由人，
势雄大国我为主，
世上谁能与我敌？

如若不识我辈人，
天竺母苏地方生，
母系罗刹父为魔，
食肉饮血祖辈习，
占据大海建国度，
声震三界曲赞王，
名唤扎杰降四方。
大鹏展翅飞苍穹，
众鸟不能共比肩。
青龙吼声震寰宇，
其余吼声怎可敌？
雄狮威猛称兽王，
其余猛兽尽臣服。

曲赞扎杰降三界，
其余众国皆难敌。

疯癫婆娘细细听，
你似长有四只耳，
城中听到各样声，
敌声噩声和哭声，
所听皆为不吉兆；
你似长有四只眼，
看见许多不吉物，
人头马头和狗头，
还有死尸在言语；
你似长有四条腿，
自以为是绕世界，
心已被那妖魔勾。
古人谚语曾有云：
滥竽充数假上师，
怎有救人度世法？

就在国王唱歌的同时，大臣们也咬紧牙关，双目圆睁，一齐说道："国王您像九天外的日月一般，常人无法触及。您像深不可测的海底龙魔一般，在崇山峻岭之间，也无人能够匹敌。他格萨尔即使是铜头铁臂，我们也要食其肉，饮其血，将他挫骨扬灰！"

正当众人都杀气腾腾的时候，长老西色扎杰[1]笑道：“先不要这么说，没有深思熟虑过的言辞，话一说出口就变成口实。神志不清的呆子，总以为自己翻了许多山坡。不要急着下结论，先需仔细听和看，话听三遍方知意，食吃三种方知味，衣加三层方知暖。欲知宝贝价几何，需要开口来问询；诚心绕雪三圈后，自知先来与后到；勇猛无比之大臣，需上阵时勿胆怯；通晓事理之王妃，需施舍时勿吝惜；实力雄厚之国王，需御敌时勿享乐。细想就是这般道理，耳中所闻、眼中所见、心中所想均是如此。好言通常在耳后，远处乞儿言必善；恶言来自城中央，家妇喜谎善挑拨；美食均在乞儿手，手里汇聚万家食；糟食均出富人手，烂食施舍病之源。世间纷纭众多事，虽有千种说法，万种理解，但道理总归都一样，乱麻还需快刀斩。老臣讲的这些话，请各位谨记心中。这个恶妃，是个有头脑且善于说谎的姑娘，有着平常男人不及的智慧，又有平常女人不及的妩媚，心中更有沮丧和悲愤。父母疼爱自己的恩情，孩子永远不会忘记。礼敬神佛，是为了逃脱地狱的厄运；心里向着故乡，是期望更加美好的生活；平时喂养马匹，是为了出远门时派上用场；积蓄财物，是为了将来的不时之需；学习知识，是为了解决日后的纷争；女人说大话，是为了日后能跻身高位；国王留住大臣，是为了日后为他出谋划策。你们仔细想想，就能明白其中的道理。”于是，长老西色扎杰又用辞藻华丽的唱词如此唱道：

阿拉塔拉唱塔拉，

塔拉是歌之唱法。

在那柳树底下唱，

树上众鸟声清脆。

1　西色扎杰：曲木里赤国中资望较高的一名大臣，曲赞王的父祖辈。

从那南方丛林中，
美声杜鹃唱支歌。
安乐自在福地上，
南方众多国家中，
势力最雄曲赞王。

如若不识此间土，
南部天竺之东面，
大海无底在深处，
曲木里赤建国家。
名唤珍珠财宝宗，
不惧四方众敌人。
巨鳌海神显神威，
施法翻弄波涛日，
宝殿亦随波涛动。
无边蔚蓝天空中，
耀眼光芒日月星，
罗睺一出乌云生，
天地万物俱黑暗。
洁白雪山耸立间，
威猛当属雪中狮，

不惧疾风和暴雪。
太阳光芒真炙热，
一出大雪即消融。

如若不识我辈人，
天竺西日地方生，
古时便有兴旺景，
法王巴惹是我父，
西色扎杰是尊号，
无人能及大智慧。
行年九十又有九，
九样智慧身兼具。
四方大千世界中，
悲喜苦乐有各种，
有寒冷来有温暖，
变化犹如江河流，
既有多来又有少。
富人财中看兴亡，
乍贫穷来乍又富，
高低好似山之顶，
有绿茵来有枯黄。

世界国度无确数，
如何能够一一知?
近处南方天竺地，
了若指掌在心中。
号称大国有十六，
曲赞扎杰势最雄，
亚巴德鲁智最高，
多丹瓦萨声最威，
显赫五国在北边，
藏地蕃域数第一，
地域毗邻汉之境。
往东即为芒康地，
四水六岗岭之国，
央惹六部是上部，
拉隆松多为下部，
部落首领是战神[1]，
宝石矿藏显祥瑞，
跑马疆场叫波惹，
以上我所久听闻。

1　战神：意为御敌之神，原指专门保护藏地男人的一类神灵。据说，每个男人都有自己的战神与阳神，战神居于男人的右肩，阳神居于男人的右腋。《格萨尔》史诗中特指岭国骑士的个人保护神。

老臣行年四十时，
前往汉地西宁府，
所做买卖利润多，
岭国是那必经途。
路途见闻如下述，
白雪覆盖山顶部，
白色雄狮自在生；
嶙峋怪石山中部，
千种走兽自在生；
湖泊原野在山脚，
万种鸟儿自在生。
草原处处是珍宝，
牦牛角儿堆成山，
沮洳滩上马儿跑，
蹄声四起声隆隆。
山腰丛林繁茂盛，
猛兽出林吼震天，
鸟儿清脆歌声扬。
山间皆是连垄田，
五谷新绿正成熟，
草尖露水亮晶莹，

饱满果穗压弯腰，
五谷丰登喜收获。
杜鹃蹄声悦人耳，
青龙一吼山河摇，
雨点滴答润物声。
母牛低哞寻犊声，
驮牛鼾声气粗重，
绵羊咩声连绵起，
山羊咩声亦不绝，
骏马嘶鸣驰如飞，
六畜兴旺衣食足。
上师佛音不绝耳，
山腰古刹貌威严，
山顶宫庙自然生，
山边皆为修行垫，
六字真言口中念，
修行山洞处处有。
衙门官府不欺民，
安乐生活歌中唱。
老臣走遍四方土，
未见胜过此间者，

不只凡人享安乐，
空中神明共飞鸟，
皆沐梵音诵经文。
此处应为幸福源，
黄河长江澜沧江，
三水共同流向东，
最终汇入天竺海。
为何三河如此流？
我打比方来说明，
若欲执掌天诸神，
当需玉皇帝释天；
若欲平定天下土，
当需王臣日月星；
若欲环绕高山峰，
当需大鹏金翅鸟；
若欲取得金银座，
当需地下阎罗王；
若欲征服敌方军，
十殿阎罗需上阵。

岭国情形大似此，

自己亲耳之所闻，

众口之间所流传，

长辈口中所传说，

皆言岭王天神子。

四大部洲统领者，

来到凡间除邪恶。

世间财宝贮库中，

领军八十虎贲将，

天竺大德化身来，

不灭金身似铜铁，

神马驰骋快如飞，

好似天上大鹏鸟。

岭王坐骑更神速，

一日能将世间转，

名唤江嘎赤兔马。

岭王父名唤僧伦，

母名果萨拉姆妃。

麾下岭国七勇士，

又唤岭国七君子，

三大虎将鹞雕狼，

皆为天神下凡间。

岭王预知军情事，

皆靠南曼杰姆卜。

掌管国中诸事务，

戎擦查根[1]总管王，

传说年已过三千，

三千之后还三十，

千岁老人定国邦。

觉如年满十五时，

霹雳降伏鲁赞王[2]。

二十五岁年纪时，

又来降伏白帐王[3]。

行至三十七岁时，

鸩酒杀死萨丹王[4]。

年过四十又九年，

门隅辛赤[5]斩头颅。

南瞻部洲四大国，

1 戎擦查根：岭国深孚众望的长者，格萨尔王的伯父，运筹帷幄，辅佐格萨尔王立下赫赫战功，人皆称其为总管王。

2 鲁赞王：岭国北方雅尔康魔国首领，史诗称其为一个极其残暴的魔王，后被格萨尔王所灭。

3 白帐王：霍尔国黑、白、黄三大帐房首领之一，曾参与霍岭之战。

4 萨丹王：姜国国王，在姜岭战争中被格萨尔王诛杀，其子玉拉袭王位，与岭国媾合。

5 辛赤：门国国王，自称“幻术王”。门岭之战中，门国国王辛赤被格萨尔王用神箭射落，被岭军纵火烧死。

世人又叫四魔国，

亦是岭国四大敌[1]。

空口无凭看行动，

眼见为实耳听虚。

此外还到天竺地，

哲域门宗碧绿洲，

龙魔旺杰扎巴占，

与岭为敌食恶果，

镇国之宝归岭地。

大食财宝国[2]之主，

挑衅超同打败仗，

最终万千奇珍宝，

悉数都归白岭国。

蒙古万马国之君，

盛产良驹海内知，

就因帮助大食国，

上下三部被岭占。[3]

还闻象雄珍珠宗[4]，

1 四大敌：又译四大魔，指魔国的鲁赞王、霍尔的白帐王、姜国的萨丹王和门隅的辛赤王。

2 大食财宝国：大食财宗。财宗之主占了超同的领地，超同向格萨尔王求救，最终被岭军消灭，国主也被杀死。

3 上蒙古广行邪道，格萨尔王派兵讨伐，王子主张迎战，最后战死，国王率众投降，并献出名驹。

4 象雄珍珠宗：岭国超同劫了象雄商人的财物，引发战争。最终格萨尔王出兵攻占象雄宗，并杀死象雄国王。

先占岭国达戎[1]地，

珍珠尽被岭国取。

还有汉地茶叶宗，

藏汉同升如日月，

汉地亦曾被藏征，

汉茶汉马传入藏，

两地关系由来久。

征服阿扎玛瑙宗[2]，

又取其日珊瑚宗[3]，

卡切玉宗亦臣服[4]，

并陷贝如绵羊宗[5]。

老臣近来又听闻，

木古骡宗归岭国。

如今十八大国中，

除去朱古拉达克，

皆已并入岭国中。

1 达戎：岭国大将叔父超同的领地。

2 征服阿扎玛瑙宗：岭国商人前往尼泊尔，途经阿扎国，被劫掠。格萨尔王派兵攻打，阿扎国王投降，并开库献出玛瑙。

3 又取其日珊瑚宗：其日国杀死岭国茶商，格萨尔王发兵问罪。国王被箭射死，王妃及众臣投降。格萨尔王打开珊瑚库，赐臣下。

4 卡切玉宗亦臣服：卡切玉宗国王兴兵入侵岭国，格萨尔王反击，刀劈赤丹王，取出各种松耳石，分赐部下及卡切国民。

5 并陷贝如绵羊宗：格萨尔王征服朱古国后，兴兵讨伐朱古国同盟贝如国。岭国劝降不果后，与贝如国发生战争，贝如国被岭国灭。

南方众多国度中，
恶魔当作神供奉，
善法视作异端说，
天竺地方施淫威。
高原藏地当敌手，
不做善事积功德，
专做恶事罪孽多，
长此必遭灭国祸。

今敌岭国格萨尔，
勇猛我已详说明，
众臣听我细细说。
古人有言如此说：
青龙矗立雪山中，
祖业需由自己守；
国王大臣和王妃，
先需共商定计策，
争执不休终亡国；
父亲儿孙和女儿，
和睦相处家温馨，
争执不休终破家。

谚语还有类似言，
妙龄少女喜装扮，
招蜂引蝶需切忌，
事后后悔方知迟；
血气方刚少年郎，
遇事切忌莽冲动，
血气太盛终殒命，
刀锋太利容易钝，
所以少年勿冲动。

此乃老臣忠心言，
王臣妃子帐中议，
华服美食堪享受，
万众齐心乃上策。

若如细想必明理，
不听我亦不赘言，
若有冒犯乞恕罪。

听罢长老西色扎杰所唱此曲，国王说道："在南天竺，论权势、论财富、论神通、论国民部众和矿藏珍宝谁能比得上我？他觉如只是岭地长大的一个乞儿，把他说得如此神通广大，还说是天竺大德的化身。真是把狐狸说成猛虎，把林间毒蛇说成青龙，把乞丐之子说成将军。正所谓狗儿饱时朝天吠，妄想数清天上星；山羊饱时上屋顶，妄想取代龙狮位；妇人和马难喂饱，一旦饱时乱蹦跶。妇人和狼饱时哭，妇人与狗饱时吠。这个妇人用花言巧语来蛊惑我军心，没想到还有长老你也为她帮腔，难不成你们俩串通好了吗？我也听说过一个果萨拉姆，有一个叫果擦的儿子。他只不过是一个盗匪之首，抢劫往来旅客的细软，打家劫舍，逆他意者皆为敌。常言道小人经常乱国，荡妇亦喜红杏出墙，劣马喜欢蹦跶，果真是如此。我需要的是赤胆忠心的大臣，相濡以沫的伴侣，能登高山走平川的良驹，能俯首耕耘的犏牛，够享用一生的财富，能度人度己的上师。我需再听听其他大臣心中是何想法。对他觉如需要这样战战兢兢、畏畏缩缩的话，那罗睺之上还有日月乎？大鹏鸟之上还有飞禽乎？况且我天竺降伏三界曲赞王还在人世呢！”

曲赞王又咂腭并喘着粗气说道：“岭地果真像他们说的这样富饶辽阔吗？常言道，高傲的人，必将引来嫉恨和官司；野风传来的遗嘱，必将为国家招来妖魔；贩卖马匹的营生，必将招来灾祸。扎杰爷爷说的话我们姑且信之，那妇人的连篇谎话就不必理会了。你们众臣都在此地了，当中也不乏各路诸侯和能人贤臣，你们各自还有什么要说的？”语毕，曲赞王又用极其狂妄的语气唱道：

阿拉塔拉唱塔拉，
塔拉是歌之唱法。

阿惹阿日南方歌，
天竺泥婆罗乡音，
要用阿乌韵律唱。
妖魔厉鬼独角怪，
敬请诸圣皆显灵，

一齐显身护佑我。

若论巫术和咒语，
阿擦琼热火焰神。
曲木里赤即此地，
珍珠宝殿闪光芒，
荣华富贵无人敌，
臣民均在海上住。
财宝来往颇繁忙，
金银珍珠三样宝，
珍宝之中属第一。
声威震彻寰宇者，
是我阿杂母苏王，
降伏三界扎杰王。
今日行年四十九，
初为王子名声现，
国王血脉人艳羡，
继承王统显虎威。
南方天竺十六国，
英武无人能及我！

众位大臣听我言，
左手席位上首位，
兄长赞吉听我言；
右手席位上首位，
弟弟萨堆听我言；
中间席位末位上，
孙儿达拉听我言；
紫红尊位上端坐，
木拉扎杰听我言；
心系国家请细听，
如若不然心勿忧。

古人谚语早有云：
万里碧空起乌云，
青龙无处安卧眠；
波涛汹涌水中起，
金鱼有家无处归；
漫山遍野着火焰，
走兽安得自在地？
国都倘若不安定，
乞儿怎得安稳席？

富家安得万贯财？
国君如若不变更，
属臣必然安于位；
山川岿然不动中，
林间枝叶亦不摇；
田野若无霜雹灾，
田间老鼠定安闲；
王臣之间若无隙，
外敌何能来侮我？
雪山若然不融化，
岩石怎能显面目？
就似如上所述说，
妇人言语老人心，
无法就此善罢休。

东方日出国度中，
生长恶人格萨尔，
口食无尾兔鼠肉，
身穿无尾兔鼠皮，
绿林盗众称匪首。
吉凶之兆勿颠倒，

为金为铜天早定，
达官巨盗勿混淆。
羌塘巨盗善谎言，
轻信谎言并传播，
是那两面恶妇人。
无道上师不修法，
根本就是骗世人，
怎会对他心向往？
大鹏展翅飞万里，
黑体乌鸦岂能比？
百兽之王虎之侧，
狐狸安能排座席？
巨鳌神通威力大，
海獭安能与之敌？
平定三界曲赞王，
边地觉如岂能敌？

二人诉说岭国情，
我未当真放心上。
曲木里赤海水中，
如此宏伟一国度。

古人谚语早有云：
供奉神明求保佑，
只为免堕地狱日，
不然舍财有何益？
富人积聚金银宝，
灾荒之时若无用，
万贯家财入贼眼；
姑娘带上绿松石，
如若不能夺花魁，
身虽美丽如老妪；
国王手下大臣多，
若无定国安邦计，
徒占尊位有何益？
你说此言有无理？

赞吉米玛是吾兄，
萨堆米如是吾弟，
不是卡切三兄弟，
而是王统三兄弟。
还有阿贵拉赞将，
前往阿苏吽那处，

需要先问好计谋。
如若去往岭国地，
我国胜算有几何？
如若不动居此地，
是否就能保安宁？
今年初即现内乱，
妇人像那墙上幡，
三心二意随风飘。
叔叔好似花草木，
冬日霜至即颓败，
好坏胜败系于谁？
咒师处所求占卜，
当派阿贵赞扎去，
其后援助出谋者，
阿琼多热查木去，
不要耽搁速速去，
先卜卦后做打算。

如需前往岭国地，
精兵良驹全部出，
不经陆地无法行，

未到多热查玉前，
海中零星有岛屿，
多造船桥当无虞。
东部多热天之宗，
岭国内部形似狐，
往下去往南诏国，
往上去往擦瓦绒，
名唤擦瓦大峡谷，
不在汉地即在藏，
还要多问当地事。
地方道路和官属，
凡我需知皆需问，
上师预言议好坏，
众臣觉得如何好？
需知王命不可违，
我亦问过四方神，
并非强暴施命令，
如何方能合众意？

听懂当是社稷臣，
不懂我来做解释。

听到国王唱完这支歌后，阿贵拉赞心想：国王说的有理，上师阿杂母苏琼纳[1]必能预知将来，给我们指引，向他请教定是上策。常言道高山大川与贵人，不喜着急喜淡定，岿然不动是本性。国君如若太着急，最终必招失地祸；高山如若多变化，最终必失天地灵。我们的国王威名远播，英勇无敌，富贵显赫。手下还有许多比我英勇，法力比我高的大臣。于是阿贵拉赞默不作声地静坐在那儿，此时左手席位中的王兄赞吉[2]心里也在想：我们这次一定要完成国王的命令。虽不住一处宫殿，但毕竟是至亲兄弟。人虽有部族之分，血脉无高下之别；人虽有贵贱之分，命岂有轻重之别？不管国王是疯了还是癫了，是否听王妃的话，但是此次战事的先锋决不能由弟弟去做。常言道锋芒毕露的少年容易亡于敌手；花枝招展的少女容易死于病痛；初试马蹄的马儿容易死于劳累。

此时，阿杂母苏上师在他的九层罗刹洞中知道了阿贵和伦琼来求自己卜卦，于是就变成一只穿着咒师衣服，须髯朝天的黑熊，金刚跏趺[3]坐在进入此地的必经之路的一个大房子般的岩石上。二臣行至此地，见到黑熊，料想必是上师的护法或者上师的化身，于是后退两步便拜倒在地，随即拿出国王的书信和金银财宝。过了一会儿，黑熊瞧完书信，便说看看国王有何运数，于是他把阿杂母苏巫师的黑旗铺在地上，拿出三个海螺制成的骰子，正要掷时，岭国的年神也得知此事，欲改变他的想法，变成一个小孩来到此地悄声对着他的耳朵说了几句颠三倒四的话，唱了一首神变之歌。上师阿杂母苏便把这几句写下交给他二人，二人回宫后献给了国王。

七日之后，国王下令让所有人聚集到宫殿，当上中下等四方部众全部到齐后，国王拿出上师的预言问众人该当如何。王兄赞吉心想：我们这个国王喜欢恣意妄为，弟弟不知兵法，就是靠上师的预言取得信任。一个国

1　阿杂母苏琼纳：曲木里赤国母苏教派的大法师，精通巫咒之术。

2　王兄赞吉：曲木里赤国王曲赞扎杰之兄。

3　金刚跏趺：修定时盘曲双腿左内右外的一种坐姿。

家有兄弟三人共同执掌本就不易，岂不听闻俗语说，自己的地方可以自己做主，吃自己的东西，住在自己的家乡心中踏实吗？若想找点疼痛，就去踩狗的尾巴；若想找点烦恼，就去担保借贷；若想一生有无法承受的痛苦，那就去招惹妖魔。鞋里的石头会让你难受一天，席下的石头会让你难受一夜，但如果想一世都不安生，就去与官斗。

虽然不知道有没有胜算，国王跟他的哥哥说“王命不可违”，但哥哥心里想着：你现在除了大话空话之外，还没亮一点真本事呢。我年纪稍长，所以知道的一定比你们多，我并不是害怕，凡事都要事前三思，事后就无需后悔。古人也说，洪水没来时修堤坝，病痛未至前求医问药。如果任意妄为，必定不能成事；如果不喂马儿草料，哪儿能带你翻山越岭？如果不穿羊皮袄，如何穿过羌塘荒原？征敌大军出发之前，要先看看前面的山，再看看后面的山，务必要三思而后行。古人的谚语有云，如果看一处宫殿，钢铁打造四四方方。但是过了关不一定能见到大门，穿过了大门也不一定就有坦途。虽然口中说的是他乡，但心中想的是故乡。空口妄说的狂妄之词，不能入好男儿的耳朵。乞丐如何喜爱金银，也不会变成富人。如若国王太过残暴，属下必离心离德。想想是不是这般道理？如果确定要出发，也无需这般匆忙。我有看穿别人内心的本领，审视自己的内心的明镜，是国王你的兄长。虽说这方国土的主人是你，但是保住国土也是我责任，这些话句句属实，就像水中的石头永恒不变。于是，赞吉便将海一般的深沉心思化作音符唱道：

阿拉塔拉唱塔拉，

塔拉是歌之唱法。

肩头守护神显灵，

战神威武似日月。

山神索朵请显灵，
国家基业伟如山，
勿使大风中飘摇。
海中珍珠和宝石，
勿要花尽与败光，
神明怙主来辅佐。
阿杂上师保佑我，
巫术咒语齐发威，
真神同那世俗神，
本非一样我自知。
命定业同自身欲，
人力无能相统一，
痛苦皆因心纠结，
安定和谐早注定。
辽阔土地物产丰，
水域宽阔好行船，
胸怀宽广与人善，
心思安稳少纠纷。

此地实乃金银窝，
白红金等三色宝，

水里泛的是金沙，
金沙满合与满升。
如此富足的恩情，
来自水底父祖殿，
忠心智慧加神器，
三样具备国兴盛。
助我飞至高处的，
是那大地矿藏宝，
飞翔天际有铁鸟，
海中破浪有巨轮。
价值连城稀世宝，
虽齐更需会保管。

如若不识我辈人，
里赤海域浅滩上，
喜山果山再往里，
热噶王族之后裔，
齐聚卡切三兄弟。
繁荣昌盛奠基石，
资财富饶样样全，
美人周遭百男绕，

雄主治下百部服，
水草丰美牛羊聚，
渊博智者众人学，
大泽之中鱼虾藏，
是否识得此道理？

国王同我两兄弟，
身形可能有长短，
部族可能有异同，
心地可能有善恶，
父母血脉皆相同。
人人追求皆相同，
位高众人都艳羡，
财富众人皆所欲，
高床软枕亦所欲。

大海中的珍珠殿，
从那位高如国王，
到那底层众属民，
还有贤能大臣们，
无人没有占有欲，

但是不因欲而有。

众鸟皆能振翅飞，

唯有雄鹰到九天；

众兽都想饱食肉，

唯有虎豹肉不绝。

财富幸福齐全时，

虽然凡人皆爱财，

多去施舍得福报，

以免贫时无人理。

国王心想手摸天，

小心闪到自己腰；

岩石上面想跑马，

小心脑浆洒一地；

雪峰顶处升红日，

虽然明媚身不暖；

风中凛冽彻骨寒，

能使雄狮也哆嗦；

海底深处多珍宝，

欲者多而得者少；

野兽天性保生存，

自然保命异常难。

南瞻部洲好地方，
众国皆想来称王，
古今地方若易主，
取信需有一印玺。
世界虽大法律严，
大河虽宽渡处少，
大地虽广道路窄，
光明坦途何其少，
大河广阔去路少，
渡船大桥何其少。
珍宝均在大海底，
由那饿鬼来看守，
一丝一毫难获得。
毒蛇头上有宝贝，
如若不用麝香取，
如何英勇都无用，
徒添性命在蛇口。
欲往山峰最高处，
无那翼力如何至？
山顶石上与岩顶，
三顶犹如宝剑尖。

国王是否明此理？

近来十日左右间，
国王王妃相不睦，
国王大臣相调和，
不同之处求想通。
福泽自在山顶部，
自需寻找路径去，
莽撞从来非正道。
饥饿自从肚内生，
不因抖动而消失。
千金难买至理言，
九岁孩童岂能学？
若欲明理需向学，
学时需循正道走，
除此千金亦难买。

岭国觉如传说多，
不论其是神或魔。
香獐喜往岩石爬，
山羊若随它之后，

头撞岩石性命忧；
岩羊喜往山顶走，
绵羊若随它之后，
头撞石山性命忧；
鱼儿在那水中卧，
捕鱼人儿无飞鳍，
如何能够追上它？
国王安坐勿冲动，
我意请勿与岭敌。
妇人言语像沙山，
如何堆积终会塌，
无石平原起沙尘。
母马蹄和妇人心，
路遥之后知无力；
妇人口与害鸟喙，
同为弄脏净土物；
妇人智虑无长远，
妇人心思直连嘴，
心里所想脱口出。
天上雄鹰无肾脏，
翱翔天际展雄姿。

上述皆是喻示言，
岭国觉如确威猛，
并非夸大传说者，
任其自生莫理会。
香獐爱在阴处居，
周围尽是套和索；
猛虎应居密林中，
不应走到山顶去，
多走易被地弩伤；
国王故乡在海中，
不应蛮横夺岭地，
多走易失故国土，
最终身死异乡处，
难回南方家乡地。

为何难敌白岭国？
勇士真为神仙子，
觉如空性彩虹身，
寻常兵戈岂能敌？
岭地大乐神仙地，
如无巨大威势力，

再无其他降伏法，
国王切忌来妄动。
如若决定动干戈，
先需花费五六月，
共同商量定计策。
虽曾夺过他国土，
岭国不似众小国。

如能听懂是甘露，
不能听懂亦无法。

听罢赞吉所唱此曲，国王心里就想：他虽是我的哥哥，是同一个血脉，但是唱的全是反调，说什么不能前往，不敌岭国这样的话，虽然是堂堂七尺男儿，还不如托个女儿身呢。国王使劲儿摇了摇头，眼带怒光说道：“如果哥哥你只有这点勇气的话，那我就自己去。常言道贵人没有了奴仆就由自己来搭马鞍，鸟儿没有手就用嘴巴啄食，姑娘没有伴儿就自己掌握食量。我这次一定要见识一下岭国的那一位觉如，看看他如何勇猛，有怎样漂亮的宫殿，有怎样好的伴侣，有怎样众多的名臣。作为一个男儿，如果没有摘取过草原上花朵一样的姑娘，又怎么对得起自己的男儿身？作为一个富人的儿子，如果胯下没有名马当坐骑，那又有什么意思？既然是法王，如果不能平定阴界的妖魔，那称呼又有什么用处？我已经下定决心了，如果兄长你不敢去，我自会带着二十名大臣和二十万大军，让岭国硝烟弥漫，沙尘漫天。砍掉所有的树，铲平正在生长的草，截断流过的河，将南方的林山放火烧光，让北方的雪山融化。然后在峭壁和以前没有路的地方修建马道，将觉如像抓小狗一样在头上戴上狗圈，虽然我南方也有狗，还是要将他来当狗。还要将岭国的三十勇士都作为我们的奴仆，不如此决不罢休！”

曲赞王暴怒下斥责了兄长，他们的弟弟萨堆听完，觉得两位兄长再这样争执，其他人就会像波涛翻涌中的鱼虾无安身之处，像火势蔓延的山坡上，众鸟和走兽四处奔逃。如此便会落下兄弟不睦的恶名，萨堆心想：还不如我亲自去打个先锋。于是他就伴着勇气唱了一支这样的歌：

阿拉塔拉唱塔拉，
塔拉实乃歌唱法。

阿惹乌惹南方歌，
南方不变是故乡。
守护战神请显灵！

如若不识此间土，
里赤大海波涛间，
是我红色珍珠殿。
蔚蓝高远天空中，
日月星辰相聚处，
相聚并非祈求得，
而是上苍早注定。
光明温暖太阳光，
黑暗之中白月光。

无瑕辽远天空中，
是那二十八宿星。
满天繁星千百万，
高挂空中紧相连，
孰优孰劣无从说。
浩瀚无底大海中，
鱼虾蟹龟共生存。
威猛挡住波涛者，
伟大巨鳌海之王；
齐腰斩开海水者，
是那白腹金眼鱼，
水中无分你我土。
南方天竺地域中，
宝贝宫殿好江山，
兄弟三人共守护。
长者有智定奇谋，
幼者有勇打先锋，
中间国王福泽厚。
同是一国无异同，
孰强孰弱勿计较。
国王执掌国家政，

长兄一方臣民主，
为弟愿为先锋将！

东部岭国似青龙，
只闻其声未见人，
号称勇猛未见识，
是那岭国诸兵将，
不知是真还是假。
漫漫蔚蓝天空中，
青龙吼声震天响，
如若避风岂是龙？
红色霹雳威力大，
不劈岩石何称雷？
勇气过人英雄汉，
敌前畏首非英雄。
时光转动自然法，
奸计何能去改变？
国王威严福泽厚，
不能作价去买来。
傲视群雄好武艺，
想要炫耀无处借。

弟弟萨堆来点兵，
无需更多只三万，
军官整装来待发，
一万兵丁领军者，
当需十员虎贲将。
三万兵将三支军，
三军统领由我当，
勇者快快报上名！

欲行之客莫强留，
不如早早翻山岭；
将死病人莫强留，
不如早生极乐土。
呜呜风声莫再响，
不如跟风一起走。
虽有食物难消化，
不如空着肚皮好。
身体难负之重量，
不如舍弃轻松行。
男儿征敌上沙场，
前仆后继不能退。

曲木里赤之水道，

向东能到多热地。

一月之内先整兵，

三月之内造战船，

过了四月入秋时，

可至紫黑羌之地。

入了岭国之国境，

不作停留继续行，

可至多热密宗地。

嘴肉脸肉股之肉，

何处能剜都是肉；

父食母食屋之食，

都是一家之食物；

父言母言子女言，

都是一家家里话；

初战末战中间战，

所战皆为岭国地。

再往西北方向走，

天竺楚穆囊雄地。

如若前往缅甸地，

缅甸南边是门隅。

再往东南方向走，
东部白色多热地，
若行此处最顺利。

莫停准备快出发！
穿甲戴盔好青年，
如若不与敌一战，
空生一副男儿身；
头戴松石俏女儿，
若不嫁到好人家，
空有一副好妆容；
骏马毛色何鲜艳，
若不一试劲马蹄，
空有一副好马鞍；
头戴黄冠大上师，
若无度世解脱法，
供奉再多有何益？
执掌一方国之主，
声威若不显在外，
属民再多又如何？

思此弟愿为先锋，

排兵布阵好方法，

还望各位多指点。

听懂所言如甘露，

听不懂亦无解释。

萨堆唱完就立下了军令状，国王曲赞扎杰也准备调兵遣将。此时，兄长赞吉心想：我这个弟弟有勇无谋，而且年轻气盛，必然不能成大事，还是我自己去好一点儿，或者我与他同去。兄弟二人就此事争论了许久，相持不下，最终曲赞王决定由兄长赞吉和弟弟萨堆共同统领三军。

二

再说王妃心里思量了很久，心想：岭国虽然一定能够将敌人悉数歼灭，但是如果在岭国毫无防备的情况下，曲木里赤的这些将领就先到达了岭国，那我的好心岂不是就办了坏事？我不如先乘着船离开此地，往岭国报信。于是王妃就从国王的宝库中偷了一些金银珠宝，收拾好包袱，换上便装的时候不巧被婢女拉吉宗典撞见。婢女就问："王妃您拿着这些东西要去哪里？"王妃就答道："往日里，你在我手下的时候，我自认待你不薄，今天的事你一定不要说出去，我要离开此地远走高飞。"

婢女一听就泪水涟涟，拉着王妃的手哭道："您去哪里我都要跟着，就算是死了也没有怨言，但是我需要先跟丈夫罗布顿珠说一声。"王妃马上说道："这等机密的事儿就算最亲密的人也不能说，岂不知世上没有不透风的墙？所以一定不要跟你的丈夫透露。"但是婢女思来想去，觉得罗布顿珠是与她同甘共苦、相濡以沫的一生之伴侣，无论如何也要跟他说，便将事情同罗布顿珠说道："王妃对我恩重如山，如今她要离开此地，带上一些金银细软，你给她当仆人，我为她做婢女。"于是，他们三人就开始做临行前的准备，在十天之内，从国王的宝库里拿了各种珠宝、金银绸缎等物品。

十二月十三日夜晚，他们连夜出宫，天亮时，已到了阿罗扎萨地方，碰到了拥有五艘大船的船夫达拉多吉。达拉多吉细细打量了他们三人之后，心想：此三人生得皮肤白皙、眼睛乌亮、身姿婀娜，莫不是来自高贵的种族？男的生得如此俊俏，女的又这般漂亮，颈上带着珍珠项链，身披绫罗，头戴头巾，到底是何许人？我还是先来探探他们的底细，再做打算不迟。王妃和婢女神色慌张，哀求船家渡她们过去。船家就用戏谑的语气说道：“渡你们过去好说，我是这片水的主人，不过你们得先说说你们来自何方，是何种姓。还有，你一个男人，带着两个女人，又是何道理？”说完，船夫达拉多吉用戏谑的语气唱道：

阿拉塔拉唱塔拉，
塔拉是歌之唱法。

阿日乌日南方歌，
故乡不变是母语。
白色天龙天竺神，
声震九天福自来，
勿要走神细细听。

如若不识此间土，
阿堆岭米大平原，
位于恒河边际上，
无底大海之右帐，
青翠竹林之故乡，
鸟儿歌声真悦耳。
海中波浪起波纹，
大船划开海水面，

波涛翻涌上青天，
此是大海凶险性。
来往旅客颇繁忙，
鱼头鱼鳍之大舟，
航行海上之时日，
欲与鱼儿比快慢，
最终铁船胜一筹。
十万属民一方王，
来到大海边际上，
虽有权势同威名，
亦需帮助摇船桨，
船上船夫权最大。
南方天竺大地上，
号称大国十六个，
还有无数小国家。
金银财宝最多者，
幻术盛气凌人者，
平定三界曲赞王。
但在海中航船上，
还是船夫权力大，
大海深处弄波涛，

渡河皆需依靠我，
你说何能权不大？
青年请你细细听，
血脉来自何方土？
国王姓甚名又谁？
个人经历又如何？
一男带有两妇人，
当为礼法所不容，
二心如何继家业？
针有两尖难缝衣；
上师如有两样法，
难救众生脱苦海；
一官如用两种律，
属民难以心归顺；
平头百姓娶两妻，
天将暗时需两室，
如此生活难长久。
是否在理你细想。

少年男子真英俊，
身后背囊沉甸甸，

好似装着这世界。
身后跟着两妇人，
看似权势有差别，
关系亲密心相连。
悲苦人生共同行，
锦衣美食同享用，
亲密好似一母生。
若要细说不同处，
大门之后有小门，
今生何能遍知晓？
大财之后有小财，
不能与那豪强比；
大山之后有小山，
悲喜无法来预知。

此事说来真神奇，
你们三个年轻人，
是否来自同一地？
是否遵从同一法？
天竺十六大国中，
如若不言真实情，

船夫无船渡你们，
还需用心细思量！

船夫唱毕，三人面面相觑。过了一会儿，仆人罗布顿珠说："您说的真是太对了，天下有谁能斗得过大海？谁又能摸得着天上的日月？一方土地自是官员做主，一处庙宇中自是上师做主，而在这大海之中也自是您船夫做主。男子汉说话就应该像山坡上竖起的经幡，经得起风吹。若要问我们的父母种姓，故乡国主，就听我来唱支歌吧！"罗布顿珠于是用漂洋过海的决心唱了一支这样的歌：

阿拉塔拉唱塔拉，
塔拉是歌之唱法。

神明请看悲和苦，
密严刹土[1]山峰中，
释迦佛祖请显灵。
本性修得法身日，
佛陀保佑免劫难。
修心路上若无阻，
皆是神明庇佑功。
若有富贵锦衣食，
应是前世施舍报。
身姿优美为何故，

1　密严刹土：金刚持住地，报身佛住地。

皆是父母所施予。
才识智慧有高低，
所赖生辰好与坏。

如若不识此间土，
海水波浪翻滚地。
船夫所言也在理，
苍穹之中日月升，
温暖四洲益众生。
虽有天敌罗睺曜，
不惜殒命恩深重，
世上哪有此等暖？
田中五谷结果实，
世间众生口中食。
三春地下慢发芽，
三秋果实成熟日，
除去霜雹两灾害，
赐予食物恩深重。
大海水面宽又阔，
世间来往行其上，
生命系于铁之船，

掌舵之人是船夫。
我等命似俎上肉，
船夫老爷请施恩，
世上最重救命恩。
法力高强诸上师，
不食烟火取精华，
不利自己利他人。
金身罗汉婆罗门，
内心同具菩提心，
能救大恶于地狱，
还有何恩比此重？
执法公正地方官，
不能善待属下民，
其威好似山顶幡，
威势也将随风散。
财势雄厚富人库，
若不得法善经营，
终有执棍乞讨日。
九样兵刃手中握，
男儿若不安于位，
兵刃也将落人手。

你说此言真或假，
恩情深重好船夫。

密严刹土城郭中，
父母普通两农民。
只因父母无甚财，
欲往藏地做买卖。
藏地矿藏和药材，
雄鹿犄角与麝香，
六种药材样样齐，
周围国家都应无，
藏地一应都俱全。
羡慕宝物去那方，
船夫罗布桑布啦，
不说实情有何益？
自从买卖中获利，
风声已经漏四方，
盗匪都已盯上我，
为掩耳目带两女。
美女年岁稍长者，
是我小伙之妻子，

美女年岁稍幼者，
是我妻子的亲戚。
姐妹情深心意通，
若言幸福是小伙。
骑马需再牵一匹，
以备远走他乡时；
帽子亦需多一顶，
以备风中被吹跑；
鞋袜亦需多一双，
以防双脚冻皲裂；
防寒衣物需两套，
风雪严寒无需惊；
弓箭也要备手中，
有敌来犯亦不惧；
手拿金银做买卖，
何愁生意不发达？

话不多说船老大，
两个姑娘是姐妹，
是我青年好妻子，
带着妻子出街市，

以防遇到盗匪时，
装成乞儿去藏地。
藏地珍奇宝物多，
我欲取到天竺地。
乞求今日渡过河，
待到来日回还时，
还需拜托你船夫。
卫藏之地药材多，
所需尽可供奉您，
船资同那救命恩，
日后定当慢慢谢。

大雁故土是南方，
待到三夏之时节，
挥动金翅归南国。
杜鹃故乡是门隅，
飞到绿树枝头时，
九年喂食养育后，
飞到藏地取青稞，
巢穴还需在故土。
青年和这两姑娘，

前往藏地取珍宝，

只为送给诸乡邻。

此河是为必经途，

河上能求只有您，

所以恳求渡过河。

渡河船资有金银，

同那珍珠宝石等，

需要几多皆可付，

还时还需拜托您，

如有冒犯乞恕罪。

听罢罗布顿珠所唱此曲，船夫心想：就是这般道理，常言道做一天工需一天酬劳，骑着马儿下坡也需要酬劳。如果能有金银财宝做船资，那比什么都好了。于是船夫跟罗布顿珠说道："小伙子巧言如猫头鹰的羽毛，身姿颀长如青龙一般，声音优美似柳树上的画眉鸟。你带着如此两位如花美眷，必是个狡黠之徒。我需要的是金银珠宝，其他还需孝敬什么你自己掂量，金银到手，我便渡你们过海去。"三人立即喜上眉梢，给了船夫三块大金条和五十两白银。船夫拿到金银也大喜过望，立即带他们上了那条电掣船，三昼夜后将他们带到了藏地边界、羌地西面的多热神殿。

罗布顿珠等三人问船家还需什么绫罗绸缎和吃食时，船家答道："现在倒不需要什么了，我们也算是相识一场了。所谓话需事前说清，事后多说无益，我们都应当遵守自己的诺言。你从藏地回来时，将麝香、鹿血、草药、石药等藏地的珍贵药材给我带一些回来。"船夫为了此前承诺不变，同三人立下了誓约，为他们此行开了一个好的兆头。这一天，他们心里罪恶的黑暗散去，正义的光明升起，想着佛法打开了吉祥的第一道大门。

王妃一行三人到了岭国边界的多热地方，这里是三地交界之地，村落里有的是天竺人，有的是羌人，有的是岭国人。这里的人看到他们三人与本土人有异，生得头发赤红，皮肤白皙无血色，身材高大，骨架又宽，不知他们是从天竺来，还是从汉地来。因为他们与本土人语言完全不通，所以只好用手来比划。此时，他们见到七个做珠宝买卖的人，从天竺边界到多热地方，将阿罗部落的藏货带到天竺，背着背囊，将背囊用竹藤系在头和胸上。三人料想这些行商的人一定通晓南方的语言，于是就问了许多问题。那些人答道："从此地往前走就到了岭国下部拉隆松多，那里是幸福的源泉，富饶繁荣，国主大公无私，臣子刚直不阿，长者有智慧，佛法处处昌明，无论男女都心怀慈悲，表里如一座水晶宝塔一般。"三人便想，到了岭国就一定能衣食富足，行动自由，想走就走，想留就留。大喜之下，三人给了那些人一枚金币，就毫不犹豫地上路了。

待他们翻过三山六岭，到达了岭国的拉隆松多，见到此地似八瓣莲花，天似八辐经轮，四周有四座耸入云端的高山。后山如大鹏展翅，前山似雄狮怒吼，左山如猛虎挺立，右山似青龙飞天。山上都被树木覆盖，山顶被白雪环绕，能闻得狮吼阵阵；山腰覆盖着岩石，能见到雄鹰振翅；山脚下都是草地，上面满眼都是鹿的犄角。在浓密的森林中，有各种猛兽，有猩猩、猿猴等在欢快地上蹿下跳。当三人看到树上有各种蔬果，便如看到大福之地般，心清气爽。三人心想：此地果然是气候宜人，幸福圆满，吉祥安宁，佛法昌明的地方。

三人来到一处宫殿下，看这宫殿好像三十三天[1]外的神殿，仰视宫殿，白色的宫殿异常灿烂，看似耸入云端的殿顶射出像太阳一般的光芒，眼睛

1　三十三天：佛教宇宙观用语，根据佛教理论，忉利天处在须弥山顶，中央为帝释天所居，四面各有八天，总共三十三天。

不能直视。宫殿四面有四个鳌头，中间像大鹏展翅，旁边如孔雀开屏，左边仿佛青龙飞天，之下仿佛猛虎出林。四周有山一般高的四大金刚[1]，宫殿像岿然不动的山峰，好似神仙所幻化，是三人前所未见，心里也未曾想过的。这里好像不是人间，是日月转动的仙境，四周有众多鸟儿悦耳的鸣叫。南面为天竺国，东面为汉地，西面为泥婆罗，北面为卫藏之地。藏地之西是大食财宝国，北边为霍尔王国，东边是紫色姜域王国，往西南是门隅辛赤王国。七座圣山、四大金刚等都有华盖[2]、宝幢[3]、经幡在四周像白云一样围绕着。三人一见到桑珠达孜宫，就被它的光芒折服，心生喜悦，于是纳头便拜，心想：我们从天竺地方带了这么多金银财宝，如果把它献给格萨尔王，那就必能成大事。三人遂围着宫殿开始转经。

三天后，当早晨的阳光照到峰顶的时候，他们抬头看到了一座白色的宫殿，右边有雄鹰飞过，左边有香獐绕过，猿猴们在山间的林中。格萨尔王就住在一个莫说是人，就连鬼神也无法到达的宫殿里，四周茶气弥漫，整个山都散发出茶香和药香，蔓延到周围所有地方。三人往那宫殿方向走去，能见到龙狮虎鹏的壁画。

正当他们在想这座九层宫殿叫什么名字时，在绘有虎豹相对的南门八宝吉祥处，见到来打水的婢女拉卓、罗措、乐措、德吉等五人。她们手中拿着刻有吉祥纹饰，由金银铜贝等制成的各种瓶子，打来的水要用上师的浴佛水[4]、达官们的茶水和姨娘们的酒水。最后面拿着贝瓶的婢女眼睛像星星一般明亮，身材如白藤竹子一般笔直。她用眼睛一瞥，便看见了罗布顿珠等三人，心想：此三人的头发肤色都与此地人不同，不像藏地的人，倒像是天竺地方的人。于是她问道：“你等三人男的虎背熊腰，女的娇艳如花，

1　四大金刚：大乘佛教中四尊守法尊天神的代称，分别是东方持国天王、南方增长天王、西方广目天王和北方多闻天王。

2　华盖：帝王或达官贵人车上的伞盖。

3　宝幢：庄严佛菩萨之旗帜，常以诸宝严饰。

4　浴佛水：佛教仪式中淋浴神像的水。

种族血脉是何方？故土又是在哪里？父系像是从高山来，母系应是从海底来。从千里之外，到岭国来所为何事？是从哪个国家来？国王姓甚名又谁？我们岭国人杰地灵，是这许多地方的主人。天竺、泥婆罗、卫藏和那霍尔国，还有那姜域辛赤，大食财宝之地。你们究竟是来自何方？”说完，拿着贝瓶的婢女唱了一首这样的歌：

阿拉塔拉唱塔拉，
塔拉是歌之唱法。
祷告众多空行母，
松石绿叶覆盖地，
银叶绽放法垫上，
长寿之神白度母，
请听小女唱支歌。

如若不识此间土，
此乃南瞻部洲地。
若打比方即如此：
万紫千红原上开，
优昙波罗[1]比金贵；
漫漫天空云密布，
绚丽彩虹只一条；
世界之上许多国，

1 优昙波罗：伏魔树，梵音译作优昙波罗。一种常绿灌木，花开叶边。以其难开易谢，常作稀有之譬喻。

唤作神域只岭国。
四洲皆是王之土，
心中坛城[1]是玛隆，
大千世界之中心，
众人心之所向往，
北方紫色宫殿处。

如若不识我辈人，
扎西次措唤卓玛，
阿吉户里好女儿。
身上所穿皆暖衣，
口中所吃皆美食，
青年男女聚会时，
众多少年心爱慕，
众多男子眼不离。
服侍上师做法事，
达官左右当侍女。
姨娘施食自有法，
一日得需十五瓶，
早中晚上各五瓶，

1　坛城：梵音译作曼荼罗，密乘本尊及其眷众聚集的场合。

北宫之中神之灶，
神与上师共掌管。
说来是那宫中婢，
亦是国都中之女，
还有四个好姐妹，
虽然异父又异母，
缘分使然聚紫宫，
血脉不分浓和淡，
均是珠姆好婢女。

我来问问你汉子，
头上乌发黑且亮，
身姿欣美肤白皙，
红光满面挂脸上，
到底来自何方土？
血脉系从何处出？
一双少女亦美艳，
像是同年双生女，
国王之名唤作啥？
父母来历又如何？
少年同这两美女，

是兄是妹或伴侣?

勿要虚言请实说。

身后背囊沉甸甸，

看着皮肤如此白，

应是高贵氏族人。

眼睛清澈且明亮，

应是心中向佛法，

说出实情道身份。

听懂耳中是甘露，

不懂歌亦无解释。

听罢珠姆婢女所唱此曲，王妃等三人面面相觑，随即脱掉帽子放下包袱，便拜倒在地。三人心想：吉祥的太阳从东方升起，取来祈祷的水，唱出福泽的歌，可谓是三福齐全，还能有什么好过这些？在高山上挂起风马旗[1]，自然会有好的运势。屋顶用金瓶装饰，法身将建立功业。在水面架起桥梁，能方便人们往来。在今天这个吉祥的日子，有此般妙龄女子，身姿优美面容姣好。其身后背着海螺瓶，证明心地像海螺一样洁白；右手拿着的白瓢，是显现祥瑞的吉兆；声音优美歌动听，是佛法昌盛的象征。幸福的太阳今天将从这里升起。于是王妃西绕贡桑将自己不变的情怀化作音符，唱了这样一支歌：

阿拉塔拉唱塔拉，

塔拉是歌之唱法。

1 风马旗：藏地插在屋顶或山上，象征运气的小旗。

生神山神土地神，
若是能知定保佑！

如若不识此间土，
万里异乡不熟识，
虽然近处眼未见，
远时耳中曾听闻。
只闻吼声不见身，
是那空中一青龙；
眼见不能触及者，
天上太阳和云彩。
是否知福空行母，
不变善良慈悲心。
岭国国度妙龄女，
心地善良似父母，
皮肤白皙透红光，
头上松石似繁星，
身上饰物如仙女。
五位如花女子中，
为首像那一轮日，
红光绕遍大海时，

罗睺不至上师佑；
其二像那白月亮，
光芒破除黑暗时，
乌云不至上师佑；
其三像那昴宿星，
光芒耀动四洲日，
黎明不至上师佑；
其四像那白雪山，
白雪不消上师佑；
其五还像白螺号，
神殿之上法号声，
神威不堕上师佑。
美人像那天上仙，
洁白心灵善良言。

如若不识我辈人，
南方天竺十六国，
右为崇信佛法部，
左为母苏魔教部，
神魔并存共同生。
小女投胎降生时，

密严刹土山洞中，
父名扎钦旺图王，
母为格旦拉姆妃。
膝下子女共五人，
达杰曲珠吾长兄，
伦珠杰瓦吾幼弟，
居中即为小女我。
喜色奔点是吾名，
亦唤西绕贡桑女。
名中为何有贡桑[1]？
天竺里赤海水中，
曲赞旺堆大魔王，
将我强掳失自由，
从未心属钟情他，
自从到达彼地后，
皆言文明有智慧，
属下臣民皆道好，
此时众人唤贡桑。

去年前年再往前，

1 贡桑：藏语中为尽善尽美、完美无缺之意。

从那十五年华时，
离开父母已五年。
耳中虽能闻家乡，
国王身边无处诉；
虽也想念吾双亲，
但却无缘再相会。
岩石深处猫头鹰，
众鸟敌视无法飞；
水中游动小鱼儿，
阳光不照无暖意；
丛林深处之香獐，
白日无缘食美草；
松树枝头栖乌鸦，
翼力难至百鸟地；
离开父母孤苦女，
失去自由难返乡。
心中所想未成真，
不遂人愿命中数，
是用武力强行掳。

行年到得十八时，

做了国王之伴侣。
与其去做魔王妃，
不如堕入地下狱，
至尊上师还能度。
与其去做魔王妃，
不如去到边远地，
还能自由行或走。

如此想来有五年，
去年年末今年初，
国王好似快疯癫，
无风却要飘摇倒，
无病却像命快殒，
好似有人拿鞭催，
毫无因由害人命，
随意辱骂家中人，
一众奴仆绝衣食。
有时飞至半空中，
傲慢环视四方土，
妄言天下他自雄。
有时钻入海深处，

炫耀海中财宝库，
满升满斗是金沙，
红白珍珠随意戴，
绫罗绸缎有几库，
水晶似那白月亮，
火镜似那红日光。
财运聚得许多宝，
以此向我多炫耀。
炫耀过后挥拳头，
身体凸处全变凹，
凹处全部血液鼓，
身上尽是血疮疱。
疼痛悲伤折磨我，
如此恶命心将死，
好似徘徊鬼门关。
在未见到法王前，
有时想死欲跳崖，
有时想死欲跳河，
有时想死欲自戕。

小女如此之苦命，

一日将我带上天，
此时祈求众神佛，
好似得到神指引，
冥思何处有善缘，
苦中作乐求保佑。
如是发愿共三遍，
将那闪亮好金镯，
抛向空中敬神佛，
金镯好似被线牵，
彩虹一般飞东北。
期望上界神明佑，
期望怙主能显灵，
期望善缘在东北。

统领世界四方土，
护持藏地善佛法，
解救弱小脱苦难，
打败邪恶诸魔王，
四大天王中居首。
天神之子降凡间，
格萨尔王名占堆，

天竺藏地同汉地，
此地是为三地界。
拉隆松多是地名，
传言流传有此地，
我亦听闻此地名，
于是说来乱他心。
战胜岭国诸勇士，
征服岭王是英雄，
抢到珠姆即威福，
珠姆比我美百倍，
岭王比你强百倍，
勇士也是岭国猛。
还有神仙幻法术，
比起母苏阿杂法，
不知强过多少倍。
如此说了许多后，
又说故事将他激，
国王恼羞又成怒。

此后离开到此地，
娇媚女子是我婢，

拉吉宗典是她名。
罗布顿珠是此人，
又名央宗扎西啦，
名是真名不会错。
真乃吉祥福泽聚，
少年身材颇伟岸，
是这姑娘好伴侣。
一有出众好智慧，
一有出众好容貌，
同甘共苦好伴侣。
不论温暖与严寒，
美食亦是共同享，
心底悲伤互相询，
还有许多言语诉。
姑娘真是窈窕女，
说的话儿像美味，
尝了美味肚也饱。

希望能见雄狮面，
两女一男似乞儿，
片言只语想禀报，

求见因有重要事。
要道天竺情和事，
要道魔王诸恶行，
要道乞儿苦言语。
若是不见格萨尔，
蝼蚁似的三条命，
不如抛却在此地。

闻歌请降慈悲心，
如有冒犯乞恕罪。

闻听王妃贡桑所唱此曲，扎西次措卓玛心想：此三人必是有一件大事，看他们说话，比喻精准，排比恰当，必不是寻常人家。好比在两国间通商贸易的人，必定不会气量狭小；马背上备鞍安镫，必然是一匹良驹。扎西次措卓玛便信了三人说的话，瓶里取满水之后，将贡桑的话跟其他几个姐妹一一说了。几个女孩儿互相看了几眼，露出皓齿莞尔一笑，全部不发一言，一齐回到了宫殿中。第一瓢水用来供奉神明，第二瓢水用来打茶酿酒。

当王子们礼佛的时候，扎西次措卓玛将天竺来的三个人生得如何俊俏，言语如何动听，对佛如何虔诚，又遭遇了什么悲苦等情形一五一十地禀告了珠姆[1]王妃。珠姆心想：如果是神明就要供奉，如果是君王就要进贡；如果是父辈就要服侍，如果是母辈就要敬酒；如果是少女就要游戏，如果是少男就要比武；如果是乞儿就要施舍。但如果给君王进贡过多，就会把他送上歧途；如果给少年斟茶敬酒，就必能取敌人首级。不从宫门进入就到

1　珠姆：格萨尔王之王妃，岭国七姐妹之首，史诗称她为白度母转世。

不了宫顶，话不说清楚，道理必定不明，他们一定有紧要的事情。于是珠姆吩咐手下的琼擦雅、白嘎拉增、色让姑娘尼吉等五名婢女准备丰富的食物。之后，琼擦雅和白嘎拉增一左一右搀着珠姆来到贡桑拉姆等三人面前，只见珠姆等三女戴满金银首饰，身披彩虹般的绸缎。

罗布顿珠一见珠姆，好似睡梦初醒般，不由自主地鞠了三躬。珠姆连忙扶住罗布顿珠的手说："我是妇道人家，你一个男儿身无需拜我。常言说官司虽由法官定，饥饱得有自己定，所以无需对我行跪拜之礼。"此时，贡桑拉姆和婢女正面面相觑，珠姆就对他们说："你们有何事尽可告诉我，格萨尔王诺布占堆现在正在闭关修行，外人概不能进，否则可能有鬼神侵扰。"随后，珠姆吩咐将三人请至拉惹木布殿中，请他们坐到红白相间如彩虹图案的垫子上，摆上各种食物和美酒。珠姆说："你们有何事可说与我听，我自会转达给格萨尔王。从千里之外的天竺前来，如果心中没有莫大的悲苦，你们的身形便不会如此疼痛；如果心中没有痛苦，就不会眼含泪水；如果体内没有病痛，脸上就不会显现；如果自己没有犯下罪孽，就不会被困在牢中；如果不越过高山，就不能到达平原；如果不将话语说清，如何能辨别敌友？"于是珠姆将问询的话语化作音符，伴着彩虹般的法身唱了一支这样的曲子：

阿拉塔拉唱塔拉，
塔拉是歌之唱法。

空行圣母请显灵，
东方金刚空行母，
通体白色闪光芒，
红色头发似彩虹，
舞姿优美翩翩起，

话语梵音娓娓道，
森姜先来开头唱。
南方珍宝空行母，
身体紫黄闪金光，
法身自然是空性，
心想事成护佑我。
西方本母菩提心，
通体红色似火光，
慈悲驱走众乌云，
大乐之地彩虹生，
安乐唱出幸福歌，
六字真言心中念，
向着三宝方向拜，
祈求保佑空行母。
北方之处空行母，
通体蓝色像天空，
绿松宝石似明镜，
青虹青绸青色身，
顶上亦是绿松石，
不变皆被青光绕，
今日请助森姜力。

佛祖旁之空行母，
体为白色光芒耀，
千手千眼观世音，
和那观音十一面，
皆是大慈大悲心，
三界众神皆供奉，
请像影儿随我身。
祈求国王遂其愿，
祈求岭国申正义。
森姜所说诸言语，
表里如一像水晶，
心口合一菩提行，
快快歌颂皆空性。

如若不识此间土，
世界和平止戈地，
六道众生慈悲地，
威力铲除妖魔地，
见过岭地都艳羡。
强卡姆布大神殿，
是由宾客众神建，

是那神龙魔之地。
白岭地方之上部，
不变宫殿有三十，
自生有三所建七，
还有鬼神所建造。
安乐强卡宗堡中，
食物不绝似海底。

如若不识我辈人，
起初降生世间时，
青龙吼声震彻天，
若未听见必是聋。
红色闪电劈至地，
若未看见必是盲。
就如喻言此言善，
小女出自嘉洛仓，
森姜珠姆是我名。
生时虽有些许传，
但是不喜处处扬。
大话套话与空话，
人人耳中不愿闻。

不如来问具体事，
神殿下面宫门口，
为何至此请细说。
拉开象牙一般弓，
想射之箭是如何？
骏马背上鞍鞯齐，
所去之地有多远？
手握三种兵和刃，
只因与敌有深仇。
金银往来何密切？
只因买卖来日长。
姑娘千里来此地，
到底有何紧要事？
想要声音震彻天，
需有青龙般模样；
千里去往边地时，
需有无尽衣食财；
做得上师座下徒，
心口合一须虔诚；
面见达官显贵时，
前后一致言须明。

所来究竟为何事？
血脉源自何方土？
父母姓名唤作何？
但看两女衣冠样，
能知来自天竺地，
天竺十六国度中，
从西开始推算后，
到达你邦需几日？
国王法度又如何？
不必掩藏照直讲。

虽然前人谚语云：
上等男儿之言语，
似那溪水径自流，
汉子踏遍地边界，
浸润平原广阔地，
其中鱼蛙蝌蚪绕；
中等男儿之言语，
为了发达讲商话，
金银交换拿货物；
低等男儿两相遇，

言语未交先动手，

三句未完口舌争，

未知人名便争斗，

未知好赖便交心，

豪言终将变哭泣，

此事真是无必要。

不要隐瞒说实情，

不光是男还有女，

请将此乡当故乡，

便能得到王庇佑。

珠姆我愿做保证，

若无衣食珠姆予，

请再细想三男女。

听懂耳中之甘露，

不懂歌亦无解释。

珠姆用歌声询问了三人之后，贡桑拉姆和婢女欢喜地做着手势，想要回答却又不知从何说起。此时，罗布顿珠自认心中有践行佛法的信念及执行法纪的决心，于是答道："感谢森姜珠姆说的这些言语，我们来自何方国度，父母之名为何，自己又唤作什么，待我慢慢道来。我们从南方天竺来到东方岭地，是为了能将魔王投入地狱，是为了恭请佛祖上师，惩治那大奸大恶之徒。希望大慈大悲的怙主能解救我们，让我们像鱼儿一样在水中游弋。

希望旭日东升，黎明能够驱走黑暗和阴霾，如此便是皆大欢喜了。”于是，他便唱了一支这样的曲子：

阿拉塔拉唱塔拉，
塔拉是歌之唱法。

歌唱一支是必须，
两支歌曲便嫌多。
话语为何分多少？
关系表达好与坏。
言语之中多比喻，
有无智慧能分清。
食物为何称浓淡？
妇人手艺好或坏。
生意赚亏靠什么？
全靠男儿一身胆。
能否修得成正果？
需看悟道深或浅。
男儿得失如何计？
要看是否合法理。
比喻原是歌唱法。

如若不识此间土，
白岭大乐自在地，
六道众生享安乐，
不分你我皆亲近，
不分高低皆平等，
绝无损人利己事。
能够践行佛法日，
所定律法必公正，
执法当中持公正，
如那佛中慈悲心，
二者都有大功德。
英明君主之律法，
因果报应须谨记，
正误还须真理定，
因无身份高低论，
全凭理据来断案。
佛法根本是善念，
何谓佛法中善业？
不闻不许不适宜，
还须守住善之果，
如此便是菩提心。

慈悲方能成佛陀，

公正才能当官长，

二者殊途但同归。

此地真是大乐土。

如若不识我辈人，

虽未成为上师徒，

善恶因果记心间；

虽未成为国王臣，

好坏黑白我自知；

虽无商人万贯财，

能识金银同珍宝；

虽未统领千万师，

但能决定脚下路。

罗布顿珠是我名，

此生无缘见佛面，

期盼来到上师处，

慈悲显圣见佛面。

今年从那年初起，

国王轻佻随风摇，

大臣暴虐似雷电，

还有王后蛇蝎心，
三样恶缘聚齐时，
不得安生才出走。
来到异土他乡日，
眼中只识昴宿星。

森姜珠姆听我言：
曲木里赤国度中，
珍珠宫殿和宗堡，
建在大海最深处，
船只转轮飞空中。
国王性急似猿猴，
仆人心中也在想，
爱护子女是父母，
威信大者为上师，
执法严明是君主。
我是王妃一奴仆，
来此皆因王妃故。
古时西山国度中，
达宗沦为岭地土，
距今已有六年余。

黑方曲赞大魔王，
号称神威振三界，
无缘无故兴兵戈，
已有三万大部队，
明日抑或后日时，
先头必将到岭国。
我们听闻格萨尔，
能将三界收治下，
神威震彻全世界，
如此便想面见他，
见后还有大事求。

听懂森姜请上心，
不懂歌亦无解释。

罗布顿珠唱完，森姜珠姆即去面见格萨尔王，转达了三人求见的愿望。格萨尔王说：“今日虽也是一个吉日，但无需焦急，你可叫他们后天日出时前来见我。”待到第三天，森姜珠姆便带着三人去面见格萨尔王。来到宫门口时，三人虔诚地朝着格萨尔王拜了三拜，然后从寝殿门口跪着来到格萨尔王面前，眼中都含着泪水，格萨尔王一言未发。此时，三人将红黄白的三色珍珠、弥勒佛、文殊菩萨、金刚手菩萨的红珍珠天成佛像，还有如意珠、如意喜旋蓝宝石、红白瞻巴拉[1]、五部空行母等佛像用哈达包好后

1 瞻巴拉：梵音译作阎婆罗，一财神名。

献给了格萨尔王。接着曲赞扎杰的王妃西绕贡桑朝格萨尔王拜了三拜，跪在地上伴着手势用梵音一般的音符唱了一支曲子：

阿拉塔拉唱塔拉，
塔拉是歌之唱法。

一愿法王臣能知，
当我迷茫时助伴；
二愿空行诸母知，
解救妇女脱苦海；
三愿三界守护神，
消灭黑色妖魔教；
祈佑头戴黄冠者，
慈悲礼佛虔诚者，
善恶辨别心如意。
愚笨恶业之头颅，
若不空出修善心，
身体便将跟魔走。
黑魔如何行和坐？
生食异类肉和血，
便是人间大罪孽。
魔王秉性和作为，
残杀异类食其肉，

是为人间大恶人。

如若不识此间土，
近处眼中虽未见，
远处耳中曾听闻。
不知世界分布法，
但知天竺十六国，
汉地行省一十八，
藏地十三万户民，
卡切朱古泥婆罗，
拉达克等似雪鬃，
号称四大宗堡部。
大食霍尔和阿扎，
算上歇日共四国，
号称中部四大国。
紫色姜和古乃门，
亚尔康等三魔王，
加上阿齐四白霍，
与别不同四魔头。
吐蕃藏地之高原，
地之精粹聚此间，

世界中心即此处。

位于汉地西南边，

和那天竺东北方，

天地在此自在生。

传承自身之血脉，

岭地六宝之故乡，

玉龙亚塔是地名，

白色宫殿众神建，

桑珠达孜好宫殿。

神妖龙等三族地，

不是凡人之宫殿，

顶部是为天神殿，

中部是为龙妖宫，

底部是为财宝库，

三者皆为佛祖宫。

右面十万勇士宗，

左面空行诸母宗，

后面护法众神宗，

前面父叔山神宗。

曾经听闻众宫殿，

今日得见感幸福，

好似旭日空中升，
水中鱼儿感温暖，
不觉冰冷大恩情。
龙神施雨像暖被，
滋润田地绿油油，
拥有血肉众生物，
无一不具幸福感。
岭地贤人扎堆降，
平定世界建乐土，
六道众生皆安乐。
高处从那日月旁，
低处到那大地上，
神殿是那财宝宗。

如若不识我辈人，
前世投胎出生时，
圣洁神仙转轮中，
次增卓玛是母名。
今世投胎降生时，
天竺密严刹土上，
父母皆具王尊号，

贡嘎德庆父法王，
西绕白措为母名，
若问小女之姓名，
喜色奔丹是吾名，
亦唤作西绕贡桑，
父母之名都兼有。

小女行年十四时，
黑方曲木里赤国，
曲赞扎杰大魔王，
带领十万余部众，
命令勇士攻城门，
父母兄弟和姐妹，
都被关进黑暗狱。
于是将我年少女，
十五岁之年纪时，
带到曲木里赤国。

红色珍珠之宫殿，
建在大海水波中，
魔王声威实在大，

扬言尽收天竺土，
供奉母苏阿杂神，
威力虽大是魔神，
周围大臣皆谄媚，
如斯大臣有五十。
王臣像那狼狈奸，
民似羊儿难保命。
王臣像那雕和鹞，
神鸟哪能丰羽翼？
王臣似那两头蛇，
小民弱小难生存。
如此之后王和臣，
个个变成妖魔样。
三十万余众属民，
大部生存在海底，
还有各样神幻术，
飞往空中有铁鸟，
水中行走有电船，
想要什么都富足。
与其做这魔王妃，
富家牛倌更快乐；

与其做这魔王妃，
情愿身负背水桶；
与其做这魔王妃，
不如背犁去耕种。
每日饭食人施予，
虽说衣食有差别，
自在之身多欢愉。
如果未到魔王域，
行至山巅看世界，
双眼方有用武处。
趁着有声放歌唱，
衣食富足卧安眠，
如若有宝供神明，
来为后世做打算。

一日来到碧空中，
大千世界在眼前，
虽未明得十分理，
小女心底真悲伤。
一是寻找自在地，
或是法身降生地。

如何抉择请神引，
金镯光芒像太阳，
一心祈祷抛空中，
闪着金光奔东北。
今日到达此地方，
与那金镯飞行迹，
好似日月之轨迹，
马上便去祈福佑。

自从到达此地后，
好似脱去黑色帽，
一见神殿泪汹涌。
面见格萨尔王后，
死去亦不堕恶途。
跟我同来两男女，
命中注定之伴侣，
拉吉宗典是仆人，
我亦唤她作央宗，
罗布顿珠吉祥名，
亦唤作拉桑顿珠。
一人为何有多名？

生身父母取一名，

称呼方便又一名，

上师赐予共三名，

此便三名之来源。

珍珠金银绿松石，

财帛作为回向礼，

还有一片赤诚心，

如若不嫌不虔诚，

亦将丹心献岭王。

在那海底水域中，

红白两色之珍珠，

形似大象驮宝状，

真是自然生成宝；

形似大鹏展翅状，

用那凡人高技艺，

变成集善之瑰宝。

除去此宝还兼有，

珍珠好似小孩状，

释迦佛陀命令中，

法臣名唤作班达，

天竺佛法之掌教，
好似艾绒卡切绫，
是那魔王风水绫。
黑铁铸成人形者，
形似握住三兵器，
实乃魔王之魂铁。
檀香红木人形者，
实乃魔王之魂树。
文书之中还记载，
红色珍珠小盒内，
魔王值日神位[1]存，
我已将它带至此，
您可辨别它虚实。
今日献给雄狮王，
期盼早日除魔王，
我们主仆三个人，
命无贵贱是一样，
此时祈求王保佑，
希望雄狮王能知，
若有冒犯乞恕罪。

1 值日神位：星相家所说人畜体内神魂每日所在部位。

听完西绕贡桑的歌，格萨尔王预感到神魂鞭、神魂树、神魂宝、神魂璁玉、神魂旗[1]，还有依附着神魂的大臣和大鹏鸟都到了手上，心想曲赞扎杰也将是命不久矣。格萨尔王将所有东西取过，放到了宝座的下面，用他的佛珠和日月仙索将其捆好。然后，格萨尔王道："高贵的男子和妇人能来这里着实是好，今天是供奉拉宁嘎布神的头一天，你们可在寝殿里礼佛祈祷。然后在宫殿的右方有一处空行母宗可供王妃居住，还有像东方日出一样的少女拉吉宗典，有与生俱来的光芒，必是空行母无疑，你可同那俊朗的青年在西方桑巴顿珠宫里安家。诺布占堆本就是岭国外臣勇士，在白岭聚集的时候我将赐你得坐豹毯的荣耀，并赐你二人勇士和仙女的名号。"

随后，格萨尔王往空中洒了洒神水，进行了长寿灌顶[2]的仪轨。珠姆同格萨尔王商议后，决定将西绕贡桑许配到丹玛仓，作丹玛之子玉果奔里的妇人。那一日，晴空万里，吉祥的日光从早至晚都未被乌云遮住。格萨尔王随即差人给森姜珠姆、穆琼策温、玉杰白措、大臣阿达培杰等所有岭国上中下三部的叔伯勇士们传下号令，声称有妖魔外敌将入侵岭国，命令他们迅速集结。

1　神魂鞭、神魂树、神魂宝、神魂璁玉、神魂旗：佛教中称魂魄会依附在一些物体上，如树和玉等。

2　长寿灌顶：原为古印度帝王即位的仪式。佛教密宗效此法，凡弟子入门或继承阿闍梨位时，必须先经本师以水或醍醐灌洒头顶。灌谓灌持，表示诸佛的护念、慈悲；顶谓头顶，代表佛行的崇高。

三

此时，欲想平定三界的曲赞扎杰却噩梦连连，卦象也显凶兆，令他仿佛睡在水中一般毫无暖意，心儿像风幡一般乱摇，悲伤和懊恼时时向他袭来。他发现西绕贡桑主仆三人早已逃得不知影踪，传下檄文追查也毫无下落，于是便派大臣桑珠和顿色尼玛扎巴二人带着金银绸缎和山珍美味去母苏阿杂教的上师吽纳美巴处，打听三人的下落。上师吽纳美巴卜了三卦后，从他的水晶中清楚地出现了岭国的上中下三部，格萨尔和珠姆的面容以及宫殿的面貌。于是上师吽纳美巴将格萨尔王的名字以及宫殿勇士等情形一一写于纸上，并盖了上师的咒印，嘱咐二位大臣说里面有预言口诀，让他们呈给国王。

曲赞扎杰正同五十多名妖臣勇士们饮酒作乐，席间尽皆扬言要吃人肉，喝人血，行不义之事，掀起血雨腥风，说话的口气像山一样高。两位大臣将上师的信件交给国王曲赞扎杰，曲赞扎杰仔细端详了上师画的地图后说："在这样地方的，不是大国，而是一个小国，而且是小国中的穷乡僻壤，岭王是穷乡里的小王。就像小门旁边的小狗，石子全是自己招来；就像穷乡里的少年，是浪子戏弄的对象；就像马厩里的马驹，鞍鞯变成了垫子。像巴掌这么大的一个地方，就是名副其实的小国。不过看岭国这个地方，应该是一块好地方，这块地方应当属于我们这些福泽深厚的王臣们啊。"说完便得意地大笑。于是众人也围拢过来看母苏上师画的地图。

国王的兄长拉赞看完，一言不发，心里暗道：这个地方地势险要，易守难攻。我军出发后就要到达陆地，东边是穆布姜域，往西是门隅地界，往南是玛惹杂域。过了这片大海便全是岭藏的地方，即使翻过了峰顶，下面依然有刀刃等着，如何能够全身而退？大臣扎巴维色还不明就里，大臣桂杰想对国王说些什么，却因饮酒太多，怕说错话搅了国王的兴致，不说又觉得不是道理，竟昏昏沉沉地说不出话。此时，扎杰长老心想：我们的国王年少轻狂，这些大臣又奸猾无比，必将国王送入虎口；终日饮酒度日者，所施计谋必吃败仗；无脑女子是非多，必将招来口水官司；巧言狡诈的大臣一多，必将招致亡国之祸。”于是扎杰长老为国王献了一条哈达后说道：“谚语云，山峰岿然不动，花草自会在周遭生长；大海波澜不惊，鱼虾自会在水里汇集。国王亦应如此，属民方能万众归心。”说完他便唱了一支曲子：

阿拉塔拉唱塔拉，
塔拉是歌之唱法。

希望大神能知晓。
如若不识此间土，
曲赞无底海域中，
里赤水中城堡里，
神殿是为珍珠宫。

如若不识我辈人，
从今追溯往古代，
巴伯多杰吾父祖，
圣贤日杰作大臣，
计谋从未出谬误，

智慧没有不及地，
智胜计高是圣贤，
长老扎杰计亦高。

听我道来君臣们，
你看是否此般理。
空中青龙大吼声，
其后必有雷和电；
欲与天下为敌者，
必将祖业送敌手；
无法上师假传法，
终将身陷泥潭中；
无知君主狂妄语，
属民终将四分散；
乞丐空有高傲心，
终将死于饥饿中；
无勇青年执剑矛，
必将兵刃送敌手；
无知妇女哭泣语，
家中必将引争端；
富人家中攒钱财，

必将引来偷盗匪。

古人谚语又有云：

天无甘霖水自干，

达官将死秉性改，

属民将失君主癫。

君主将失江山时，

穷兵黩武自然事；

上师即将堕地狱，

必因敛聚许多财；

女子自堕轻贱地，

必是花枝招展时，

以上皆是打比方。

再观今年天相时，

猫头鹰在深山啸，

黑獭近处来回游，

中有鱼儿上下蹦，

水獭鱼儿猫头鹰，

前世注定相关联。

鹞鹘鸱枭[1]三种鸟，
虽然共栖青草堆，
想法不同各是各；
父母双亲和媳妇，
虽然共住一屋中，
想法不同各是各；
正道上师与门徒，
虽然依止同一法，
功德不等各是各；
黄羊岩羊和麋鹿，
虽然共存山林中，
殒命因由各是各；
国王王妃和大臣，
虽然同在宫殿中，
想法不同各是各。
你说是否这般理？
强行带来非情愿，
哪能情投意又和？
买卖如非心所属，
言语再多难成交；

1 鹞鹘鸱枭：鹞、鹘等都是像鹰的猛禽。

不合硬往一处拉，
难以齐心并同行，
相隔好似天与地，
难有共同聚首时。

王妃男仆和女婢，
拿走国王珍宝盒，
生魂金银和玉器，
突然消失似梦中。
身有如此贵重财，
如何不能到远地？
汉藏之间诸地方，
有钱何愁无奴仆？
有法自有徒聚集，
有勇自能寻头领，
有财自有女环绕。

若说此地源自何，
应是岭国血脉系，
高楼九层何威严，
名曰九尊大神殿。

眼虽未见耳听闻，
更有上师预言明，
应是桑珠达孜宫，
用那方形红茶垒，
财食两样都齐全。
紫色神殿叫拉热，
此殿不美哪殿美？
敌本在外往里逃，
暖本在内往外散，
还要引狼入己室，
这是自取自首级。
如今不能再如此，
莫要寻衅守城堡。
曲木里赤海域中，
君臣若不留此地，
就像头和身分离，
就像宝盒断宝带，
就像鞍鞯互分离，
你说是否这般理？
王与宝座不分离，
分离即会被风吹；

旗柄与地不分离，
分离即会倒地上；
雄鹿与山不分离，
分离即现不吉兆；
英雄兵戈不分离，
分离即会招败运。
国王应当安于位。

应记前人谚有云：
国王丧土失位前，
通常都会有苛令；
高山大湖大人物，
岿然不动方正道；
大山岿然不动中，
草木何能有变化?
波澜不惊湖水中，
小波小浪亦无妨；
岿然不动大人物，
虽有祸乱自能平。
这是老人心所想，
小儿莫急心放宽，

自守城堡不外侵，
山边水际置哨卡。

如能听懂是甘露，
不懂歌亦无解释。

听到扎杰长老对战局的判断后，国王曲赞扎杰气得怒火攻心，血气上涌，发出强烈的咂腭声，咬牙切齿地说："你八旬老人的疯话，我们年轻人怎能听从？莫再多言了，就如上次与二位兄弟商议的一样，准备好兵马！"此时，兄长拉赞从右首铺着彩虹颜色垫子的银座上起身，在国王面前敬献了哈达后说道："愚兄并非贪生怕死，但如果属民生灵涂炭，兄弟们性命不保，金银财物全部落入敌手，那到时候由你去取还是我取？还是平心静气地考虑一下，不如就此把兵撤回，你意下如何？"国王一听，更是气得冒出血泡，叫道："那就由我去取。"如此三日之间，你言我语，都未议定。最终，拉赞兄长和大臣曲珠立下了军令状，大臣曲珠从右首的虎垫上起身，唱了一支命令军队速速出发的歌：

阿拉塔拉唱塔拉，
塔拉是歌之唱法。

祈愿红妖魔宗中，
食肉罗刹能知晓；
玉赞红岩神宗里，
大德黑咒能知晓，
高深法术皆知晓，

还能预知世间事，
心静听我开始唱。

如若不识此间土，
神殿珍珠财宝宗，
建在海底水泡绕，
寝殿自生花丛中，
聚所安乐吉祥地，
众人环坐商计策。

如若不识我辈人，
右席虎威神垫上，
千军万民皆仰望，
可与国君并肩坐。
智慧之结如何解？
尽可随心去决定。
大臣曲珠是最末，
敌手俱是英雄汉，
千军同那万马中，
是我曲珠最勇猛。

在那过去时光里，
西方如列国度中，
兴旺上茅城镇中，
上茅国主光芒耀，
权势福泽与天齐。
谁同强敌共比肩？
是我曲珠大将军，
是那国王近前臣，
行年五十又有三，
百万功勋空中传，
如此豪杰便是我。

今年之事变多端，
心中从未料想过，
你说是否这般理？
大地若无湿润土，
天上云彩怎聚集？
天上若无云彩聚，
甘霖如何降大地？
甘霖如若不降临，
绿叶如何发新枝？

绿叶如果不发芽，
五谷何时结果实？
神鸟杜鹃飞空中，
如果不来藏地域，
绕遍寰宇亦徒劳。

话说藏地如意乡，
如若其时不闻声，
之后亦觉声不美。
神鸟杜鹃一声啼，
冬夏之时自此分。
之后飞到门隅去，
海底如若未起风，
水泡怎会自行散？
海风如不吹水泡，
珍珠琥珀诸宝贝，
如何到得你手中？
心中所欲如不得，
无法从中获成就，
如若不能获成就，
荣华享受亦不增。

像我青年叫曲珠，
心中期望是如此。

今年王臣妃三人，
心意不和各是各。
就像不翻高山坡，
无法到达平原地；
就像不受疾和苦，
哪知幸福不易得？
不经早晨长时饥，
哪有午后知美味？
如若草乌未当药，
哪知良药药效奇？
如若深山无水源，
哪来大海波万顷？
国王心意若不乱，
兵民不会生嫌隙。

此时心中自得意，
三万人之大部队，
国王早晨颁命令，

兄弟计议已定夺。
大臣心意亦如此，
勿停今岁登陆地，
海底自有珍奇宝，
守好勿使他人夺。
备齐电船十五艘，
马上开到水面上，
大船需备九百艘，
小船更是无计数。
乘风破浪海中行，
速行好似那疾风，
快至多热边界地，
十八部落山谷地，
二十高岗满是兵，
一齐列队齐进发。
林海被火燃烧时，
哪有树木能幸免？
青龙一吼雷电击，
哪有岩石能躲避？
鱼儿安睡大海中，
波涛翻涌亦无妨；

地方一旦干戈起，

哪有人财能幸免？

世界财富中心上，

平坦大地为其一，

直立人儿为其二，

周围走畜为其三，

如果三样未聚齐，

不能平定这三界。

如未犯下大罪孽，

不会生出忏悔心，

忏悔如若不彻底，

怎能取得解脱法？

这是世间自然法。

如未违背君主意，

大臣之言可不听；

如若不听大臣言，

百姓心想事皆成；

如不播下五谷种，

夏日无法开枝叶；

夏日如未开枝叶，

秋季无法结果实。

宝刹高层法台上，
至尊上师传修法，
若果小僧不敬听，
无法知晓佛真谛；
秋天霜雹若不至，
地上蝼蚁便不绝，
夏日水涨满山谷，
冬季如果不结冰，
地上水患便不绝。
若无夏冬时节分，
花草树木便不绝，
是否此理请细想。

我是青年地方官，
不待去做先锋将，
似我英雄二十五，
身后跟随三万兵。
国王同那兄弟们，
请先商议定计策。
若依小臣之想法，
国王勿行居宫中，

就似雪山中雄狮，

应当矗立白雪中，

碧波大海众支流，

万众归心向低流。

大国君主权势厚，

勿动应居部落首，

我等小群臣子们，

即需赶往陆地上，

或需去往擦瓦地，

或需去往姜域地，

或许去往门隅地，

如果不去此三地，

再无其他路途去。

途中若遇岭国人，

即取首级让他返，

出征英雄男儿们，

不要退缩是忠告，

勿要耽搁速速行，

七日之内备战马，

我军出发征岭国。

曲珠唱完，便发誓要取敌人性命，食肉饮血，下定决心后开始整饬部队。

国王的兄弟代君出征，带齐二十五员虎将和三万兵马。七日后，众人送行。曲木里赤军共乘九十艘大船急速行驶，五个昼夜后便离开了曲木里赤国境，到达了多热地方。擦瓦地方的上部、中部和下部都布满了曲木里赤兵。曲木里赤军身材高大且四肢颀长，头发和眼睛均赤红，鼻子和睫毛下垂，颈长鼻长。看起来刮风就会被吹倒，遇到强盗便会哭泣，能是勇士的对手吗？精通巫咒之术的十三名巫师以及占卜师阿杂吽那各自回到帐中备战。至此，曲赞扎杰的军队来到了岭地。

四

十月二十五日晚，格萨尔桑钦王在桑珠达孜宫[1]的平措寝殿中为六道众生的福祉闭关修行。此时，天空中彩虹飞架，红的像火山喷发，白的像枯叶落地，黑的像千千结。当中显现出头上裹着绸头巾，身上穿着绫罗，足下踏八瓣莲花，右边摆着檀木鼓，左边是银色小铃，胯下是无鞍雄狮，身后跟着青色水牛，人形猿在前面开路，青龙在后面辅佐，众空行母围绕的仙女，她便是居住在天竺与藏地边界的里廷湖，继承了措门女王王业的姑母南曼杰姆[2]。她告诉格萨尔王，南天竺有一名叫曲赞扎杰者，妄言用天作衣裳，用地作垫子，要灭掉佛法，传扬异教，广行杀戮之事。他现在已派兵到了岭国，多热和擦瓦上中下三部都布满了他们的妖兵。南曼杰姆将详细情形用歌声唱道：

阿拉塔拉唱塔拉，
塔拉是歌之唱法。

释迦本尊能知晓，
诚心祷告愿降福。

如若不识此间土，

1　桑珠达孜宫：岭国国都。
2　南曼杰姆：格萨尔王之姑母，时常指点格萨尔王的一位仙女。

此地便是白岭国，
桑珠达孜宫殿名，
国王唤作格萨尔。

如若不识我辈人，
苍穹三层之下面，
百位神佛当中的，
从前美貌甘露仙，
如今岭王之姑母，
南曼杰姆是吾名。
能够预言未知事，
亦能指引未知路。
格萨尔请听我言，
妖魔无数像老鼠，
四方强敌四魔王，
制服已过数余年，
之后又将小魔国，
十八魔王均消灭。
之后又剩几小国，
之间攻下许多宗，
大宗为数二十五，

小宗取下十九座，
此外还有几小宗。
和那势雄宗堡中，
妄称自己是火焰，
干湿树木俱要烧；
妄称自己是雷电，
软硬岩石都要劈；
妄称自己是阎罗，
高山深谷都要平。

曲木里赤海水中，
宫殿建在海深处，
属民有时海中住，
有时居住陆地上。
勇士好似阎罗兵，
所行之事随心欲，
将天披身真奇怪，
举起大地真神奇，
还要妄言摘红日，
将那白云垫身下，
妄言执掌世界权。

天竺密严刹土上，
不信佛祖之国王，
身虽未灭福已尽，
是为魔域好抢掠。
岭国拥有许多宝，
珍奇宝物满宝库，
身后敌人正觊觎。
今年最初之时节，
西绕贡桑和婢女，
名唤拉吉宗典者，
还有罗布顿珠等，
来到岭国呈吉祥，
亦是出兵之时机。
天竺边界之地方，
多热地和擦瓦地，
还有紫色姜域地，
南部梅朵杂米地，
上述地方俱敌兵。
军中先头领军者，
有那虎将二十五，
赞拉亚美国王兄，

萨堆美如国王弟，
青年大臣叫玉杰，
查贵传说戳破天。
阿杂母苏黑咒法，
吽纳巫师一人身，
一有预知之能力，
一有看遍世间镜，
身具幻术两巫师。
还有妇女十三人，
不多不少正十三。
如不征服上述人，
哪能叫做岭占堆[1]？

妖魔已然占岭地，
军队需要尽快至，
岭地上下所有地，
需要准备抵外侵。
君臣上天早注定。
大火燃时当需水，
如若无水火烧山；

1　岭占堆：格萨尔王之名，藏语意为克敌制胜。

大水将至需堤坝，
如无堤坝水淹田；
大军来时需抵挡；
将堕地狱当需法；
拜见国君需哈达，
若无哈达似蠢人。
上师做法度亡灵，
若无虔诚恭敬心，
对于死者亦无用；
骏马跑前要鞍鞯，
身上鞍鞯若不全，
怎能跑场展风姿？
此言国君可曾闻？

莫停准备翻山岭。
白岭地方诸军中，
号称大国有十五，
麒麟大国为其一，
玉隆大国为其二，
森布绒底为其三，
列米部落为其四，

泥婆罗之下为五，

卡切之下为其六，

天竺锡金为其七。

当用英雄为前锋，

阿达拉姆为其一，

霍尔辛巴梅乳孜[1]，

姜域玉拉托杰[2]三，

阿扎兰卡晋美四，

歇日大臣曲珠[3]五，

象雄达姆里纳六，

六将可为先锋将，

不派亦无其他法。

此外还需大食兵，

我军前部之国家，

应在蒙藏边界驻。

今年兵马暂不动，

需知为何不动理。

1 霍尔辛巴梅乳孜：霍尔国大将职位，辛巴原意为屠夫，此处含英雄之意。因辛巴梅乳孜为霍尔辛巴及大将之首，故简称其为辛巴。

2 姜域玉拉托杰：姜国萨丹王之子，亦称玉拉，姜国降岭后，被委以姜国国王。深得格萨尔王赏识，南征北战，立下赫赫战功。

3 歇日大臣曲珠：歇日国18部部族首领，降岭国后，深得格萨尔王器重，常委以重任，在征卡切和松国的战役中立下大功。

南部董迥达拉将[1]，
同那阿日无敌将，
还有姜域玉拉将，
共守南方之门户。
之后援军需岭脉，
蒙古地方之部队，
蒙藏边界做援军。
木古地方之部队，
汉藏边界守道路。
天竺锡金之部队，
印藏边界守道路。
还有卡切泥婆罗，
各自山头置哨卡。
今年无需聚岭地，
此乃天神所预示，
还会渐次有预言。

听懂请君记心间，
不懂歌亦无解释。

1　董迥达拉将：原为门国将领，史诗称其在天上为梵天大神之子，格萨尔王之兄弟，误投胎至门隅。降岭国后，在征服达色国的战役中立下战功。

姑母南曼杰姆将预言唱完后，像彩虹一般消失在空中。桑钦王[1]格萨尔心想姑母的预言和先前三人的话语当是实情，若不派岭国的兵将抵挡，外敌入侵之时纵使铜墙铁壁也难保不失。于是，他将九尖霹雳金刚杵放到前方的案几上，随后写下命令岭国上下三部十五日之内到岭国集结的诏书，让米琼次欧玉杰[2]传令岭国四方。岭地十八大部的边界上，乌鸦心宗[3]的首领超同[4]和他的儿子玛尼嘎热等接到了命令后说道："今次格萨尔王有神的预示，南方的军队必定兴兵到北方。"说完便开始整饬部队。

叔父超同想着知会一下自己视若心肝的丹萨[5]，同时传令自己的儿子玛尼嘎热和奔达、达杰聚齐。丹萨得知国君的命令之后，料想叔父领着部队定会到达岭地的达塘查木会场，于是准备了丰盛的肉食、糌粑和酥油等，款待了众人。叔父超同笑眯眯地对丹萨说："你如此盛情款待了我的子侄们，真是一个知书识礼的大家闺秀。"然后超同用金刚一般的声音唱了一支问询丹萨玉珍的歌：

阿拉塔拉唱塔拉，
塔拉是歌之唱法。

祈愿雍仲[6]众怙主，
火焰虎神能知晓；

1　桑钦王：格萨尔王之别称。

2　米琼次欧玉杰：米琼意为矮子。其原为霍尔人，能言善辩，工于谋略，能起到其他武将所起不到的作用。

3　乌鸦心宗：岭国达戎系首领超同所住之城堡。

4　超同：史诗中皆称其为格萨尔王之叔父，岭国三十大将之一，岭国达戎部之首领。在各次战役中他都干了许多危害岭国的事情，虽多次受到责难和处罚，但仍未有所收敛。

5　丹萨：超同之妻，是一位颇具正义感的女人。她屡次力劝超同勿做伤天害理之事，因此颇得格萨尔王尊敬。

6　雍仲：卍相，万字，象征坚固不摧，永恒常在，苯波教作卍字，亦名此。

从那僻静深山顶，
天上龙神达拉知；
无量天葬法台边，
祈愿马头明王[1]知；
敬请显身保佑我，
祈求诸事皆顺利，
能将外敌全降伏。

老人地位虽然卑，
神明怎会不庇佑？
老马行走虽然慢，
主人怎会惜衣食？
老狗在那身后吠，
人将老时众人疑，
马儿老时惜鞍韂，
狗儿老时棒当食，
世上情理是如此。
神明老时无指示，
道法老时不证悟。
耳中虽未听闻过，

1 马头明王：密宗佛教中观音菩萨的六种形象之一，即马头观音。马头明王是观音菩萨的怒相身，多为红色。六观音分别是圣观音、十一面观音、千手千眼观音、如意轮观音、准提观音、马头观音。

今日这般世道中，
年纪老时地位轻；
食物陈时看成毒；
衣服旧时成殓衣；
牲畜老时肉价降。
若论道理是这般。

如果要说正确事，
高山自古已形成，
祭拜山神无法比。
需要念修真佛法，
神明上师福力大，
皈依悲心无法比。
首先需要供上方，
轮回形成一老者，
智慧福泽无法比。
无智之人皆自迷，
如今人们无信义，
女子地位比男高，
凿子比那刀锋利，
情郎胜过父母亲。

食肉说成是罪孽，
饮茶说成是毒药，
披绸说成会寒冷。
美丽外部岭国中，
最下等人喜唱歌，
便说自己好血脉；
鱼肉狗肉和鸡肉，
说成肉类中极品；
仆人婢女肉食者，
说成智慧好血脉；
时运往下不往上，
哈巴狗儿尾巴翘，
上师头上妖魔绕，
文明皆作不雅状。
施舍食者取其命，
甜言蜜语惹灾祸，
只因不识其恩情。

我是叔父王超同，
往日已成非今日，
岭国上下共三部，

首先上部名赛巴，
其次中部名文布，
我便来自中文布。
此地形成之霜露，
便像草上之露珠，
如今花儿都鲜艳，
有毒枝叶蔓头顶，
鸟儿都会绕着走。
新人更有脸和面，
强盗都要绕道走，
虔诚礼敬诸佛者，
好似没有罪孽般，
勿要多说真滑稽。

昨天之前七日内，
收到侄儿亲笔信，
天竺国家之部队，
已经到达岭地界，
我军应当快集结，
这是实情还是虚？
岭国上下三部中，

究竟有何言语传？
敌人已至家门口，
大臣为何无预见？
未作行军布阵计，
病入膏肓行将死，
救命仙丹也无用；
想将衣服作羽翼，
用了獭皮也无用；
腹内涎分哽咽者，
有了富贵也无用；
人老骨头松软时，
有了武器也无用；
皱纹爬满妇面时，
想要远走已是迟；
马儿到得十岁时，
想要疾驰已是迟。
岭国已然定下计，
想要排兵布阵法。

昨日前日之时候，
赤红热血玉珍玛，

并非言语分好坏，

嘴被茶烫是玉珍，

头被虱咬是玉珍，

眼被沙迷是玉珍，

如此花哨之言语，

平日未说今日说。

你有男子之智识，

丹萨国王之孙女，

丹玛姜查之女儿，

达戎地方之王妃。

你有女子之笑颜，

是为天神之后裔，

位列岭国女杰位，

勿要心慌请实说，

今日叔伯儿孙聚。

听懂歌意请牢记，

如若不懂勿乱猜。

叔父超同唱了一支这样的歌。侄子和大臣们都深知臣子不能违抗君主的命令，就像不能违抗上师的命令，如若不然，结果就只有堕入地狱，所以，如何能违抗格萨尔王的命令？此时，丹萨玉珍把格萨尔王的书信从箭上取下说道："叔父你虽年老，也不要胡乱猜疑。"随后丹萨将书信中的命令公之于众，说大慈大悲的国王将赐福和力量给众位勇士。丹萨又说如若时机未至，帽子戴在头上也会被风吹掉，脚上穿的草鞋也会被水浸坏，有几般兵器也会被石头磨坏；如果时机到了，即使是铁器也能被火融化，即使是皑皑白雪也能被暖风融化，妖魔也会被岭国军队降伏。丹萨在超同和他的儿子玛尼前献了哈达后，将事实和道理化作音符唱了一支这样的曲子：

阿拉塔拉唱塔拉，
塔拉是歌之唱法。

祈愿救世怙主知，
六道皆得清净法，
三界都成极乐土。

如若不识此间土，
上岭赛巴八大部，
好似绵延金色山。
中岭文布六大部，
就像太阳照雪山。
雪山之间雄狮立，
神子即在此地生。
杂玛雅噶牢固地，
查玛冬孜众堡里，
宫殿坚固父辈强，

土地亦是坚如石。

如若不识我辈人，
萨霍[1]国王之血脉，
丹玛家族之女儿，
男子智慧心中藏，
女子笑颜现身上，
话语好似风中幡，
玉珍达措是我名。

父母之命前世业，
嫁到达戎家族中，
并非留恋达戎势。
如果要听全部言，
里部建造神佛殿，
只要护法之身在，
就要焚香常供奉。
中部建造王法庭，
只要属民皆守法，
必要秉公来断案。

1 萨霍：藏史记载，为古印度一小国名。

外部富人建施场，
只要身有财宝物，
就要施舍予众人。

昨日清晨之时分，
岭王桑钦格萨尔，
寄来书信传诏命，
敌人已然压国境，
妖魔已经遍四方。
我未犯敌敌犯我，
若不回击是懦夫；
借人金银和钱财，
如若不还是骗子；
慈悲恩情来养育，
不去感激是疯癫；
饥饿之时施饭食，
如无回报是祭品；
众人齐聚一堂时，
如无应答是哑巴；
敌人已侵岭国境，
如若不能抵外侵，

如何能叫真勇士？

叔父之名是事小，
大王威名将堕地，
敌人到达家门口，
与其背负此般名，
女子也要来抵抗。
大水波涛将至时，
草甸也要去抵挡；
多人一齐围攻时，
词穷也要去哭喊；
刀剑刺到身上时，
棍棒石头也要扔。
此乃古人之谚语，
叔父超同必定知，
与你所说是一样，
你我已是两辈人。

古人谚语又有云：
如不施舍哪有报？
如若不知善之本，

便是恶业开始生；
如若不识人好坏，
此生无悲亦无喜；
想知贵贱须识宝，
财物不都是宝贝；
想知快慢需识马，
马儿不都是良驹；
想知才俊须知源，
青年不都是英雄；
想知女子须知史，
女子不都是仙女，
是否此理请细想。

原本自己所行事，
利益他人终益己，
以德报怨非常情。
原本自己所积财，
施予别人有回报，
不施岂能有回报？
不论好坏各种事，
大水之上若无桥，

渡河便是很困难；
山上若无低矮处，
如何能够翻山岭？
出征之师未凯旋，
如何能知计好坏？

去年之年年末时，
曲木里赤三主仆，
来到大王法座前，
带来各种珍奇宝，
并说战胜敌魔王，
对岭来说属易事。
魔军攻入过境时，
绝无坐以待毙理。

古人原本有谚语：
外滑内刺是牛肚；
将成国人之笑柄，
将那坏话藏腹中，
面上肯定不好看。
坏人家里喜施威，

兄弟必定不交心；
恶狗偏来抓主人，
哪能指望抓盗贼？
烂衣缝口偏向里，
像那恶魔必无疑；
恶女偏将坏事做，
口中便来咒母亲，
还将心事诉旁人，
最后必是自己失，
就像无勇之匹夫，
亦像弱蹄之马儿。

此外还可有比喻，
烂食终成腹中毒，
恶人拖累家中人，
不义之财惹官非。
如何能行此般事？
此前之时未曾有，
此后如今年岁里，
丹玛家和达戎仓，
如何不进一家门？

兄弟齐心需团结，
岭王战神是一体，
并无区别请牢记。
敌人来时共挺身，
叔父怎能停此地？
在此诸位将和兵，
所需川资小女出，
骡和马儿配鞍鞯，
将那行囊放上头，
路上各自请珍重。
如果违抗君王命，
此生投胎有何用？
如果违抗上师命，
诵念真言有何用？
如果违抗父母命，
俊俏容颜有何用？

是否在理请细想，
听懂耳中之甘露，
不懂歌亦无解释。

丹萨玉珍唱的这支歌，超同听了虽有不悦，但又不便发作，只好暗自咽着口水，不停看着子侄们的脸色。此时玛尼起身向超同和丹萨玉珍献了哈达，心想：我们不应再待在此地，如果父亲不做集结部队的打算，我便照着丹萨玉珍所宣的命令，将达戎十万大军六天之内集结完毕，七天之内争取到达岭地。

此时，格萨尔王已经集结了各方部队，包括上岭赛巴八部、中岭文布六部、噶珠旭日东升、丹部十二万户和琼索黑白黄部等。叔父超同到达岭地的时候已是晚了一天，此时格萨尔王端坐在神帐中的红日宝座上，岭国的其他大臣以及格萨尔王的兄弟们都按照自己的品级坐在了虎、豹、熊等不同等级的座位上，余下的便坐在了红白色的絮边褥子和绸垫上。在所有九十九个座位前都摆满了肉和酪糕等美食，所有人都载歌载舞，煨桑拜佛。

最后，叔父超同坐在红色檀香座上，面如猴腚般红，面下部像猫犬，颈部似黑头人形，将黄褐色的头发编成九结，腰缠佛祖结、金刚英雄结、食肉饮血结、胜敌斧头结、威玛[1]姿态结、未消账之心曲结、右发山羊粪结、左发绵羊粪结、天勇狐狸尾巴结。所有人都知道叔父超同奸猾无比，众人往上，他偏要往下，故而所有人都盯着他看。叔父超同顿时面红耳赤，脸色像猴子的屁股一般。此时，穆琼也看着超同的脸，在他面前走来走去，嬉皮笑脸，手舞足蹈，指指点点。达戎众将领们看到后都对穆琼恨之入骨，恨不得食其肉，饮其血。正当岭国的勇士们把盏言欢的时候，桑钦王将姑母的预示以及南军到达岭地边界等种种情形用威光征服大众曲唱道：

阿拉塔拉唱塔拉，

塔拉是歌之唱法。

祈愿大海法王知，

1 威玛：古象雄语，藏地古老苯教神灵系列中的一类重要神灵，在《格萨尔》史诗中通常与战神一词并列使用，意义相同或相近。

向那观音来祷告。

三大怙主引歌头，

一遍唱至云天中，

在那九天云外唱。

父系天外神仙境，

唱支无兴无衰曲；

母系水儿流淌曲，

唱道大海无底渊；

自己取得宝时唱，

唱支脉风机谋曲。

此曲并非疯癫曲，

而是脉象畅通曲。

如果不拜上界神，

父王平常亦不知。

如若不唤巨山神，

与那强敌争斗时，

后面哪有伙伴援？

如果不拜下界龙，

一生充满兵祸事，

他日不能得宝物，

此乃神明之呼唤。

如若不识此间土，

实乃高原藏之地，

与那汉地相接壤，

位于天竺国北方，

三江汇聚是松多。

翻过三山是正道，

三原是为地之首，

名唤玛域心坛城。

青龙吼声震三震，

细雨淅沥多幸福，

杜鹃鸣叫真悦耳，

福乐双聚好故乡。

达塘查木会场中，

白色神佛金帐中，

似我塔拉塔拉日，

岂能身着畜生皮？

身着彩衣之法身，

上有佛塔八万四，

还有三十神之殿。

至圣妙喜世界中，

降伏四方坛城里，

梵天大神[1]之神子，

不是凡夫俗子身，

空性幻化彩虹身。

黑方妖魔造恶孽，

佛祖释迦牟尼现。

天竺菩提道场里，

身具福力比丘尼，

五百徒众周围绕。

波罗奈斯道场里，

法轮转至三遍时，

西方铜色山坡中，

向着莲花生大师，

将那号令送上前，

看那莲花生大师，

随即前往天神境。

父亲白色梵天神，

母亲东噶措姆啦，

如能保佑降福祉，

请勿遗漏吾小儿。

1 梵天大神：大梵天王，按印度古传说，为劫初时，从光音天下生，造作万物，佛教徒认为其与帝释天同为佛教护法神。史诗中称格萨尔王为梵天之子，下凡来到人间。

上看天神之旨意，

中看灵神之所立，

下有龙宫之去意。

血肉之躯生岭地，

前半生称小觉如，

后半生乃地鼠王。

行年至那十三时，

雪上水晶宗堡中，

雄狮名唤四足兽，

野兽之中它称王，

正是银须威风时。

鲁赞王来显威风，

夺我父祖之基业，

唤来魔部共商议。

霍尔军队到岭国，

强行掠走积蓄财，

将那宫殿从顶拆，

最终灭得霍尔国。

霍尔灭时慑姜域，

藏地十二万余户，

虽有食物却无味，

北方食盐之宝藏，
被那姜域所霸占。
地界山界和水界，
水上水军做哨卡，
山上也有哨卡兵，
地界还有诸多兵。

在这之后时日里，
南诏国王敬鸩酒，
然后将敌置门隅，
南方门隅辛赤王。
岭国总管是戎擦，
叔父超同是宗主，
五彩绸缎和绫罗，
是那岭国之私财，
是那藏地所共有，
强行用那武力夺。
还有牲畜成百千，
强行驱赶无报酬，
将那宫殿易名姓，
积蓄之财被抢掠，

还要广行杀戮事，
此仇尚且还未报。

终在水虎之年时，
斩得辛赤王头颅，
从那一天之后起，
收服四大魔国王，
还有小国十五个，
平定三界唤岭王，
威震三界桑钦土，
扶助弱小称珍宝，
铲除豪强称战神，
无尽财宝像水流。

今年是那木鸡年，
天竺里赤海域中，
有座红色珍珠殿，
无价奇珍和异宝，
堆满珍珠宫殿中，
用那红白二色珠，
水中建造此宗堡。

之后行那不义事，
水中石油和矿藏，
成就功业之珍宝，
水中门户被封闭，
他国无法享珍宝，
污秽妄称定三界，
名唤曲赞扎杰者。
之后同我岭国敌，
今日已到应战时，
今年神佛有预示，
日光射到南方时，
董迥达拉赤嘎将，
百热地的珠杰将，
勇士齐达亚美三，
夹江尼玛扎巴和，
小将达姆克杰等，
均需为那先锋将。
此外擦瓦[1]高岗上，
擦堆擦麦和擦格，
从那近处密竹林，

1　擦瓦：怒江和澜沧江中间地带古名。

到那自然直雪峰，
是那天竺国边界。
多热扎西之地方，
魔国军队在进发，
先头应派姜域兵。

脸上嘴边脚上肉，
何处去剜皆自身；
父亲母亲和叔父，
如何算来皆亲属；
上师徒众和仙人，
如何施斋皆法身；
国王大臣和勇士，
如何称名皆传承。
勿要耽搁准备行，
以下是为先头部，
北方阿达拉姆[1]和，
霍尔国之辛巴王，
象雄达玛赤赞将，
阿扎王子南卡和，

1　阿达拉姆：魔国鲁赞王之妹，是一位能征善战、武艺超群的女将。格萨尔王北征魔国途中将其降伏，并纳为妃。其尤善射，为岭国三大射手之一。

歇日大臣曲珠等，
轮番去做先锋将。
蒙古卡切泥婆罗，
无需前来守本邦。
其余部落之军队，
皆需做好迎战计。

此曲实乃神旨意，
叔父子侄请细听，
不懂歌亦无解释。

听毕桑钦王所唱此曲，岭国的勇士们都连连称是。此时，罗布顿珠身着一件黄色绸衣，头戴白色头巾，将哈达献到格萨尔王前面，又给王子扎拉、总管王戎擦、尼奔达雅[1]、巴拉[2]、丹玛[3]、噶德[4]，以及上赛巴八部、中文布六部、下穆江四部、丹玛部十二万户等诸将各献了绸缎和十枚金币，并拜了三拜。之后，罗布顿珠便唱了一支消灭魔王由来歌：

阿拉塔拉唱塔拉，
塔拉是歌之唱法。

祈望上界众神知，

1　尼奔达雅：岭国三十大将和四小王子之一，鹞雕狼三虎将中是鹞，武艺高强，能征善战。其随格萨尔王征服了门、姜、蒙古、卡切等诸国。

2　巴拉：全名巴拉森达阿顿，岭国三十大将和七君子之一，武艺超群，身先士卒，被格萨尔王依为股肱。

3　丹玛：全名查香丹玛香查，为岭国三十大将和七君子之一。以善射著称，为岭国第一射手。丹玛所辖邓柯部落，后归降岭国。在岭国的对外征战中，丹玛凭其勇武，屡建奇功，为岭国诸将之翘首。

4　噶德：全名噶德曲炯炬纳，岭国三十大将和七君子之一。以善发炮石而著称，人称神炮手。

但请欢喜辅佑我，
不分亲疏皆护佑。
天竺密严刹土中，
净土菩提道场内，
祈望释迦佛陀知。

如若不识此间土，
幸福故土是岭国，
前世所种之业果，
还有今世之福运，
佛祖善业之言辞，
无折无减愿成真。
身口意皆俯身拜，
今生所修神明业，
缘何不在今时修？
如若不信难修佛。
如若无事怎赴远？
如若无敌兵怎聚？
如若无因怎得害？
如若无害怎得病？
如若无财怎招贼？

因果根本当如是。
喜时当在赤诚心，
悲时在那肺之端，
悲喜均在肝胃间。

若问为何生喜悦，
来到岭国之上部，
三界上师皆得见。
若问为何心生悲，
天竺大海之深处，
坚固珍珠不变宫，
曲赞扎杰暴君名，
宫内奴仆无自由，
遍行恶事无顾忌，
不如远走他乡地。

本有王妃名贡桑，
性情善良人如名，
并非喜好是实情，
不但外形样貌美，
内里更是菩提心，

如那甘露一席话。
且说里赤国王妃，
高处更往高处说，
高似宫顶金麦粒，
容颜何能不清楚？
好似雪山顶上狮，
威力何能不强大？
好似空中一青龙，
声名何能不显赫？
是那国王之爱女，
密严刹土中国度，
贡嘎法王是她父，
次增卓玛是她母。
国王本是慈悲心，
怎奈魔王发兵来，
征伐广行杀戮事，
无数属民皆殒命，
钱财珍宝失他手。
西绕贡桑女儿名，
彩云环绕空行母，
出生血脉便如此，

成为魔王曲赞妃，
并非情投意所合，
而是因果孽缘至。

再来说说敌国情，
王兄并不喜战事，
无奈王弟好于战，
还有魔王性奸诈，
殿中又无善谏臣。
狂妄无知小兔子，
用耳比那擎天柱；
目中无人之妇人，
竟想施行国都法；
心比天高之老鼠，
觊觎宫顶的珍宝；
不自量力小狗儿，
竟想与那众国敌。
皆因此故集结兵，
号令三军齐战备，
今年就需出兵行。
东方多热扎西地，

还有门隅之地方，
无论敌从何处来，
当头应有三万兵，
领头应是曲赞弟。
萨堆米如为其一，
王兄赞吉为其二，
阿杂琼纳为其三，
嘎热黑色妖法四，
风神巴瓦宗臣五，
水神火焰咒术六，
天神无敌托赞七，
魔神无敌托桂八，
食肉红魔查巴九，
九人为那敌主将，
各将又有二十将。
敌军领头为兄弟，
咒术巫术和幻术，
有那母苏琼纳师，
吽那嘎热善使火，
碧蓝水中能燃火，
手掌能将大地遮，

此人所学巫咒术，

世上无人出其右。

歌中有误祈恕罪，

口若冒犯请忍耐，

言语但请记心间。

闻听此曲，岭国的勇士们心中都连连称是。一众人等都是把盏言欢，载歌载舞，并为新来的大臣们献上哈达。但见中间当头，银色的宝座上铺着紫色的垫子，上面坐着王子扎拉。王子扎拉面容不似常人，好似雪狮挺立，他身上有荆棘一般的银丝，仿佛随时能扎到人，那些银丝色如月光。此时，王子扎拉从八瓣莲花座上起身，将绸缎和金币、镶着绿松石的银盘、嵌着琥珀和红珊瑚的猫眼宝石项链等放到格萨尔王面前，随即说道："岭国长、中、幼三系，主要有三部领头。达戎仓的地方，有白黄黑三军围住；丹玛仓的地方，有霍尔军围住；贡觉地方，有德格军围住。"王子扎拉又将行军布阵的方法，山川河流的走势，用震慑敌人之曲唱道：

阿拉塔拉唱塔拉，

塔拉是歌之唱法。

顶礼上师佛本尊，

虔诚心中来祈福，

但愿得赐无边福。

悲悯六道众生母，

祈望速速得其道，

神明从那天上佑，
希望一刻不离身。

如若不识此间土，
玛域岭国之地方，
世间土地之中央，
大地好似一张席。
中心坛城是玛域，
青龙吼声安四方，
杜鹃鸣叫真悦耳，
山上满是矿藏宝。
父祖留下连垄田，
结出五谷并六稻。
上有上师法会场，
躬行佛法修为升，
此地实乃佛法地：
父叔言语集合处，
奇谋妙计施展处，
君臣齐定计策处，
法纪严明同心处，
因果判定公平处，

辨别黑白分明处。
善者赏其往高位，
恶者惩处由法定，
佛法之地投仙胎。

岭国之主像日升，
神子尼奔如皓月，
若有敌人无需惊。
神之预示已明言，
财富没有穷尽时，
龙宫之宝如雨下，
千万佛祖来护佑。
似我奔巴之小儿，
扎拉孜杰是我名。
因着大山之恩情，
枝叶果实无穷尽；
因着大雪之恩情，
银髯雄狮无损减；
因着大海之恩情，
水中鱼儿喜无恙。
叔父岭王之恩情，

哪有不承国脉离？

所有眼眸齐看我，
南瞻部洲之地方，
消灭魔王是功德，
救人免堕地狱底，
引那魔王向善法，
同等功德无分别。
君臣父叔兄弟们，
还未去往沙场时，
未觉此地是家乡，
就似过路之驿客。
战火争端一起时，
便未想着能生还；
赤胆勇士兄弟们，
一想可能落敌手，
心中便未安稳过；
君臣父叔子侄们，
大军出征之时日，
心中便未欢乐过。

在这大千世界中，
有那魔国不胜数，
其中至恶有百余，
且听我来慢慢道。
嘎惹是那领头魔，
还有阿琼如扎魔，
黑色更瑞之后裔，
黑龙魔子之后裔，
黑部哈扎如扎魔，
特贵红肩查赞魔，
曜魔山妖和厉鬼，
魔曜特魔和风妖，
火妖水魔诸种魔，
一一皆被斩首级。
自此灭得十九国，
还有几国未曾灭。

今年军队宿营处，
是那南部门之地，
董迥达拉赤嘎将，
并非征派是命数。

天竺东部之地界，
紫色姜域和擦瓦，
到那多热扎西地，
俱是岭地无需疑，
自此往东需守护。

姜域玉拉请细听：
东部玉拉之援军，
长系赛巴八部落。
南部巴惹白玛地，
亚美将军之援军，
是那玉赤孔俄将。
文布兵马俱出动，
从那南部杂日起，
到那娘荣工三地。
董迥达拉之援军，
或是霍尔辛巴将，
或是日西八木将。
可派阿达拉姆将，
奔巴我部之部众，
超同部众似火海，

琼布黑白黄三部，

父系玛域岭地军，

噶珠二部之军队，

作为门隅之援军。

勇猛达域桑达将，

为那中部贝如援。

丹玛十二万户军，

为那下部赛巴援。

桑钦王之护卫军，

擦瓦岗和擦荣域，

俱为本部军首领。

五大部有五支军，

遇到便需斩首级，

勿使一人逃性命。

红日照耀四洲日，

乌云自会四散开；

细雨润物降落时，

大地自会生绿意；

岭地大军到达时，

自会克敌凯旋归。

若明歌意布阵法，

如若不明不赘言。

闻听王子扎拉所唱此曲，岭国的勇士叔伯兄弟，所有耳能听、心能想的妇女们都深以为然，觉得王子扎拉言之有理。于是，所有军马依从扎拉的号令，在一月十五日黎明，吹响号角，整装出发，妇女们献上了洁白的哈达和茶酒。森姜珠姆为将士们壮行，祈求他们能够出时斩得敌首，归时满载宝物，祈求藏地诸事呈祥，佛法传扬四海。

此时，桑钦王好似从天上下凡的神仙，从龙宫来的龙族，从地底来的妖灵——威震三界自能降伏敌人，将他们统统送进地府。战神的头盔上，红白的旗帜像彩虹一般，吉祥护王盔像密布的云朵，像刺进云朵的阳光，行走三界时像盛放的荆棘。上身犹如火般赤红不惧火攻，下身着犹如蓝虹般碧蓝的绸衣，腰间是不畏刀枪的红日初升王之铠甲。左手是金箭，右手挽金弓，前面是金色护心镜，背上金色盾牌，身上齐集了九样金色的装束。

桑钦王胯下坐骑白鼻神驹可变换四种色彩，时而白得似可匹敌白螺，时而黄得如宝石一般，时而红得像火山之翼，时而又成白蹄黑马令——一匹战胜四敌的宝马。上身像威武的银须雄狮，下身如展着金翅的鱼儿，腰身如翱翔的雄鹰。脖颈上系着铃铛，马鞍的上端用如阳光一般光灿灿的金子制成，下端用银白的海螺制成，中端用犹如繁星般的珍珠制成。脚镫似相对的巨鳌，镫带散着丝线。

初上战场的火山六颜马似火神咆哮，蛇皮马鞍肚带像黑蛇缠绕，下身双龙相对吼声阵阵，金色的嚼子四周有九位神灵护佑。当骏马行时，风在耳边呼啸而过，当小马走时，像雄鹰挥动着翅膀。前后左右各有三名勇士，被共计十二名勇士环绕在中间。众人吹响号角，奏起乐，献上哈达，煨起了桑烟。

打头的是赛巴部，其次是文布部，其后是噶珠部、丹玛部的勇士们在四周环绕，共同绕行桑烟三圈。军马像阵阵冰雹，步兵像场场风雪，头戴各色帽子像天上的繁星，脚上的各色靴子像地上的草芽，各种不同的兵器是征服三界的器具。上面是日月星辰同辉，中间是云朵密布。看青处像那大海倒灌，看黄处像那黄云遮山，看红处好像林山起火，看白处是那光耀雪山。勇士穿着红黄蓝黑相间的彩虹一般的衣服和靴子，骏马也是毛发亮丽，头上的盔旗像那天上的繁星，身上的衣服像那六月草原上盛放的花朵。

森姜珠姆上身戴着喜旋白玉、火舌红玉、月光黄玉，还有上中下三等的珍珠，九变猫眼石项链，昴宿星九眼石、羊马对转九眼石等多种宝物。一眼望去，白的地方像阳光照耀雪山，红的地方像火焰席卷树林，一对眼儿像那天上的启明星。珠姆将左边的头发捋向右边时，像乌鸦饮瀑布之水；将右边的头发撩向左边时，像杨柳开枝叶；头发披在后面时，像南边的云朵飘向北边。

年轻珠姆的嘴儿像莲花坛城，鼻子像并排的小号，舌尖好似红幡在风中飞舞。在她曼妙的身体上是用一百只公旱獭、一百只母旱獭、一百只小旱獭的皮子制成的衣袍，系着豹皮的围裙和虎皮的裙带角。她玉步左移时，百马也同仙女一同舞蹈；她玉步右移时，百骡也同仙女一同舞蹈，好像观世音菩萨从天上降临凡间一般。珠姆王妃举起盛满琼浆的金银器皿，连同吉祥的哈达一同献给了桑钦格萨尔王，同时为了送行出征将士及祝他们早日凯旋，唱了一支九慢六变曲：

阿拉塔拉唱塔拉，
塔拉是歌之唱法。

上师本尊等诸宝，
祈求能赐神福力，

请发慈悲赐神力。
岭国地方获成就，
利益六道众生后，
福力降至藏地岗。
松石绿叶福地里，
海螺白叶坐垫上，
白色度母请显灵，
请做森姜之助伴。
海底百宝府库中，
婀娜龙女请显灵，
请助森姜一臂力，
降下宝石和矿藏。

如若不识此间土，
玛域岭国之上部，
是为世界之中心，
又称岭国猛虎原。
在那神帐左手边，
桑烟满布在空中。
上师本尊空行母，
财神绿鬃伏藏主，

男神物神母族神，
众神汇集在空中。
是那出征送别地，
也是凯旋迎接处，
称作吉祥神之地，
母族神明长生原。

如若不识我辈人，
松石绿叶福地里，
海螺白叶坐垫上，
白色度母长寿佛。
神佛降下谕旨意，
下界来到凡世间，
可喜降生在岭国。
森姜珠姆少年身，
不分长幼空行母，
身无秽味之仙女，
心无变化空行母。
格萨尔王之王妃，
奔巴部落之女王，
这些皆为岭国知。

今日是为吉祥日，
洁白哈达保如意，
山顶挂满白哈达。
青龙声威震天下，
属民好似满天星。
不动山中辩经场，
王臣巍峨像山峰。
属民山林枝和叶，
衣食享受无穷尽。
岭国人畜和财宝，
源远流长似江水。
此绫非比寻常绫，
西山绫之宝库中，
卡切地方之喜绫，
由那上界仙女织，
粗细皆为一般样；
由那中界魔女求，
必无一丝之变化；
由那下界龙女纺，
一针一线无差错。
将此喜绫献大王，

作为送别之哈达。
明年今日愿重聚，
祈愿天降护法雨，
护得军马威不减。

我所祈祷之诸愿，
未尝想过不成真。
上师所做之祈祷，
当需应验在徒身，
愿那佛法的圆满，
地狱也能成佛地。
君王所做之祷告，
当需应验在民身，
但愿国力能日盛，
衣食富足享安乐，
威名高似巍峨峰。
父母所做之祷告，
当需应验在儿身，
愿得福泽和成就。
终身伴侣之祷告，
当需应验在王身，

但愿斩那魔王头，

夺那珊瑚财宝宗，

从此此地成藏地。

待珠姆唱完，岭国的一众女子为勇士们一一献上哈达，并进行祈祷。岭国的勇士们也将马头调向南方，诸军按照扎拉的号令，赛巴部的军队前往穆地，文布部的军队前往姜域，辛巴的部队前往贝如。十日之后，阿达拉姆从姜、纳、沃觉、拔存、卓尕、措玛、帕塔、色如等地招来了一千五百多兵马后从锡金地方开始往亚东行进，董迥达拉赤嘎的部队在古塘地方安营扎寨，阿达拉姆和董迥两人也时有书信往来。

霍尔的辛巴在十五日得到书信，随即召集霍尔卡甲沃纳等霍尔十八部的兵马，经门隅，从甲热平原的岩石罗刹宗下的阿拉湖出发，在聂栄地方的甲热莲花原安营。霍尔的兵马和波域的兵马以及珠杰、达姆卡切、尼玛扎巴、贝如其达亚美、贝如珠拉赞布、贝如南拉托杰等互派使者商议军情。众人都说霍尔兵难耐南方之酷暑和虫蚁，还是待在甲热原为好。紫色姜的地方有文布部的军队，擦瓦岗赛巴部的军队，由歇日的军队从自己的地界作为后援。在南部，多热地方和撒如宗等地都是岭军的营寨。此外，玛、邦、擦等部犹如林中的枝叶一般布满多热囊塘时，回应敌军、予以还击、及时报告军情的任务落在了玉赤贡杰和文布的援军达戎所部的肩上。

五

一月十五日晚，岭国的军队到达之时，母苏阿杂琼纳梦到了飞上天的翅膀，行走地上的蹄爪和进入水中的电船。于是，他便召集曲赞王的兄弟和其他咒师，在黑帐篷的三十八个座席上坐定后，将自己的梦境陈述了一遍，随即便断言岭国的军队将不日而至，命令从明日起山顶需加强岗哨。于是，咒师便唱了一支吽黑绝命曲：

阿拉塔拉唱塔拉，
塔拉是歌之唱法，
三声吽后开始唱，
吽声之中有法力。

如若不识此间土，
是那东部多热塘，
再往南走到海底，
林地是为聚宝地。

如若不识我辈人，
宝座国王之国师，
亦为国王做咒师，

是为万民之上师。
咒是火焰燃烧咒，
巫乃拦腰斩水巫，
吽之乐曲一唱出，
阎王也会胆颤惊。
啪之乐曲一唱出，
天地都会换方位。
火焰烧掉天上云，
将那风儿囚入牢，
流水也能用手挡，
万物都能得自由。
在那天和地之间，
最顶是那日月星，
最底是那海之水，
此处不再一一道。
咒语皆可掌控它，
吽啪之咒说出口，
天上云朵堕地上，
地上水汽升空中，
昼夜日月皆变换，
天地也将换方位，

巍峨高峰成灰烬，
凡此皆是可行法。

威震三界曲赞王，
权势比那日月高，
声名比那青龙震，
但是海底之桥梁，
如何到得地上来？
海王幻化之铁路，
如何到得大谷地？
此地不同于他地，
山顶为那白雪绕，
好像水晶天柱般；
山腰为那岩石绕，
好似坚固钢铁门；
山地树林流水绕，
好似锁闭黑暗门。
此番到达陌生地，
己方不识彼方面，
彼方不懂己方语，
用那言语去问询，

言语并不能相通，
好似列入聋人列，
手语唇语和眼色，
还有诸般兵法术，
皆有疑惑之可能。

昨夜印象虽迷茫，
皆为以前所造业。
昨晚梦中所见者，
土地像是升天空，
天空像是被风吹，
红心也似被风吹，
见此心神便不宁。
空中青龙一声吼，
闪电布满天空中，
岩石被那闪电击，
大地也是随之摇，
山峰倒塌碰大地。
夜初所见之幻象，
夜中继续入睡梦，
景色清楚入梦来。

右旋海螺白玛原，

满地皆是开满花，

草木芬芳忙盛开。

看这拉隆松多地，

宫顶似那水晶塔，

宝伞宝幢像云朵，

宫身被那阳光照，

宫底一直抵海水。

若问宫中住着谁，

红黄头发之甲族，

身姿像那雪中狮，

腰间三兵[1]似狮鬃。

银色非紫所发声，

说法系为人之声。

红黑骏马似火焰，

如此威武之人马，

梦到飞向天空中，

四蹄皆在白云上。

再看人之白头盔，

与那日月一般高，

1　三兵：箭、刀、矛等兵器的总称。

威慑敌人三兵刃，
空中兵刃银光闪。
左边被那勇士绕，
白冠兵将不胜数；
右边被那母族绕，
蓝冠兵将不胜数；
前方满是黄冠兵，
虎袍兵将不胜数。
如此威猛之英雄，
好似飞在天空中，
云朵像是马蹄印，
飞箭像那大雨下。
大海这边狭窄地，
红岩好似枪矛立，
最后梦到成灰烬。
东方吹来一阵风，
梦到红幡风中尽；
东方飘来一团火，
将那南山烧精光；
东方落下一场雨，
果实俱被冰雹打。

银狮身上之银须，
将那天空都围住，
梦到天与地合拢。
青龙身上着火焰，
声声吼叫震天际。
大地被那雷电劈，
白色齿牙群饿狼，
将那羊群俱吞噬。

除此另有几般事，
鹞鹰有那钢铁爪，
威猛堪比大鹏鸟，
羽翼能将天空遮。
南方林中之百鸟，
俱被赶到林外来，
羽毛还在空中飘。
如此奇幻之梦境：
猛虎长着钢铁牙，
吼叫要吃四洲民，
此时来到我方营，
军营瞬间成血海，

众多兵马都被食。

岭国必有奇幻兵，
座前众将听我言，
可有自告奋勇者，
心神必须要安定；
懦夫就勿需上前，
恐会坏事生枝节；
劣马不能骑下坡，
小心殒命在此地。
再看藏岭之地界，
细细听来有话说，
眼看能见世界景，
赤心常在智慧来。
若能听懂是甘露。

一众妖臣闻听吽那咒师唱完，心里都在想：打败敌人需要像打铁一样趁热，敌方的三万兵马，我们该如何抵挡？如果上师的预言是真的，飞天的神兵若确实威猛，那便大事不妙了。正当所有人都在议论的时候，王兄赞吉却忧思重重地说道：“上师的梦并非简单的梦，更似一个预言。此前与岭国为敌的霍尔国如今已成为风中的往事了，此后西边的卡切、南边的贝如都好像到过岭国，但是从未听说过有谁占到了丝毫便宜。俗话说，睡在水里怎么会有暖意？用鸡蛋往石头上砸，只能是蛋黄满地的结果。跟谁为敌，都不能跟觉如为敌。俗话又说，若嫌身无病痛便去踩狗尾，若嫌生活安逸便去为借贷作保。不安分的国王和王妃惹出了今天的事端。今后如何行事我还需算上一卦，咒师的卦象需派两三人去禀告国王。我再去探听一下，山水道路的情况，再定计策。都说事须慢做才成事，路须慢走才到达，气定神闲方有计。我想要带上善于卜卦的上师多丹查杰和嘎热两人为伴，你们不要乱了方寸，好好想想上师的预言，就能想到计策。上师的话已经再明白不过了，有的大臣在国王面前夸下海口，现在到了一展风采的时候了。”于是王兄赞吉将上师的梦境和预言，加上自己的计策等化作音符，唱了一支这样的曲子：

阿拉塔拉唱塔拉，
塔拉是歌之唱法，
一声二声三声呜，
三声之后开始唱。

肩头护法请显灵，
战神和那母苏神，
日光照耀请显灵，
咒术像那狂风吹。
黑色龙妖请显灵，
今日护佑请勿少。

如若不识此间土，
天竺地方之界限，

曲木里赤海之边，
多热扎西之平原，
白塘是那松多地，
万千兵马之丛中。

如若不识我辈人，
曲木里赤宗堡中，
白色珍珠宫殿里，
是为众臣之首领，
名唤赞吉是王兄。

今日之前年岁里，
自己守在自己土，
矿藏均在自己手，
民众安乐享生活。
他人想从南方地，
夺得矿藏无可能，
与人相安便无事。
春季如若不播种，
秋季哪有果实收？
若无盗匪侵他地，

哪会刀箭来相应？

无事哪会有纷争？

如若未派兵将去，

哪会先锋来相迎？

是否此理众大臣？

以前只管守己土，

从无征服世界意。

待到去年年末时，

征得兵将去战场，

致使夫妻相分别。

魔女说出谣言来，

如同彩虹般隐去，

带走许多珍宝物，

并将值日神主位，

偷走献于敌人手，

还来做那引路人，

此般我都未想过。

诸位同道臣子们，

如若心思能缜密，

一人便将国策定。

不能安分待故土，
还想去占他人土，
哪能称心和如意？
细看自能明其理，
不安分者必招祸，
招来灾祸殒自身。
太过勇武徒毁命，
冒失羊儿被狼吃，
登高山羊被豺吃，
欲做好事成坏事。
诵念真经妖魔现，
青龙吼时孔雀疯，
雪水化时鱼儿癫，
宝物被偷国王疯。
宝马自被众匪绕，
雄主自是多敌人，
不言自明之道理。

昨夜咒师梦境中，
已然预示很真切，
天上果是有青龙，

若说冬天无青龙，
觉如声威比龙震，
今岁将要响南方。
雪山之中雄狮立，
若说雄狮不下山，
银须者是桑钦王。
空中飞着大鹏鸟，
若说大鹏不下地，
噶丹二将是大鹏。
还有超同大上师，
符咒自是无人比。
东边自会刮狂风，
岭国勇士不期至。
西边经幡随风尽，
国王神位亦飘摇。
珍珠宫殿珊瑚宗，
能否得脱不知晓。
乌鸦风中展羽翼，
辛巴自有钢铁爪。
丹玛像那空中鹞，
还有似狼诸虎将。

凡此皆是听来言，
南方林山非火烧，
奈何敌势像火焰，
原野未曾被水淹。
岭国母系在祈祷，
从那龙宫弄波涛，
天上所下之冰雹，
俱为岭国父系故。
神兵似那冰雹降，
大山不能被风吹，
扎拉速至比风快，
兵将都将被卷走。

非是我作不祥语，
如若不说难定计，
我军不能如此等，
需要多方去探听。
一刻不能去松懈，
各自坚守己岗位，
我需速速上路去，
多吉美巴和嘎热，

二人同我一道去。
不需再带勇士兵，
三人乔装扮乞丐，
如若不探敌虚实，
哪能克敌来制胜？
需看岭国之军队，
领头是否是桑钦；
超同和那鹞雕狼，
是否也是随军行。
岭地上下中三部，
究竟何处有驻军，
都需细细去探听。

今日之内十日内，
带上金银和干粮，
装进包袱扮乞丐，
十日扮作乞丐样，
是为他日不行乞。
如若能保国土安，
何惧小小艰难苦？
性命若未被敌取，

三万余众之我军，
如若不能围岭地，
如何能够得胜果？

从这地界开始起，
勿让一人通和行，
大船船夫九百余，
有的需在海水边，
有的需在营帐里，
勿断船桥船夫们。
侦查哨兵需注意，
勿在林中神恍惚，
看清来往之人们。
从这今日之后起，
各自兵马队伍里，
大小长官都俱在，
灵敏机智可保命，
有勇无谋必殒命。

凡此皆是真道理，
听懂敬请放心间，
不懂歌亦无解释。

赞吉唱完，同嘎热和多吉美巴一行三人便于后一日背上装着金银宝贝和食物的包袱，手里拿着手杖上路了。到达达拉森木山时，看见白玛塘上的蓝盔军像大海倾倒，骏马遍布，帐篷遍地，炊烟好似云朵，灶角石像岩石坍塌，到处都是人头攒动。

玉拉感到左肩上的马头年神吼了三声，细听时，听得说达拉山山腰上来了三个外人，需即刻去跟踪。三人不是寻常兵将，实乃王兄赞吉亚美、吽嘎热多吉和多吉美巴。玉拉知道这是年神的预示，说道："敌人上门须应战，乌云密布须下雨。海水波浪翻涌时，鱼儿哪有安身地？峰顶雪儿融化时，雄狮哪有安身地？云朵被风吹散时，青龙哪有安身地？我们岂有安坐此地之理？"随即问玉赤孔杰、姜阿玛尔布切亚、库玉白玛尼扎，达拉多丹查杰、达拉赤赞、贝托亚美等将谁愿前往。文布加查、库玉白玛尼扎、达拉顿珠三人都说愿往，于是各自带上五名随从骑上马出发了。

一行人转过了一丛茂密的毒刺之后，上了达拉山，决心连人迹罕至的地方也不放过，于是继续上山。到纳龙林间时，几名大臣留下看马的随从，继续步行将上中下各个部位都查看了一遍。赞吉等三人从达拉山的缺口想往下看岭军的虚实，于是便来到了百纳龙查。文布加查将绳索取下套在手肘之上，手按着宝剑，心想如若敌人靠近就取他首级，若未靠近就用绳索将他套住。

过了一会儿，草甸前面的树丛中赞吉等三人议论着："这里肯定有岭军，不知道格萨尔在不在，还有岭国的红蓝黄三军，我们若不趁夜派几个勇士来偷袭，白天肯定是无计可施。"正说话间，文布加查已然用右手握住三千黑蛇套索的一端，用左手抛向空中，正套住了嘎热多吉。嘎热多吉无法摆脱，左看右看时，他三人已经暴露在岭国勇士面前了。赞吉立马逃走，转身一看时，看见库玉尼玛扎巴已经用套索擒住了多吉美巴，随即死死捆住了所擒二将。

谢嘎姜查和昂千冬纳马上去追赞吉，赞吉因是地妖的子孙，吹起一阵风后钻入了一块岩石中，二人便在岩石的周围绕。随后赞吉变成了一只猫头鹰，爬到岩石上面，睁大双眼看着两位同伴。他的两个咒师同伴此时已经来不及施展法术，只能跪在地上。赞吉心想这里果然是遍布了岭军，两位咒师已经落入了岭国之手。他飞到空中，盘旋了几圈，看见四周分布着姜部落、文布部和噶德、超同等诸部的兵马。赞吉叫了一声苦之后，又飞到了达拉山山口想再看看形势。此时，飞来了由色最聂玛变成的大鹏鸟，左右挥动着大翅膀将赞吉变的猫头鹰赶回了自己的营地。

曲木国的两位咒师被带回岭军的营帐，绑在了神帐门口，并派人看管。姜地的将军怕他们施展法术，便将格萨尔王赐下的绳索和枪箭等都绑在了二人头上，让他们施不了法。姜域玉拉说道："今日让此二人如实招来，一要顺我等之意，二要所说之言有用，三要心口合一。否则让你们眼鼻等凹进面里，五内全部血水横流。又将你们从脚开始剥开皮肉，弄得鲜血淋漓，皮开肉绽。再用针扎枪刺，使你们痛不欲生，宁愿即刻去地府报到。"

玉拉一声令下，加查便从刀鞘中抽出宝刀，在一块大石上磨了三下后说："你二人若是人身就如实招来，若是鬼神就自己施展法术，若不施法我看是难以逃脱啊。母苏阿杂的法术和我岭国的法术，究竟是孰强孰弱，孰正义孰邪恶，是道高一尺，还是魔高一丈，不要隐瞒，如实道来。你们今日所说的，真正是价比黄金。如若不说，休想离开半步，即使是受尽皮肉之苦，也将难逃一死。如果能够如实说来，在我神子执掌的岭国，佛法昌明，生活安逸自在，你们自己好好掂量掂量。到时，将你们留在岭国帐下，在富饶的岭地，也将有你们的一席之地。虽不能成为内臣，但还是能成为外臣，同我们共享荣华。再向神明起誓，忠于我岭国，如此便饶得你二人性命。"于是，加查将问讯的话语化作恶言的音符唱了一支这样的歌：

阿拉塔拉唱塔拉，

塔拉是歌之唱法，

不变不易岭之歌。

不变天地日月升，
转动照耀四洲时，
亦有升来亦有落。
不变云朵占空中，
在那冬夏时节里，
亦有聚来亦有散。
大地不变江河流，
无论寒暑抑或暖，
有大泽来有小流。
此外歌曲无变化，
祈望佛祖上师知，
指引中阴[1]正见道。
恶毒想法凶狠念，
皆能为佛所度化，
大凶大恶亦能度。
三宝所说之真理，
上师赐予之福力，
父母所说之教诲，

1 中阴：佛教术语，佛教认为，人死后以至往生某一道轮回为止，共有四十九天，此时期亡者的灵体叫做“中阴”。

三者皆为不变理。

如若不识此间土，
紫色姜域之上方，
擦瓦绒巴之南面，
多热地方之里部。

听我言语散发者，
如若不识我辈人，
白岭国度之中央，
共有上中下三系，
上系赛巴之大部，
下系穆江四部落，
中系文布六部落，
我乃文布加查将。

今日之前时日里，
岭国国度好地方，
与那别地大不同。
阳光如同宝伞洒，
滋润世间水和土。

还有形似银盘月，
划破长夜之黑暗。
更有漫天众多星，
为那日月添光彩。
就如岭地之国度。
波涛翻涌大湖海，
有时泽来有时涸。
黑色魔王之法力，
前半盛来后半衰。
你看是否此般理？

雪山雄狮之子嗣，
天生长有虬髯须。
空中大鹏之后裔，
天生翼力便惊人。
岭国文布加查将，
非是夸下似海口，
实乃万兵之首领，
亦是神勇阎罗王，
取人性命似雷电，
像那火焰般炙热。

白岭高高山峰上，
有那文布檀香树，
繁花似锦枝叶盛，
亦是活命好药材，
一切都似这般理。

你那红皮黄发者，
须髯发髻顶上天，
身材高大头颅巨，
血盆大口似犬儿，
不似人类似狗类，
手臂多毛耳似猿，
不似人类似畜类。
究系从何地方来？
为何来到岭之地？
你国历史是如何？
二人出生在何地？
地名渊源是如何？
还有国君之姓名？
若无强盗去劫掠，
哪有小偷还颜色？

今日光天化日下，
在那人迹罕至处，
来得三个生面孔。
如若不将来意说，
将你骨头捣碎后，
再将内里用火焚。

二人细细想我言，
若如听懂是甘露，
不懂歌亦无解释。

听罢加查所唱此曲，嘎热多吉心里便想：如今咒语和法术都派不上用场了，只能是将实言说出，否则性命难逃。多吉美巴低头闭口，白了嘎热一眼，心想：此前在国王座前，吾等当着上师，身着华服，享受荣华，如今虽不能为国君分忧，也不能害了国君。多吉美巴于是便开口说道："岭国的各位勇士们，我们是从天竺地方来的手持手杖的乞丐，流浪四方，三餐不继，亦无房舍田地和财物积蓄。"随即他又说道："我看你们还是就此作罢，在天竺地方，有阿杂母苏，能让水中着火焰，能将云朵垫身下，能呼风吞山，能徒手擒龙，能用绳索套住日月。"随即他口中念着咒语，吐出火焰，想要逃走。但是在格萨尔王的无边法力和周围的护法神的手中，已经像上钩鱼儿的多吉美巴怎能逃脱？多吉美巴于是便下定决心口出恶言，说："与其投降，不如赴死。"他咬着牙，眼中流着鲜血，用嘶腭之声唱了一支曲子：

阿拉塔拉唱塔拉，
塔拉是歌之唱法。

祈望魔王能护佑，
愿那嘎热黑魔知。

如若不识此间土，
此方土地不熟识。
雄鹿安闲山上走，
却遭猎人施毒手。
流浪乞丐走四方，
却被盗匪用绳捉，
无故遭擒真莫名。

如若不识我辈人，
从那天竺地方来，
金刚座之周围生。
父系靠那乞讨活，
父母虽然无甚财，
子女却未去落草。
无羞无耻之长官，
不分是非和黑白。
我辈乞丐去流浪，
盗匪无故将我捉。

哈巴狗儿睡沙中，
并未觉得能成虎；
乌鸦栖在树枝头，
并不乞望成上师；
鱼儿海中去觅食，
并未找到珍贵食。
流浪四方之乞丐，
无故被那岭之盗，
擒来并非英雄事。

此外还有如斯事，
凶恶加查真英伟，
如若真是大英雄，
不去杀敌当先锋，
何来欺我这乞丐？
昨日清晨之时光，
随意走在山林间，
并未触犯任何法。
如说实言是这般，
句句皆是肺腑出。
皮肉包住这身骨，

用石捣碎又何妨？

鲜血包住赤诚心，

血肉横飞又何妨？

听懂请来公正断，

不懂歌亦无解释。

多吉美巴唱完说道：“如若杀我乞丐对你岭国有益的话，那就请便吧。”玉拉和玉赤贡杰，库玉尼扎等人商议后认为还是应将此二人先带到格萨尔王面前，如何处置还需格萨尔王亲自定夺，另外需加强山口和江河的岗哨，不然还会有许多探子前来。遂将二人用格萨尔王的九环神索缚住，由尼玛扎巴领头，前后左右各有三名兵丁环绕，两日内便到了库玉达塘。

吽那嘎热心想：如今逃脱已无可能，不如将实情招供。听说在格萨尔王治下，柔和者能保命，凶恶者将被斩杀，所以到了格萨尔王前还是讲出实情为好。他们二人于是生出异见。格萨尔王已经知晓了二人的心思，便下令掘三层土之后将多吉美巴埋在下面，再在上面建一座佛塔。

嘎热来到格萨尔王面前，表明了自己所说句句属实，可用性命担保，说道：“国王和王妃不和，王妃出走后便不知踪迹。于是，国王下令其兄弟和母苏上师以及十三名咒师等带领三万兵马要夷平岭国。这些都是国王的命令，与我无干。”嘎热并说自己并非没有故乡，没有亲戚兄弟，所会的巫咒都是自己辛苦学来，从此立誓效忠格萨尔王。格萨尔王听后未立即作决断，说容后再处置。嘎热随即用天竺之礼拜了三拜，便退出了营帐，并应承做格萨尔王的侍从。

格萨尔王说既然紫色姜域有这么多敌军，那达戎部、国王的卫队、噶德二部即刻前往援助。援军昼夜赶路之后便来到了姜域王子和玉拉的营帐，此时，从热塘到撒如赛龙塘都布满了岭军，将己方的百姓全部从战场附近转移到了后方的擦瓦地方。正当此时，赞吉变化的猫头鹰回到了自己的营帐，一把抓住母苏阿杂上师的衣襟，将前日打探消息时行踪败露，两位同伴落入敌人手中等情形用江河缓流曲唱道：

阿拉塔拉唱塔拉，
塔拉是歌之唱法。

祈望阿杂母苏知，
咒术幻法皆神通。
若不精通幻仙术，
如何能够自保命？
骏马若不惜马蹄，
如何能够行万里？
敌军盗匪进犯时，
需要做好迎敌计。
若想翱翔在天际，
需有雄鹰般翼力，
山巅岩上仍挺立。
若想漫游至水底，
须像鱼儿般摇摆，
知晓海水深或浅。
从那与岭为敌日，

须有无边之法力。
离开故乡去他乡，
便未想过有归期，
不惜性命作标靶，
视死如归真英雄。

如若未曾做此想，
便无可能与岭敌。
山峰顶上之日光，
想要暖来实则寒；
青年美貌之伴侣，
想者多来得者少；
骏马马蹄驰如飞，
所欲者多获者少；
金子做成之耳环，
虽然美丽少人饰；
英雄豪杰战利品，
取得少来送出多。

自从那日出发后，
我和同行两咒师，

便在四处作探听。
到得达拉山坡上，
在那茂密森林中，
鸟儿也难逃出天。
大水从那山上逼，
山村险被大水灌。
号称虎狼之南军，
想要降伏岭国地，
本欲征伐反被征，
自认有理却无理，
所愿美好变不好，
运道本升忽降落。
吉祥之日供奉神，
神像不幸跌落地。
南方大国之军队，
能够保命便万幸。
我等三人扮乞丐，
从那岩石之裂口，
来到达拉之山顶，
来回探视好几番。
只见岭国之军队，

漫山遍野皆遍布，
人不似人似飞鸟，
马不似马似蝼蚁，
烟不似烟似雾罩，
帐篷像那满山花。

诸位大臣有何计？
上问阿杂吽纳师，
还有恩深大臣们。
虽说在那魔王前，
我曾说过要前往。
未曾见到敌人前，
不发过多惊惧言；
未曾听到龙吼声，
孔雀不会展开屏；
雪山未曾融化前，
金眼鱼鳃不会干；
未曾与岭一战前，
不能就此去认输。

王兄我去打探时，

从那茂密树林中，
钻出几个彪形汉，
行动迅速似雄鹰，
指尖抛出绳索套，
便将二位咒师擒，
像那鹞鹰捉小鸟。
我便马上施法术，
在那林间岩石上，
变作鸟儿隐入岩。
再用眼角观察时，
看那长幼两咒师，
跌倒在地不动弹。
太阳落后是黑暗，
遇见岭将被绳擒，
期望二人能施法。
又是等待许久后，
黑头身躯似死尸，
犹不动弹在索中。
岭国勇士之部将，
此时共有十八骑，
小将还想显声名，

吉吉索索[1]押入帐。

我在空中转三转，

未带兵刃是白转，

若无兵刃斩敌首，

虽有法术有何用？

只得空手返故乡，

所遭厄运便如此。

如若我们不行动，

岭军即日便包围。

富家食财祭天神，

若不敢食是饿鬼。

上师如若贪财物，

此生何能修得法？

面见国王无哈达。

国王威势比天高，

指引属民皆向恶，

请从宝座走下来，

免得到时心悔恨。

还有大部之军队，

1 吉吉索索：祈福时所发之音。

从那天光黎明时，
达拉山口派守军，
守住此山是豪杰。
先头部队之将领，
是那拉赞顿珠将。
其后辅弼有二将，
达布楚嘎为其一，
阿热白布为其二。
阿杂达玛顿珠和，
赞玛拉赞杰布王，
要去训练虎狼师。
路上若不安岗哨，
丢了性命亦不知。
行时如不探好路，
走错路径恐被擒。
奸臣会坏国家运，
恶妇会害夫君命。
糟食会使五内乱，
此般皆是源于己。
前往沙场之部队，
一旦出发无退路，

病死战死埋骨处，
阎王做主自无计。

从我王兄赞吉起，
到那伙夫和马夫。
勿有一人想退缩，
快快出发与敌战。
赞吉在此做保证，
需要变化便变化，
如无一点之用场，
赞吉亚美非吾名。
王弟需带中路兵，
围绕阿杂吽纳师。
不死须得求药医，
死后亦需求解脱。
未战先需仇敌忾，
既战就需得胜果。
不行客人请停留，
自安于位便安乐，
凡此这般皆真理。
烦劳诸位记心间，

明日早间之时光，

以鼓为号需出发，

翻过达拉之山口，

有片方形大平原，

是为岭地之边界，

紫色姜域之上部。

如若占得此间地，

坚固似铁不易攻，

所以必须去此地。

听懂耳中之甘露，

不懂歌亦无解释。

待赞吉颁布完命令，上师和魔国的将领们都深以为然，决定明日便出发。

六

此刻，格萨尔王佯装睡着，观想慈悲的佛祖。看见姑母南曼杰姆头顶发髻，身似火山，脚底八瓣莲花，左手拿着敪鼓，右手拿着银制铃铛，胯下骑着无鞍狮子，向格萨尔王说了如下预言：

阿拉塔拉唱塔拉，
塔拉是歌之唱法。

皈依上界诸天神，
每日供奉不懈怠，
关键时刻可护佑。
此方土地你应识，
撒如原野之源头，
阿鞠藤桥大桥名，
桥底擦曲乌曲流。
珞曲大河之渡口，
是我兵将扎营地。

你看是否这般理：

大河波涛翻涌时，
大桥如何能无恙？
凶猛火势燎原日，
檀香之林亦难逃。
敌之大军犯境时，
姜营虽坚亦需防。

除此还有这般事：
南方雅惹百原野，
来到拉隆松多地，
敌方三万兵和马，
并非喜好来征战。
青蛙背负北方盐，
并非情愿是天定。
杜鹃歌声响起时，
口中所食是虫蚁，
不吃腹中便觉饥。
鹿儿爬到山之巅，
不为炫耀头上角，
只因迁徙是天定。
南方之军到岭地，

不是属民逞威武，
只因君臣下旨意。
国君旨意似瀑布，
众所周知不能拒。
三万兵马之军队，
离开故乡到他乡，
未觉他乡多安逸，
只恐命丧他乡地，
你看是否此般理？

斩敌在内或在外，
都是一般丧性命。
国君旨意父母命，
慈悲用心是一样。
国君号称旺堆者，
和那大臣十五名，
不用怜惜尽斩杀，
埋在黑色坟场里。
饿狼爬到山坡顶，
想要吞食绵羊群，
勇士枪矛对准它。

鹞鹰在那天上飞，
利爪向着小鸟们，
必然殒命刺丛旁。
小偷一生偷人财，
染上恶习不能改，
最终丧命在狱中。
凶恶魔王欲逞威，
与我岭国比武力，
岭国山口丧其命。
殒命是其前世命，
命中注定无法躲，
年老皱纹无法拭，
身上虱子无时尽。
艾绒火镰和火石，
宝瓶清水孔雀翎，
聚齐是为前世命，
哪能事事遂人愿?

勿要再坐桑钦王，
魔王阿热后跟随，
幻术十二名上师。

还有领军之将领，

一为晋美多丹将，

二为亚美赤嘎将，

三为阿杂吽纳师，

四为国王兄赞吉，

五为国王弟萨堆，

查贵吽赞巴瓦六，

赤拉南雅索嘎七，

辛玛黑面希堆八，

查郭托玛亚美九，

九将所领之军队，

已然翻越达拉山。

探听虚实兵在前，

大部军队在其后。

明天清晨之时间，

达拉山之山口上，

用那刀枪弓箭等，

必须将敌挡在外。

如若敌军入原野，

紫色姜域之营帐，

文姜部落两万军，

就如羊群入狼口，

还会有谁来怜惜？

鹞鹰飞入小鸟群，

只见鸟羽满天飞。

另在山顶岩石上，

备好滚石等物品；

在那撒如水之旁，

安放哨卡第二重；

在那乌木水之边，

安防哨卡第三重。

需要守住山水口，

之后渐次有预示。

听懂耳中是甘露，

不懂歌亦无解释。

姑母唱毕，便像彩虹一般消失无踪。格萨尔王随即让内臣吹响号角，文布部的部队很快集结完毕。格萨尔王便将神的预示，辅以威严的语调，用猛虎怒吼曲唱道：

阿拉塔拉唱塔拉，

塔拉是歌之唱法。

上师本尊和佛祖，
在那乌云遮蔽日，
祈望护佑见光明。
未有比佛恩深者，
未有比日光灿者，
故此护佑定不小。

如若不识此间土，
撒如平原白玛塘，
紫色姜域擦瓦绒，
此乃擦姜之地方。
如若不识我辈人，
六大部落之统帅。

各部兵马和首领，
几句言语请细听。
昨夜在那睡梦中，
南曼杰姆有预示，
达拉山的那一边，
达雄原野和纳龙，
从那多热王这边，

驻扎南军有三万。
下定决心离家乡，
做出保证到他乡。
鱼儿无衣水中眠，
并非展示好水性，
冬季来时河冰冻，
此事也是早注定。
南军魔头之军队，
并非不死钢铁躯，
君令如同山落石，
众所周知难抗拒。
南方魔王名曲赞，
同那妖臣五十余，
与我佛法做敌人，
恣意妄为做恶事。

除此还有此般事，
珍珠宫殿财宝宗，
穷人手中之宝贝，
在手中时不识宝，
无时又要来可惜，

此乃衰败之征兆。
如今有这三万兵，
将那达拉山上下，
布满黑方之魔兵。
还有文布诸兵马，
在那山上备滚石，
林中亦需放暗箭，
如若撞上拼刀剑，
斩杀鲜血染双手。
慈悲和那怜悯心，
是那岭国之法度，
如若来降需善待，
不杀不辱带至营，
待他如待我军人，
虽然种族有不同，
血肉之躯一般样，
寒冷温暖同饥饿，
身体感受俱一样。
饶恕生灵魔国安，
此乃一件大功德。
但在上阵杀敌时，

哪有饶恕敌人理？
此乃姑母之预示，
天竺海中之魔国，
此时虽然变魔国，
天竺佛法之传扬，
在那藏地和天竺，
并无不同是一样。

此回里赤国之王，
名唤扎杰震三界，
无法再去不制服，
魔国上下之臣民，
须让他们向佛法。
如今虽然敌压境，
岭国下起暴风雪，
不需惊来不需惧。
酸苦辛辣诸般味，
入得口中是良药。
敌人看似很威猛，
终败我军勇士下。
山顶白雪虽然高，

终究还在白云下。
南方军队之魔将，
看似魔法很高强，
最终须在岭国下。
此般道理请记心。

勿停即刻需出发，
文布部落加查将，
带齐一百之兵马，
越过山口之石堆，
希望撞见敌方兵。
姜域白玛尼扎将，
带上步兵一百员，
在那杂垄山阴处，
做那岩军之首领。
姜域阿热达杰将，
亦领步兵一百员，
在那红岩山之上，
备好滚石待敌人。
玉拉和那姜之子，
各领本兵勿轻动，

退敌之法众皆知。

骏马善驰道路上，

哪容劣马来占路？

上师大乘修行下，

蛇虫众妖皆殒命。

严法君王治之下，

大奸大盗皆入狱。

勇士一展绝命技，

妖兵似草被火烧。

此乃吾王之想法，

之后如何再计议。

听懂耳中之甘露，

不懂歌亦无解释。

格萨尔唱毕，便命令三路兵在玉拉、玉赤贡杰、木雅曲杰旺尊、库玉尼玛扎巴、多杰森格扎巴等诸将的带领下散至山的左右。山的那一边，阿杂吽那、赞吉、萨堆、森格多丹等人的部队则遍布此间的上中下三部。此时，库玉尼玛扎巴和木雅曲杰旺尊等人登至山顶，看见敌军在山下一箭之遥的地方。南方兵们如同群鸟同飞，众马嘶鸣，一个个随时准备着放箭。岭国的将领看到便下马在原地等着。因为有哨兵先前已打探过情况，所以他们已经知道敌军逼近。众军极其整齐，似一人身带三兵，似一马蹄声齐整，像青龙出洞、猛虎嗜血，伴随着喊声。

库玉尼玛扎巴在玉鸟能飞马上喊了三声后，南军的桑格多丹应是打头的先锋，便毫不犹疑地上前问道：“蓝马上的蓝色将军，真是霸道，为何挡住我们的去路？”库玉尼玛扎巴拉了拉缰绳，从右边的红毫虎袋中取出食肉黑毒火焰箭，箭上燃着护法神的火焰，并冒着烟；从左边的九曲豹袋中取出藤制大弓，弓头触着天，好似拨云弄日，弓尾抵着马鞍，威严地说道：“如若开头不言语，岭国国家政和教，懦夫手中怎会强盛？上师头戴黄冠者，如若不战黑方神，如何称之为上师？大鹏神鸟双翼展，从那如意之树上，不取枝叶不会飞。君主所设法场中，如若不讲因果法，金色宝座坐不稳。”说完，尼玛扎巴便唱了一支问询的曲子：

阿拉塔拉唱塔拉，
塔拉是歌之唱法。

天空青龙怒吼时，
必有雷电随其后。
山上雪水融化时，
山下河流必翻腾，
要看江河急或缓，
要看水源好或坏。
春天播下五谷种，
夏天必有绿枝芽，
秋天结果丰或寡，
要看雨水多或少。
唱歌是那各地俗，

声调悠扬各不同。
紫色姜域之神明，
阿尼索多长老知。
天上地下和中间，
哪有不知之道理？

若如不识此间土，
紫色姜和擦瓦绒，
擦瓦多热之地方。
达拉山上之原野，
白色雄狮展白须。
岩石山上阴影处，
雄鹰安家筑巢处。

如若不识我辈人，
从那紫色姜之地，
擦日原野的上面，
青龙显威城之中，
库玉尼扎喊三声，
是那万兵之首领，
南诏国家之辅臣。

文布部落十部兵，
玉赤贡杰是统领。
姜域十八部之兵，
首领是那玉拉将，
库玉白玛尼扎将，
木雅曲杰旺尊将，
三将皆有万夫勇。
是那桑钦王内臣，
御敌之时为先锋，
誓取敌人之首级，
非是空话是事实。

且听我言赤发者：
赤发像那火烧云，
面红像那火焰烧，
红眼似那陨石落，
红马像那雷电闪，
红色部队像血海。
红色魔王答我言，
究系从那何方来？
意欲去往何样地？

可资依赖同伴谁?

财宝都有何经历?

为何要从此路过?

此地实乃紫色姜,

从此如再往前去,

便是岭国之地界。

在这印藏边界上,

岂容头戴白盔过?

红衣红马听我言:

冒冒失失到我地,

须知此地有主人,

山头自会有守兵,

国中自会有属民。

一山二路三村落,

无此无以成国家。

天上雄鹰名声大,

虽无肾脏有羽翼,

如此便可度天空。

岭国之下诸军队,

勇猛无敌国力盛。

我便来自岭国军，
外人莫能进国度，
国人轻易不外出。

去年还有前年时，
玉赤王赞贝如王，
无故寻衅到上岭，
自食败果头被斩。
本来南方之地方，
便有盗匪诸多种。
要从此地山口过，
头戴白盔不能过，
脱掉白盔拜三拜，
之后如何再计议。
身携兵刃不能过，
放下兵刃拜三拜，
之后如何再计议。
达拉山坡和原野，
骑上战马不能过，
下马需要拜三拜，
之后如何再计议。

献头献身再献宝，
做完便可有商量，
可借小道供你行，
其余再无路可走。

看那草地绿如茵，
并非剩余无人食，
而是无福去食用。
看那流水多甘甜，
并非剩余无人饮，
亦是无福去饮用。
漫山遍野之树木，
并非剩余无人砍，
只是无福去砍伐。
再说此地之方圆，
天上有那鸟之王，
地底自有地妖王，
人间自有人中王。
三兵齐备之大军，
所骑战马俱嘶鸣，
红人红马尔等人，

究竟何人需道来，

国君之名叫做甚？

听懂耳中是甘露，

不懂歌亦不重唱。

库玉尼玛扎巴唱毕此曲，牵住缰绳时，魔国的桑格多丹心想：紫色姜域和天竺已经有二十余年没有商议和签订任何关于边界的协议，此乃父祖儿孙都知道的事。桑格多丹于是便谎称自己部落的许多人和财皆入盗匪之手，船只也多遭损毁，所以是来讨回公道的。桑格多丹让马儿停下之后，将右手边的风火神枪[1]亮了一亮，黑口黑面地盯着库玉尼扎。桑格多丹将手指放入机括，用左手抓住神枪的中部放在前鞍桥上，将抓手套在膝上，准备一枪就让敌人血肉横飞。

桑格多丹口中说道："你说的自有道理，不过若是森林和岩石间外人不入，内人不出，又不是国王的法令。鱼儿只在水中行，雄狮只在雪中走，牦牛只在岩间走，那这句话就是虚言了。虽然各国各自守住自己的土地，但是山不会被雪封住，村落也不能用铁锁锁上，水上也自有桥和船只。既可以从天竺走到汉地，也可以从汉地走到天竺。如果此路不能通行，也须得指出可以走的道路。如若牲畜未食此草，草儿又将是如何？既不是你能卖的，也不是我能买的。白色的绸缎不能粗量，金子不能用块计算，银子也不能用斗计量。在这大千世界中，大地空空，谁还会节制食草和饮水？我曾听闻，在紫色姜域，有十八个部落。头上满布着皱纹，不梳头皱纹就不会显现。眼睛上的双眼皮，头未干怎能看清？自己的萨丹王落入了敌手，还在这里说水草的妄言。大水之中鱼儿自聚。雄鹰在空中飞时，风虽呼啸，

1　风火神枪：曲木里赤国中类似现代枪械的武器。

但羽翼的声音更响。”

但见桑格多丹的那匹坐骑，白色的身子间杂着黑色条纹，四蹄泛着红光。他说完便用脚蹬拍了拍马腹，心想：如不将眼前的敌人野火燎原一般地消灭掉，便不是国王的先锋大将桑格多丹。他就好比自大的兔子，将自己的耳朵当成了擎天的柱子。此时，桑格多丹自大地唱道：

阿拉塔拉唱塔拉，
塔拉是歌之唱法。

母苏黑神请显灵，
主宰生命之地妖，
周围有那妖魔绕。
阿杂母苏请细听，
一曰与敌沟通者，
二曰居心叵测者，
三曰无故自威者，
即刻需要取其命。

如若不识此间土，
实乃印藏之边界，
南方紫色多热地，
漫山遍野是树林。
古老谚语早有云：

国王所争地和邦，
若如不争地和邦，
如何分辨谁之土？
高处天空低处地，
如若未曾分高低，
雨儿将从何处落？
南方国土曲杰地，
安乐之地宝物多，
居处同那龙宫似。
既有曲杰王宝殿，
又有海中诸样宝。
居处在那海之中，
行走亦在海中走。
衣食和那财宝等，
不需向那他人求。
使那海水变方向，
红色珍珠之故乡。
无需说那蛮横言，
铁马电船和铁鸟，
自由飞在天空中，
敢去追逐日和月；

自由游走在水中，
大海深处来安家；
自由行走在陆地，
有那自生铁轮子；
自由好似火与风，
眨眼之间渡海去。

若如不识我辈人，
桑格多丹是我名。
桑格是那雪中狮，
多丹意是有力量。

白玛尼扎听我言：
听你口气真是狂，
此地实乃紫色姜，
寻衅自会招来祸，
彻天大火燃起时，
树枝哪有幸免理？
我说你是真狂妄，
头戴白盔有何奇？
将那南诏送人手，

要脱白盔你来脱。
身带兵刃有何用？
姜域祖业落人手，
要丢兵刃需你丢。
虽骑骏马像奴仆，
将那姜域自家产，
献到匪类觉如手。
战盔本也不合你，
紫色姜之中心地，
自从被那觉如占，
可有一天心安乐？
七尺之躯做奴仆，
还需替他来卖命，
糊涂好似饮酒醉。
若将饮酒时英勇，
用来杀敌有多好；
骏马上坡时气力，
春季若有该多好；
平时屋里巧言者，
君前能说该多好。
平时号称千里马，

到得原野需驰骋。
现今所放狂妄语，
两军战时也应有；
口中所说之厥词，
遇见敌面也应有；
酥油和那美味肉，
行走外地时应有。

能明理否蓝衣者？
勿要自夸和自大，
自大只是心自高，
错将苍穹绕脖颈，
其实只是富家奴。
母死饥馑之女子，
心比山高命却薄，
将那发辫散半空，
自身又被病魔缠。
父亲命丧成孤儿，
身带几尺之利刃，
见到仇人又俯首。
莫说食草需金钱，

亦未听说水需钱，
四方都有江河水，
江河之水人共饮，
若有穷尽需另说。
漫山遍野长青草，
未穷尽时畜类食，
若如吃尽翻山岭。
印藏南北如相连，
如若遇敌需搏命。
前人谚语曾有云：
在那国王花园中，
客人来扮作主人，
是否有那食草权？
滔滔不绝说出口，
若无行动去践行，
就像鱼儿吐泡沫。
君前所立之大臣，
口若悬河说不停，
不能保住国和家，
罪孽比那常人重。
一生所积之财富，

有难之时若无用，
便像饿鬼手中食，
是否此理请细想。

紫色姜域之祖业，
想想就像昨日梦，
被人夷平扬土尘。
花言巧语所说言，
若不羞耻是智者。
没有引导之商人，
不识货价随心行。
不知罪恶的屠夫，
虽未盈利亦有罪，
我看还是自持好。

我欲前往汉之地，
我有珍珠和琥珀，
需得卖往汉之地。
西宁上中下三部，
去年定好买卖约。
若说远行需借路，

是否属于狂妄语？
无事无需害性命，
见面无需知名姓。
两军阵前交战时，
上等男儿若相逢，
国君之间有调停，
两国之间有商量；
中等男儿若相逢，
只是守住已方地；
下等男儿若相逢，
口中尽说狂妄语，
使那国中起纷争，
最后失土并殒命，
此时还需你细想。

听懂耳中之甘露，
不懂歌亦无解释。

听闻桑格多丹唱完，库玉白玛尼扎便说道：“你说起来头头是道，做起来一事无成。没有仇恨而起的战端，或许是杀害父族的宿怨，又或许是宰了母犏牛的宿怨。”说着，他右手拿出箭，左手取出弓，作出射箭状，继续说道：“懦弱的人怎能先来寻衅？有可能将敌友弄错，也有可能将内外弄混。”桑格多丹听完，说：“我们要去汉地，只因本国有几名男女，携带金银逃离，我们只是要跟上他们，问几句话。我们又无仇怨，尽可成为朋友。就像俗话所说，不是大恶的罪孽，就没有法办的必要；只要腹中无病，脸上的污垢随时可洗去。”

此时，库玉白玛尼扎想起格萨尔王所说的神谕。格萨尔王曾说道，“战事打响后，便要将魔军的红珊瑚宗攻下，为藏地所有，还要取下曲赞魔王的项上人头。”想到这儿，白玛尼扎便放出了一支箭，直中桑格多丹胸前的白铜护心镜，发出一声清脆的响声后落地。随即库玉白玛尼扎和文布加查二人带着本部兵马杀将过去，文布部的兵马吼声如青龙一般，岭军从山上投下滚石和箭矢，两军在银光闪闪的刀剑中厮杀正忙。此时，来了一个面色红如阎罗，周身还有红色的烟雾，红黑色的头发全部竖向空中，不似人形，更像是鸟类，骑着一匹银鞍暗紫色马儿的人，挡在了文布加查的面前。

此人实乃敌将雍仲顿杰，只听他说道：“喂，结队出行的弱小商旅为什么无路可行？你们为什么要挡住去路？你须得说出缘由。有道是，不管路途远近，一是带着包袱的乞丐，二是头戴黄冠的上师，三是外出经商的马帮，四是带着兵刃的勇士，五是戴着宝石的女子，六是端茶递酒的姨婆，七是传送信件的使者，都可以自由过路。你们无故挡住我们的去路，究竟是何道理？”雍仲顿杰又转念一想：如今已经折损许多人马，要是实在过不去，就另想计策。我雍仲顿杰扎巴，是三千兵马的头领，从天竺之地来，还没到岭地，便失了许多人马，这样下去怎得了？于是他想着用言语先骗骗对方，就斜坐在马上，唱了一支曲子：

阿拉塔拉唱塔拉，
塔拉是歌之唱法。

从那歇日天之宗，

南方牙神敬请知，
妖魔鬼怪父族神，
如扎魔之母亲知。
妖魔食肉有法力，
从那魔方黑色山，
魔王尕拉真嘎知。
敬请诸魔来保佑，
食敌肉来饮敌血。
国王号称震三界，
声威大过云中狮，
福泽高过日和月。
黑方魔王众大臣，
做那五十鬼怪援。

如若不识此间土，
天竺西北红人乡，
在那里赤海那边，
是为天竺汉地界。
纳龙雍扎之山坡，
眼虽未见耳听闻，
南方之地达拉山。

如若不识我辈人，
海底深处财宝乡，
天竺北部之地方，
里赤大海水中间，
是那曲赞之大臣。
空中大鹏鸟之子，
何忧翼力不增长？
白嘴野驴之小崽，
何忧不能越羌塘？
健壮鹿儿生小鹿，
何忧头上不长角？
我乃五十大臣中，
无敌勇将名顿杰，
三千户民之首领，
是那军队之前驱。

若问前往去何处，
若问何事真有事。
里赤大海之中间，
珍珠有那红黄白，
还有各类珍稀宝。

大海之中建宝殿，
宗堡之中之宝物，
有那红色珍珠链，
有那白色威名大，
用那黄色供上师，
黑色有那魔神位，
还有神奇风火轮，
皆是属于王臣有。

若问为何到此地，
国王王妃和侍女，
还有小臣共三人，
盗走宝物齐逃亡，
我等即是尾随至。
阿杂母苏预示里，
东西南北四方中，
预示直指天竺北，
此地盛行盗匪风，
不像他地多事端。
古人谚语曾有云：
三界上师祈福斋，

不思来世只求财，
得见法王胆心惊。
大国暴君施恶行，
执法不公欺弱小，
民众反时便无计。
无勇之人带三兵，
不敌外人欺内民，
类此这般诸多事。

是否此理请细想，
先莫来说狂妄语，
姜域勇士有玉扎，
和那谢嘎坚参将，
玉杰顿孜此三人，
原是姜域父叔辈。
如若放行无纷争，
需知如下之道理：
挥兵并非皆争斗，
四足并非皆骏马，
戴冠并非皆国君，
白肤并非皆美人。

如若不想此般理，

两国挑起战端日，

始于奸人探敌情。

大战挑起之因由，

皆因少女喜新鲜。

乡间充满喧哗声，

皆因深处有流水。

是否此理请细想。

身无九样之兵刃，

如何去做调停人？

今日之前时日里，

已过之事不再提，

此时还有一样事，

弑父凶徒有同伙，

夺位之争亦有伴。

去往汉地路途中，

无故伤害许多命，

此事当非正确事，

话需先前讲清楚，

不然纠纷随后至。

食物吃时需品味，

旧腐酿成腹中病。

话语如若不说清，

两男撞见血成河，

此乃众人所不欲。

听懂请你细细想，

不懂歌亦不解释。

听雍仲顿杰唱完这段虚伪的歌曲之后，文布加查想起了格萨尔王所说的话，“在那五十个妖臣中，确系有迩妖[1]，而曲赞在海底深处任意妄为，做了里赤海的主人，阻住天竺之法传播，毁坏汉地法纪根本，还想灭掉藏地的佛法，是紫色姜域、擦瓦绒、多热、门隅等地共同的敌人。神佛的预示中并没有说要饶恕他们的性命，避免这一场战争，在战乱的时候切忌不可对敌人有慈悲之情。”于是文布加查便取出弓箭，向雍仲顿杰扎巴射出了追风红岩箭，同时口中说道：“我才不与你这懦夫一般见识，奉劝你不要从此路过。如果不听劝告，我身上携带的兵器，就会施加到你身上。”箭虽射中了雍仲顿杰扎巴的护心镜，但因他有阿杂母苏的咒语护体，所以未受伤害。

雍仲顿杰扎巴回过头黑着脸用右手取出火舌神器，用左手一拍，一声巨响后，文布加查便失去了知觉。神器中毒物的火焰和烟雾顷刻之间使人无法呼吸，几乎命悬一线，只因岭国众神的保佑，烟雾方始散去。雍仲顿杰扎巴想要取文布加查的首级，望向文布加查的时候，文布加查马上从鞘

1 迩妖：曲木里赤国的一种妖怪。

中取出了毒舌食肉黑蛇刀向雍仲顿杰扎巴连砍了三次，但因雍仲顿杰是妖魔之子，有阿杂母苏的咒语护体，砍到了雍仲顿杰头盔中间用玄铁制成的母苏巫术蝎子，并没有伤及他，反倒使文布加查的刀口向里卷起。这使得文布加查十分诧异，往日无论面对怎样的敌手，都未出现此种状况。既然兵器奈何不了他，这可能是一场硬仗，文布加查于是便收刀入鞘，从左膝的袋中拿出大力黑风石，掷向了敌人。雍仲顿杰中了石子，快要倒地时，抓起那枚石子，反掷向了加查，加查不幸落马身亡。

姜王子一看到敌人杀死了自己的爱将，怒不可遏，毫不犹疑地扑向雍仲顿杰，拔刀出鞘连砍了三刀，都未能命中，随即又抛出多环擒鸟索套在了雍仲顿杰的脖子上。多环擒鸟索前后共有五个钩子，五个钩子将其像鱼儿一样牢牢抓住。因姜王子力大，将雍仲顿杰像饿狼拖着羊儿似的从马上拖了下来，文布兵马也趁势大吼着杀了许多敌兵。

阿杂吽那咒师见势作法兴起了黑色火焰风，一时间，吹得岭国的兵马全无知觉，尤其是未修道的将士们大部分昏厥过去。阿杂吽那咒师又从一个蛇形的器具中放出了青色烟雾，顿时，烟雾弥漫了整个地方，使岭国将士们都晕了过去。只有姜王子、玉拉、库玉白玛尼扎、木雅曲杰旺尊等人因在姜域地方见过毒雾，吃了驱毒的药丸，喝了圣水之后，才幸免于难。此时，山上文姜两部的兵马将滚石从山上推下，曲木里赤的千余人丧命石下。但是，当岭国的兵马被毒雾弄晕时，曲木里赤的一队兵马翻过了达拉山口，在拉隆松多安营扎寨。母苏阿杂吽那心想：英雄就当是如此，我此生修炼这毒和巫咒，真是没练错，今日这黑色的毒雾真是派了大用场。于是又钻进帐篷，用黑毒蛇练起了深海盒咒、空中火焰咒、风吹大地咒三种巫咒。

玉拉、姜王子、库玉白玛尼扎、木雅曲杰旺尊等人伤心地看着文姜两部漫山的尸体时，但见天上飘起五彩的云朵，天边出现了彩虹，岭国众将心才稍安，心想应是神佛庇佑。仙女、父族神、战神、姑母南曼杰姆等从空中撒下如雨水般的圣水，文姜的兵马都渐渐苏醒，慢慢起身。玉拉和库玉白玛尼扎等将领见毒雾散去，兵士们都已苏醒，心下便定了几分，这才用马驮着加查的尸体回营。

撒雄山下的格萨尔王得知本方军队被毒雾算计，有许多伤亡，另有六百多人需要救治，便觉得出师不利。格萨尔王正坐在帐中想着此事时，玉拉帐下的达姆赤杰、白玛尼扎、曲杰旺尊三人带着六十余名骑兵来到了帐中，将达拉山上交战以及文布加查遇害的情况详细地呈报给格萨尔王。格萨尔王听后说道："今日文姜二部的兵马遭此重创，不遇恶事，便不知何为吉事。现在我们需要在撒如山、擦如原、擦曲河等处加派人手防御，如不守住擦曲河和乌曲河，那敌军便危及岭国了。"说完，格萨尔王将他的衣服和头发、法王妃子的圣酒、千佛之发、七世婆罗门[1]的肉身、上界天神的圣水等物都赐给了他们。

应着莲花生大师的庇护，格萨尔王施法使岭国连下了十五天雨，使得擦曲河和乌曲河的水都涨到了山腰的高度。魔军们看到下雨，有的感觉酷暑难耐，有的感觉躺在兵器堆里。阿杂母苏咒师料想这一定是岭国施展的法术，于是打算以眼还眼。他自忖自己是咔那大咒师，是魔王手下法力高强的大臣，当能够护佑曲木里赤。于是想要制造一场疫情，散播到岭国的每一处地方。他的药方是由朵玛、黑鼠兔血、黑狗血、黑山羊皮、花山羊的脂肪、白山羊角、马肉、人肉、鸟肉、鱼蛙肉，加上各种走兽的血和生殖器等物，制成六角之形，再将岭国的格萨尔王、超同、噶德、丹玛、戎擦查根等人的名字写在纸上放在六角之上。再在中间放了一个黑色九头蛇，周围摆满各样兵刃，准备在次日二十九日时作法，让岭国的名字消失在风中。

正当阿杂母苏热火朝天地做着准备时，格萨尔王已于二十八日晚在云间得到了姑母南曼杰姆的预示。当晚姑母驾着一只无鞍雄狮，头顶是仙女

1　婆罗门：印度的四大种姓之一。

发髻，声音像妙音天女，足下是八瓣莲花，右手拿鼓，左手摇铃，前方放了一面宝镜，周围有十万仙女。此时，姑母南曼杰姆唱道：

阿拉塔拉唱塔拉，
塔拉是歌之唱法。

上方天界众神知，
中部各路山神知，
下界海底龙神知。
藏地十三神仙知，
七十护佑之神知。
东方阿尼玛卿知，
南方雅拉香波知，
西方卡瓦嘎布知，
北方念青唐拉[1]知，
白色四大山神知。
东方金刚空行母，
南方珍宝空行母，
西方莲花空行母，
北方业缘空行母，
中部佛祖空行母，

1　念青唐拉：藏族地区的四大神山之一。

五空行母请静听，
今日请来助岭国。

如若不识此间土，
擦唐莲花六原野。
岭国君臣听我言，
我不犯人敌犯我，
何能再去惧敌威？
杜鹃翅膀玉石色，
站在枝头高声唱，
并非炫耀天籁音，
只因夏日草地绿。
野鸭通体是黄色，
离开南方到北地，
并非炫耀黄色羽，
只因海到弄潮日。
曲木里赤海之边，
黑色魔王名扎杰，
如何收伏魔王法，
姑母预示万千计，
并非言语变化快，

只为提醒格萨尔，
已到收伏魔王日。
里赤珍珠宝藏宗，
如果岭国不收伏，
世上当再无珍珠，
藏地亦会无宝物。
此地实乃岭国土，
南曼杰姆便是我。

格萨尔王听我言，
当你从天下凡时，
消灭许多大魔王，
锄强扶弱行善事。
今年在那达拉山，
文姜两部之兵马，
三分之一落敌手，
阿杂母苏之巫术，
便是落在文姜身。
黑色毒蛇肚腹中，
喷出黑色毒气雾，
施诸文姜两部军。

除此之外还有言，
阿杂母苏之巫术，
修炼用得七天日，
施与天界往下面，
和那龙界往上边。
格萨尔王需记住，
快快变化显法身，
还有马头超同叔，
噶德巫术之指引，
同那持法之上师，
需要施法显神通。
若不尽快施法术，
消灭母苏吽那师，
岭国便无安宁日，
众生便无幸福日，
佛法便无昌明日，
田地便无丰收日，
天空便无降雨日。
如果不能救众生，
即称桑钦也枉然，
是否此理请细想。
之后预示徐徐道。

南曼杰姆说完便由虹路返回。格萨尔王得知兵败的消息后，便派米琼、次翁、玉杰等人前往岭地上中下三部送信。很快，所有人便集结到了格萨尔王的神帐前，并依各自的座次一一坐好后，格萨尔王将姑母的预示化作音符唱了一支预示曲：

阿拉塔拉唱塔拉，
塔拉是歌之唱法。

上师本尊和三宝，
上界神明勿分心，
礼敬上方请护佑。
取敌命来剖敌心，
将那黑魔消灭净。
祈愿佛法传善地，
祈愿众生皆安乐，
祈愿福泽绵延长。

如若不识此间土，
擦绒原野之上方，
擦曲边缘之渡口。

如若不识我辈人，
初时人皆唤觉如，

玛域下部食鼠兔，
天竺卡切泥婆罗，
谁都未曾过我界。
此后便是战神将，
征战灭掉众魔国。
天竺地方药之宗，
大食地方财宝宗，
汉地中原茶之宗，
共有大国十一个，
还有五十余小国，
皆被收归我治下，
还未降伏便无数。

今年里赤来入侵，
便是岭国遭厄运，
我方并未要入寇，
敌方便已扣门户。
绵羊寿尽是狼食，
徘徊狼窝命不久。
今年边国之魔王，
还有红色珍珠宫，

像那穷人手中宝，

持宝要去走四方，

最终宝贝被人夺。

里赤国王野心大，

最终性命亦堪忧。

母苏火焰黑色马，

周遭十一咒师围，

若不及早去铲除，

空中飞禽水中鱼，

皆无生还之可能。

还要将那日月套，

青青水中着火焰，

黑色毒雾漫大地。

巫术咒语极凶残，

像那乌云满天空。

母苏上师火焰神，

又唤火焰大鹏神，

要将江河烧成灰，

要将云朵垫身下，

恶毒咒语如斯威。

古人谚语早有云：

无父哪来绕膝儿？
无头哪来直立身？
无财只能为人仆，
无势只能守灶台，
无勇只能去投降。
上言谚语无需惊，
岭地并非无神明，
叔父侄孙等三人，
共聚一时皆英雄。
叔父超同真英武，
遇见谁人都不怯，
像那烧铁红铁锤，
做事未有不成功。
我等君臣共四人，
各司其职守四方，
山摇地动水倾泻，
无所遁形敌皆斩。

此乃神明之预示，
一来是那岭国愿，
二来是那世界福。

今日往前时日里，
如若神明不护佑，
世上怎能兴佛法？
藏地怎会有安乐？
我等四人应运来，
达拉山口往这边，
擦达二地之中间，
有座小山唤止日，
速速前往此山顶。

听闻格萨尔王所唱此曲，叔父超同心想：听侄儿今日之言，此事当非同小可，我定要依令而行。次日一早便带着十五名随从臣属，来到了止日山顶，格萨尔王坐在了一块状似虎皮的黄草垫上。

曲木里赤的众妖臣妒火中烧，他们做成蛇形的几个朵玛[1]上也绕着几条蛇。东面的白色朵玛绕着白花蛇，南面的黄色朵玛上绕着黄花蛇，西面的红色朵玛上绕着红花蛇，北面的蓝色朵玛上绕着蓝花蛇，四蛇皆生着九颗头颅，并都在朵玛上打了三个结，这便是黑色魔国的九朵玛咒。他们还发动所有危害佛法的鬼怪，包括妖王嘎热以下，所有龙妖、地妖、罗睺妖等，发誓要将岭国踩在脚下，用九朵玛咒灭掉岭国的太阳，用毒雾将岭地杀得片甲不留。此时，曲木里赤的护法神也像白云般聚在空中，准备向岭国施咒。

其时，格萨尔王、叔父超同、噶德、叔父丁美禅师四人在四方坐定，开始召唤上中下三界中的诸神。格萨尔王对叔父超同说道：“今日需用我的霹雳金刚三角橛，系上天地龙三界的生魂旗，万不能放过敌人。”叔父

1 朵玛：由糌粑捏成用以供神施鬼的食品丸子。

超同换上红色马头明王的装束，将右手的十八面黑旗和三角金刚橛扔向空中，震慑住了众妖，而上界的神明也聚集在了空中。其时，叔父超同唱了这样一支天摇地动曲：

阿拉塔拉唱塔拉，
塔拉是歌之唱法。

大成就者[1]本尊神，
祈望马头明王知。
法术高强之旨意，
祈望十三乐神知。
亲密同伴是战神，
九大红岩战神知。
护佑我方之山神，
九位凶恶山神知。

如若不识此间土，
擦地白玛之山头，
白岩像是供朵玛，
红岩似是朵玛咒。
吉祥呈现在山上，

1　大成就者：在藏文中还有大得道者之意，史诗中称岭国守卫疆土之大将为大成就者，以示与霍尔之辛巴、卡切之达热不同。这些大成就者不像辛巴等以杀戮为荣，而是武艺高强、心地慈悲。对于史诗中的岭国三十大将，一般也称三十大成就者。这里的三十仅是一个概数，并不拘泥于三十之数字。

战神云中多威武，

电舌护法闪银光。

诺布占堆[1]桑钦王，

千佛共同来庇佑。

如若不识我辈人，

红色忿怒马明王。

今日已到破敌日，

黑头藏人之福泽，

莲花大师之旨意，

破得敌军法力高。

驱魔朵玛转方向，

中有十万空行母，

父系世界之指引，

亦是母界之指引，

今做叔父之战友，

愿能将那魔王制。

天葬法台旁宫殿，

护法之神法力高，

1 诺布占堆：格萨尔王之名。

一嘴双手之法身，

黑旗大氅披身上，

右手法带左手钩，

胯下骑着白嘴骡，

周遭万物都来绕，

今做叔父之战友。

从那密严刹土宫，

骑狮护法大将军，

胯下骑着白角马，

手中拿着黑矛幡，

虎牢在右豹袋左，

今做叔父之战友。

黑头藏人之使者，

王之歌神十三位，

白衣白马众围绕，

彩箭在右宝盆左，

今做众生命运神，

护佑藏地命运神。

高高仙女帝释天，

面色白里透红光，

额上暗红似彩虹，

腰带碧绿似璞玉，

胯下坐骑雪白狮，

手中彩箭和宝镜，

周身十万仙女绕，

今做叔父命运神。

在那查如之上部，

九大战神守舍神，

白色战马马蹄健，

白衣战士展笑颜，

身上甲胄显光芒，

五色彩旗随风飘，

虎面豹纹晃一晃，

白色豹袋摇两摇，

今做叔父命运神。

美轮美奂宫殿中，

桑钦世间之战神，

麾下还有诸战神。

统领众鸟之战神，

旁有护法三百六；

雄鹰族类之战神，

旁有山神三百六，

今做叔父命运神。

龙族战神骑蟒蛇，

旁有龙子三百六，

今做叔父命运神。

天上战神骑龙来，

旁有小龙三百六；

牦牛犄角之战神，

旁有小牛三百六；

白色口舌之战神，

旁有盘羊三百六；

绿色鼻头之战神，

旁有人猿三百六；

白色绵羊之战神，

旁有小羊三百六；

头长犄角之战神，

旁有白角三百六；

白色腹部之战神，

旁有精兵三百六；

金色眼睛之战神，

旁有神兵三百六；

黑色熊额之战神，

旁有财神三百六；

力大无穷之战神，

旁有力士三百六；

善驰如飞之战神，

旁有牦牛三百六；

奔驰骏马之战神，

旁有好马三百六；

勇武过人之战神，

旁有爪牙三百六；

银色须髯之战神，

旁有雄狮三百六；

护卫神祇之战神，

旁有地仙三百六；

降伏妖魔之战神，

旁有仙类三百六。

今做岭国命运神，

名姓无法一一念。

天竺曲木里赤海，

珍珠珊瑚宝殿中，

今日祈求降冰雹，

将那妖魔尽消灭。

今日须得灭魔国，

现可施展朵玛咒，

吽吽啪啪之咒术，

将那佛法所有敌，

尽数收在宝橛下。

叔父歌毕，格萨尔王的嘴像乌云一般将八部天龙和非人族类都收归其下，南方的曲木里赤的珍珠宫殿虽然在海水深处，但格萨尔王也能撼动它，使其左右摇晃，使曲木里赤的国王从王座上掉了下来。他左右的大臣、侍从以及他的新王妃和魔女们都在大声哭喊。

七

在紫色姜域的边界、擦瓦山的下方、多热和查鲁山的中间，有一处阴面是森林、阳面是草甸，山顶为雪、山腰为岩、山脚为藤的地方。阿杂母苏吽那咒师就在此地搭了一顶黑帐篷，他正和其他十个咒师一同准备施法念咒。正在此时，天空中一声巨响响彻四方。阿杂母苏吽那咒师马上在天地间观想起了空性，而其他的咒师则没来得及观想，大地摇晃着，天空中的乌云和响声将天整个儿染成了灰色。从东方飞来的火焰飞向阿杂吽那的帐篷，周围的所有小妖都应声倒地，阿杂的两百多个士兵都像羽毛一样被火烧掉。而吽那周围的其他帐篷也都被火烧尽，阿杂吽那的帐篷因他观想空性而得以幸免。随即，红虎年神[1]从天上伴着雷声向阿杂吽那咒师的帐篷劈下十一道闪电，使得帐篷里施巫咒所用的器具都变成了灰烬。

曲木里赤国的王兄赞吉、王弟萨堆以及大臣嘎堆桂杰扎巴等也一时昏厥过去。他们醒来后便以鼓号召集部众，众人聚集在黑色宝座帐中，各自坐下，充满着痛苦的叫喊声，说到本方的三百余名臣子和兵将死于火和雷电，是遭了厄运。帐中的人们，有的连连摇头、悲伤欲绝。王弟萨堆说道：“如果现在不能报仇，让岭国血流成河的话，我们还有何颜面？”有的大臣气得咬牙切齿，有的胆战心惊。阿杂吽那咒师只觉得岭国将自己的营帐变成了地狱，便在自己的暗红帐中喝酒浇愁。此时，王兄赞吉在宝座上说道：“我们确实敌不过岭国，先前的七日里，我们占得了许多地方。但一到岭国地界，便损失了这么多的兵将。如今三万兵马，只剩下两万三千多，再这样下去，不出一年，我们便会全军覆没。”说完便唱道：

1　红虎年神：岭国的护法神。

阿拉塔拉唱塔拉，
塔拉是歌之唱法。

祈望食肉怙主知，
请那赞贵岩神知。
在那天和地中间，
魔神护佑请勿少。

如若不识此方土，
眼虽未见耳听闻，
擦如原野莲花地，
擦瓦地方叫松多，
达拉山坡之北面。

如若不识我辈人，
天竺东北之地方，
从那大海之深处，
不变地方海中地，
不变宫殿珍珠宗。
平定三界曲赞王，
我乃王兄名赞吉。

岭国国度引纠纷，
要说魔国便是它。
如同狂风变幻魔，
他所不至无一地。
不眠不休似鱼儿，
不死不灭像妖魔。
从那空中日月下，
中间暗黑云层里，
直至大海之深处，
无处不至岭法术。
两军阵前交锋时，
两方虽都很英勇，
遇上岭国之法术，
很难与之相抗衡。
吽那十三位咒师，
尽皆殒命化作灰，
想要抵挡也不能。
预知后事上师们，
也都共赴黄泉下。
阿杂吽那大咒师，
能使石头自生火，

能使水中起火焰，
能将云朵铺身下，
能将青龙放鞍鞯，
如此之人世少有。
如今在这天地间，
超同变出雷和电，
山摇地动水倾泻，
折损如斯之兵马。

今日太阳未落前，
不能继续待此地，
或者去往安全地，
再去聚集众王臣，
从长计议再复仇。
或者此地之兵马，
一人一箭一匹马，
一刀一枪一盾牌，
直至剩下最末兵，
生死全部置度外。
各位计议如何行？
吾等心需往一处。

如若众人心不同，

有人想要飞空中，

妄想自己是大鹏；

有人想要越山岩，

奈何无那雄鹰翼；

有人想要逃故乡，

奈何此乃懦夫事；

有人想要降敌人，

奈何又怕自招祸。

所以众臣请计议，

不能由我一人定，

一人纵是再英明，

难敌三人长计议！

一物价值虽贵重，

种类繁多更是好。

一件衣服虽然好，

三衣更换当更好，

还望诸君细细想。

阿堆大臣十五人，

和那一万多兵马，

今日和那明日内，

计议需要有定夺。
如若返乡当无虞，
所行之路皆熟识，
渡口船夫也熟识。
如若去战无胜算，
虽然吾军亦有勇，
也有难敌之部落。
虽然都能施法术，
法术也会有高低。
阿杂琼纳美巴师，
诸位上师之中心，
收伏众多妖和魔，
曲木里赤地方里，
转动火焰之双轮，
巫术幻术和咒语，
当是无人出其右。
怎奈今日两强遇，
输下阵来遁地中，
还有何事更严重？
所言是否有道理？
空中大鹏金翅鸟，

虽是飞过四方地，
陆上却是难比马。
岭国国盛兵力强，
南军很难做对手。

王兄心中如是想，
阿贵托赞等三人，
须得先回吾国土，
去到国王大臣前，
来龙去脉皆禀明。
长者箭来短者刀，
还有长短适中枪。
霹雳雷电和神器，
尽皆施诸于吾身。
我军所遭之厄运，
不增不减需禀明。
打铁需要用火烧，
干打何能打出铁？
大部军马之威势，
如若不去稍节制，
只有武力难成事；

荣华富贵藏于库，

如若挥霍不节制，

最终也会变饥馑；

善跑飞驰千里马，

平原若不稍节制，

当真需时早疲惫。

听罢王兄赞吉之曲，有些大臣便心想：出征之师哪有返回之理？唯有与岭军殊死搏斗。火焰虎神、顿赞、奔纳等已经下定了决心，咬着牙，眼中闪着泪光。此时，亚热扎杰说道：“雄鹰若不自量力，翅膀会被风吹断；獐子若不自量力，就会从岩石跌落；勇士若勇猛过头，也会死在懦夫之手。我们不应操之过急，攻破敌人是上策，取得战场是中策，自保完全是下策。自从离开家乡，参加了征伐大战，就应不惧饥寒。翻越山坡的时候，老人会慢慢地登顶。我年岁比你们高，经验自认也比你们多。国王跟前的大臣们，也不是个个都精明能干。正所谓无主仆人传法令，无狗山羊来啃骨，无男女人来管事。所以还需考虑周全，三思而后行。无智男子计烂腹中，无智女子酥油落在箱中，好树烂在皮下，好肉烂在库中。”说完，亚热扎杰向王兄赞吉献了哈达后，唱了一支这样的歌：

阿拉塔拉唱塔拉，

塔拉是歌之唱法。

祈望山神怙主知，

天竺曲木里赤中，

水神黑色龙魔知，

取命山神红魔知，
天神白色印仙知。
中界花神敬请知，
迅速风神也请知。

如若不识此间土，
人间似那地下狱，
既有疼来又有痛，
痛苦汇集之场所。
来到陌生之地界，
陌生地界心悲伤，
敌地黑方似坟墓。
向那劲敌去挑衅，
尝到败果属自寻。
威武军前耀威武，
自己将那腰弄折。
巧舌如簧向敌人，
将那真理拱手让。
千里跋涉到边界，
从那里赤海出发，
到达多热之地方，

到达那天至今日，
未有一天安乐过。
耳中轰轰多噪声，
心中满是惊恐情，
饥饿寒冷加困苦，
口中所食无甚味，
夜中睡眠也恍惚。

如若不识我辈人，
国王座前诸大臣，
为首魔王有五十，
座次并未在前列，
心想亦是未重用。
只是一来见闻广，
二来痴长许多岁，
三来行过许多路，
只因有此三样事，
才得位列大臣位，
手下共有五百兵。
并非睿智之人物，
只是年长之老人，

亚热扎杰是我名。

魔军至死作恶多，

只愿老时得遇法。

古人谚语早有云：

富人家中之粮仓，

秋收时节无所获，

三春时分必是空。

文明之语无多寡，

善心之食有营养，

温软细语是善言，

有无用处自己看。

自从去年出征起，

我便觉得敌军强。

就像用头撞石头，

也像狗咬乞丐腿，

像那懦夫战勇士，

像那富人遇盗匪，

就像美人见公子，

是否此理请细想。

神物若染污秽物，

身上必是满伤口。
吾与神兵相抵抗，
必是厄运之开始。

如果再说相似事，
若是所思事太多，
做得越多报越多。
无树无根之岩山，
哪会有那火起日？
天空大海一颜色，
无云怎会降冰雹？
去年之时众君臣，
想要用手去摸天，
反把腰筋全弄断，
还要与那岭为敌，
实乃自取灭亡道。
你看是否此般理？
寒湿之症病期长，
女人之祸恶果重，
无可奈何三样事：
一是用手挡流水，

二是向敌去求饶，
三是追悔过去事。

昨日月夜之时分，
母苏阿杂吽那师，
巫术索取岭将命。
岭王像魔不死身，
岭王像风无踪影，
岭王像狗四处走，
岭王像鸟到处飞。
觉如像那天上虹，
何处显身无法知；
觉如像那阎罗王，
何时会至无法知。
若依老臣之想法，
所派三员我方将，
速速去往多热地。
其余此地之兵马，
无论前方好与坏，
若是男儿不回返。
从那故乡一道来，

国王座前已担保，

大水之上见舟桥，

已经发誓战敌人。

美味食物须回赠，

好言好语须回敬。

想要翻过高山坡，

不知能否到平原？

陡峭岩石用锄挖，

不知能否挖出路？

去为魔鬼来祈福，

不知能否得保佑？

占得战场最紧要，

若是岭国不来攻，

我军需要去出击。

撒如山和达龙山，

还有东方狮子岭，

三山需要尽数占。

擦曲河和乌曲河，

不能放过一个人。

守住三山和两河，

在那圣旨未到前，

依据岭国进攻势，

我军再去做定夺。

古人谚语早有云：

纠纷祸事从天降，

并非本意是缘法。

阎罗无形之伤害，

勿向渐次会形成。

空中降下之闪电，

要用巫咒来消解。

是否此理请细想，

我之想法是如此。

扎杰唱完，众人听了皆称善，便如此定下。大臣阿贵等三人带上金银细软和足够的干粮上路回乡。因艄公是本乡人氏，开船之后，五日便到了国都。国王便询问前方战事，三人在国王座前敬献了哈达之后，便将出征以来的事情，包括十三名巫咒上师殒命的情形等，用描述胜负曲唱道：

阿拉塔拉唱塔拉，

塔拉是歌之唱法。

一声二声三声呜，

三声之后开始唱。

如若不识此间土，

南方曲木里赤地，
黄色珍珠之宫殿，
心想事成之宝地，
君臣之心往一处。

如若不识我辈人，
小臣之名唤阿贵，
三千兵马之首领。
自从去年时日起，
国王所派之大军，
所行路多事未成。
曲木里赤再往东，
有那多热吉祥原，
有地名唤擦瓦隆，
有山名叫撒如山，
在那地方待三月。
从我国度之地方，
主仆三人逃出国，
我等追捕寻三人。
我亦耳中曾听闻，
杜鹃本是门隅鸟，

飞落藏地之枝头。
大雁故乡是洛龙，
去往亚康之东方。
人说四处游荡者，
故乡是从里赤来。
达龙纳龙和卓龙，
在此三地满兵马。
总共三万之军队，
三山山口来驻守。

嘎热琼纳大咒师，
达拉美巴小咒师，
和那奔拉等三人，
前往探听敌虚实，
王兄赞吉定下计，
先去探哨再夺地。
中途便遇见敌兵，
来自岭国紫色姜，
名唤玉拉玉之子，
南诏部落之子孙，
统领文布之兵马，

玉赤贡杰是他名。

姜域诸军之首领，

玉拉托杰众人唤。

手下还有几员将，

木雅曲杰旺尊将，

库玉尼玛扎巴将，

还有文布加查将，

连同达戎十八部，

和那战神格萨尔。

到得达龙山顶时，

三位将帅行走时，

突遇敌人无防备。

王兄赞吉施法术，

得脱性命逃出天，

其余两位小咒师，

文姜军队将其捉。

此后王兄王弟和，

二十五员将领等，

坐定一齐商计策。

十五日内计议定，

出征之师无回返，
杀死无数岭之子，
自损亦有两千兵。
之后到达乌如塘，
乌曲河水色褐红，
撒曲河水真清冽，
擦曲河水一并流。
首先遇到撒如曲，
水上并不见渡口，
行人无法来和往。
最后外道十三师，
被那无影乌云追，
被那漫天雷声赶，
被那大地摇晃危，
上师和那仆从们，
均被消灭无踪影。
王兄王弟商议后，
派我三人来禀明。

听罢阿贵所唱，魔王瞋怪属下办事不力，从高处瞪着双眼看了下来，像是被石头砸到的疯绵羊。俗话说：暴君身边如伴虎，恶仆当家如指甲长在手心，恶狗被绳拴住依然狂吠不止。此时，魔王气得咬牙切齿，血气上涌，脸涨得通红，眼珠凸出，瞪着马熊般的大眼，就这样看着来禀报战事的诸人，因周身血管充血，导致血气不畅，一时竟说不出话儿，并从座上跌了下来。旁边的大臣阿贵等人从左右为魔王活气化血，用阿杂母苏的药丸置于其口鼻处后方始醒来。众人扶他在珍珠宝座上坐下后，他拿起桌子上的玉碗砸在地上，玉碗伴着脆响立刻分为三瓣，这也在冥冥中预示着魔道将亡。魔王在新王妃和众大臣的搀扶下，唱了一支排兵布阵曲：

阿拉塔拉唱塔拉，
塔拉是歌之唱法。

魔王嘎热敬请知，
天印白神敬请知，
中引花神敬请知，
水中黑色龙妖知，
山神地印黑神知，
请将敌人全降伏，
辅佑黑色道法盛。
将那佛法吹空中，
佛祖实乃一骗徒，
骗人钱财实贪心，
誓将佛法消灭净！

如若不识此间土，
曲木里赤海水中，

红色珊瑚之宫殿。

如若不识我辈人，
黑色阿杂之魔王，
嘎热巫师之弟子，
阿杂母苏之施主，
权势自是与天齐，
财富也是比海广。
对那佛法深鄙夷，
专行杀戮邪恶事，
威震三界是吾王，
手下大臣五十余。
吾兄赞吉弟萨堆，
目前为止身无恙，
其余士兵当奋勇，
若是男儿须无悔。

阿杂母苏之上师，
一曰琼纳美巴师，
二曰吽钦嘎热师，
三曰遍识特巴师，

四曰红色之火神。
以上四位大咒师，
都有通天之法术。
如果脑浆不崩裂，
发辫被剪又如何？
如果病未入膏肓，
善加治疗仍有望。
王兄王弟如不死，
兵马如同嘴鼻毛，
虽死又有何可惜？
大国如同花岭国，
地势山川易攻否？
所行道路平坦否？
对方阵中哪将勇？
行军布阵谁人强？
勿停速速需出发，
三军部众人数多，
原先都在故乡地，
都在海底扎营寨，
今须出海走一遭。
眼上睫毛若不掉，

看遍世间繁华物，
如若性命尚无忧，
何种计谋都一样。

今日之前时日里，
三万之众兵和马，
已有损伤须忘却。
如今奋勇须战敌，
男儿无需惊和恐。
江河涛声虽然大，
舟桥即可渡河去。
无赖看似在横行，
稍用武力即可定。
疯狗狂吠声响大，
手中执棒即远逃。
是否如此请细想。

阿贵托赞你为首，
还有两位随从臣，
带领一万之兵马，
勿停速往海上走。

百人战死增千人，
千人战死增万人，
万人战死有十万，
要在岭国乌云里，
升起一轮明皓月。
岭国巧言善辩者，
需得给他一棒喝。
乞丐讨得盆钵满，
亦无可能成富人。
毛驴虽然有长尾，
亦无可能成骡马。
黄口乞儿觉如者，
如何敌我曲赞王？
是否如此待后看。

你等三人带万兵，
需得速速上战船，
无需惜取衣和食。
国中所藏如意宝，
此前从未舍得卖，
今日大敌当前时，

到它派上用场时，

征战时节无需惜。

珍贵饲料喂战马，

远走之时需有用。

是否此理大臣们?

共同商议来定策。

闻听国王所唱此曲毕，大臣们心想：国王说的句句在理，如若未死，天下之财俱可占为己有。于是大臣们便争先恐后地说要前往，呼喊的声音好像能将宫殿都推倒。查赞长老心想：大事不妙，福无双至，祸不单行。于是查赞长老拿出哈达和九枚金币献给国君，说道：“还是不战为好，免得国都被破，珊瑚宫殿被人占领，还是停战议和吧。”阿贵等人哪肯听从，说明日带领一万兵马，与先前之兵集结一处，叫嚣着要将岭国兵马斩尽杀绝。

八

与此同时，格萨尔王在藏历十月的二十五日晚供奉藏地诸神，空中弥漫着缭绕的桑烟。岭国的地方全是欢歌笑语，一片祥和。格萨尔王打坐冥想之时，在云层中出现了银须飘飘，银盔银甲，手执兵器，右手持刀，左手拿剑，前有护心镜，后背箭旗的藏地之神梵天大神。格萨尔王与梵天神父子久未相见，今日一见正是极好的兆头。于是梵天大神将敌人的行军时间，岭军取胜的时间，攻克珍珠宫殿的方法，岭军的行军线路，如何在海上架虹桥等事宜，一一用青龙怒吼曲唱道：

阿拉塔拉唱塔拉，
塔拉是歌之唱法。

诸神护法之庇佑，
时常勿忘常护佑。
福泽使那阴云散，
岭国道法比天高，
六道众生祈安乐。

如若不识此间土，
擦瓦地方之中心，

擦瓦莲花之原野，
无柱自成神帐中，
世界之王坐其中。
周围岭国勇士绕，
共同护佑雪域地。
九层宝座之上者，
救世之主佛祖面，
岭国众民听我言。

如若不识我辈人，
三十三天神殿中，
九层法螺之宝座，
十万神明身边绕，
预知前事晓世情。
右有白晶之宝剑，
左有宝盆在手中，
预知宝镜圣智眼，
更有十万神兵护，
是那雪域命运神，
白色神明梵天神。

勿要分心听我言，

六道众生皆父母，

离苦得乐是正道。

使用武力来征战，

皆为万众黎民计。

黑色魔王之恶业，

战胜之后自会消，

神明法中自有数。

嫉妒忿心等五毒，

实乃成魔之根本。

从那去年时日起，

天竺大海海底里，

占尽他财之魔王，

号称威震三界王，

已经到了消灭时。

珍珠宫殿之财宝，

不属一人属大家，

世间万物属天赐，

世人皆可来享用。

曲赞扎杰大魔王，

今日已到末日时。

还有国王格萨尔，

勿缓速速要行军，

擦瓦原野之前方，

魔军天竺阿杂惹，

母苏大军已围绕，

敌军三万之兵马，

不久就将攻我方。

古人谚语早有云：

囤聚财宝之富家，

富贵堪比水龙宫，

若不施舍似饿鬼；

身带刀枪之勇士，

敌人来时不还击，

似那长发之妇人；

有权有智国君主，

若不保佑其属民，

似那食言恶盗匪；

三界上师黄冠者，

若不度人出苦海，

祈福斋饭也是毒。

是否此理请细想。

勿停速速要发兵，
将那三山用兵围，
要将敌人降伏尽。
去年到得年末时，
母苏军队之帐中，
阿贵托赞他为首，
共计使者有三人，
去到曲赞王面前，
将那战事详禀明。
最后曲赞施号令，
派出一万之兵马，
来到达龙之地方，
之后还会有援军，
坐上船只再前来。
多热扎西莲花原，
达龙地方之森林，
四处俱是敌兵马，
此事须让众人知。

岭国众将听我言：
勿要迟缓须迅捷，
石头不动终结冰。
上师请护佑藏地，
岭国神兵诸天将，
需在渡口和山岗，
安置岗哨来守卫，
以免敌兵入我境。
曲赞之兵无断绝，
像那鸟羽层层叠，
如今快到岭之地。
最终魔方珍珠宫，
除却岭国无主人。
在那浩瀚大海上，
无舟无桥亦可渡，
架设虹路渡大海。
渡海众人都有谁？
格萨尔王超同叔，
勇士丹玛和噶德，
董迥玉拉女中杰，
身后十五将军随，

誓取魔王珍珠宫。

来到此地之敌兵，

对抗岭国众勇士，

最终消灭似烟尘，

听清与否格萨尔？

梵天大神唱完，便像彩虹消失一般，返回了三十三天。父亲从天界下凡做出如此预示，使得格萨尔王如梦初醒。格萨尔王将九尖霹雳金刚杵往案几上敲了三遍，米琼和玉杰等人便向格萨尔王敬献了茶酒。随即格萨尔王下令命岭国众将在翌日日出时齐集帐中。翌日，等众将到达帐中分别在座上坐定后，格萨尔王在日光照耀宝座上唱了一支青龙怒吼曲：

阿拉塔拉唱塔拉，

塔拉是歌之唱法。

三宝是那佛法僧，

护佑神明三根本，

三圣怙主请庇佑。

身口意皆需恭敬，

时刻礼敬诸神明，

危难之时有神佑。

如若不识此间土，

狭长擦龙之原野，

扎下岭国诸神帐。

如若不识我辈人，
前半生时威势盛，
是为梵天神之子。
之后降生在岭地，
幼时曾食鼠兔肉。
中为战神占堆将，
自为降伏魔王来。
生命尽时当成佛，
度化众生离苦难，
岭国君王格萨尔。

昨日在那睡梦中，
身披银盔和甲胄，
身上缭绕诸祥虹，
身边有那神兵随，
预示之言似天籁，
辞藻瑰丽声悦耳。
究竟预示为何言？
只道岭国格萨尔，

和那麾下诸勇士，
勿歇速速整军阵，
敌军已经快攻击。
曲木里赤曲赞王，
去年派出三万兵，
今年又有一万兵，
共计四万向我方，
岭国广袤地方中，
擦荣乌荣和杂荣，
三地俱是满敌兵。
如若敌兵占地久，
岭国必是败无疑。
如是梵天神预示，
狭长达龙森林中，
囤有敌兵一万余。
岭国上中下三部，
三大部落之首领，
需在擦曲河这岸，
让那部队整装待。
文达九部之兵马，
玛隆地方来整兵。

即在明日之清晨，
岭国上中下三部，
紫色姜和擦瓦荣，
歇日地和阿扎等，
辛巴董迥勇士等，
将那阴阳魔三路，
俱派兵将去把守。

众将听完国王所唱的神的预示后，都连连称是，并齐声道为了众生万物，依照上苍的命令，须将妖魔消灭干净，遂决定以国王的安排行事。俗话说，父母死后儿长成。岭国的一众勇士中智慧各有大小，具有最大智慧的当属辛巴，还有陈巴让色、门隅阿尼德根等人都是睿智且经验丰富的将领。其中的辛巴更是全无狡诈之心，对岭国忠心耿耿，可鉴日月，睿智堪比总管王。此时，辛巴从右侧的座席上说道："岭国神仙之邦，在定国策之时，需有一位智者。本邦内外动乱的时候，人才贵如金子，若是错过了，必是一件憾事。再说这克敌之法，勇士若是匹夫之勇，未取胜利先殒命。智者的高深计谋，方是取胜的保证。财富多时不挥霍，是一世富贵的保障。岭国的君臣们请听清了，这便是我辛巴的想法。"说完，便唱了一支这样的曲子：

阿拉塔拉唱塔拉，
塔拉是歌之唱法。

上请白色天神佑，
中请花色神明佑，
下请黑色地神佑，

霍尔命运之神佑。
阿尼玛卿[1]请显灵，
将那敌人尽降伏。
犏牛[2]宗之宫殿中，
赤红辛拉似闪电。

如若不识此间土，
擦如地方之外部，
擦瓦原野开始处，
擦龙日月照耀地。
岭国勇士齐聚处。

如若不识我辈人，
黄色霍尔之地方，
众人皆识辛巴将。
威猛好似擎天柱，
无柱天空将倾颓。
无需渡过大海去，
须臾即可到海底，

1 阿尼玛卿：青海省果洛县内的一座神山。
2 犏牛：牦牛与黄牛杂交的一代种，有公母之分，具有明显杂交优势，肉、乳生产能力和役用能力接近于牦牛。

这些都是同样理。

敬请战神格萨尔，
同那岭国七贤士，
还有鹞雕狼三将，
敬请知晓佑岭国。
古人谚语早有云：
蔚蓝苍穹变色时，
或是空中响雷声，
或是风雪交加降，
若非风云不变色。
今年年初之时日，
未去征战他国前，
倒是持宝送上门，
真是心想事也成。
天竺曲木里赤海，
曲赞魔王名扎杰，
占住坚固珍珠宫，
麾下五十妖臣随。
古人谚语也有云：
大鸟羽毛尽落前，

飞旋鸣叫响声大；
青龙将要进巢前，
响声巨大惊天空；
国君将要败亡前，
肆意妄为言专横；
勇士将要殒命前，
逞威好胜心气盛；
富贵家财散尽前，
为人吝啬不施舍；
魔王气数将尽前，
自狂自傲口气大；
上师丧失戒律前，
游荡市井恋繁华；
青年买卖亏蚀前，
珍稀物品夸价高。

今年岭国要行运，
未去征战遭挑衅，
往日无怨近成仇。
达龙山和撒如山，
白龙原和纳龙原，

四处所在之敌兵，
虽已斩杀屠戮尽，
魔王仍是甚狂妄，
宝贵人命不怜惜，
当成无血肉之躯。
曲木里赤曲赞魔，
不恤属下与臣民，
将那家业抛脑后，
一心只想逞威风。
无冤无仇往岭地，
派出三万之兵马。
我看此事乃好事，
岭国自有神护佑，
福分上天早注定。
应有齐天之福泽，
宝物自行送上门。
勇士威风无人敌，
敌人自会缴械降。
君主若有无边福，
属民自能安乐居。
上师若有大智慧，

学徒自会日精进。
前面已有三万兵，
虽死好像不怜惜。
之后阿贵托赞将，
还将引来一万兵，
自是多人多送死。
我方熟悉地与形，
或战或退都自如，
岂有不知之道理？

古人谚语早有云：
行走休息若无度，
行旅首领必会癫；
吃喝饮食若无度，
家中老妪必会癫。
如此道理岭军知，
或行或止有号令。
明日日出之时间，
五大部落之兵马，
各自派出一万兵，
去占六隆之地方。

需知从那曲宗岗，
到那撒姆玉如地，
均是我国之地方。
先头部队之兵马，
指挥引领由我来，
人员需是一万兵。
此后阿达拉姆将，
董迥达拉赤嘎将，
带领两万之兵马，
引兵进入撒如隆。
奔巴尼玛拉丹将，
引领三万余兵马，
文姜二部来辅佐。
达龙擦如大原野，
虽有敌营无闪躲，
歇日南卡晋美将，
加上达姆查赞部，
共同引领三千兵。
国王近前之王子，
赛巴达戎之部落，
琼布黑白黄三部，

俱做后面之援军。

门隅上部卡夏山，

应可断定无敌兵。

赛巴上部玉仁山，

应可断定无敌兵，

所以可以无驻兵。

巴隆白玛之地方，

比日祝拉等诸将，

守护地方勿松懈，

若有进犯斩敌首。

岭国取胜之时日，

依照神明之预示，

从那虹路上行走，

除却国王和叔父，

和那七位大贤士，

其余不可过虹路。

岭国余下之勇士，

乘坐电舌和船只，

去取珍珠大宫殿。

将那曲木里赤地，

珍贵珍珠红黄白，

悉数运往藏地去。

天竺佛法之昌盛，

交由岭国来完成。

法王如意至尊宝，

尊贵在那藏地上。

金刚法座之圣地，

永世供奉不停止。

此乃辛巴之命令。

辛巴唱完这支发布命令的歌之后，叮嘱岭国众臣都须谨记。岭国的大中小三系和噶珠色等各部的将领都连连称是，随即去为自己的名驹配上好鞍，为自己的勇士们备好所需的各样兵刃。翌日，天亮时分，霍尔部落辛巴王的部队先行，后面依次是阿达拉姆、董迥达拉赤嘎、文姜两部和达戎部落，各自根据辛巴王的命令带领三千人马进发。撒隆和达龙中间，亚查玉玛山下，狭长的擦塘原野都已经落入了敌手，擦龙地方的农户和姜域南部的村落已经开始向南后撤。曲木里赤国的王兄赞吉亚美、王弟萨堆米如、赞拉扎杰、南拉托北等人强行征掠了很多地方。

此时，在山顶放哨的魔国士兵看到了辛巴率领的大队人马，立即吹号示警，敌军阵中顿时乱成一团。此时，魔国的大臣琼纳翁钦头戴乌云大战白盔，身穿暗红岩山甲，坐上阿杂神器，背着霹雳火华弓，弓套上绘着莲花图案，三界夺命箭的箭头涂着毒药。更有二十多支火枪，弹头用红铜所制，黑色的引线一遇着火花，便会如疾风般划破天空。闪电般迅捷的翼力，像是无敌的阎罗王爷。琼纳翁钦身后跟随五十名妖兵妖将，从巴贵山上以火烧森林、水下悬崖般的速度冲了下来。此时，琼纳翁钦看见辛巴王的兵马在耸入云端的达热玉增山，从下望去看不见天空，山路陡峭，辛巴王的兵马一不小心便有坠入河中的危险。琼纳翁钦双目圆睁，露出凶光，将缰绳一拉，右手拿出火枪，叫嚣道："羊儿怎能逃出狼口？"他随即对着辛巴，威风凛凛地唱了一支母虎食肉曲：

阿拉塔拉唱塔拉，
塔拉是歌之唱法。

如若不识此间土，
撒如地方之深处，
撒拉山之山脚下。

如若不识我辈人，
曲赞国王之大臣，
是将降伏敌人者，
亦是保境安民者，
还是辅佐圣主者，
琼纳翁钦是吾名。
食肉饮血性情急，
神力似那大鹏鸟。
黑色魔王之后裔，
身有巫咒之法轮，
要将敌血洒满地。

古人谚语早有云：

毒蛇头上之宝物，

和那青龙手中宝，

看似一样无分别，

其实来历各不同；

雄性犏牛犁地力，

和那水牛犁地力，

双角看似无分别，

待到犁入黑色土，

方知何者更得力。

琼纳翁钦有神力，

转动三兵似火焰，

一人身有九样刃，

无刃无戈怎杀敌？

胯下无马怎游走？

囊中羞涩怎经商？

面无姿色怎聚男？

力大武艺高强者，

力小之人怎奈何？

青龙遨游云层间，

毒蛇跃空怎奈何？

雄鹿展现瑰丽角，
螃蟹之角怎奈何？
英雄叫喊一响起，
懦夫怎敢再出声？

听着红衣红马者，
头上盔旗似火焰。
红嘴红面红眼者，
何处而来流浪儿？
谁家门户之奴仆？
自己姓名叫做甚？
从前国王又是谁？
将那家业败光后，
七尺之躯成奴仆。
眼虽未见耳听闻，
红眼之人性嫉妒，
红马像那红色鸟，
以弱扮强冲在前。
恶人觉如手下奴，
或是霍尔之辛巴，
或是歇日之曲珠，

除此之外无他人，
究竟何人照实讲。

天竺地和岭国间，
去年今岁之中间，
无故鲜血满山岗。
追捕本国之逃人，
如此中间生嫌隙。
去往汉地之时日，
途中撞见岭国兵。
心中未想早注定，
身背难负之行囊，
还有烈日来为难。
行走长远路途时，
还有雄鹿从后赶。
无故来袭岭国兵，
勇猛之士红衣将，
不惜性命置度外。
今日遇见我琼纳。
今日时日早晨间，
何马更快可赛跑。

岩涧之水林中木，
何人更猛可比试。
状如刀锋山脚下，
路若走错性命忧，
莽撞之勇丢性命。
此地一有山势固，
二有吾将本领强，
三有阿杂之咒术，
此等三样已齐全，
哪有尔等逃命处？
速速报上真姓名。

琼纳翁钦唱完，便要拿出火枪，准备射击。辛巴见状，心想：若一箭结果不了他，待他发动火枪便敌他不得。于是辛巴将电光洞穴箭搭在扁弓上，唱了一支歌：

阿拉塔拉唱塔拉，
塔拉是歌之唱法。

霍尔父族神明知，
岩山天空小宗中，
红色护法之神明，
红衣红马之勇士，
引领我部兵马时，

请那神明来护佑。

如若不识此间土，
那拉山坡之山口，
岩山似那矛之尖，
树木枝干细长地，
毒刺枝叶茂盛地，
黑色毒蛇吐信地，
猛虎猎豹怒吼地，
猿猴共同嬉戏地，
此地唤作擦绒山。

如若不识我辈人，
在那以前时日里，
金色霍尔之国度，
我乃白色霍尔王，
麾下八十臣属随，
声威好似空中龙。
我乃无敌辛巴将，
当我年少轻狂时，
根本不辨善与恶，

喜好杀生性残暴。
如今年岁长成时，
虽对敌人少慈悲，
六道众生我心怜。

在那世界诸地方，
有那魔国好几个，
命运似那晨间露。
魔国君臣有勇武，
而且福泽亦不薄，
占得珍珠财宝宗，
与那世人来为敌。
自是远离善佛法，
一生好胜喜征战。
将那恶果播四方，
最终撞见岭君臣。
大臣像那花青稞，
烧成黑色无法食，
最终国运付流水。
稻田禾苗何青青，
如若不沐天降雨，

稻禾也是难成熟。
你看是否此般理?
未得长久有这般:
骗子之财不长久,
乞丐之食不长久,
母马之蹄不长久,
妇女之智不长久,
懦夫之言不长久。

古人谚语早有云:
若说黄冠俱是师,
黄鸭亦能做上师;
若说秃头俱是僧,
雪鸡也能做僧人;
若说头巾是王兆,
岩羊亦能来称王。
国家各自有不同,
岭国自是神明定,
上部阿里有三围,
中部卫藏有四茹,
下部多康有六岗,

六岗之间有四水，
此乃地势之分布。
居住此地之君臣，
外看黑头凡人身，
所说也是人之语，
遇敌便是神下凡，
即有利刃也无用，
是那佛法守护人。
慈悲之心对众生，
将那魔王俱降伏。
今日黑马黑衣者，
究系何人报姓名。
胯下红马似疾风，
坡上走时似黄羊，
无需担心会乏力。
岩间走时似香獐，
行走平原像疾风。

英勇男儿我辛巴，
手握毒气追风箭，
今日到得射出时。

面前琼纳听我言：
据传你有不死神，
如若是真当庆贺。
身材人人有高矮，
性命哪能分粗细？
生者必死至真理，
天下哪有不死身？
实乃为己心所惑，
是否此理请细想。

辛巴手中之神箭，
是那追风之神箭，
三界之中皆夺命，
天下万物皆刺穿。
抬头开眼望天空，
之后无缘再见月。
俯首开眼望大地，
大地花草都成荫。
一破外部皮囊身，
二灭内心如吹灯，
三破妖法和巫术，
此三皆由辛巴取。

羊寿尽时遇饿狼，
最终羊血摊一地；
鸟寿尽时遇鹞鹰，
最终鸟毛落一地；
懦夫寿尽遇辛巴，
腔中热血洒一地。

辛巴歌一唱完，便射出了箭。琼纳胸前的护心镜里虽有魔神像、铁珠子和阿杂母苏的法器，但因辛巴的箭上有阎罗王和战神的法力，所以仍然刺穿了琼纳的护心镜，箭头从后背穿了出来。琼纳虽然口鼻流血，却没有立刻毙命，他从袖子中取出毒舌食肉黑蛇，向辛巴连掷了两次，但未能伤到辛巴。辛巴用黑籐九尖矛刺向琼纳胁下，琼纳随即从马上跌落，被珠拉赞布取了首级。

之后，魔军的珠拉托赞扑向了辛巴，说道：“两虎相争，看齿之强弱。两骡较力，看力之大小。”两人一时间打得不相上下。此时，阿达拉姆向珠拉托赞的护心镜上放了一箭，珠拉托赞跌落马下，辛巴和阿达拉姆共同取了珠拉托赞的首级，随即追赶魔军。魔军的首领王兄赞吉骑上追风马到得高处后，冲向了阿达拉姆。阿达拉姆面无惧色，迎了上去，并骂赞吉像那坟场的骷髅。赞吉回道：“执戈之女听我一言，北方之部岭国国度，传说声威响遍四方，我看此句实乃虚言，是为何故且听我言。男儿死光女子上阵，竹制之箭放在右边，指上弓弦放在左边，两齿兵器系在腰间，头上带着铁制头盔，身上穿着戎装甲胄。女子上阵之道理，究系哪国之习俗？世界四方之国度，未有女子取胜之道理，未有女子灭敌之道理，就像毛驴何能赢赛跑？门后女仆再猖狂，也难来断法场事。”说完，赞吉便唱了一支取笑阿达拉姆的曲子：

阿拉塔拉唱塔拉，
塔拉是歌之唱法。

敬请巴瓦七神知，
允诺取那敌人命。

如若不识此间土，
黑色森林满毒雾，
高高岩石像矛尖，
是那毒刺生长地。

如若不识我辈人，
王兄赞吉就是我，
有那飞天之翅膀，
并非自身所生长，
实乃五行之翅膀，
行走何处都自由。
大鹏头上之宝物，
其他鸟类怎可比？
青龙震天之吼声，
其余叫声怎可比？

大象力气大无穷，
其他走兽怎可比？
林中老虎之威风，
其他猛兽怎可比？
曲木里赤国度中，
宫中住那曲赞王，
属民共有七十万，
有那珍珠等宝物，
珍珠之中稀罕物，
有那黄色之珍珠，
大海深处镇海宝。
白中带黄之珍珠，
分为上中下三等，
其他宝贝不能比。
宫殿是那珍珠宫。
天竺十六大部中，
势力最大曲赞王。
威猛勇士行军时，
敌兵懦弱便是好；
千里名驹行路时，
开阔平原便是好。

岭国似那狐之兵，
豪言像那沟中水，
若是日后事不成，
声响大小有何用？
空中青龙之吼声，
如若细雨不落地，
声大只是扰人梦。
无勇女子执兵器，
青色兵戈似指尖，
身似崖边乱石堆，
坐骑像那大耳兔，
非男非女似妖怪。

再说岭国之地方，
格萨尔王徒具名，
勇士也是自夸大，
其实男死女顶上，
无马兔子来顶上，
有何希望夺桂冠？
有何希望取胜利？
无财乞丐之言语，

如何引来商利润？

女子若是无姿色，

如何吸引男眼光？

无勇女子徒气盛，

绝无希望战胜敌。

再说岭国国度中，

共有女兵多少支？

为何今日做先锋？

岭国恶人觉如身，

有何威力和巫术？

麾下三十位英雄，

又有何种之本领？

勿要隐瞒如实说，

与妇一战非本事，

茅草如何能果腹？

驴子如何赢赛跑？

若是招供饶你命，

速速如实招上来。

听罢赞吉所唱此曲，阿达拉姆心想：听他歌中的内容应该是名副其实，今日我一个女子碰上大名鼎鼎的赞吉亚美，真是虱子碰到了指甲上。但她还是对赞吉说道："那红色的人儿，且听我向你道来。岭国的女子并非无故前来，就像古语所说，麻雀虽小，羽毛齐全；鼠兔虽小，四肢健全。难道你没听过？

男不杀人女杀人，刀不杀人乌尔朵[1]杀，骏马不快雄鹰快。今日我们岭国的君臣们都尽数聚齐在此。”说完，阿达拉姆将箭搭在弓上唱了一支这样的歌：

阿拉塔拉唱塔拉，
塔拉是歌之唱法。

祈望佛祖来显灵，
在那北方之山后，
祈望铁壁天之宗，
仲拉孜杰神山知。
大鹏展翅佛山中，
祈望世间三神知。
母为食肉空行母，
咬牙之声吱吱响。
梵音缭绕空行母，
亦歌亦舞声阵阵，
将那魔军尽消灭。

如若不识此间土，
那拉山之山脚下，
纳龙之中诸树木，

1　乌尔朵：投石器，藏地牧区使用的一种放牧工具。

公为白色檀香树，
母为红色檀香树，
是那檀香枝茂处，
是那狭长擦瓦绒。
古之时候获地名，
擦瓦绒和乌木绒，
撒如地和萨阿地，
紫色姜域之故土，
在那天竺之北方。

如若不识我辈人，
宁静之地自祥和，
岭国出生神之女，
阿达拉姆女英雄。
说回最初之时候，
亚康北方山峰后，
九尖铁山宫殿主，
是那北方鲁赞王。
守卫三层之门户，
是我有智之阿达，
生在吉祥草之中。

日希求热是父名，
措姆丁介是母名。
只因格萨尔之福，
在那臣服世界日，
我又如何能干坐?
于是跟上众英雄，
杀人无数之女子。
手上沾满鲜红血，
还要食肉啃骨头。
喜好与风来赛跑，
在那万里羌塘中，
耐力可与野驴比。
彼时女杰喜恶事，
将那走兽皆屠戮，
根本不知善与恶。
高超铁匠手中钳，
只为抓取烧红铁;
僧人所学之文字，
躬行之时知有用;
官兵胸中之韬略，
治国之时知有用;

岭国勇士中一女，
遇到敌时知有用。

赞吉小儿听我言：
狂妄之语像流水，
行动之时如水泡。
达龙雍仲狭长地，
珊瑚松石来装饰，
金银二宝绘巴扎。
威力巨大之神箭，
能将骨肉齐斩断。
红色铁制之箭身，
插上鹞鹰之羽毛。
用那好铁制箭头，
威力之大由此来，
威力如何今日看。

赞吉亚美听我言：
据说你乃一勇将，
所带一万之兵马，
今日好似来送命。

将那故乡抛身后，
来到别人土地上，
黄面黄发之人儿，
像那坟场之厉鬼。
手中所持之神箭，
不是空话且要射。
杀死百人之女子，
似那食羊之饿狼，
似那擒鸟之鹞鹰。
北方日希之阿达，
不分善恶皆取命，
我所要说即这些。
抬头看看上天空，
中间看看空性土，
低头看看脚下地。
今日到得夜晚时，
山林将会成血海，
孰胜孰败到时看。

阿达拉姆一唱完，便放出了箭，正射中了赞吉亚美的护心镜上，赞吉从马上跌落。魔军的左右都响起了吼声和嗖嗖的箭声，闪着刀剑的银光，挥舞着一根根长矛。岭军将魔军们一会儿追上山，像是饿狼追羊；一会将其赶入刺丛，似那豺狗擒兔，也像那鹞鹰打散鸟群。斯杀了好一阵子，魔军的南拉珠杰、班丹和六百余名士兵缴械投降。阿达拉姆和辛巴呐喊着走下山，董迥达拉的部下也杀了无数敌兵。此时，阿贵达拉查赞气急攻心，带着一万兵马来到这里。董迥达拉赤嘎、辛荣玛恰赞布、尼玛奔图等立刻放出了许多支箭，杀死了阿贵达拉查赞五十余名兵将。魔军的阿贵达拉查赞、多吉扎杰与岭军的董迥和玛恰四人摆开了阵势。

一匹花黑的高头大马走出阵时，玛恰心想：两雄相遇时先需说上几回言语，之后再各自选择长箭、短刀抑或长短适中的矛。他虽有火枪、铁箭和铜箭，但料想不是格萨尔王大臣们的对手。于是玛恰便安坐在马上。阿贵达拉查赞用手抓住一柄火枪，唱道：

阿拉塔拉唱塔拉，
塔拉是歌之唱法。

自己无能去取胜，
再无神明之预示。

如若不识此间土，
林中挺立之山峰，
其名唤作虎神山。
树林好似枪矛立，
岩山像那刀锋对，
猫头鹰儿声声叫，
虎豹吼声也阵阵。

在这撒木萨隆地，
如若不识我辈人，
在那天竺之东边，
曲木里赤国度中，
国王曲赞声威震，
麾下大臣五十余，
像那无敌阎罗王。
在那强兵队伍中，
大臣国王均无敌，
不是虚言是事实。
阿贵达拉查赞将，
陆地之上无敌手，
统领一万余兵将。

在那今日之清晨，
达龙撒隆之岩山，
从未觉得是高山。
翻越之前觉山高，
翻越之后在脚下。
渡水之前觉河宽，
渡后水亦在舟下。

未战岭军虎狼师，
战后亦成一堆骨，
无一不是血流地。
投胎投得人身者，
终会死去无法躲。

人中虽然分强弱，
只是一时运高低。
人中财富之多寡，
只因慷慨与吝啬。
马中耐力有分别，
只因草食有好坏。
今日相遇天注定，
来到高山之山巅。
今日相遇是缘分，
安乐自在岭之子。
今年更是胜往年。
国王似那伟岸山，
胸中沟壑似锯齿。
在那国都之四周，
有那兵营如星盘。

君臣好似日和月，

岭地边界亦照耀。

天降冰雹之多少，

可知田地之收成。

看那饿狼往哪走，

便知羊儿膘如何。

是否此理请细想。

阿贵达拉查赞说完，便放了一支箭，又射杀了二十余人。玛恰赞布身上虽中了五十多支箭，但只是割断了甲胄的绑带，没有伤及身体。阿贵心想：连我的神箭也奈何他不得，想必是神的化身，抑或是不死钢铁之身。他便仔细端详了玛恰赞布一阵。此时，玛恰赞布说道："喂，懦夫虽先下手，胜利必属勇士。话语多似水泡，行动少似金沙。两位英雄相遇时，可说可等也可战。煮野牦牛的肉，要等到它熟，也要等到它凉。你说的这般言语，并不是大风，虽然能将经幡吹断，树根却丝毫动弹不了。巫术咒语响彻天空，火舌之箭也是像那漫天繁星，像是冰雹落满地。我玛恰甲胄的绑带虽然断了，但丝毫不影响我冲锋陷阵，如若不然怎当得英雄之名？"说完，玛恰便将格萨尔王赐的箭搭在弓上，唱了一支歌：

阿拉塔拉唱塔拉，

塔拉是歌之唱法。

敬请坚参神明知，

门隅上部嘉木山，

无敌山神请显灵，

食敌肉来饮敌血，
将那敌人全降伏。
岭神格佐请显灵，
佑我心想事皆成。
父族神明索多知，
今日哪有不佑理？
食肉红嘴之母虎，
齿牙锋利颚力劲，
今请降伏魔方敌。

如若不识此间土，
紫色姜域擦瓦绒，
萨阿撒如和多热，
众人皆知是岭地。
下部东方之方位，
是那卡瓦嘎布山。
擦隆擦瓦峡谷中，
藤竹枝叶茂盛处，
枝上结出各样果，
贫富之人皆可食。
亦可长出多种谷，

凡此皆是岭之地。
古人谚语早有云：
即使江河何样宽，
终会收于舟桥下；
英雄之名虽然大，
但亦需要名副实。

如若不识我辈人，
在那门隅之地方，
辛赤南杰是吾君，
玛恰赞布是臣名。
到我三岁之时候，
方才识得父母面，
赶上门岭之战役。
神子扎拉我养父，
绕萨果措我养母，
虽然不是亲父母，
一片赤诚对岭国。
到我十三岁时候，
前往大食去征战，
任命我为兵首领。

和那董迴和查赞，
都为格萨尔属臣，
英雄聚时有坐席。

刚刚你所射出箭，
是那压草追风箭，
像是女子抛棉花，
抛出此箭真丢脸。
言语声震如雷鸣，
行动若不像冰雹，
所说言语是空话；
威风像那猛虎吼，
如果不敢食人肉，
虎纹只能供人看；
国君威势大如天，
如果不行正义法，
与那骗子无两样。
身带三兵英勇汉，
如若不能退敌人，
兵刃反而是累赘。
玉石装饰美女子，

腹中若是无担当，
同那鲜花无两样。

今日在那早晨间，
天竺曲木里赤中，
五十余名妖臣中，
最为猖狂是阿贵。
如若未死听我言，
空话就像是雷鸣，
行动若不像降雨，
与其再说这般话，
不如执棒先逃走，
抵抗之人从不饶。
你想与我岭将战，
怎会是吾之敌手？
肉中肥处味最美，
想食口水吞腹中，
却也只能望天叹；
高山峰顶之太阳，
心中虽是很敬仰，
想要亲近奈路远；

其余大洲众多国，
想要与那岭国敌，
怎奈岭将本领强。
世上万千诸财宝，
除了岭王诸勇士，
还有谁人有福分？
大海宽广水亦深，
虽有许多宝物藏，
想要去取却乏术。
洛戎下部之地方，
想要取者有无数，
辛赤头颅已早取，
不久亦是尔下场。
阿贵扎拉名亦除，
是否如此不妨看。

前日在那国君前，
夸下海口逞威风，
今日空话被风吹，
无用皮囊抛地上。
我要射出三节箭，

像是追魂阎罗王，
没人能够得逃脱，
今日阿贵若能逃，
玛恰之名入地下。

玛恰赞布唱完，便射出了一支箭，正射中阿贵的心脏。因阿贵有阿杂母苏的巫咒护体，加上他勇猛过人，拔出箭又射还回来。阿贵随即又拿出火枪，连射了好几下，但未伤到玛恰分毫。玛恰用刀砍了阿贵三下，阿贵的脑浆便洒在空中。脑浆溅到近旁的达拉赤嘎和玉珠扎杰等人身上，几人都连忙啐了几口。

这一日，一战告捷，取了阿贵达拉查赞的头颅，玛恰将魔军余部四处追赶，像是霜雹摧残花朵一般。董迥达拉也率援军来到达拉山，他们便将魔军杀得血流成河，尸横遍野，有的死于刀枪之下，有的死于滚石之下。岭军大胜而回。

此时，魔军的大力猫眼咒师开始兴风作法，阿杂母苏咒师将系着黑旗的金刚橛扔向空中，空中即刻乌云密布，同时向岭军方向移动。董迥达拉赤嘎、辛巴和阿达拉姆等人的部众，均像中了毒一般，不得不往后撤退，岭军死伤五百余人。

正当众人不知如何是好时，格萨尔王微笑着说道："从阻断道路，互相征战开始起，已经取了对方无数性命，斩了三名敌将，将他们的头颅面对前方放在神帐之前。这虽不是什么大胜，但只要我们的四位将军性命无虞，来日方长。富人家的财富，何时都可以享受。智者的计谋，无论何时都能派上用场。今日将军们取了对方三名敌将的首级，真是可喜可贺。"右席边的大臣丹玛起身为格萨尔王献了一条哈达后，将阿杂母苏咒师施法的经过和明日布阵之法用歌唱道：

阿拉塔拉唱塔拉，
塔拉是歌之唱法。

因果佛法之根本，
真诚无欺自成佛，
存心狡诈自是孽。
佛法三宝请护佑，
还有空行诸女神，
礼敬无量寿之佛，
祈望能够现真身。

如若不识此间土，
擦荣原野起始地。

如若不识我辈人，
仙界六道宫殿中，
萨霍尔王之后裔。
杜鹃之乡是门隅，
啼声悠扬唱枝头。
丹玛家乡是丹域，
前世早已注定好。

岭国有那三十将，
更有猛将鹞雕狼。
我乃丹玛像鹞鹰，
善飞还兼气力强，
打败众鸟无需忧。
猛将巴拉似饿狼，
勇武过人且善跑，
羊群自是无处躲。
猛将噶德像大雕，
英勇强壮皆兼具，
自是能绕四方地。
来龙去脉已说清，
格萨尔是天神子，
吾辈实乃殿前臣。

今年年初之时日，
并未出征遭入侵，
此事非是好兆头，
天大纠纷随之来。
天竺阿杂母苏人，
妄想行那不义事，

不喜佛法之人物，
心气自是比天高，
还想用手摸云朵。
此乃自取头上套，
奔逃四方像饿狗，
四处用那鼻碰壁。
魔军十五名将领，
挫骨扬灰皆杀净。
如今岭国行军计，
须将纳龙达拉占，
此前抵抗之诸军，
还需一样与敌战。
此外还有一路敌，
有那魔军四万兵。
像是孤高美女子，
自以为是不觉老；
像是游走之乞丐，
走到多地不觉累。
羌塘骗子抢钱财，
心无半点因果念，
还想蓄起无数财。

魔军无故来侵犯，
对战是在岭国地，
还要妄想取国都。
不自量力战敌人，
是想失去项上头。
与那岭国来为敌，
满身伤痕终必死。
魔部所有之君臣，
狂妄口气要吞山，
战后尸首遍山野。
魔军来到岭之地，
是想失去珍珠宫。
食肉饿狼真无耻，
吃完羊儿还哭喊；
羌塘骗子真蛮横，
偷完钱财反诬人。

岭国众将听我言：
昨日传来战场信，
三部军马之首领，
辛巴阿达和董迥，

和那玛恰等四将，
撞见敌人之时日，
取得敌人三头颅，
无异杀得十万兵，
魔国兵丁如蝼蚁，
多杀又有何用处？
昨日取得之胜利，
是那三将之头颅，
不是一人是三人，
还有一人得脱逃，
马头猫眼阿杂惹，
此时还有一丝悔。
若论法术有岭王，
若论勇武有噶德，
若论箭术有丹玛，
若论刀法有森达，
若论明智有阿达，
若论智慧有辛巴，
还有达拉赤嘎将，
和那玉拉托杰将。
十二属国之军队，

今年无需全部来。
四位岭国之勇士，
一人一马一盔甲，
还有价值五金旗，
没有分别均一样。
援助之军四勇士，
后有辅弼八勇士，
一马一棒一盔甲，
还有价值三金旗。
战死兵士之亲属，
十枚金币来抚恤，
凡此皆是岭国习。

在我丹玛去看来，
撒如和那米如桥，
如若不能守住桥，
敌人将会从此入。
从前在那敌边界，
我军就像鱼儿卧，
大河不能变干涸。
我军像那金麦穗，

不能遭受霜与雹。

勿要前行守好地。

还有今日时间里，

如何行军须议定，

兵丁武器须备齐，

战马鞍鞯须备齐。

在那山口和水边，

逐层设置岗哨兵，

待得敌军进犯时，

我军有那神明示。

把守山林和山谷，

有那姜域门隅兵，

同那擦荣乌荣兵。

其余北方之兵马，

歇日和那霍尔兵，

随时征战需准备，

勿要匆忙往南地。

古人谚语曾有云：

南人北地饥饿死，

北人南地难逃生，

在那山林谷地间，

无路可逃无处躲。

闻听丹玛所唱此曲毕，岭国众将对丹玛的话都深以为然，都想多斩几枚敌首。山谷间因气温较高，盔甲的绑带易于腐烂，加上有各种毒虫蛇蚁喜欢食人肉，林间还有各种虎豹熊猿出没，众人皆觉得丹玛不让他们贸然前往南地的忠告自有其道理。

北方的部队，包括阿扎、歇日、大食的军队都欢喜地应承了下来。丹玛颁布的命令有谁敢违抗？丹玛的命令就是高山上落下的巨石，任谁都难以违抗，于是便定下计来。正当岭军在山口安置岗哨时，看见魔军像是乌云压境，红色妖魔像是火团一般，曲木里赤的妖兵们像是白雪覆盖在岩石上，对岭军虎视眈眈。

此时，曲木里赤的大臣狮子晋美、母虎赤杰、黑熊亚美[1]等人均面面相觑，心想：前些日子已经折损了不少兵马，用刀枪拼不过岭国兵将，只能用毒物来稍加还击。昨日，我军大将又心胆俱裂，死于非命。正当几人坐立不安时，王弟萨堆说："大丈夫当死于战场，好女子当死得其所，好骏马当死于旷野，好男儿征战时，当机立断方是英雄。"

于是，母虎赤杰、森格扎巴、红面阎罗等曲木里赤众将皆站起身来，将红色九转毒箭拉开，对赞吉和萨堆说："王兄王弟若不退，我等亦不会退，激勇奋战绝不落人后。就像失去父亲的孤儿，必须自己谋取生存；就像失去骏马的主人，必须用双腿完成路程。"说完，曲木里赤众将口中念了三遍母苏咒语，腰间系了三颗钢珠。嘎热咒师、扎如扎以及各路妖魔均施法祈求猫眼马头[2]预示。

猫眼马头将黑白花三色的金刚橛连敲了九次后说道："头颅破裂脑浆迸，双脚断后吸骨髓，取性命后洒心血，斩得身体无头尾，尸横遍野，珍珠宫殿也将落入他人手。在我看来，翻过九座山坡的狼儿，虽然知道双脚的疼痛，

1　狮子晋美、母虎赤杰、黑熊亚美：由野兽变化而成的曲木里赤妖臣。

2　猫眼马头：曲木里赤一妖臣名。

还是需疲于奔命。带领军队的先锋，纵然知道九死一生，还是得挥舞兵器。”

于是猫眼马头将预示的言语用歌唱道：

阿拉塔拉唱塔拉，
塔拉是歌之唱法。

敬请巫神上师知，
世间众位魔王知，
请那九角魔王知。

如若不识此间土，
擦瓦绒地之下方，
纳龙山儿在右边，
白色雪山在左边。
在那雪林交界处，
后有撒隆狭长谷，
此便是那地势情。

如若不识我辈人，
能让水中着火焰，
拥有无边之幻法，
阿杂母苏巫术王，

名唤猫眼马头师。
是那巫师之核心，
红钦魔法之主人，
天地若不来收伏，
凡人何能奈何我？

今日在我心思中，
未见一样好兆头。
我方君臣之模样，
像是罗睺食日月。
雪中银色之雄狮，
小心鬃髯戳着天，
王兄赞吉来证明；
红色猛虎相聚时，
小心火焰来燃烧，
王弟萨堆来证明；
天上青龙之火翼，
小心被那狂风斩，
珠拉南杰来证明。
卦中所现之恶象，
那是上师我算出，

巫术咒语我最强，
七日之内施法术。
你等王兄和王弟，
还有其余诸将士，
在那七日时间里，
须做七天之法事，
黑白花物敬神面。
江河一日不干涸，
村间定会有水声。
天上云朵不散去，
青龙吼声便不停。
珍珠宫殿不失守，
援兵尽可来增派。
此地一万余勇士，
兵器需要不离身。
七日之内时间里，
带头统领之兵将，
需要深谋和远虑。
桑格多丹为其一，
南杰旺堆为其二，
大力黑魔为其三，

扎巴达奔为其四，
作为带头统领将。
弄断擦如水上桥，
过了撒龙往擦龙，
将那岭国达孜宫，
当成自己之宫殿。
射出战神之箭矢，
勿要随意乱射出。
在那七日时间里，
勿让敌人入我境。
待得七日过去后，
若无进犯便反击，
灭敌像是水冲过，
使那岭地变血海，
骨灰尽数撒空中，
雪后岩山便裸露。
一让山野遍尸体，
二让岭国全灭绝，
三要抢光岭国财，
如若不成非巫师。
威力震天火舌枪，

一刻不能离身体，
备好毒物和刀剑，
整装随时准备战，
此乃上师之谕旨。

王兄赞吉为先锋，
桑格多丹为援军，
王弟萨堆来垫后，
听后还请记在心。

猫眼马头唱完，被岭国的战神迷了心智，便自己觉得自己法术高强，力量惊人，开始施起妖法。他作法七日，扬言可以让死人复活，也可以将敌人杀光。众巫师一起做了红黄朵玛、灵妖朵玛，煨起桑烟，供献神饮之后，王兄王弟和桑格多丹等人依照猫眼马头上师的指示各自把守好渡口。

九

如此七日之后，为保障岭军鞍不离马，人不离兵刃，且都能够性命无虞，格萨尔王做了七日的长寿仪轨，将金刚护轮、珠巴女王的琼浆、千佛的发缕赐给了岭国的众位勇士。十七日的夜晚，空中布满彩虹。姑母南曼杰姆头上不动发髻高耸，身披不动锦缎披风，右手拿着鼗鼓，左手拿着银制铃铛，胯下是白色雄狮，人身猿猴在前面牵着缰绳，她对格萨尔王唱道：

阿拉塔拉唱塔拉，
塔拉是歌之唱法。

开头法性空中唱，
母亲上师和红日，
恩深请佑黑头藏。
最后善趣道上唱，
保佑堕入地狱者，
能够解脱到净土。
法身报身和化身[1]，
供奉三身敬头顶。

1 法身报身和化身：如来三身。

如若不识此间土，
天上彩虹神帐中，
在那八瓣云彩上。

如若不识我辈人，
聂里原野至水边，
红色宫殿似火焰。
宝伞和那胜利幢，
像那云彩绕其上，
梵天大神安乐地，
南曼杰姆是我名，
是为预知后事人，
亦是指点迷津人。

格萨尔王是虎将，
注定之事无法躲；
天上升出红日光，
高高山顶不能阻；
夏雨落地润万物，
严寒冬日不能阻；
老去皱纹擦不掉，

说出之话无虚言。
诺布占堆格萨尔，
世界之上他称雄，
是奉佛祖之昭示，
统领岭国诸兵将。
鹞雕狼等三虎将，
若无本领非勇士；
身姿智识和美德，
若不齐全非贤妇；
家中若无万贯财，
如何成为富人家？

岭国明智之国王，
勿要歇息整队伍，
十二万余之军队，
速速集结山谷中。
曲木里赤之军队，
达拉山和撒拉山，
不惜性命在进攻，
若不防守国不宁。
擦桥乌桥多隆桥，

在这三桥设防御，
桥上若无岭之兵，
外敌将会侵入境，
钢铁宫殿亦难守。
到得病入膏肓时，
良药也是难医治。
黑魔虽然也勇猛，
必须舍命守战场，
一步也是不能退。

勇猛身怀绝技者，
雪中雄狮为其一，
谷底猛虎为其二，
大力黑蛇为其三，
此三都是不能敌。
空中闪电为其一，
疫情流行为其二，
魔军入岭为其三，
此三均是不会退。
勿停迅速依计行，
三大江上之桥梁，

需派三部去驻守。

大军当前之魔军，

无需怀有慈悲心，

杀后还可来忏悔。

若对妖魔起怜悯，

终会危及佛法扬，

大恶若是不除去，

还会在这地上生。

曲木里赤之魔军，

狂妄无比来吾地，

猫眼马头老巫师，

还想让那死者活。

哪有死者重生理？

魔军冲锋到来时，

各路神妖会援助。

格萨尔王听完姑母南曼杰姆的预示之后，心想：神明的预示自是不会有偏差。格萨尔王于是将九尖霹雳金刚杵放在前面的案几上，下令让岭国的勇士将军们聚齐。

神帐中，勇士们各自居其位，享用完可口的茶酒后，格萨尔王将神的预示向众人说明，并命令明后两日内，勇士将军们带兵守住三山和三桥，免得敌人入侵。岭国的勇士将军们都连连称善，并说：“病小时需医治，妖魔小时须灭除。曲木里赤的军队今年大张旗鼓地来到岭地，惊动天地，九个月了战争还没有结束，一年的光景已经快过去了。此战不胜，如何取珍珠宫殿？如何降伏魔王？如何弘扬藏地佛教？如何使众生安乐？”此时，前排的神子扎拉为格萨尔王献上哈达之后唱了一支行军布阵曲：

阿拉塔拉唱塔拉，
塔拉是歌之唱法。

敬请佛教三宝知，
神明之上无智高，
父母之上无恩深，
此时到得护佑时。

如若不识此间土，
深谷地势多险峻，
大河波涛无渡口，
大树枝叶像云朵，
此乃撒如深谷地。
在那撒拉山脚下，
擦桥乌桥多隆桥，
既是千人去时路，
也是万人来时路，
连同南北之道路。
紫色姜域乃岭国，

擦瓦绒和多热地，
北有卫藏之四茹，
南边天竺之国王，
一国分为十六个。
大系赛巴之八部，
中系文布之六部，
小系穆江之四部，
同那世界比肩者，
便是我们之岭国，
岭国子弟无需惊。

如若不识我辈人，
是那格萨尔王侄，
扎拉孜杰是我名。
在我年少之时候，
吾父丧命霍尔地。
自从那日之后起，
头戴白盔便无悔，
自知此乃天注定。
若说江河有大小，
只因村庄有远近；

若说男儿有强弱，
只因运气有好坏；
若说财富有多寡，
只因积福有多少；
若说骏马有快慢，
只因草食丰与寡。

岭国众将听我言：
从那去年之日起，
并未入侵反来战。
天竺十六国度中，
曲赞扎杰大魔头，
对那善法生厌恶，
是为佛法之敌人。
今日与我岭为敌，
带领三万之兵马，
手染鲜血杀我兵，
到今已有一年多，
还有一万之援军，
到达也有一年多。
如若敌人侵入境，

铁屋也是无门户。
疯魔变成病症时，
良药也是无功效。

若说魔兵是如何，
一是空有莽夫勇，
二是才疏无深谋，
三是蛮横不讲理。
虽然只是血肉躯，
误以为是钢铁身。
心似风中之火焰，
误以为是日和月。
魔军哪有羞耻心？
勇猛怯懦都无度。
死后处处可埋骨，
生时处处可存活。
今日肚饱尽情吃，
明日无食再觅食。
乞丐手中之棍棒，
是为惊狗之根源；
城中妙龄美女子，

私生子即从此来；
吃腐肉时味道重，
布满虫蚁之根源；
黑色魔王之国度，
祸乱分起之源头，
一生守护岭国地。
雄鹰要吃人之肉，
虽显残忍早注定。
青皮饿狼翻九山，
虽然劳累早注定。
金眼鱼儿水中卧，
虽然寒冷早注定。
还有相似之情形，
岭国君臣出征将，
早知生死已未卜，
但是上天早注定。
凡是投得人身后，
除了死去无路走。

上师所说之法言，
并非空话是真情，

指点来日之归途。
国君所下之严令，
不是斥责是布阵，
求得安乐之根本。
明日清晨即会到，
国王所说神预示，
不是谎言是实情。
三座桥和一座山，
需要派兵牢牢守，
不能放过一个人。
在那擦桥之桥头，
赛巴部落来把守，
跟上仁青之兵马。
在那乌桥之桥头，
姜域玉拉托杰守，
还有文布之兵马。
多隆桥头守护者，
门隅达拉赤嘎将，
还有玉如珠杰将。
南方山上森林中，
主力兵马驻于此，

丹玛辛巴为援军。

巴拉噶德之两部，

还有阿达拉姆将，

守住大山之隘口，

勿要放了一人过。

敌人鲜血满山岗，

如若不用水冲去，

地方皆被鲜血染。

国王神子有法术，

日常都有神预示。

扎拉孜杰颁令完毕，岭国诸将心想：俗话说，能与雪山狮子匹敌的，没有其他猛兽。王子扎拉是神的子嗣，地方的首领，岭国格萨尔王的侄子，他的命令，也是没有人敢违抗。于是，岭国诸将便照着他的安排，各自去把守擦桥乌桥和多隆桥。在山的另一边，王兄赞吉、桑格多丹、南杰旺秋等人整好队伍，剑戟林立，在撒如塘正对着岭国军队摆好了十五门碧玺高山火炮。此时，在桥的边界出现了一个长手长脚、形似老鹰、红身赤发、周身兵器的人，英雄见了惧三分，懦夫见了必逃走。而文姜二部的兵马像人海一样散在擦桥旁边，玉赤贡杰在青黑色的帐中听见来者赞吉一声大吼，便走出帐中，认出来者是赞吉。玉赤贡杰胯下一匹雪白的坐骑状如青龙，一人一马立在桥头。当此时，赞吉便唱了一支狂妄的曲子：

阿拉塔拉唱塔拉，

塔拉是歌之唱法。

顶礼七尊面具神，
护持保佑请勿小。

如若不识此间土，
眼虽未见耳听闻，
擦如狭长之大桥，
是为擦龙地之头，
江河日夜翻涌地。
枝叶茂盛黑压压，
岩山如那箭耸立，
二山像是刀之尖，
原野像是毯铺地。

如若不识我辈人，
从那印度海深处，
九层珍珠宝殿中，
威震三界曲赞王，
王兄赞吉便是我，
曲木里赤大将军！

青色人儿听我言：

杜鹃自由清脆音，
不安本分到处飞，
小心落入鹞鹰肚；
银色鱼鳍金眼鱼，
如在海中多折腾，
小心咬上渔夫钩；
绵羊若是到处走，
小心落入饿狼手。
岭国军队之前首，
白马上面青色儿，
威风八面自逞能。
白雪看似光又亮，
奈何日下全融化；
林山远看似彩虹，
奈何火起逃不脱；
稻田看似好收成，
怎奈镰刀无情割；
城中妙龄美女子，
浪荡引出私生子；
阵中看似威武将，
血洒疆场必无疑。

岭国大军之阵中，
姓甚名谁报上来，
又是谁人之部曲？
上天赐予九尺身，
放弃自由做人奴，
将那珍贵之性命，
无端来做俎上肉。
看似威武阵前将，
后面增援都有谁？
援助之臣又有谁？
来自哪方之部落？

赞吉从那天上来，
岩山耸立之上空，
在那天空云层中，
青龙怒吼闪雷电，
如降冰雹怜稻田。
曲木里赤之军队，
前后总共三万兵，
没有犹疑一条心，
从未听过有逃兵。

霹雳电闪之神器，
碧玺高山之火炮[1]，
如想活命勿轻动。
若觉己是钢铁躯，
继续把守三座桥。
黑铁刀剑一挥动，
杨柳等树难幸免。
火枪一经射出膛，
竹箭怎能来匹敌？
与我勇士做敌人，
小儿很快心灰冷。

能否明白青色儿？
如若想通勿轻动，
让出桥和诸道路，
让那旅人自由行。
如若坚守不放行，
在那太阳落山前，
河水将会成红色，
诸桥也会落我手，

1　碧玺高山之火炮：曲木里赤国的一种火炮，名唤碧玺。

尸横遍野满山岗。

如若不信尽可试，

炮弹不多就几颗，

竹箭怎能敌火炮?

待赞吉一曲唱毕，炮弹也同时出膛，大地之上一声巨响，好似天地合拢一般。文姜二部的兵马左右响起几声炮响，二十多个士兵死去，姜王子玉赤贡杰也被炮弹从马上震了下来。幸亏战神救护，玉赤贡杰才得以保全性命，但是玉赤贡杰的坐骑中弹倒下。玉赤贡杰一怒之下跨上一匹战马，带上达桂东布亚美和南拉珠杰，行至桥中央时勒住马，从左右取出弓箭，弯弓搭箭之后说道："赞吉你好似懦夫，夸下海口，不见行动。你就是一个光说不练的人儿。赞吉老贼，不要做那无谓的挣扎。我姜王子手中的刀剑套索，便是人间的王法，且看我的竹箭能不能敌你们的火炮！"玉赤贡杰说完，便用英雄雷电曲唱道：

阿拉塔拉唱塔拉，

塔拉是歌之唱法。

事实变化难预料，

不变是那姜之歌。

失去故土之孤儿，

语言未变是乡音，

山神却由别人拜。

祖父索多请护佑，

擦龙山神敬请知，

均是姜域之山神。

赞吉老贼听我言：
如若不识此间土，
东是擦日大山谷，
西有玛尼阿卿山，
巴塘理塘等三部，
是为东北之部族，
紫色姜域之上部，
花花岭国之上国，
南方擦龙大原野，
擦龙大桥之上面，
是那懦夫丧命处。

如若不识我辈人，
紫色姜域不变地，
雄狮宝座不变宫，
玉赤贡杰不变人，
是那萨丹王后裔。
天上大鹏之族类，
翼力增长有不同。

白色雄狮之族类，
鬃鬣生长有不同。
林中猛虎之族类，
技艺强弱有不同。
紫色姜域之后裔，
无疑强弱有不同。

今日早晨之时日，
长有鹰翼红色人，
口鼻似钩像老鹰，
面似猿猴生鸟眼，
脖颈长长似骆驼，
如此长相真奇怪。
手长脚长脖颈长，
脚长翻山自费力，
手长敌人好挥刀。
双手虽长难摸山，
脖颈虽长难见世。
身似芭蕉之将军，
自身难保心自灰。

哎呀赞吉听我言：
魔国之君曲赞王，
好似风中之烛火，
众所周知自会灭。
曲赞王兄唤赞吉，
像是羊粪上门坎，
散落地上遍地黑。
南军千万之兵马，
像是青稞口中食，
自有牙齿来咀嚼。
敌军多似海中水，
俱会死在竹箭下。
赞吉手下之兵将，
口念咒语施巫术，
自认无人高过你。
雄鹰之上有大鹏，
魔王之上有岭王，
非是空话是事实。

若说白光皆是银，
铝锅也能成银器；

若说挥刀皆英雄，
疯子也能成英雄；
若说獠牙皆是虎，
猫儿也能变成虎。
你所说之豪壮语，
空话好似空中风，
随同风幡飘空中。
无势好汉之逞能，
就似穷人手中宝。
狐头妖将命快殒，
若是能逃非姜子，
箭是雷电火焰箭，
弓是白藤拇指弓，
姜子之箭无人敌。

玉赤贡杰说完便射出一支箭，虽然射中了赞吉的护心镜，一声脆响后并未伤到赞吉的性命。赞吉骑着闪电花色马来到桥头，射出一支疾风火焰箭，虽射中玉赤贡杰，但因玉赤贡杰有战神的生命结、格萨尔王的衣衫、千佛的头发等物品护体，并未伤及性命。姜王子玉赤贡杰抽出红柄姜刀，来到赞吉近前，砍了两刀，赞吉也挥刀来迎，二人势均力敌、不分上下。魔将奔纳昂钦用刀向姜之臣子达桂砍去，反死在达桂刀下。之后，桑格多丹虽放出电光火焰，仍未能伤及姜王子。姜王子挥刀砍杀了一阵，取了许多魔兵的性命。姜王子连同另两位姜之臣子，杀得敌兵四散，砍死三百余人。

其余兵将或逃上山，或逃进山谷，擦如原野尸横遍野。

正当姜王子和两位臣子准备回军时，不知何处射来一支箭，达桂东布亚美中箭毙命。姜王子和南拉珠杰只得将达桂的尸体驮在马上，文布多吉查赞和旺杰赤多与姜域的兵马也共同护着尸体回营。待他们回到营地时，天色已黑，于是便加强了守卫。另一边，王兄赞吉、大臣长颈红鸟、桑格多丹等带着四部兵马，叫嚣着要前往桥边。王兄赞吉说道：“大火烧起胡须自烧，大水落下山石自泻，骏马跑过花朵自凋。我南方宝地，自能降伏岭国，像是天降大雨，自会落到地上一般。岭国的恶人们，不像是哈巴狗，倒像是身披甲胄的孤山，戴着头盔的石头和带着刀剑的秸秆。”赞吉心乱如麻，便唱了一支母虎怒吼曲：

阿拉塔拉唱塔拉，
塔拉是歌之唱法。

食肉饮血取人命，
速速像那闪电来。
护佑之力妖魔强，
福泽权势魔王盛，
勇力法术妖臣梦。

在那世界诸地方，
有此三人声名震，
嘎热护法为其一，
赞贵若巴为其二，

黑色鲁堆为其三，
世上自是无人敌。
唱出此曲求护佑，
非此神明不能佑。
男儿身上之兵刃，
若是不能挡箭矢，
就像崖边之刺丛。
富家公子之财物，
若是不能保家庭，
即使再多有何用？
从小喂养之马匹，
行走远方若无用，
马儿只能供观赏。

如若不识此间土，
陌生之地未来国，
所行之路又极窄，
此心又能托付谁？
在这擦龙撒隆间，
大桥之名叫擦桥，
地方唤作擦绒地。

如若不识我辈人，
王兄之名是赞吉，
十万兵马之首领，
太阳光芒一射出，
天空怎能不明亮？
上级颁布之命令，
下属怎能不执行？
太阳光芒一照耀，
白雪怎能不融化？
时节来到春天时，
青龙怎能无吼声？
与那恶贼岭国战，
男儿怎能不去战？

明日天光未亮时，
阿杂猫眼马头师，
咒语巫师他最强，
莫说未见未听闻。
我方军队之兵将，
半步都是不能退，
用那阿杂巫咒术，

痛击岭国之敌人。
骑马若是无铁鞭，
光拉缰绳亦无用。
两国交战之时候，
若是没有誓死心，
最终必是成心病，
是否此理细细想。

军队领头先锋将，
赞杰卡雪为其一，
达杰扎巴为其二，
木堆维色为其三，
三位勇士做先锋。
其后二将做增援，
桑格多吉卫巴将，
珠拉莫布赞杰将，
中部军队之首领。
王弟萨堆米如和，
阿杂图米扎杰等，
明日之时过此桥，
如若不到岭之地，

一世将会成奴仆。

非此空费战争资，

非此心情自灰暗，

勇士也会变懦夫。

听罢此曲，魔国众将都决定以赞吉的命令行事。翌日天一亮，魔军便将阿杂母苏的各种施咒物品，如黑猪的鬃毛、黑蛇皮、黑狗的尾巴、黑鸟的翅膀、黑旗和黑铁等系在箭上向空中射去，使得文姜部落的阵地一阵摇晃。岭国众将都在惊讶魔国的兵将有如此强的法力。

此时，魔国的赞杰卡雪和两名副将带所部兵马来到桥上，岭国守桥兵将听到响声。岭国的玉拉和姜王子、木雅达杰、玉杰诺桑等人手执兵戈，骑着战马立在桥头。他们个个都是令敌人闻风丧胆，救亲人于水火之中，对神明虔诚，对君王忠心的人。正当此时，玉拉得到年神的预示。年神说道："姜域的玉拉大人，阿杂母苏的巫术，能使白昼天黑、黑夜放晴，能使水中起火，能用拳头将岩石击碎。母苏阿杂的猫眼马头咒师领着两千兵将正前往这里，到得近前会舞刀如星光闪闪，挥枪似银光团团。但是玉拉无须惊慌，我们岭国的勇士们，要像风雪一样猛烈，勿要放过一个敌人，今日之战必胜无疑。"玉拉托杰听完神的预示，心想：像雪山一样稳固的国家，属民像树木自会生长，财富像果实枝叶，此生自会安乐。玉拉于是将年神的预示说给众将听，众将皆喜笑颜开。众将欢笑之声像是杜鹃之音，可引来天降甘霖。

如此想着，玉拉将坐骑系在桥头，射了三箭，射死了十五名敌兵。正当此时，长手长脚的红面人赞杰卡雪骑着一匹红马用追风箭和二十枪口火枪射向玉拉，但没能伤到玉拉。此时的赞杰卡雪由嫉妒生出恶毒，由恶毒生出忿怒，忿怒达到极点，要取人性命。而玉拉依然镇定自若，就像俗话所说，好男儿在敌人的刀枪底下不会屈服，贤人在恶毒攻击前不会随便应答。

玉拉捡起一支箭，说道："喂，今日好人碰上恶人，老狗碰上棍棒。我未去侵你来扰，叫我怎能安然坐？男子生来三样事，杀敌征战和兵戈。上师高深之佛法，根本在于度世人。骏马一心想奔跑，怕是马蹄撞石上。你我二人，就像这红色的茶水一般，可等它烧开。"玉拉说完，便唱了一支歌：

阿拉塔拉唱塔拉，
塔拉是歌之唱法。

顶门安乐宫殿中，
各路年神请明鉴。
从那咽喉法身中，
敬请恩深上师知。
超脱自身坛城上，
静猛百种先祖知。
左边箭头坐垫上，
二十一位度母知，
敬请护佑勿忘怀。

如若不识此间土，
紫色姜域是吾土，
擦瓦绒和蓝色谷，
觉木绒和撒如塘，
密宗洲和曲德寺，

多热扎西往东来，
紫色姜域擦瓦地，
从前属于萨丹王，
如今属于岭国地。
擦瓦绒之外沿地，
从前是属擦瓦部，
之后属于达戎仓。
紫色姜域大部落，
从前黑色汉之地，
最终属于花岭国。

世上众多之魔王，
一看圣明之赞普，
二看度世之上师，
三看刚正之官长，
如若近前不曾有，
放开目光看远处。
好言出自众人口，
恶名亦出众人口。
好言像那白酥油，
并非想食就能有。

勇士皆觉武艺强，
并非都能降敌人。
悬在空中大块肉，
小狗想吃吃不到。
往来比喻之美言，
并非都能成事实。
岭国安乐众人羡，
世上人们皆所知。
空中划过之闪电，
如若不见眼已瞎；
青龙怒吼震天响，
如若不闻耳已聋。

曲木里赤之军队，
两月之间攻岭国，
纳龙擦瓦绒之地，
满是南国之魔兵。
非人非鬼之军队，
自从去年到达起，
如今已过一年多，
鲜血屠杀众多兵，

我未去侵你来扰。
曲木里赤之君臣，
和那岭国之君臣，
所为何事启战端？
不会无事来征战。

古来藏人有谚云：
狗头吊在空中旋，
心里想着地上骨；
骗子缘何起内讧，
是为恶母之女儿；
路上乞丐相争执，
是为口食之糌粑；
水中鱼儿相争斗，
所谓雪水之水泡。
岭国仙境之部队，
士兵性命皆无价。
我未入侵你来扰，
因果自会明世间。
头盖骨上之纹路，
除了阎罗王以外，

任何贤人不能阻，
是否在理自已想。

紫色姜域之地方，
姜域皮推王后裔，
有那玉拉达桂王。
姜域米拉王后裔，
有我玉拉托杰将。
托杰之名有来历，
行年十二之时候，
放下已财求他财，
想从卫藏四茹地，
转至上部拉达克，
未赚分毫空回返。
在那羊卓雍措旁，
赶动九十匹骏马，
此时空中青龙吼，
一道闪电劈巨石，
将那闪电握手中，
再将红光抛空中。
羌塘盗匪之心理，

抢掠人财为己用。
无道上师伪君子，
去骗信徒之供奉，
难道不想身后事?
曲木里赤之兵马，
只因贪心到岭国，
性命堪忧俎上肉。
岭国国度之君臣，
是为降伏魔王者，
守护自己地方人。

姜域之王萨丹王，
黑魔食人多冤魂，
遇见岭国方无计。
萨丹恶孽之生命，
像是风中之烛火，
最终随风消逝去。
我乃岭国之将领，
奉命守住姜域地，
如今安乐之时候，
昔日恶孽皆向善，

衣食富足无需忧。
佛法传扬戒杀生，
十善全部都接受。

今日把守此座桥，
不放一人去通行，
我方射出之箭矢，
像是空中之雷电。
鹞鹰飞过之地方，
鸟儿怎能留性命？
晴空当中之霹雳，
能使岩山心凄然。
勇士玉拉在当前，
一人都不会放过！

说完，玉拉便射出一支箭，虽射中赞吉的胸口，但因赞吉的护心镜有母苏阿杂的巫咒护体，并未能伤到他。玉拉心想：既然箭伤不了他，他有可能是刀枪不入之身，需要近身肉搏。他于是便来到了赞吉面前。赞吉放了一枪，但没能伤到玉拉。赞吉和玉拉搏斗了好一阵子，仍是难分胜负。姜域大臣阿达东那拿出黑暗擒鸟索，套在了赞吉颈上，向后一拉，玉拉趁势抛出两枚猿猴胁石击中赞吉，赞吉顿时口吐鲜血。赞吉拿出宝刀往黑暗擒鸟索上一碰，阿达东那的套索便像羽毛被火烧了一般。玉拉和阿达东那一起夹击赞吉，也没能制服他。

此时，赞杰卡雪得知王兄赞吉被石头所伤后，打马赶到。随即拿出火花电光箭，射了几箭，阿达东那当场毙命，但未伤到玉拉。岭国的库玉南拉旺杰来到赞杰面前，反被赞杰用刀砍死。一看此情形，玉拉和姜王子、文布达桂赤赞三人便来击赞杰，用绳索套住他的左右手，赞杰的现状像小狗被绳子拴住一般，像待宰的绵羊被拴住一般。三人将绳索里外都打好结之后，将赞杰带到营寨外面，绑在了帐门外一根有八岁孩子高的铁桩上。曲木里赤的桑格多丹和珠拉克赞以迅雷不及掩耳之势追至桥旁，射了许多支火花电光箭。岭国的姜域查贵和文布司茹到前面抵挡，均被桑格多丹挥刀砍死。于是桑格多丹在桥的第三处守兵处，砍死了文布部落的一百余名士兵，并且逼近姜王子的营帐。姜王子和玉拉、达桂奔图、尼玛查赞、阿亚扎巴等人挡住桑格多丹的去路，阿亚扎巴刚想唱一支歌，便被他用刀砍到头上，从马上跌了下来。玉拉和姜王子大怒，一左一右将桑格多丹拦住。桑格多丹又向姜王子头盔和甲胄上各砍了三刀，却没能伤到姜王子。于是，桑格多丹便还刀入鞘，想着同姜王子肉搏，便唱了一支这样的曲子：

阿拉塔拉唱塔拉，
塔拉是歌之唱法。

如若不识此间土，
岭国曲木征占地。
粗犷飓风一吹起，
吹散云朵无需疑。
天空响起雷声时，
必会降雨众皆知。

山摇地动呐喊声，
必是男儿征战声。

白衣白马听我言：
身上盔甲粼粼光，
铁弓铁箭带身上，
看似显出英雄样，
也有可能是懦夫。
在那大寺古刹中，
无道僧人扮智者，
小心金佛身上光，
变成黄铜亦未知。
无理霸道之官长，
自恃有权欺百姓，
如若不知去收敛，
早晚失去其权位。
在那城郭之街头，
妙龄女子戴玉饰，
自恃美貌心气高，
最终成为骗子妻，
小心被那小孩扰。

大地之上起干戈，
手执兵刃英雄汉，
自恃勇猛拦我路，
孰胜孰败殊未知。

天珠曲木里赤国，
十万兵将之首领，
王兄赞吉来担任，
王弟萨堆来襄助，
桑格多丹为辅佐。
浪子孤儿之觉如，
底下大臣愚且钝。
无耻官人爱钱财，
将那属民送敌手。
无法上师喜供奉，
此生作孽不积德，
不知最后会如何。
没有真才之骗子，
必会堕入地狱中。
执法不严之官长，
地方人儿皆憎恶。

崖边独行之野鹿，
迅捷竹箭会盯上，
必会失掉头上角。
无名小国野心大，
竟敢与那众为敌，
到头必失己国土。
无勇男儿矛作颈，
倒去挑衅其他国，
最终必失项上头。
自认有勇来逞能，
今日撞上桑格将，
今日在这长桥上，
我本赶路无其他，
却被盗匪挡去路。
如若不分胜和负，
便似雄狮之死尸。

桑格多丹说完，便抓住姜王子的胸口，两人便在马上扭打了一阵，因桑格多丹力大，姜王子便被拽至马下。于是，桑格多丹从地上举起一块绵羊一般大小的石头，朝姜王子的盔顶砸去，姜王子幸亏有岭国的战神护佑，并没有受伤。姜王子举起刚才那块石头，砸向桑格多丹的腮部，顿时将他的脑浆砸出，洒向空中。但因他是魔王之子，仍没有毙命。此时，姜王子用双手举起一块牦牛大小的石头，砸向桑格多丹，桑格多丹身首异处。文姜二部的兵马喊声震天，拼命厮杀，杀得敌人血流成河，曲木里赤军五百余人被斩。得知桑格多丹被石头伤到后，萨堆大怒，从桥的一头带兵过来。天神亦助岭国，往地上劈了三个雷。

曲木里赤军大部分皆跌落悬崖，剩下的兵便往回逃去。曲木里赤的萨堆、猫眼马头等回到对岸架起了二十门碧玺高山火炮，向文姜二部开炮，岭军损失两千余人。岭将也砍死了很多曲木里赤兵。阿杂达拉逃走，文布达拉赤赞和文布美达查亚等追了上去，快要追上时，阿杂达拉突然转身放了十五支毒箭，文布二将当场毙命。南方董迥达拉的部队以及玉拉和赞玛亚美的部队随即从左右冲出。阿杂达拉又想用毒箭对付岭国将领，正当此时，阿杂达拉顿珠将日月食索从右肘上取下后，唱了一支问询的曲子：

阿拉塔拉唱塔拉，
塔拉是歌之唱法。

唱支疾风劲吹歌，
歌声充满大地上。
敬请若巴铁神佑，
敬请阿杂母苏佑，
吽钦嘎热上师佑，
今日请助英雄力。
如若不识此间土，
擦域狭长之山谷，
生长藤蔓之地方，
虎豹猛兽之口下，

无用懦夫胆寒地，
官长气急攻心地。

蓝角狐子听我言：
如若不识我辈人，
曲赞国王之大臣，
一万强兵之首领，
达拉顿珠是我名。
红色火花燃烧处，
能将高山焚火中。
高高雪山之顶上，
我是雪中白色狮，
有那狮群来助阵。
海底水之最深处，
我是巨鳌之后裔，
能让大海起波浪，
欲将大海底翻天。
在那今日之前日，
好似猛虎之国王，
身上花纹尽皆知。
好似杜鹃之大臣，

声音动听心自悦。
好似高山之君王，
雪山是那擎天柱。
南方曲木里赤地，
宝贝珍珠之故乡。
在那以前之时日，
山上宝藏和珍宝，
强行抢去可记得？

我在君前曾应承，
要在此地扬兵威。
在这擦绒之地方，
从那雪山之巅起，
到这大河之岸边，
还有中间树木草，
今日若不全收服，
天竺之兵便不止。
空中云层之中间，
可知天空要降雨？
大水波涛翻涌处，
可知聚起水泡沫？

两军进行大战时，
可知需要无尽兵？
今日到得最后时，
撞见岭军之狐兵，
今日清晨在多热，
取了三条岭将命。
毒箭一旦射出后，
若不将那敌杀尽，
绝不后撤神明知。

青色面孔之小儿，
究竟是从何处来？
今日从我后面追，
想将龙儿抛水中，
要病要死或要埋，
全凭阎罗一句话。
环形幻术之绳索，
擒人就像绳套羊。

阿杂达拉说完，便抛出绳索，将门隅达桂玉杰套住，龙达迥穆玉洁用刀将绳索砍断。于是龙达迥穆玉洁说道：“喂，你说的也在理，一将出时一将敌，英雄好汉交锋时，先要互相道言语，也许将那刀剑挥，最后再看天命数。”龙达迥穆玉洁说完将坐骑的缰绳松了一松，然后将拇指插入黑熊食肉刀的刀环，唱了一支威风的曲子：

阿拉塔拉唱塔拉，
塔拉是歌之唱法。

一声二声三声鸣，
大声之鸣神之音，
门隅深处之乡音。
门隅阿尼神之官，
雅拉香布山之神，
车查玉宗山之神，
勿忘请将我护佑。

如若不识此间土，
擦绒地方之原野，
藤竹松多大地方，
是为猛虎所走路，
亦是毒蛇所行途。

如若不识我辈人，
太初世纪之大洲，
南方门鸟有六翅。
门隅上部竹山中，

九峰辛宗宫殿里，
迥穆玉洁便是我。
胯下坐骑杜鹃色，
手中握住南方刀，
食肉毒箭背身上。
恶人遇见冲突时，
便是喜欢立誓言；
老狗陷入争斗时，
便是喜欢去狂吠，
你看是否此般理。

门隅十八部落中，
天上之王辛赤王。
一人还有一人能，
未到那边法王前，
要说勇猛数不完；
未到高高雪山前，
一山还有一山高，
要说高山数不完；
勇士之外有勇士，
未见格萨尔王前，

要说勇士数不清。
今日你我相遇后，
如若不胜是耻辱。

今日早间争斗时，
文姜二部军队中，
杀死我军三员将，
不报此仇非门将。
毒舌火焰之宝剑，
彩虹花色之刀鞘，
未有砍剁不断物。
往上一砍云朵散，
一砍岩石碎地上，
今日砍你即死期。

说完，龙达迥穆玉洁举起刀儿，砍向魔将，取了他的首级。在回军途中，龙达迥穆玉洁遇见达拉旺堆和嘎玛赤杰等人，便将争斗的细节一一说了。龙达迥穆玉洁回到文姜部的营帐时，天色便黑了。虽然对岸放了几枚火炮，但因有战神和护法的保佑，文姜二部并无损伤。次日天一亮，文姜二部兵将就与对岸的五千兵决战，使魔军一万兵减至一千，一千兵减至一百，使三千多人投降，死于刀下者不计其数，只剩下王弟萨堆、阿杂达果四密等少数人聚齐在魔军的黑帐中。此时猫眼马头咒师说："如今巫咒不能胜天神，战事已然失败，是毫无办法了。"猫眼马头咒师欲劝魔军早日撤退，于是便唱了一支老狗哭喊曲：

阿拉塔拉唱塔拉，
塔拉是歌之唱法。

深思熟虑所唱歌，
计谋分为上中下，
巴瓦七子武艺高，
早日将那岭国降。
阿杂巫术之咒语，
马扎如扎是魔神，
巫咒各个从此来，
祈望魔神勿要败。
今年开头计已错，
事情皆是难预料，
心中所想成泡影。

如若不识此间土，
此地擦龙大原野，
听到地名气已急，
心里左思还右想，
即到儿辈恨难消。
此地风水并不好，

不宜再待速撤离。

如若不识我辈人，
曲木里赤深海中，
曲赞国王之上师。
以前运势鼎盛时，
话语未曾有差错，
作法如抽油中毛。
母苏猫眼马头师，
为何取名作猫眼？
皆因夜晚不睡觉。
在那猛虎之头上，
有那六全花纹圈，
还有转动智慧轮，
万事皆易如反掌。

今年全是反常态，
所行之事皆不成，
想要盈利却蚀本，
想要进攻反被击。
母苏巫术之主人，

作法皆像彩虹消，
巫术反将自身破，
须在君前如实禀。
母苏号称神奇术，
如今消失像彩虹，
施法反倒陨自身。

古人谚语早有云：
若靠抢掠积钱财，
最终下场变乞丐；
若为食肉狠杀畜，
最终牲畜必杀尽；
若将泰让[1]当神明，
最终会有杀神祸。
硬吃难以消化食，
酥油也会吃腻味；
硬去征战难战敌，
就是自己寻烦恼。

去年孟冬之时节，

1 泰让：在藏地传说中类似于精灵，善铸刀剑，喜掷骰子。泰让可分为天泰、中泰、地泰三种。

三万兵和十上师，
还有十三吽钦师，
发兵攻打岭之国。
一日羽毛被火烧，
之后又在做商议，
阿贵查赞回家乡，
带来一万增援兵。
如今首领之上师，
被那五部敌兵围，
气馁伤心之轮转，
已是过了十五天。
除此之外还有事，
之前两万兵将中，
如今只剩五千兵，
其余均被岭国杀，
出口伤人反被伤，
与其如此去征战，
不如房中去安眠。
国王气数未尽前，
来到他乡五千兵，
勿停尽快回家乡。

古人谚语也有云：

金子即使像巨石，

背负不动是无用；

绸缎衣服不保暖，

印有龙纹有何用？

岭国赤手辛巴将，

兵将再多亦难敌。

乞丐肝脏疼痛时，

不会担心无食物。

懦夫若是恨他人，

不敢反抗只瞪眼。

美人独自坐家中，

尽会唱些无用歌。

为今只有一条途，

就是撤军回家乡。

先需派出送信使，

告诉家乡君臣知。

曲木里赤大海旁，

速速准备好船只，

如今再不作他想，

征战亦是不要提。

乌鸦飞到北方时，
未曾想过有肉吃，
只想在那林中栖；
无财游走在他乡，
未曾想过赚钱财，
只求勿要遇强盗；
上师来到地狱时，
未曾想过度众生，
只求保住他自身。
此外哪有其它法？
还有如下之真言，
福泽有那权势伴，
红日亦有银月随。
岭国之势正日盛，
南国之势正日衰，
福泽运气有高低。
为保剩余五千兵，
今日必须返故乡。

如上自是我想法，
如觉有理放心上。

听完此曲，其余众将也锐气顿失。正所谓乞丐口中之食物，能顶三天属不错；小偷所言多虚言，别说要到法场，说完三句便发抖；无耻女子虽貌美，但是难寻心上人。所以众人便以上师所言为是，都决定从明日开始不发一箭，不发一言，返回家乡。翌日天亮后，曲木里赤军头也不回地撤退了，在擦如桥旁的文姜二部和岭国诸将并未知晓敌军已然撤退。

十

话说格萨尔王在鲜花牧场神帐中还思量着，这一场仗两三年不会有结果。到了五月十五日黎明，云层中架起了彩虹，彩虹上姑母南曼杰姆骑着坐骑雄狮，带着一头青色水牛，周围有十万个空行母，在岭国格萨尔王的神帐上空唱了一支预言的曲子：

阿拉塔拉唱塔拉，
塔拉是歌之唱法。

三十三天神仙地，
敬请梵天大神佑，
今日来引众生路。

如若不识此间土，
擦瓦绒地之下部。
如若不识我辈人，
为何黎明黑暗散？
万丈光芒自红日，
除此哪会有黎明？
天空为何会阴暗？

只因高山阻日光，
除此哪会有黑暗？
山间流下之诸水，
大湖由此汇聚成，
除此哪会有水来？
能够预知未来事，
南曼杰姆姑母名。

格萨尔王听我言：
待在此地是无用，
高山顶上之积雪，
一面消来一面积，
历来兴兵作战事，
既有胜来又有败。
若做买卖交换事，
有来有往是常情。
南方曲木里赤军，
已是山穷水尽日，
上天注定敌必灭。

今日之前时日里，

魔王狂妄之部族，
出兵来侵岭之国，
十一月之时光里，
多热扎西之原野，
达龙擦龙和乌龙，
三座桥和八部落，
敌军四万还有余，
翻越擦朗高山后，
大部被我岭国灭，
之后剩余之部队，
五千三百撤回国。

勿歇岭国君和臣，
速速守住诸渡口，
在这多热之地方，
勿停速速去追赶。
守住水桥之人选，
罗布顿珠应前往，
今日要他派用场。
西绕贡桑亦要用，
因她熟悉里赤地，

需作岭军之向导。

曲木里赤海深处，
今日到了去取时。
曲木里赤曲赞王，
今年行年四十九，
今日大限将近时。
白色珍珠之宫殿，
今日岭国将夺取。
卖出物品有盈利，
播下种子会结果，
供奉神明神自佑。
去年魔军来侵时，
霹雳电船等神器，
无故来将岭国扰，
文娄二部和门隅，
都遭毒气之侵袭，
折损我军几百兵。
今年新年之时节，
驱赶敌人取胜利。
魔国四万军队中，

五千三百返家乡，

如若追上魔国军，

多热天赤这一边，

战胜敌人有三回。

如若追赶不上敌，

跟那船夫去商议，

将那敌人全消灭。

格萨尔王请切记。

说完，姑母便像彩虹一般消失无踪。格萨尔王心想姑母的预示是再清楚不过了，今日正是追赶敌人的好时机。于是，格萨尔王便召集众将聚齐。众将从四面赶来后，按照自己的座次坐定，吃了一阵茶酒。格萨尔王坐在宝座上，面露红光，看着岭国的将军和勇士们，此时发现有的座位空着，便知道了他们已与敌人战死。于是，格萨尔王便用歌唱出了调兵遣将等诸事宜：

阿拉塔拉唱塔拉，

塔拉是歌之唱法。

第一声阿空中唱，

所说预示无遗漏。

空中神明请护佑，

祈望能得安乐地。

父族唱出天空歌，

所歌并非是空洞，

万物谁比天辽阔？
母族唱出流水歌，
所歌并非是流水，
谁知大海几许深？
菩提善心之根本，
无阻金刚自在生。

如若不识此间土，
擦龙本来是姜地。
在那之前年岁里，
达戎地位比山高，
戎擦查根是军师。
岭国大系如日升，
中系母虎六全盛，
小系光芒耀万丈。
叔父超同之恩德，
取得擦瓦箭之宗，
取得木雅盐之宗，
取得噶德大鹏宗，
之后所想皆能取。
自从那日之后起，

未到紫色姜域前，
皆似鲜红之火海，
都是达戎之地方，
今是姜域边界地。

今年南军来入侵，
共有四万之兵马，
虽然源源不断来，
却是无缘取胜利。
若是命中没注定，
勇士亦是无缘胜；
若是没有机敏智，
便是自己来送命。
南方曲木里赤国，
并未得其所愿望。

我乃岭国格萨尔，
天命注定成为王，
实乃佛陀护法神，
莲生大师之使者，
将那魔王降脚下，

是那弱小之父母，
雪域藏地魂和灵。
晨间还在屠人命，
晚上就是度人师。
度世地狱传道法，
不是空话是实情，
是那岭国百战王。

姑母预示之中说：
岭国须派几员将，
速速跟上去追赶，
看看能否战几回。
若是如此不能胜，
便在曲木海之边，
摆下岭国之战船。
追赶之人听号令，
国王我和十臣随，
从那虹路之上走，
其余岭国勇士们，
需要坐上水战船。
天竺珍珠宫殿中，

来人罗布顿珠和，

妃子西绕贡桑等，

在那路上和水中，

来做我军之向导。

今日到了出征日，

我军勇士皆有责，

此乃姑母之预示。

在座兄弟叔伯们，

既有智高之谋臣，

亦有勇猛之英雄，

速速准备去征战，

岭国诸将请记住。

听闻格萨尔王之言，岭国众将都觉得格萨尔王所言甚是，都想着要使本土安乐，使魔国扬佛法，取那珍珠宫殿，世世自在喜乐。正当诸将都喜笑颜开时，玉拉托杰从左手席上站起，为格萨尔王献了哈达和金银，然后将前次战役中战死的将军之姓名、损伤的兵数等用悲喜明灭曲唱道：

阿拉塔拉唱塔拉，

塔拉是歌之唱法。

我所唱乃姜之曲，

永远不变生命曲。

紫色姜域神明佑，

上请天印天神知，
白盔箭旗命运神。
中请灵妖花羊知，
白色绑带白盔甲。
下请黑色地印神。

如若不识此间土，
擦如原野之玉塘。
细雨纷落无冬夏，
是那树木生长地；
安闲变作杜鹃地，
是那擦姜之边界。
如若不识我辈人，
天上响起之雷声，
天要降雨人皆知；
深山地方雪融化，
近处波浪鱼自知；
天上霹雳之威力，
地上岩石自会知；
姜域玉拉如何勇，
岭国上下尽皆知；

白色铜镜无需看，
颜色白光人皆知；
银色小铃无需擦，
声音悦耳人皆知。
文姜二部之兵马，
抵挡敌兵之部队，
并非所想天注定。

格萨尔王之号令，
即使舍命也须做。
文姜二部之兵马，
南到达拉之林间，
冬至多热查木地，
撒如密宗三大洲，
还有乌荣往前地，
文姜兵马到此地，
猛烈进攻敌之兵，
如今已是十一月。
高山之上战三回，
平原之上战三回，
水边一战取胜利，

与敌交战共七回，
将那敌人四万兵，
打至只剩五千人。
胜利留在岭国东，
为那藏地修福祉，
文姜二部声威震。

若说亡故将领名，
玉杰赤赞是其一，
文布加查是其二，
库玉尼扎是其三，
南卡珠杰是其四，
四将命数不太长。
还有援助之将军，
达拉赤赞为其一，
玉赤赞布为其二，
尼玛曲扎为其三，
穷擦尼夏为其四，
四将又将性命送。
还有多丹卫嘎将，
门隅卡查玉杰将，

姜域南加托多将，
荣本尼玛坚参等，
好似心脏之将领，
如今已失十五将。
除此之外还需说，
魔军火炮和雷箭，
寻常弓箭怎能敌？
此岸抛出中彼岸。
初时未曾见过时，
几千兵马丢性命，
再次发出弹炮时，
有些便已知躲避，
使出浑身之解数，
损失较前已减轻。
前后损失之兵马，
共有一万多人马。

曲木里赤魔军中，
七千多人来请降，
如今安置擦塘原，
若问为何饶性命，

岭国君臣施仁政。
叔父超同法力高，
将那母苏十一师，
一日之内埋地下。
格萨尔王施法术，
随心所欲尽皆知。
小鸟挥翅飞空中，
不用指望破天际；
乞丐每日讨到食，
不用指望能积财。

文姜二部取胜利，
并非最终之胜利。
格萨尔王请息怒，
国王功业还在后。

唱歌之时需比喻，
跑马之时需旗帜，
以上是我玉拉言，
敬请君臣放心间。

听闻此曲，格萨尔王觉得姜域的玉拉心思比海深，见识比天空广博，勇气可与法王比肩，于是心生一片欢喜。此时左边虎皮座上的辛巴王说道："玉拉、姜王子、董迥等将领已经征战了十一个月了。从达拉山初战，叔父超同抛出朵玛至今，吾等一直匆忙，未能犒赏立功的将领，不如就趁着今日犒赏一下三军。"于是，辛巴王便向格萨尔王、丹玛、巴拉、尕德等人敬献哈达，之后唱了一支歌：

阿拉塔拉唱塔拉，
塔拉是歌之唱法。

天神地神中间神，
护佑勿小霍尔神，
只愿心想事皆成。

如若不识此间土，
擦瓦地方之原野，
有那母虎挺立宗。

岭国军之正中央，
在那白色神帐中，
格萨尔王似红日，
右席扎拉似银月，
左席噶伦似昴宿，
勇士二十八宿星，

贤人皆是齐围坐，
围绕红日桑钦王。

如若不识我辈人，
从那霍尔之地方，
逗觉热扎生五子，
五子里面我居中，
梅乳孜阿是我名。

在那金刚岩石宗，
辛巴勇士之首领，
格萨尔王恩情深。
以前之事无可避，
冠帽头颅和头发，
须臾不离是古喻。
就在注定之时刻，
从那霍尔到岭地，
辛巴丹玛起冲突。
霉食腹中之毒物，
恶妇祸乱之根源。
于是君王下命令，

前往紫色姜域地，
捉拿玉拉托杰将，
巧计将那玉拉骗，
阿达拉姆和辛巴，
从此俱成岭国臣。

去年岭国之魔军，
心中未想天早定，
我军未去出征前，
他方箭矢已破门。
金刚岩石拦腰斩，
高山顶上树旗帜，
将那树林用火烧。
擦瓦绒地施毒箭，
将那毒蛇抛空中，
众人皆被毒雾迷。
门隅文布姜域部，
都在红黑毒雾下。

若说福泽有厚薄，
只因施舍有多少；

若说好汉有强弱，
只因运势之高低。
如今魔军逃回乡，
逃跑好似丧家犬。

神明早已有预示，
辛巴之意也如此。
要在七日时间里，
猛将七大成就者，
同那鹞雕狼三将，
还有国王和随从，
应当从那虹路走。
虹桥不断神明佑，
国王和我辛巴将，
虽有法术能护体，
但是岭国其余将，
并非个个通法术。

神明既然有预示，
君王旨意须完成。
辛巴之意是如此，

七日之内须出发。
明日早晨之时候，
就要出发追敌人。
辛巴同那董迴将，
阿达拉姆为其三，
玉拉托杰为其四，
玉赤贡杰为其五，
噶伦曲珠为其六，
南卡晋美为其七。
七将之后还有兵，
无需太多需精锐，
不多只需七百兵。

大水若是不能渡，
从那乌桥绕过走。
一过东方多热后，
就是曲木里赤海，
敌人未潜入海前，
我军就须追赶上，
英勇之军需证实。

其余在座诸兵将，
之前先行之勇士，
要等要撤看形势，
是否如此请君定。

其余岭国之神兵，
我看无需留此地。
达龙撒如和日塘，
派兵守住此三地，
勿让敌人来进犯。
国都之中王宫殿，
须保万全无破损，
我要说的便如此。

格萨尔王听完辛巴的话语后，觉得有理，心想：神明的预示和我本人的预示也同辛巴一样。于是，他下令岭国的上师和咒师们，在岭国上部的白色神山宫殿以及山谷中白雪圣地里的三十三天宫殿中煨起桑烟，唤起各路神明鬼魅，其余的岭国兵将们也要各自煨桑祈福。这一日，岭国君臣们用一百多头骡马驮着桑烟，来到卡瓦嘎布峰顶，鹞、雕、狼三将手中拿着切玛和箭旗。神马鞍鞯整齐，像是云层密布，银月当空。格萨尔王请出上万战神、神兵魔将以及藏地的十二天神，为其供上海水般的供水，奉上高山般的朵玛，又做了九庹高的驱敌朵玛，对曲木里赤国的军队施了巫术。

叔父超同、噶德护法、大臣晋美等摇晃手中的金刚杵，同时挥动黑旗，并奏起鼓乐。桑烟像是云朵般弥漫在空中。此时格萨尔王口中念道：“你乃神明所派遣，生为中间魔神道，母族为龙之族，父族为妖厉族，法术是从仙界得，现在到来之诸仙，未来之眼是否见？南天竺曲木里赤、魔君魔王等敌人，往日无怨近成仇，残暴狂妄之魔王，小命须臾就可取。所做诸般朵玛咒，将那魔国尽快灭。”说完，格萨尔王便望着天空，右手在九尖霹雳金刚杵上系上黑旗，唱了一支命令起誓消灭敌军曲：

阿拉塔拉唱塔拉，
塔拉是歌之唱法。

赐予福力之上师，
乌金莲花生大师。
成就之神是本尊，
马头明王敬请佑。
功业似峰空行母，
金刚亥母敬请佑。
法力高强之护法，
怙主战神敬请佑。
法术高深之护法，
十三王神敬请佑。
来做援助之战神，
红岩九大战神佑。
武艺高强之战神，
狮虎光明之神佑。

护佑我军之神明，
格佐九位神明佑。
众生怙主不离弃，
姑母南曼杰姆知。

如若不识此间土，
擦曲边界之渡口，
是这拉隆松多地。

如若不识我辈人，
诺布占堆桑钦王，
千位佛祖之使者，
誓将诸魔皆降伏。
莲生大师显灵后，
助我消灭魔部敌。
此乃藏地众人福，
大慈大悲度众生，
消灭魔敌道法高。
今日看我桑钦王，
将那魔部尽消灭。

十万空行母之主，
益西措杰同母生，
助我一同灭魔王。
天葬台旁宫殿里，
护法法力真高强。
一口二手之法身，
黑旗大氅之法像，
右手绳索左手勾，
胯下长腿黑色马，
周围还有神兵绕，
今做众生命运神。
王之十三道歌神，
白人白马威德像，
箭旗在右宝盆左，
今日请你佑众生。

雪域藏地之护法，
三界仙女请显灵，
红白绚丽乳汁海，
额头紫红似彩虹。
绿松宝石做腰带，

胯下坐骑白雄狮，
手握箭旗和宝镜，
今日请你佑众生。

查如上部英武地，
红岩九大战神知，
天地形成九战神。
白马气定神闲步，
白面笑颜似花朵，
盔甲银光粼粼闪，
今日请你佑众生。
蛇眼战神之周围，
有那三十龙子绕，
今日请你佑众生。

行动迅捷之战神，
三十妖王周围绕，
胯下坐骑是花豹。
武艺高强之战神，
人形犬类三百绕，
今日请你佑众生。

查如中部英武地，
狮虎藏地之君王，
白面银色之盔甲，
胯下坐骑白鹅马，
绳索在左钩在右，
今日请你佑众生。
战神查如下部地，
中部年神之战神，
红衣铜制之甲胄，
在此不再一一说，
今日请你佑众生。

南方魔头曲赞王，
诸魔皆是水中魔。
将那珍珠矿藏封，
不似人之阿杂惹，
非人非鬼长身形，
如是实情勿多言。

空中彩虹神帐上，
君臣一共十五骑，

从那虹桥之上走。
天上神明之大道，
除去天空何处行？
下部龙族之大道，
除去玛旁何处行？
战神年神之大道，
除去云层何处行？
还有护法助力量。
国君我和叔父臣，
神子战神大成就，
现今速速快出发。

南部天竺曲赞王，
黑色魔部之根本，
挡住天竺佛法传，
毁坏汉地之法度，
危害藏地政和教。
世间所有之地方，
都会被那魔教危，
凡人呼唤神明时，
定是遇见紧急事。

不然不会相争吵，

弱者不会做狐悲。

天上神明勿分心，

凡人呼唤神明时，

上师之音勿阻止，

需护佑时勿暗淡。

此乃众人呼唤声，

敬请神明来护佑。

说完，桑钦王诺布占堆将白色朵玛供奉神明，红色朵玛抛向敌人，黑色朵玛抛向黑头魔王。上部天神、中部灵妖、下部龙族、九万九战神等无数神妖顿时围绕在左右。然后岭国的君臣们都聚齐在神帐中饮用了好一阵茶酒。饮毕，以辛巴为首的玉拉董迴阿达拉姆、噶伦曲珠、南卡晋美等七位勇士，由七百名兵士簇拥，摇旗擂鼓。勇士身带三兵，马儿步伐整齐地来到了秀拉山顶。过了乌桥之后，兵马一行往撒如和撒阿地方前进。骏马行进时如疾风阵阵、火焰升腾，遇大坡步伐加大，在小坡步伐减小，在平原上疾驰如飞，上坡时堪比岩羊，下坡时形似圆球，像是雄鹰翱翔一般，五个昼夜之后便来到了曲木里赤的边界多热地方的阿热达塘。其时，当地的人们都遭到了魔军的抢掠，正在咒骂魔军作恶多端。姜域将领顿珠和赤赞带着先头部队追赶了上去。

曲木里赤军已经看见了自己的国土，心想终于离开了岭地，在此的兵马也保全了性命，便在扎如塘安营扎寨。因这天刚好是藏历七月十三，月色明丽，魔军便决定次日天不亮就启程。这夜，岭军便将魔军的营寨团团围住。此时，母苏阿杂的猫眼马头咒师梦到一条毒蛇被千万只蚂蚁围住，等惊醒时听见战马的蹄声和人的喊叫声，连忙吹了三遍号角。魔军匆忙之中，开始给马上鞍，拿起兵刃，但因天未亮，一时不知如何行动。天一亮，只见北方冲出一骑着黑尾马，红似灵妖的人儿，此人正是辛巴梅乳孜。母苏猫眼马头咒师着黑衣黑帽，披黑衣黑甲，戴黑盔，骑着风一样的黑马来到辛巴面前，挥动着手中的火焰毒剑唱道：

阿拉塔拉唱塔拉，
塔拉是歌之唱法。

吽钦咒师杀生曲，
今日降伏岭国敌，
护佑勿小诸厉鬼，
今日让他血成河。
阿杂母苏大咒师，
今日护佑请勿小。
上师洞中修行久，
修行惹嘎吽纳法，
今日到了杀生日！

如若不识此间土，
天竺汉地之边界，
多热南赤孔玛地，

是我南方天竺地，
往东是属汉之地，
往西便是姜域地。

如若不识我辈人，
黑色似那乌云布，
曲木里赤国度中，
曲赞威震三界王，
一世修成之咒师，
猫眼马头是我名。
咒法火焰自升腾，
五行皆能得自由。
嘎热曲迥是我父，
食肉罗刹是我母。
一生修炼巫咒法，
能够迅速取人命。

红衣红马听我言：
雄鹰盘旋天际间，
太阳光芒勿炫耀。
巨鳌海中自称王，

小鱼哪能与之争？
去年今岁两年里，
天竺里赤之水军，
来到岭国之地方。
岭国黑色敌人土，
你强我胜千百万。
恶人觉如食鼠兔，
还说自己是神子，
所说并非全部真。

广大天空之雷声，
众生万物皆听闻。
在那岭国之上部，
号称自己已得道，
其实只是盗匪头。
岭国觉如食鼠兔，
号称自己世界王，
其实只是扰世界；
号称弱小救世主，
其实只是贪钱财；
号称引导来生者，

其实只是假修道；
号称辨别黑白者，
其实只是强横者。

你这红衣红马人，
在这今日之清晨，
若是客人早些走，
若是久居请留下。
天空中间之乌云，
若是有雨自会落。
深山之水向下流，
平坦原野汇成湖。

你我相逢皆男儿，
若是血肉必灭你，
若有法术且飞遁。
不放半步红色人，
我有霹雳金刚橛，
威震三界取人命，
今日抛向红人身。

我军自是回故乡，
为何身后来追赶？
此事并非好兆头，
像是独脚硬跳舞。
若无纠纷何需争？
马若无鞍难驯服。
无耻岭国之人儿，
将那路桥全毁坏，
阻断汉地之通道。

天竺地和乌斯藏，
本来像那白酸奶，
如今变成红血海，
皆是因为觉如故。
谎话连篇骗人者，
是那岭国七贤人。
无勇却要扮英勇，
是那岭国鹞雕狼。

事情如何我都知，
就像美食之味道，

自有舌头来知晓。

岭国狐狸所聚部，

威力如何我自知，

你辈无法逃性命。

猫眼咒师说完，便用食肉饮血的火焰毒舌剑向辛巴连砍了三下，但因其是文殊菩萨的化身，所以只是断了五根头发。猫眼咒师看看剑刃，觉得无地自容，吹嘘在前却行动不及，正欲逃走时，辛巴转过身，像那大狗拦住鹿一般拦住了马头猫眼，说道：“喂，你说的也有几分道理，自古好汉有强弱，骏马有快慢，肉有软硬，女子有美丑，财富有多寡，权位有高低。你是狂妄之语说在前，行动却未能跟上，用这样的剑，还不如用拳头呢！”说着，辛巴将拇指插入火焰毒剑的剑环后，继续说道：“岭国上部之政教，若是言语说在前，之后行动必完成。今日你我需较量出命长命短来。”辛巴说完便唱道：

阿拉塔拉唱塔拉，

塔拉是歌之唱法。

霍尔三神请护佑，

白角天印之天神，

头顶白盔盔中宝，

中印花色之甲胄，

甲胄甲中之至宝。

深山金刚岩石上，

挥动兵器闪青光，

觉拉擦孜红色神，
是我勇士之帮手。

如若不识此间土，
天竺汉地之边界，
天竺多热天之宗。
你我男儿此番遇，
胜利自是我来夺。
如若不识我辈人，
在那以前时日里，
阿沁霍尔之地方，
深山金刚岩石上，
犏牛宗堡宫殿中。
逗觉热扎之后裔，
五子里面我居中，
霍尔天之君王下，
我是辛巴梅乳孜。

心之所向为佛法，
上界天神仙班中，
岭国八十得道者，

得到一席之座位。
可恨投胎在霍尔，
无可奈何做恶事。
霍岭两国交战时，
虽然进谏勿出征，
国将亡时君王暴，
狂妄敢做任何事。

霍尔国王似大鸟，
怎奈翅膀被风折。
霍尔国王像猴子，
怎奈脖颈被钩住。
霍尔国王像狗儿，
若滑过头鼻撞石。
最终将那霍尔地，
变成无人之地方。

如今开始心忏悔，
辛巴自觉罪孽重，
向那格萨尔投降，
成为岭军之援军，

是来降伏难降敌，
我想此乃你所知。

从那去年到今日，
岭国军和曲木军，
互相征战手沾血，
实力如何心已知。

哎呀我看真奇怪，
今日早晨之时候，
马头猫眼大咒师，
自称法力武艺高。
火舌宝剑金刚橛，
同时施诸辛巴身，
茅草都未能斩断。
从我剑鞘中拔剑，
是那火焰毒之剑。

挥剑剁肉并斩骨，
今日便来斩敌人，
一为杀死岭将故，

二为侮辱吾君故，
今日一并来了却，
送你去那极乐土。

辛巴说完，便将剑斩向猫眼马头的头颅。猫眼咒师从马上跌落下来，他的头颅像是匣子一样被打开。得知辛巴取胜后，隆达觉丹、达姆查赞、日白托姆孜杰等人冲了过来，但因猫眼马头是妖魔的化身，所以并未能取得他的性命。猫眼马头起身后唱道：

阿拉塔拉唱塔拉，
塔拉是歌之唱法。

如若不识此间土，
曲木里赤之东方。
如若不识我辈人，
猫眼马头男儿汉。

一是君王恩情重，
二是珍珠财宝多，
三是武艺法术高。
曲木大海之深处，
不变宫殿珍珠宗，
青色海水之出现，
是为浇灭烈火生。

高处红色岩石生，
霹雳雷电将其劈。

红马赤人听我言：
我说你是真蛮横。
鸟儿栖息杨柳枝，
怎能跟随鹞鹰后？
猛虎自在深林中，
怎能追赶看家狗？
青龙在那空中飞，
云层虽厚怎能阻？
神明居住极乐土，
怎能跟随魔王后？

黄金虽然价值高，
黄色山羊无甚用；
银色雄狮威武样，
看家狗儿学不来；
青龙朝天怒吼时，
蜂鸣之声真可怜；
在我英勇好汉前，

岭国懦夫真可怜。

去年今岁两年中，
刀枪剑戟全比试。
天竺中心珍珠宫，
像那白色酸奶般，
是用血汗所换来。
自古从那达域地，
天竺汉地取粮来。
天竺和那汉之地，
神明之地妖魔嚎。
仙佛之地魔掌伸，
岭国盗匪之首领，
觊觎财宝贪财物。

红马赤人听我言：
我军自是回故乡，
何故身后来追赶？
古人谚语曾有云：
大鹏展翅天空中，
乌鸦唱歌亦无用；

牦牛挺立岩山上，
岩羊成群亦无用。
金色鱼儿海中游，
龟儿伸脚真可怜；
猛虎林中怒吼时，
狐狸低鸣真可怜。

我自守护我之土，
为何魔头来追赶？
右乃霹雳金色枪，
光芒似那火焰光，
护法之神火焰神。
黑旗像那乌云动，
黑色毒物似欲滴。
锋利三角之枪尖，
誓将三界都征服。
四方之结金刚橛，
今日要刺敌之将。

看那岩石被雷劈，
看那狂风卷沙尘，

我乃猫眼马头师，

不会就此坐待毙，

今日让你瞧颜色！

猫眼咒师说完，他的霹雳金刚橛上黑色毒蛇九头攒动，猫头鹰羽翼竖起。黑色泰让举着生魂旗，和山妖共同起舞。此时，他抛出金刚橛，击中辛巴的头盔和箭旗之间的空隙。顿时火光四射，向四面散去。乌云中又钻出一条龙袭击辛巴，辛巴便从马上跌落。

霍尔的将领隆拉觉丹、南卡加让、尼玛坚参等人以为辛巴已被杀害，便顿觉生无可恋，一齐抽出刀剑冲了上去。猫眼马头挥动手中的刀砍去，隆拉觉丹往后一撤，并未被砍中。尼玛坚参和日白托姆孜杰向左右倒去。达桂扎杰见状，怒火中烧，用黑岩追风枪一刺，但收效甚微。此时，辛巴梅乳孜站起身来，从剑鞘中抽出火焰毒剑，说道："若是武艺不高强，便不会称我为辛贵。奴仆奋勇杀敌时，主人岂能看热闹？财物被盗匪抢掠时，再阔绰又能怎样？"说完，辛巴将拇指伸进剑环，刚要唱歌时，猫眼马头劈头砍来。辛巴哪有空唱歌？马上回身用剑砍去，正好砍中了马头猫眼的脖子，马头猫眼顿时血流如注，钻出一只三头黑蛇落在地上，又从他的尸首中钻出许多妖魔。辛巴又砍了一剑，马头猫眼流出黑血之后，跌落马下。辛巴马上取了他的首级，消灭了敌人。

随后，岭国勇士多杰仁钦扎巴将曲木军冲得四散。后方的玉拉、董迥达拉赤嘎、阿达拉姆等将聚齐后合力进攻，使敌营四周冰雹粒粒、闪电道道、霹雳阵阵。岭军从营左杀至营右，从营北杀至营南，使营中的柱子都东倒西歪。

此时，萨堆米如骑在一匹豹纹马上，左手拿着钢枪，右手执虎洞火舌，头戴威武忿怒白盔，身穿黑铁岩山甲，唤出无敌黑蛇，插上黑铁羽翼，像青龙一般，从云中钻出。岭国众将虽然逃走，但是黑蛇紧追不舍。萨堆米如对玉拉等三人说道："岭国的兵将们，为何跋山涉水、左右夹攻来追？你们若是真的这般英武，今日就展示一下你们的本领，我们来一决雌雄。岭国的狐崽们，若果真是有本领，就冲到前面来吧！"萨堆米如一番话说完，按住霹雳铁水神枪的机括唱了一曲：

阿拉塔拉唱塔拉，
塔拉是歌之唱法。

遇到大事先有曲，
曲不必多多无用。
护佑我方之魔神，
是那守护魔道者。
嘎热军中至宝和，
黑隆卡如多吉等，
还有山妖和龙魔，
齐齐为我来助援。

如若不识此间土，
空中曲木里赤国，
查瓦营寨之东方。

如若不识我辈人，
汪洋大海之深处，

两万兵马之首领，
威名响彻天地间，
萨堆米如便是我，
曲赞国王之兄弟。

从那去年到今岁，
做那军队之首领。
国王商旅之大道，
被那盗匪把守住，
如何与岭不争吵？
要抢别人所积财，
田地之间的稻谷，
不能解决九乡饥。

雷电夜晚狂风起，
山下草甸多水草，
岭国想抢此处地。
安分回乡之兵马，
无故被那岭军杀。
山口渡口和村庄，
尸体堆积似小山，

红色鲜血流成河。
去年所种之稻谷，
今日落入畜生口。
去年所种杨柳树，
今年变成门口坎。
去年众多英勇儿，
如今都已丧性命。

青马青人听我言，
还有旁边花马人，
三人以多欺一人。
古时藏人谚语云：
老年牦牛有利角，
何曾惧怕大雄鹿？
银色雄狮之须髯，
哈巴狗儿怎能长？
猛虎身上诸般色，
狐狸身上怎能全？
狐狸无勇胆颤惊，
十万兵马先锋将，
先头若是不征战，

挥动兵刃亦无用。

雄鹿之角是药材，

若是不能治病症，

长在头上有何用？

父母抚养之儿女，

若是不能做孝子，

忘恩负义似屠夫。

骏马用那饲料养，

翻山之时若无用，

浪费饲料真无谓。

男儿身上带三兵，

若是不能降伏敌，

身带三兵有何用？

哈巴狗儿同女子，

心中恶言口狂吠，

行动之时是空洞。

新马喜跑新狗吠，

左突右跳好欢喜，

撞上之时收尾巴。

是否此理岭三子？

今日早晨之路上，
我军本是守故乡，
怎料盗匪随身后，
定是觊觎富家财。
骏马善跑马蹄劲，
想要在那城中绕，
还未取胜力已竭。

我军大队之兵马，
岭军想要来降伏。
军中如狼似虎将，
如何不能报仇恨？

是否听到青色人？
岭国真是无耻人，
一人对手有三人，
如何能充算英雄？

乞丐饮饱酒醉后，

如何还能守法纪？

无耻男人爱新鲜，

人生如何能长久？

无勇懦夫扮勇猛，

细看必会有破绽。

霹雳玄幻之火枪，

黑色毒物钢铁器，

就要施诸于你身。

说毕，萨堆米如射出一箭。三人之中，因阿达拉姆在前，便射中了阿达拉姆，但其性命无恙。于是董迥说道：“萨堆米如只是言语狂妄，看他的箭也是不过如此。”说着调转花鼻银鸟马的马头。阿达拉姆也一起跟上，并在马上站了起来，唱了一支刀头箭头齐飞的曲子：

阿拉塔拉唱塔拉，

塔拉是歌之唱法。

一声二声三声呜，

黑方魔部之歌曲。

英雄穷拉神明知，

天空之中云帐里，

食肉饮血英雄知，

助我前来勿分心，
来食仇敌之心肝。
乌云遮盖帐房中，
刀箭之声如雷声，
仇敌心肝用雷劈。
取敌命来剖敌心，
魔神赞贵法力高，
今日助我以全力。

如若不识此间土，
南方多热天之宗，
大海海水之中央，
是为分辨悲喜地。

如若不识我辈人，
阿达拉姆是我名。
上方强玛山脉中，
九尖铁角之魔宫，
是我诞生之故乡。
行年到得二十时，
鲁赞王前当噶伦。

阿达拉姆女妖名，
男魔是为鲁赞王，
遇见敌人心喜悦，
我之名由此而来。

野驴牦牛岩羊等，
我虽未予之饲料，
但会护佑山和村，
不让外敌侵我地，
内寇亦不能抢掠。
此后格萨尔王至，
用箭射死鲁赞王，
将那魔宫变神宫。

八十妖臣变神将，
将我阿达带至岭，
位列三十勇士位。
阿达便是如此般，
南瞻部洲之地方，
妇女身披白色甲，
除我阿达无他人。

一生喜爱战沙场，
那是前世所注定。
日月环绕四大洲，
养育四方水和土，
此乃命中所注定。
大地之上繁花开，
此乃自然之法则。
天上鹰鹫食人肉，
不是不知尸体臭，
命中注定无他法。
白色饿狼翻九山，
不是不知路艰难，
饿狼命中自注定。

海中金鱼水中眠，
不是不知身体寒，
万物自有其命数。
八山龙女爱杀生，
不是不知会造孽，
实乃前生所注定，
命中注定无法躲。

狂妄妖臣听我言：
正像你所说言语，
国王之子权势大，
如若大臣不同心，
想将世界收治下，
尽收属国是难事。
无耻上师执金弓，
想要骗取村中人，
怎会供奉无道人？
英雄勇猛去冲锋，
勇士八十得道者，
想取首级亦是难。

去年今岁之时日，
千龙啸吟天地颤，
杜鹃长鸣嗓人有，
长路漫漫少意义，
魔国和那岭之国，
你来我往忙厮杀。
尼姑头发无需梳，
明净铜镜无需擦，

眼中水沫无需买。
如今无需再多说，
似你如何做魔臣？
曲木里赤之国王，
再留世上无安宁，
不留让他为人奴。

无耻友伴面皮厚，
合时将女引为友，
不合让她自生灭。
老狗无耻面皮厚，
饱时内外皆能吠，
饿时尾巴拖地走，
似你何能称英雄？

不是此地不能过，
未曾去侵来相扰，
是为今日战事因。
紫色箭矢羽毛顺，
是为火焰霹雳箭，
笔直大块之白弓，

若要放箭如此放。

魔王之子听我言：
如若不会挽此弓，
白弓一弯像镰刀，
向上一弯对雪山，
使那银狮心胆寒。
如若不会放此箭，
从那蓝海之深处，
鱼儿翻肚跳跃般，
让那白甲变烂袄，
让那元神似火烧，
此乃为何要放箭。

听懂耳中之甘露，
不懂心上之疙瘩，
此话老妖放心上。

阿达拉姆说完，将箭像电光一样射出。萨堆米如未从乐曲中缓过神来，前胸中箭，箭从后背穿出，他虽是泰让后裔，但还是落马身亡。阿达拉姆等三人取了他的首级后，挥着刀枪剑戟，喊声震天，将那敌军杀得尸横遍野，像是大水冲过土堆，大火烧光草山，饿狼冲进羊群一般。

此时，从魔军中冲出一将，像是黑暗土地上爬行的毒蛇，坐在红黑马背上。此将鼻子像是阎罗之钩，脸上闪着蝎子般的银光，即使死神见了他也会退缩。此人乃赞吉，口中说道："王弟已经阵亡，兄长岂有不出战之理？"赞吉并未唱出任何曲子，便直接向阿达拉姆射了一箭，正中阿达拉姆左胸。阿达拉姆所穿的白甲虽像烂袄一样掉落，但却未能伤及身体。

赞吉心想：魔女为何能安然无恙？便又抛出阿杂母苏的魔幻套索，套索的钩子从四面向阿达拉姆围来。虽然阿达拉姆也抽出九斩野牦牛宝刀，往套索上砍去，但因套索上有阿杂母苏的巫术，所以未能砍断。王兄赞吉将套索一拉，阿达拉姆便被拉下坐骑，被赞吉在马下拖了一箭之地。正当赞吉欲将其投入河中时，霍尔达桂托赞已经跃至赞吉面前。赞吉连忙向达桂托赞抛出两枚羊肚大小的白石块，达桂托赞当场落马身亡。后面的先擦巴杰雍仲毫不犹豫地冲向赞吉，又被赞吉用黑色哈拉毒刀砍中肚皮，立即毙命。此时，辛巴赶到后用火焰毒剑去砍套索，也无济于事。幸亏董迥及时赶到，取出无回刀将绳索砍断，救出阿达拉姆。于是，众人便将刀剑等兵刃全部向赞吉挥去，虽未能伤及他，但也挫了他的锐气。

赞吉心想：今日已经夺了彩头，无须再做纠缠。便返身回到海中。岭国众将不知他已回到海中，仍然严守自己的岗哨，直至半夜时分，才又聚到一起，议论着白日里阵亡的勇士和损失的兵马，到天亮时仍感无计可施。此时，辛巴说道："俗语说，如未生在富人家，命中注定要乞讨。他一个败兵之将，必是回自己的老窝了，我们需像昨日一般往曲木里赤海东边紧跟不舍。"众将都依计而行，次日天一亮便整装出发，到达曲木里赤东边白土原，看见距他们一箭之遥的海水中，魔军们都在黑压压、红灿灿的船上，正摇摇晃晃地像水鸟一般逃入水中。

辛巴和阿达拉姆等将领，往目光可及之处放出许多箭矢，击中一艘大船，大船像石头一样沉入海中。虽然魔军也回击了许多大炮小炮，但是未能伤及岭军，岭国众军全部安然返回营寨。岭将们决定按兵不动，等待格萨尔王到来。当他们迎回阵亡将士的遗体时，格萨尔王送他们至往生之路，并用悲心神力之钩将他们的灵魂引至净土。之后，岭国格萨尔王对辛巴等众将的复仇行动做了预示，唱了一支曲子：

阿拉塔拉唱塔拉，
塔拉是歌之唱法。

空中传来阿拉调，
净土传来塔拉腔。
敬请顶上珍宝王，
将那魔王打地府。
请那勇猛诸战神，
将那敌人全消灭，
为那藏人求福祉，
让那大地永安宁。

如若不识此间土，
曲木里赤白土原，
岭军在此安营寨。

似我猛将你应识，
前半生中称觉如，
玛域下部来称雄。

能斩百人之镫带，
能断千人之缰绳。

从那天竺神佛地，
至那汉地与大食，
一闻觉如之名号，
黑魔便会齐来绕，
声名传播这世上。
此后成为战神将，
箭伤鲁赞之额头，
将那霍尔王降伏。
南方襄赤断虹路，
青稞之宗到藏地，
归于花岭国治下。

次年将那大食国，
取走大食之财禄，
财富享受无穷尽，
与那藏地亲如戚。
次年来到蒙古地，
取下蒙古马之福。

在那之后时光里，
出征平灭魔之国，
入侵都会做忍耐。

若说为何是此般，
去年是为木虎年，
心中未想命注定，
人马堕至地狱中。
不守善法因果乱，
不善者自落法网，
落入法网性命危。
此乃世事之常理，
心虽不愿乃注定。
牙上镶金为装饰，
不料引起牙疼痛。

南方曲赤珍珠宗，
旺堆扎杰系国王，
有人唤作震三界，
有人唤作曲赞王。
若说究竟是何人，

上部天竺挡佛者，
藏地赞普挡佛者，
下部汉地扰法者，
南瞻部洲逞威者。
他身和手所到处，
便来转动恶孽轮，
即使夜晚入眠时，
所想也是害人事。

为何说他造恶孽，
魔王所行此般事，
人所未想他皆想。
想将天空作头发，
想要钻入无底洞，
想让水儿全倒流，
想让世界变汪洋。

古人谚语曾有云：
今生衣食足或少，
要看前生所施舍；
男儿威权重或轻，

要看一日之运势；
上师不做恶之事，
所忌身后堕地狱。
今日玛域之大王，
要来渡过里赤海，
从未想过不能渡。

里赤国王和本王，
势成水火不相容。
岭国兄弟勇士们，
最先打头之大将，
应由叔父超同当。
噶德曲迥皮纳将，
达杰穷结森达将，
色巴尼奔达雅将，
神子扎拉孜杰将，
穆江南卡坚参将，
阿努色杰扎巴将，
米本阿努车雪将，
加上格萨尔王我，
从那虹路上面走，

来往在那天空中。

之后往那海深处，
罗布顿珠为其一，
西绕贡桑为其二，
拉吉宗典为其三，
三人原从南国来，
今日为我来引路。
之后诸将做准备，
达玛东丹黄蒙古，
蒙古王子嘎玛赤，
达戎夏嘎点巴将，
南方其达亚美将。
玉如之子名珠杰，
歇日噶伦曲珠将，
托赛南卡晋美将，
象雄达姆赤赞将，
卡切廷熊吹吉将，
天竺朗布皮噶将。

日希白姆为十一，

姜域玉拉为十二，
卫吉雪巴为十三，
董迥达拉为十四。
每人带领一百兵，
后面援军再一千，
无需全部皆渡水，
渡水不成死伤多，
征战辛苦乃天定，
此乃上天所预示。

若说我是怎样想，
此乃前世所注定。
此外还有行军法，
大系将军达拉和，
门隅多丹玉热将，
带领门隅之兵马。
姜域赭面赤多将，
和那赞杰扎巴将，
带领姜域之兵马。
勇猛赤贵加擦将，
和那托桂南杰将，

带领霍尔之兵马。
索赤南杰旺久将，
同那奔土勇猛将，
带领蒙古之兵马。

绒之王子之兵马，
为那本部十八路，
若是当面撞上敌，
刀枪箭等须用上。
珍贵药材如金贵，
专为解那黑色毒。
欢喜右旋之宝物，
是为宝中之至尊。
霍尔辛巴必须出，
整装带领所部兵，
去取深海中宝物。
天空之上彩虹中，
格萨尔王和超同，
是那兵马总统领。

所言岭将须谨记。

听懂耳中似蔗糖，
不懂歌亦无解释。
到得此月十五日，
天明出发勿耽搁。

岭国众将皆觉得格萨尔王所言甚是，况且神明的预示又岂能更改？遂就此听从格萨尔王所做的决定。此时，戎萨拉姆赤嘎得知岭国众将要前往曲木里赤国，便将金银等九百宝物系在吉祥哈达上献给格萨尔王，又给尼奔、超同等人都献了哈达和十五枚金币，还摆上了茶酒、蜂蜜、蔗糖及各样水果。戎萨拉姆赤嘎的身姿像白藤一般挺拔，面容闪着银月一般的光芒，她来到格萨尔王面前唱了一支祝福的曲子：

阿拉塔拉唱塔拉，
塔拉是歌之唱法。

从那头顶脑门上，
恩深父母和上师，
祈祷从来不断绝。
慈悲度母来庇佑，
头顶发辫装饰上，
有那众多仙女绕，
时刻护佑小女子。

脖颈所戴金颈链，

像那火神在围绕，
无时无刻享荣华。
法身法王之海中，
安乐密藏母亲知。
十八地狱之上面，
世界屋脊雪山下，
中间六道之众生，
祈愿都能得解脱，
祈求能有常见时。

如若不识此间土，
欢喜故乡是净土，
广大深谷断岩下，
念青唐拉自路途。
净土嘉戎雪之域，
此地戎萨之故乡。

如若不识我辈人，
戎域王国之公主，
戎萨拉姆是我名，
是为岭国之仙女。

父亲僧隆王膝下，
长子是为贾妃出，
贾察协嘎勇无敌。
次子是为果萨出，
格萨尔王自称王。
三子是为戎萨出，
是为戎擦总管王。
三子生后世间地，
幸福阳光日日升。

古来藏地谚有云：
落山太阳追不了，
已死之人不复生，
射出之箭追不回，
前世注定不能躲，
脸上皱纹擦不掉，
以上所言句句实。
至今岭国之军队，
一是远地征战苦，
二是谷地蛇虫苦，
三是妖魔毒物苦，

三者是为苦之源。

我所敬献之哈达，
头上系有金银宝，
不像其他有福力。
我将万宝最贵者，
喜笑颜开献君前，
希望明年聚岭地，
岭国快快得吉祥。
国王到达魔地时，
希望威势像日月，
希望福泽似海深，
勇猛像那阎罗王，
今日便祈吉祥愿。

今日所聚岭君臣，
巍峨似峰之君王，
祈望不动岿然立。
君王之音青龙吼，
祈望声音无阻滞。
君王之心日月照，

祈望此心无阻滞，
早日降伏魔方敌。

格萨尔王无人敌，
魔部道法不能兴。
绳索不能绑高山，
泥沙不能阻大水，
云朵不能阻天明，
今日已是到时机。
本来此事无需说，
只是我心之所想，
我将红日之金块，
献给吾王格萨尔。

南方天竺海水中，
有时会有黑暗罩，
有时会有山川阻。
我为岭国勇士们，
献上三结之哈达，
如果三结未解开，
岭国勇士当无恙。

为何要说会无恙?
在我三十八岁时,
曾经苦心修行过,
此乃上师守护结,
成就福力如雨降。
此乃神明生命结,
此乃山妖之妖结,
此乃龙女大门结。
哈达献给勇士后,
希望惜命能无虞,
敬献五色之哈达。

白蓝黄等三种米,
酿造供奉之琼浆。
从前青稞所酿酒,
麦子不同有十八,
美酒甘甜味道好,
福寿永固祝福酒。
祈求魔地扬佛法,
祈求世间得和平,
开那岭藏宝物门,

岭国施舍给众人。

七样矿藏和宝物，
留给高原之藏人。
祈愿从今取敌首，
从今为那岭国将，
上部仙女白色虹，
中部妖女黄色虹，
下部龙女蓝色虹，
三色彩虹不断绝。
从此至海水深处，
也不是必死无疑。
岭国君臣勇士们，
到得水边有寒气。

仙女灵女和龙女，
如果三女不显灵，
勇士男儿难勇猛，
上乘武艺无处施。
大海无边无涯际，
男儿如何去征服？

高高苍穹是空空，
人虽有志难到达。
心狠手辣魔部敌，
好言劝说是无用。

南方水宗之战场，
需用武力去征服，
救世岭国之君主，
祈望永世能得见。
我部所积之钱财，
毫不吝惜敬献您。
所献并非无用物，
此乃善念之做法，
也是佛法之教诲。
人心若被钱财骗，
王业用来换钱财；
人心若被酒所迷，
家业用来换美酒。

此言勿忘记心间，
岭国君臣和父叔，
勇猛须像青龙吼，

像那日月走四方，

身姿像那山挺立，

吉祥岿然不动峰。

君臣们听完戎萨所唱的曲子，都喜笑颜开，当夜便留宿此地，翌日得知先头部队在前方等待，便于二十五日到达多热地方——曲木里赤达塘。姜域玉拉、霍尔辛巴、董迥达拉、阿达拉姆、扎拉孜杰等人迎接岭国格萨尔王。在环形的营寨间，白帐林立，白色哈达如结一般，白银似宝镜一般，他们在此地待了三天。到二十八日，空中传来一声巨响，但见空中仙女手舞足蹈，翩翩起舞，勇士们唱着战歌。黄色的山妖、蓝色的龙族、红色的战神、仙龙灵等各族及各路战神们都一齐跳着各式各样的舞。

国王的神帐上升起了七彩彩虹，以国王为首的岭将们沿着虹路出现在众生面前，皆面目安。人们眼中满含着泪，身子像经幡一样在风中摇摆。勇士们双手合十用心祈祷，并且煨起桑烟，向神明敬献圣水。

十一

在多热地方边界，曲木里赤的上部，有无数天竺的村落。罗布顿珠领着岭国的十五位勇士，带着五百名步骑兵往曲木里赤进发。在孔雀木屋中的船夫达拉多吉见此情形，心想：去年到今年的时间里，这里往来之人不断。王兄赞吉亚美有五千兵将跟随，而在后追赶的岭军，要把大船颠倒。此处，黑头人儿是一个也过不了，脚下的狗儿一个也不能吠，天上的鸟飞不过，地上的虫爬不过，海水从四面围着，这个大家应当都看得到的。船夫于是上到房顶又仔细看了一遍，看见许多异乡之人，说是乞丐似乎太多，说是商队似乎又太少，船夫就吩咐自己的随从阿贵聂梅去探听虚实。

阿贵聂梅想：俗话说，不知敌在何处，时时揣着小刀；不知友在何处，木碗藏在怀中。若想取大恶性命，或是取大富身家，需要有金钱往来。阿贵聂梅于是高声喊道：“你们是从何处来？往何处去？不像大帐似小帐，不像戎装像乞服。如果是远方来的客人，这不多不少的骡马，要赶到什么地方？我看这茫茫大海，是过不去的，还是给我们船夫们说几句好听的吧！”待阿贵聂梅说完，罗布顿珠挥出一条哈达，唱了一支曲子：

阿拉塔拉唱塔拉，
塔拉是歌之唱法。

上请白色天印神，
中请花角中印神，

下请黑色地印神，
显灵让那诸事成，
诸事成果得手中。

如若不识此间土，
曲木里赤之上部，
酸甜悲喜聚集处。

如若不识我辈人，
桑格坚参之后裔，
罗布顿珠是我名。

天上不变繁星中，
昴宿之星不会错；
中间不变云彩中，
空中青龙不会错；
地上不变山脉中，
冈底斯山不会错；
万千不变江河中，
金鱼故乡不会错。

里赤海水沿岸宝，
东方故土之地方，
曲赞扎杰不变王，
七十七万不变户，
阿杂母苏不变福，
喜色扎杰不变智，
不变智者他三人。
如果还有其他说，
赞吉亚美是王兄，
萨堆米如是王弟，
均是国王之至亲。

东山所见之路口，
水流下流汇聚处，
曲木里赤之海边，
百往千来之路口，
来者有百往有千。
所去祈求之官长，
不能空等需去求。
八方怙主之主人，
要待此乃自己地。

此地法度之王者，
达拉多吉人中杰，
索朗旺堆又一名，
一人拥有两姓名。
此处船只五万余，
中型船只十五万，
还有小船二十万，
我乃大船之首领。
我从谷底平原来，
身带不菲钱财物，
还有金子和珍珠，
愿将诸样珍奇宝，
同那哈达献船家。

最后还有言语说，
在那山和水之间，
百人言语置上面；
在那草甸边界上，
不变律法立上面；
在那天和地之间，
不变细雨落其间；

在那水和雪之间，
不变野兽居其间。

所说言语之开头，
古语皆能句连句，
山脉自是山连山，
海水自是波连波。
中间形成之彩虹，
看似平常实不凡。
我本乞儿你说商，
若问去哪做何事，
确有方向和事由，
但是需向船主说。

古时藏人谚语云：
无法上师贪钱财，
施主钱财无穷尽。
如若君王不思动，
将军怎能擅自动？
如若不是堕地狱，
青年贪钱无止尽。

长途跋涉之旅人，
过了年年月月后，
如何有人记得他？
再说古人谚语云：
狭路好似大地妻，
骏马好似浪荡儿。
青龙三夜之过客，
云彩过客口中食。
天空无边黑暗中，
细雨三夜之过客。

此言向那船主禀，
听懂耳中之甘露，
不懂歌亦无解释。

听完罗布顿珠的歌，阿贵聂梅心想：父亲如何儿知晓，马儿如何镫知晓。看他说的话，好像是有些身份。古语说，好佛像由庙保留着，父亲的钱财由儿子留着，下属的供奉由大臣留着。若是言语说得太莽撞怕是不好，我看还需要好言好语。思及至此，阿贵聂梅于是说道："喂，去年今岁间，此处行经各色人等，你的这些言语，还得向船主达拉多吉去说。"

于是，罗布顿珠将随从留在屋外，入屋内向船主说道："我乃阿热地方桑格坚参的后裔，名字唤作罗布顿珠，前日从此处过时，贡献了两枚金币。好友必会有大成就，话中的深意，不知船主听出来没有。"船主心想：哑巴的朋友、旅客的爱人、初恋情人以及同去朝见上师的法友等虽然都很难得，但还是需要查验明白。罗布顿珠领着貌美的两名女子往下走时，船主发现此人是他歃血结盟的朋友，两人都认出了对方，心意合一，互相触碰了额头。于是，罗布顿珠由船主引进了宫中，将骡马、金银等放下后，他们一起来到了辛宗神殿。

在神殿中，罗布顿珠等人将一个貌美如花、身姿婀娜、声音动听、好似仙女一般的女子献给了船王辛赤托杰，此外，还将雄鹿的血角、麝香、虎皮、白色的绵羊及山羊绒等应有尽有的十八种物品驮献了上去，还说了许多动听的话语。岭将辛巴、董迥、阿达拉姆、南卡晋美等都扮作罗布顿珠的商友，船王给他们一一献了哈达，对罗布顿珠说了些旅途劳苦一类的话，又摆上了美酒佳肴。酒足饭饱后，船王从莲花层叠宝座上站起，对罗布顿珠唱了一支这样的曲子：

阿拉塔拉唱塔拉，
塔拉是歌之唱法，

不变自己之乡音。
请那若巴魔神知，
黑白花等三神佑，
护佑请与我同行。
大海上面之大船，
其他好处无需说，
水神自会来保佑，
福力可保命无忧。

如若不识此间土，
多热天宗之地方。
如若不识我辈人，
威震三界曲赞王，
属下治地臣属多，
若要喊名不胜数。
心腹之臣有五十，
兵马像那草和叶，
村庄像那麦穗芽。

若想飞天有铁鸟，
若想入水有船只。
阿杂母苏所施法，
蓝色水中起火焰，
无需去烧自沸腾。
威震三界曲赞王，
拥有珍珠金宫殿。

本来古人谚语云：
乌云之中龙为王，
雷电方向它执掌；

庙宇之中僧为王，
清规戒律他执掌；
地方之上长官王，
如何执法自他手。
大水之滨船主王，
若不奉上所欲物，
想要通行是空想。
船主达拉多吉旁，
有那五千多兵马，
均是守驻大海边，
除外均是出征兵，
以上所言俱是实。

桑格之子听我言：
虽说从那海之边，
得到回信之言语，
需要证实不轻信。
曲赞大王传来话，
金色珊瑚宫殿里，
走失三人皆贵人，
一男白面身壮硕，

二女貌美身颀长，
不知去往何地方。
一女是为国王妃，
西绕贡桑是她名，
拉吉宗典婢女名。
关于三人之去向，
众说纷纭各不同。

国王若不坐国都，
会有许多新奇事，
纠纷亦会从此出。
古人谚语亦有云：
拖坏草地是牦牛，
搅动河水是鱼儿，
贪心鱼儿为最甚；
引出纠纷是女子，
两面女子为最甚，
以上所言皆实言。

在那国王宝库中，
有那不同七样宝，

珍奇金银绸缎等，
世上应是无人比。
有智之士俱收罗，
上等下等中等船，
三等船之管理者，
达拉多吉便是我。

不知好事或坏事，
坡顶饿狼夜哭号，
和那绵羊之叫声，
深处狐狸昏厥状，
近处鼠兔走失状，
冬日杜鹃之啼声，
和那白云渐变黑，
天上此时要落雨。
朋友你听我所言，
是否合乎情理呢？
若说狮狗难区别，
雄狮不会立门口。
大鹏喜鹊难分别，
大鹏何曾飞林间？

盘踞林中之猛虎，
撞见敌人心中喜，
口中不说狂妄语。

去年经过之三人，
背后所背之背囊，
其实囊中有珍宝。
有些事情真奇妙，
虽然不知是何事，
注定之事躲不掉。
问询放生之事时，
有的旅人口中说，
东方岭国之上部，
水中不安鱼搅动，
雪山不安狮所动，
云朵不安风吹动。

岭国之主格萨尔，
和那逃走之女子，
好似老狗在悲鸣，
里外勾结无好事。

之后还有如下事，
一日之内曲赞王，
聚齐三万之兵马，
往那岭国去进发，
之后还有后援兵，
刀口全部对敌人。

有些言语非实言，
阿贵尼玛查赞将，
是那国王之近臣，
前往统领一万兵，
就在不久之前日，
死伤之后剩五千，
逃跑走至海水底，
败逃均想归家乡。
行路时候之骏马，
义结金兰之挚友，
相伴一生之伴侣，
若是常有心欢喜。

曲木里赤海水中，

无需外人来搅扰，
国人亦不能出外，
国中十三大部落，
各司其职安于位。
所以请你也息怒，
王裔不是辩能定，
法承上师不能断，
庄户官长不能毁，
是否此理请细想。
到得今日之光景，
双方交战之时候，
无罪亦恐入牢狱。

高山之上落大石，
亦恐落在行人头。
牧童草上晒太阳，
亦恐鹰鹫扔骨头。
保长行走在户间，
亦恐狗儿咬腿上。
去年今岁之中间，
曲木里赤之东方，

是那兵马驰骋地，

亦是纠纷四起地。

话语繁多似鸟羽，

也像獐子之毛发。

听懂耳中之甘露，

不懂歌亦不解释，

还请你来放心间。

听闻此曲，罗布顿珠心想：今日若是不能渡船，便是违背了上苍的预示和格萨尔王的旨意，岭国众将们若是在此有何闪失，我活着也没什么意义了，现在吝惜钱财已经没什么用了，他想要什么我尽数给他就是了。俗话说，红色人嘴用食堵，红色舌头靠不住，空空人心用财填。今日需要多给些钱财于他，好让我们渡过去。有福之人的财物，要用在消灭敌人上，无需计较财物会否用尽，财物最终都会汇入国王的宝库。祈求摸顶祝福时要找上师，知心话儿要对父母说，漂亮衣裳要在闹市中穿，我今日还需想个对策。他沉吟片刻后，说道："船主，你说的确实有道理。地方若起了战乱，就算是白发老人，也会心焦。虽是如此，我还有几句话要说明。我从上部阿里、中部卫藏、下部多康带来如此多的财物和人。若是生命无恙，世界上的财物是共有的；若是羊皮袄没破，就不用怕羌塘的风雪；绸缎的花纹若未变黑，就可以做供奉的物品。还请你收回成命，我还有一些请求。"说完，罗布顿珠为船主献上一条洁白的哈达，在桌上放了五十两金子，下跪磕头后，罗布顿珠唱了一支诓骗船主的曲子：

阿拉塔拉唱塔拉，
塔拉是歌之唱法，
阿拉不变是乡音。

威武激昂之战曲，
消灭敌人时候唱；
水流缓缓慈悲曲，
化敌为友时候唱。

如若不识此间土，
曲木里赤大海边，
各种树木结果地。
天竺十六国度中，
大德国王有十六。
话说擎天之巨柱，
曲木里赤之上边，
曲赞扎杰扎巴王，
威震三界声名扬，
南杰扎巴亦贵名。

国王好似雪中狮，

贤臣像那雄狮鬃。
国王像是东方日，
贤臣像那天上月，
如何不能绕世间？
国王像是无底海，
贤臣像是水中龙。

一是福泽有智慧，
二是国王有威势，
三是贤臣有智识，
四是属民皆富足，
五是大水城堡固，
六是珍珠价值高，
六样齐全之君主，
需要有福之臣下。
君主官长和上师，
居此声名都外传。
乞丐饿鬼吝啬人，
门口叫唤都不应，
如此说法有道理。

伟人君主之胸怀，
战乱之时才愈定。
有福之人的财物，
越是享受越是多；
无福之人所积财，
越是吝惜越是少。
曲赞国王和臣下，
如何没有财和力？
去年今岁之中间，
岭国人与天竺人，
若说谁错岭国错。

对那过路之途人，
何需扬威显武力？
还在十一月之前，
让那原野遍地尸。
无可奈何没办法，
弱小如我只自保。
二水之间需桥梁，
天竺藏地需金桥，
藏汉之间需法官，

如我便是空叫唤。

世间之事真奇妙，
去年还在汉之地，
从那汉地西宁府，
大象挺立之山起，
到那汉地五台山，
贸易之事日日盛。
路上并无拦路者，
没有无端害人命，
亦无恶语相向者。
然后继续沿路来，
嘉戎巴塘和理塘，
兵马厮杀喊声大，
财物无主散山间。

去问究竟原因时，
岭国兵和天竺兵，
正在交战忙厮杀，
漫山遍野是尸首。
之后再去细问时，

为何行路如此慢?

天竺有道之将军,

和那东北岭国军,

厮杀争斗尚未完,

以上便是争斗因。

之后事情是这般,

曲木里赤之军队,

并未知晓输或赢,

各自溃逃回家乡,

两方争斗暂时歇。

君主祈望地方安,

乞丐祈望饭食足,

旅人祈望道坦荡。

今日来到贵人门,

恩深贵人似夏雨,

淋湿大地每寸土;

恩深贵人似红日,

照耀大地每寸土。

幸福红日当空照,

是我返回故乡时，

想将他乡所有财，

尽数运回我故乡。

除此之外有其它，

从那汉地之边界，

财物带至天竺地，

我要前往曲木国，

将那足数之财宝，

献给曲赞扎杰王。

如若不信可同往，

真相最后自然明。

谷中庄户之远近，

看那水势之大小。

要知时节之冬春，

听那草甸之声响。

要知地方安宁否，

看那法官就明了。

是否此理请细想。

我所请求事虽大，

怎会空口来请求？
奉上黄金五百两，
虽不算贵也珍稀，
还有一条白哈达，
献给面前之挚友，
相信不会起变化。

此后还有这般事，
白色绵羊脊背绵，
和那山羊温软绒，
还有牦牛粗毛线，
无因哪能结出果？
大水上面之船夫，
哪会觉得无权势？
天空之中的青龙，
哪会觉得吼声小？
大城中间之君主，
哪会觉得无权势？
是那千万兵首领。
没有比喻更真切，
到得此地之客商，

请你放行到天竺，

下部金刚座圣地，

波罗奈斯之圣地，

印度卡切泥婆罗，

今年想要转一转。

这些请您记心间，

金银绫罗和药材，

和那青龙头上角，

想要何物均奉上。

听罢此曲，船主心想：看他所说言语，不放行是不行，放行了倒是有一些财物可得。正所谓牙齿之外是他人，红心之处是自己。还需要多说些言语，让所献财物能让我心满意足。于是船夫说道："现在你是在朋友面前顾及面子，在亲近的人前故作娇羞。我还有一些言语，不过说多了又有何用？三处之大渡船需要船资，需要详细地交谈，这样才能有圆满的计议。你说的也有道理，人的肚腹里被食物填满，人的舌头被钱财蒙骗。从来世间的人们，为了钱财，有的可以舍命。你们今日从海上过，言语和实情不要相悖，为了不食言，需要定下契约盟誓，还需红色大神为你们证明。如此之后，三艘大船五六日可齐集这里，在此之间还请安心在这里等待。"

罗布顿珠一听，心想人一多必然走漏风声，如不快点出发，必不能成事。于是说道："朋友，你不要这样说。我们这点财物，这艘船就足够了，就不再需要召集其他船只了，你多担待一下。"说完便将财物等献给船主。

船主听罢说道："这船的主人就是我，我就不再通知余下的船了。既然朋友你这么着急，看在你的面上，我们便神不知鬼不觉地走。让黑头人见不到，风声耳中听不到，白天市镇不知晓，夜里鬼怪不晓得。”说完后，船主便召集了手下的一众船夫，交代了规矩。船夫们因都得到了不菲的钱财，连连说不会违背船主的命令。船主命令船夫们要舍命日夜兼程将罗布顿珠等人送至曲木里赤海边的加塘白玛。

之后，岭国将领们都扮作客商，两名女子装作本乡人，由罗布顿珠引路。三日夜里，他们便坐上飞鱼船，像疾风一样行进，速度像流星一样，五日内来到了加塘白玛。船主和船夫们返程，格萨尔王和臣属们也沿着虹路来到了加塘白玛。查日神山的得道上师、法王尊者、帕巴玛纳法王等来到，并说明了魔王的来历。格萨尔王和超同来到了聚集商议的场所，岭国众将们都赶来拜见。君臣商议时，罗布顿珠、拉吉宗典、辛巴等来到格萨尔王身旁，罗布顿珠向格萨尔王禀明地势分布和此地的一些历史，唱了一支曲子：

阿拉塔拉唱塔拉，
塔拉是歌之唱法。
阿拉是为空性歌，
塔拉是为慈悲唱。

二资粮[1]尽二障[2]习，
敬请无欺神明知，
祈望常常来护佑，
使我能够心事成。
天竺海边之村镇，

1　二资粮：佛教术语，指福德资粮和智慧资粮。
2　二障：佛教术语，指烦恼障和所知障。

能够脱离魔王掌，
让那魔王成奴仆。

格萨尔王所率领，
岭国一众兵和将，
今日到达大海上，
希望心想事能成，
取那魔王之性命，
魔国财宝取岭国，
将那魔王之宗堡，
收归岭国之治下。
天竺之宝归藏地，
魔王之国变佛国，
撒下佛法之种子，
希望开枝并散叶，
普度众生是上师。

如若不识此间土，
大海水波之下方，
方形原野形成处，
是为曲木里赤东，

一半地方在海上，
天竺幻师之法术，
其他地方无缘见。
南军前去岭国时，
无翼也能飞天上，
是在转动钢铁轮。
机器在那地上跑，
是用水火风催动。

去年今岁之中间，
敌人魔军到门隅，
魔王真是太霸道，
巫术妖法多种样，
阿杂巫术真神奇，
能使火焰自燃烧，
能使水儿自沸腾，
自称使用自然力。
吾国国王福力大，
麾下勇士均威猛，
怎会不敌魔国军？
但是万事须小心，

需看微风如何吹，
既要快来又要柔。
岭军兵将计谋广，
既能曲来又能伸。

古时此地之宗堡，
在那大海之深处，
红色火焰虽然猛，
无法奈何蓝色水。
在那孔雀木屋中，
行走均是在水上，
小人便在此地生，
直到三十二岁前，
曲赞王前做奴仆。
虽有美食无命享，
虽有锦衣无命穿，
是为奴仆最底层，
平时打水并烧火，
是喜是悲就如此。

拉吉宗典似仙女，

种姓是那高贵族，
面容姣好有光泽，
夜间发梦也是好，
白日眼界自是高，
能记前日今日事。
今日有事可庆贺，
我们三人本乡人，
自是认得本地路。
西绕贡桑本高贵，
是那国王之王妃，
庄户子民之首领，
人臣亦需恭敬她。
若说路线是如何，
水门路门和船门，
若是不知此三门，
不能到达珍珠宫。

环顾大海之四周，
看似大海深无底，
但也有路可行船。
有的是那大海浪，

亦有水力来阻挡，
此中出现之门户，
罗布顿珠和二女，
还有国王和叔父，
今日需要派用场。

勿再停留速出发，
越过此水不远处，
有那源头扎西措，
把守门户之将领，
照面言语我来说。
王叔超同来施法，
让那岭国勇士们，
君臣父叔和兄弟，
一齐隐身看不见。

今日晚些之时候，
既有日光之温热，
又有月亮之光芒，
水中闪光之波浪，
有那白红绿三色，

此时心智须不乱。
大海海水深无底，
我会亲自去丈量，
在那神明前保证，
我又如何敢忘记？
富人家中之财物，
用时也需去注意，
勿要用时财物尽。

岭国君王格萨尔，
勿要欢喜生或死，
如此神明必降罪，
来世必会堕恶途，
还须心定意志坚，
完成君王之使命。

听懂耳中之甘露，
不懂歌亦无解释。

闻听罗布顿珠唱罢，格萨尔王心中称是，说道：“无论是水路旱路，都需要熟悉路途，在空中需要有虹桥。若是不知道宫殿、珍宝、值日神位等在什么地方，我们也无法知道如何进退。叔父超同虽然精通法术，也懂得巫咒，但是遇事不够沉稳，在深海中若是慌张起来，便如何是好？俗话说，慌张之人不要派往治地，怕是会将地方弄乱；慌张之马不要擅自去骑，怕是会让主人头脑震荡。男子之间所说言语，不能变化须长存；君臣之间所议计策，不分高低须明白。上师对那弟子讲法，若是堕入地狱便要羞愧。岭国的父叔兄弟们，你们好好想想。天上若是架起了虹桥，还有谁不识飞呢？天上的彩虹虽然是空的，但只要集中心神和意念，便无妨了。”

格萨尔王这番话，吓坏了叔父超同。他心想：若要从彩虹上过，怕只有国王一人上有神明的护佑，左有山神扶持，右有龙族扶持。再者，神明也没有明示该怎样从彩虹上走，我昨晚做的梦又不太吉利，看来还是要找个借口留在陆地上，不到深海里去。于是，叔父超同便装作心神不安的样子，又假装自己熟悉道路，唱了一支谎言的曲子：

阿拉塔拉唱塔拉，
塔拉是歌之唱法。

如若不识此间土，
不熟此地是异乡，
不知山水和地名，
如何能去战敌人？
空中风儿胡乱吹，
如若不知鸟之路，
大鸟如何去飞行？
大海深处之路途，
若是不知舟桥路，
无法通行大海中，

岭国君臣是否知?

岭国勇士君臣中，
自忖法术高强者，
还有自忖智高者，
须知巍峨之大山，
臂膀怎能去撼动?
无路可走之岩山，
想走头脑会开花;
没有资财之商人，
光说大话不成事;
没有姿色偏扮俏，
定会惹来众人笑;
无勇还想去逞能，
只是自讨掌嘴巴，
以上比喻有道理。

如若不识我辈人，
蔚蓝天空之根本，
云朵是为降雨来;
广阔大地之根本，

雪山在上装饰它；
大海形成之根本，
顶上珍宝之龙王；
岭国形成之根本，
超同父叔和子侄，
此乃众人皆所知。

青龙在天怒吼时，
若未听闻耳已聋；
雷电在天闪动时，
若未看见眼已瞎；
闹市众人相聚时，
若不唱歌是哑巴。

四四方方之原野，
岭国君臣坐其上。
从那今日之后起，
无勇亦需执兵戈，
若是无勇会丧命。
拥有百马之富户，
担心穷人来抢掠；
自己所拥金银宝，

担心穷人之子抢。
田间稻谷满大地，
祈望饥饿离世间。

世上原本有强弱，
万户豪强大财主，
还想去占他国财。
积蓄万贯之上师，
还想有人来供奉。
害命满百之骗子，
还想去害国王命。

岭国父叔子侄们，
在那朋友之间哭，
并非悲伤是喜泣。
父亲身亡唱小曲，
若无悲伤是报复。
无耻小人放狂言，
若是无理丧己命，
报应就在反掌间。

昨夜安眠梦境中，

银色座狮银色鞍，
右手宝刀左手索，
右为斧钺左明镜。
对我说出如下言：
大鹏神鸟有翼力，
若是不知空中路，
羽翼亦会落在地。
开启光明之日月，
若不隐蔽在云后，
小心罗睺食入肚。

空中云朵形似龙，
若是不看夏冬天，
亦会被那风吹散。
雪山巅峰之雄狮，
若是不避寒冷风，
小心须髯陷入沼。

还有梦到其他事，
丛林之中之猛虎，
小心行错落深涧，

小心虎斑血染红。
君王在上爱发怒，
若是对民不公正，
小心王座落人手。

猛虎之子爱逞勇，
若无计谋与韬略，
只凭一腔匹夫勇，
无异自己掘坟墓。
妙龄女子喜装扮，
若不洁身并自爱，
小心身败名亦裂。

此外还有相似事，
大人心思虽宽广，
还需等待神预言，
虽然狂妄想背山，
实际不能负灶石。
骏马自忖马蹄劲，
想要迅速转大洲，
若是不避路上石，

小心四蹄被石伤。

还有一言想告知，
红衣人儿骑红马，
莫非红色马头王。
岭国父叔君臣们，
若是不知行止度，
小心身坠悬崖下；
若是言语不知度，
小心失去贤者名；
若是饮食不知度，
持家女子必疯癫。

以上是那神预示，
也是叔父心所想，
是否有理请细想。

蔚蓝天空行走时，
需要转动妙法轮；
进入深海之底时，
自己需要有舟桥；

反击复仇之时日，
需有不死之金身。
以上均是神预示，
弟兄都需记在心。

梦中神明已预示，
听懂即是叔父言，
不懂如那石上水，
岭国君臣须谨记。

叔父超同说的预示并非神明之言，就像那没有宝物的成就和没有甲胄的征战。国王听完，只是颔首微笑，不发一言。丹玛用右手托腮，笑着想了一想，也未说话。辛巴心想：在紧要关头，确实会有神明在梦中预示，但就算神明有预示，也会托梦给格萨尔王。就像谚语中说的，害龙病的人，必是异味最重的人；能习得上师咒法的人，必是最勤奋的人；最能奔跑的骏马，必是在原野上的野马。从未想过神预示，就像臂膀难挡山；不自量力去摸天，想捉云朵是枉然；骏马赛跑在岩间，想去取胜是枉然。叔父超同的言语不能轻信，如今国王的旨意、神明的预示、破敌的兵器、阻挡妖魔的咒法都已齐备，兵马也聚齐了，到了不得不发的时候。

于是辛巴说道："国王陛下，我辛巴想来，做梦之事都是日有所思夜有所梦。穷人会梦到发财，平民会梦到做官，懦夫会梦到战胜敌人，这些国王您都应知晓。如今我们君臣，除了往前，哪儿有退路？往前再走一日，便到了天竺法地，东北方是妖魔之地。我们该勇往直前，还是像懦夫一样退缩？一想便知。"

辛巴说的这些言语不合叔父超同的心意，叔父超同听完白眼朝天，胡须竖立，捋了三遍须髯，双手揉搓，使劲儿看了辛巴一会儿。超同心想：他辛巴由始至终喜欢杀戮，将霍尔十三万兵带至岭地，抢走珠姆，将北宫毁掉，将嘉擦用矛刺杀，将戎擦置于刀下，将郎乌用箭射死，伤了许多岭国子弟的性命。如今他在这儿自以为是，简直是“羌塘骗子来说法，国王律法如火烧”。像他这样的人，不用将他当作智者，他还想与我为敌，我是无论如何也不会去曲木里赤海底珍珠宫的。

如此想着，超同气得眼睛好像要冒火一般。众人一看，都知道叔父超同心里不悦了。此时，丹玛说道：“俗话说，勇猛之师使敌人惧怕，我们必须要团结一致，同甘共苦，将那魔王消灭，让成就归于藏地。岭国的出路就在于此，佛祖的道统须如此维护，除此之外别无他法。”

随后，扎拉王子说道：“前路雪花飘摇，在遥远的地方，头戴冠帽者多如繁星，脚穿鞋履者多似万物。我们也不需气馁，多问问便好了。地门、天门和水门，引路的有新臣罗布顿珠和两位仙女，况且神明还会有预示。不过我们还需装成客商，装作要去看看他们的宝物一般。”扎拉王子说完，众人连连称是，就此决定。

此时，王兄赞吉率领阿杂母苏魔身、百头百眼的魔将们回到了自己的国家，王兄赞吉用狼嚎般的声音诉说着兵败的经过：王弟萨堆、阿杂猫眼马头、嘎热咒师等人殒命，他们由始至终没占到一丝便宜。赞吉心想：我们没取得一次胜利，失利则比比皆是，真是时运不济。

在国王的宫殿里，王兄和大臣隆拉赞杰、美拉、达拉姆堆等人派人传令，令所有人十五日聚集于皇宫。国王想：若不是兵败，他们必不会返回，岭国有觉如、噶德、扎拉、尼奔等人，若是没能战胜，那就只有坏消息了。但君臣们仍是各自装成欢喜的样子，坐在了自己的座位上，饮酒作乐，宫殿里充斥着酒醉之后的胡话。虽然损失了王弟萨堆等一众兵将，但国王仍自视甚高，醉如疯子一般不省人事，就像是堕入风尘的女子，枕边人是谁都无妨；如骗人钱财之盗匪，因果报应全不理会。

王兄赞吉将一尘不染的白绫、雄鹿的血角和麝香等物当作战利品放在了国王面前，作为献给父母叔伯的礼物。赞吉向国王禀明了自己带着残兵败将，不得不返回故乡的经过，并将悲愤之情化作了下面的曲子：

阿拉塔拉唱塔拉，
塔拉是歌之唱法。

一声二声呜之歌，
是那黑方魔之歌。
世界南方之地上，
有那国家一十八。
保佑以上地方者，
山妖灵妖和泰让，
祈望永远来保佑。

如若不识此间土，
在那大海之深处，
是那宝物珍珠宗，
从前是那王裔地，
如今故乡被父占。
从前深深海水中，

如今波浪和泡沫。
鱼虾被擒海不宁，
经幡摇动山不宁，
君臣不合宫不宁，
僧不守戒寺不宁。

如若不识我辈人，
十万户民之首领，
名唤赞吉亚美将，
是那王师之统帅，
出征宣誓我所说。

底下如那奴仆者，
中间青年男子们，
高贵国王和王妃，
都想安闲居家乡，
但却卷入战端中。

珍珠和那其他宝，
储宝洞穴都变空。
兄弟亲人本和睦，

如今分崩又离析，
不守己方之宝物，
偏要远征去他乡。
硬要去战强大敌，
无异以卵去击石，
狂妄想要去登天，
最后落在水木旁。

去年今岁之时日，
带领五万之兵将，
前往东方岭之地。
到达多热南赤地，
互相交战十一月，
敌手岭国诸勇士，
善恶如今已分明。

古人谚语早有云：
上师行将破戒时，
会做无耻之事情。
君主行将亡国时，
丢弃国都去他乡，

动用武力去征战，
并未战胜反失利，
此乃亡国之征兆。

叔父将要失策时，
想要盈利存钱财，
游走边地转他乡，
盗物抢钱再害命。
妙龄女子失策时，
弃那密友独自走，
最终流落成乞丐。
青年男子失策时，
自不量力去交战，
未取胜利反送命，
凡此种种在眼前。
失利之时王像猴，
猿猴乱动终送命；
失利之时王似狗，
疯狗乱跑终送命；
国王失策像山羊，
山羊膘肥终送命；

失策之时王似龙，

青龙声大终送命。

与那强大岭为敌，

若说不祥如下言：

与岭为敌非好事，

小脚会被岩石阻，

岭国君臣不好敌，

小心脑浆洒满地。

美貌伴侣也不好，

一生被那病魔缠。

面对岭国君臣们，

虽想食肉取首级，

在那征战之时日，

贝西大山之火炮，

声响虽大无用处，

声响巨大似地裂，

却无一人压石下。

火枪和那众器械，

飞蝗如雨从天下，

岭国战马似飞鸟，
皆能躲过飞来箭。
强敌岭国非善类，
死伤好似用钱买。
强敌觉如非善类，
生死皆是彩虹身。
岭国战马非善类，
奔跑像是空中鸟。
强敌达戎非善类，
像是要将天地翻。

岭国兵将多勇士，
从未想过能战胜。
我方射出电铁箭，
只有空空之响声，
声音虽大无用处。
对方射来黑羽箭，
能将铁甲都穿透，
没有一人能逃脱。

木质剑柄之宝剑，

像是阎王之令牌。
铁尖长柄木头枪，
名字唤作飞幡枪，
将那空中云彩拨。

父祖竹弓似铁牙，
用那牛筋做弓弦，
箭上有那羽毛缀，
比那霹雳还威猛，
将那岩石拦腰断。
血肉之躯凡人们，
像那山谷被火烧，
世上可能无此般。
我方国王和大臣，
所施无惧之幻术，
全部都在沙土中。

岭国上部之君臣，
在那空中像鸟飞，
满山漫谷遍鸟羽。
在那地上如疾风，

无论高低均掠过。
在那水中似鱼儿，
无需骏马翻山梁，
与那凡人不太像。
与他为敌是癫狂，
前后交战十三回，
总共三万四千兵，
全部战亡如风吹。
有些落入水中亡，
有些丧命在刀下，
有些投降敌阵前。

不听谏言之国王，
最终碰上红色岩，
敌未犯我我犯人，
哪有再去说理处？
之后逃走之兵将，
有些被那勇士杀，
有些被那山神擒。
还有死伤之剩余，
五千还有三百兵，

其余全部落敌手，
所积钱财亦全无。

陡峭山崖和下坡，
还有山谷和水涧，
行路艰难似地狱。
征战将那敌首取，
双手染满鲜红血，
将那岭国劈一半。
但是仍然无用处，
他乡怎会似故乡？

去往他乡勇士中，
若无一员魔神将，
必是送命无需疑。
此乃后悔之意生，
不敢对那君臣说。
古人谚语早有云：
路途纵有百千条，
岩石之上难跑马；
世上国度千千万，

战胜岭国是幻想。
此外心中还在想，
还是自己不安分。

在那擦热塘河畔，
小小一队岭之军，
飞蝗箭矢如雨下。
玉拉董迥和辛巴，
几位勇士真威猛。
我军无法去战胜，
且战且退到船上。
其余船夫之庄户，
如今不知平安否。
幸亏身后未紧追，
才能回返到故乡，
还请君臣细思量。

此时国王已是饮得烂醉，眼睛泛红，嘴里喊了两声王兄后晕倒在王座上。几个红面的魔将及妖臣起身，念了几句阿杂母苏的咒语后，国王便醒了过来，重新又坐在了宝座上，臣子们也依次坐下。红肩木堆扎巴说道："做过的事情有什么可以后悔？去往他乡的艰辛什么时候可以说完？为了国王的大业，我们又怎能惜命？"说完，红肩木堆扎巴在洁白哈达上系上宝贝珍珠，献在国王的案几前，唱了一支英勇的曲子：

阿拉塔拉唱塔拉，
塔拉是歌之唱法。

食肉若巴神明知，
显灵带领勇士唱，
保佑我方得胜利；
食肉加拉神明知，
所饮鲜血无计数，
祈望保佑请勿小。

如若不识此间土，
在那大海水中间，
是那珍珠之宝殿，
君臣兵马齐聚处，
自与其他有不同，
是那遨游天际人。
环游东西南北者，
是那日月和星辰。
在那天空云层上，
怒吼引来雷电者，
除了青龙还有谁？

在那雪山之上面，
挺立迎那风雪者，
除了雄狮还有谁？
在那波浪翻滚间，
随意跳跃波浪间，
除了鱼儿还有谁？
黑色土中之宝物，
除了毒蛇还有谁？
食肉饮血威猛者，
除了雄狮还有谁？
平定三界地方者，
除了曲赞还有谁？
统领千军万马者，
除了赞吉还有谁？

如若不识我辈人，
南军阵中一将领，
一乃兵马之统领，
二是敢立军令状，
三为匡扶国家计，
木堆赞玛便是我。

今日早晨之时候，
万里晴空起云彩，
哪会还有暖日光？
林山之中鹿儿跑，
哪会还有鹿肉吃？
行军开头若不利，
难以取胜返家乡。
若说为何难取胜，
去年不是好时候，
国王心智被女乱，
上师戒律被僧乱，
官长法场被匪乱。

自此之后时日里，
所想皆未能成事。
国王王妃起内讧，
奴仆婢女皆狡猾，
国王宝藏遭盗匪，
以后如何能长久？

从那海中捉龙妖，

如何还能说坚固?
上师道场被鬼占,
哪里还能施法术?
王妃被那奴仆骗,
衣食如何能丰富?
婢女言语巧如簧,
盗走库中之宝物。
神仙地方鬼来嚎,
宝库之中进饿鬼。
王妃仆人和婢女,
如今不知在何处。

今日之前时间里,
王兄王弟等诸将,
带着五万余兵马,
前往东方岭国地,
此去真是不吉利。
福尽之人去何地,
都是难有富足日。
贫穷之人去何地,
都是难有积财日。

福尽额头碰岩石，
不碰平面碰棱角，
刚好碰到头颅中。

出征之时我部军，
到达里赤海边时，
岭国幻法之军队，
已然等在达拉地。
戎地共有三万兵，
守住三山和三岗。
勇猛直前去杀敌，
无法取胜反伤己。
大地之上满山峰，
大海均被染血色。

之后上师共三人，
被擒投入黑暗狱。
王兄法力自是高，
从那黑嘴魔王手，
施展法术得逃脱。
之后琼纳大上师，

施展法术放黑毒，
杀死岭国数千兵，
之后占得此战场。

从此十五日过后，
地动山摇青龙吼，
雷电霹雳满天地，
那边阴来这边阳。
山顶好似敲钹铙，
山腰似有咬牙声，
大海像那毒水沸。
以上皆是不祥兆，
师僧主仆十一人，
无一幸免均遇难。

阿贵查赞回故乡，
带来援军一万兵。
秀拉山口再往下，
擦曲河流之渡口，
从那擦曲大桥上，
七日之内外敌入。

无计可施五队兵，
失望至极似黑夜，
相互征战鲜血流，
杀死岭军无计数，
但是还是无用处。

门隅和那霍尔地，
阿达拉姆之北方，
三十万兵做援兵。
大水渡口虽然失，
还有部队未冲散，
所以还需从长议，
坚守本地是上策。
此外自是无他法，
岭国兵将如虎狼，
如若未曾搏斗过，
虚实强弱不会知。

在座君臣和众人，
今日商议须定策，
若依微臣之愚见，

国王麾下大部军，

若是报此深仇恨，

大军必是无活路，

生死自是由天命。

岭国军队灭不了，

不是空话是实言。

此乃微臣心所想，

敬请君臣记心间，

不懂歌亦不解释。

听罢木堆所唱此曲，国王对遭逢的失利不以为意，说道："失去一个大桥无甚大碍，还有南瞻部洲的财宝是天下共有的。天是空的，南瞻部洲的国都也是空的。南瞻部洲有许多国家，若说威猛勇敢的真勇士，有谁能比过我曲赞王？人人都说我威震三界。今日众臣所说的言语，都有一些道理。木堆赞玛说的话，也是一番忠言。我们如果不对觉如还以颜色，那还算什么男子汉？俗话说，大山之上的草木，哪有长短一样的？骏马项下的垂肉，若是没有春秋之分该多好；富人家的财物，若永不丢失该多好。但是世事本无常，唉声叹气本无用，所流眼泪也白流，还不如奋起抵抗。只要大海的海水不干，我曲赞王的钱财就不会穷竭。珍珠宫殿属于我曲赞王，大海边上的石头也属于我曲赞王。其他国家不敢想的事情，会由我曲赞王来实现。若是自己有福气，祈求的东西，君王都会赐予；若是官长的法纪严明，属民们都自能糊口；无论是穷乡，还是市镇，只要手中有货物，都能自己做买卖。我的臣子们，我看还需要再派出五万兵，明年此时将敌军赶回岭地，往恶贼觉如颈上套锁链，将森姜珠姆垫在屁股下面，将岭国的三十猛将全像狗一样拴住。我们去将紫色茶宗全部拆毁，将岭国的庙宇全部夷为平地。若是做不到，我等与死人又有何异？”

国王说话间，咬牙切齿，气急攻心，扬言要让战场成为血海，让大火烧遍大地。说完，国王便像狮子一样挺立，坐在了宝座上面。

坐在前首的喜色扎杰老人起身说道：“国王说得有理，老实人心里虽有苦闷，不知道死活与疼痛；眼界高的人心中满是歌，不知道羞耻；骏马奔跑时汗水狂流，不知道是冷是暖。国王一意孤行，臣下狡猾谄媚，是要毁掉基业的前奏。古人的谚语像是太阳，温暖照遍了四方。狂妄的言语像是黑暗，黑暗里又怎能行走？此前来的万万千，还未来的千千万。国王大臣和属民们，说出的话像大海中央的水泡一样多，行动却像是空空荡荡的宝盒里仅有的几块金子一样。此前你们说过，‘圆形石靶有十八，不中这块中那块。十八名智士聚在一起，终会有人想到计策，一起商议的计策才能安定地方。’让一个胆小的人去放哨，会惊扰到乡人；青年前往战场前，喊声充满了山村里；狗儿吃饱了之后，吠声在村庄里回荡；老狼吃饱的时候，嚎声满山又满谷；少女喝醉酒的时候，泪水像雨水一样落下。无知之人多狂妄，无知女子眼界高。以上的谚语说得十分明白，如果我们再不安分守己，我等君臣们就会有牛鼻绳在前面牵着，魔鬼鞭在后面赶着。”

老人喜色扎杰接着说道：“出征时的四万兵马，如今只剩下五千三，其余都死在敌手，而你们还在这里装作毫不在意。投生为人的可贵肉身，不论是国王还是仆人，都同样金贵。今天国王和大臣，说了些不知廉耻的话，一国之人怎能不同甘共苦？儿子若要继承父亲的产业，需要有父亲的智慧；大臣若是要代君行政，就要有深厚的福泽；定好的计策若要成功，就要有权势滔天的人；若要消灭敌人，就要有雄厚的财富。快要亡国的君王像猴子一样上蹿下跳，临死的老人神智特别清晰，快要毙命的战士特别勇敢。

以上的谚语都很有道理。看先死鸟儿的羽毛，看后死鸟儿的尸体，鸟族的人儿都看清楚，然后再仔细想想。现在回头还来得及，要把握冷暖的界限，吃饭就要在饥饱之间，今日定的计策决定成败。”

老人向国王敬献了哈达和宝物后，继续说道：“我在将死之年跟你说悲喜、冷暖、输赢，只是为了劝诫你一句，能走多长的路，还得看看自己的脚。我现在已是快入土的人了，国家的基业如何，其实对我来说无关紧要。我说出这些出自真心的话，只是希望儿孙能够安分守己。”说完，老人便唱了一支这样的曲子：

阿拉塔拉唱塔拉，
塔拉是歌之唱法。

高山之上皑皑雪，
父族之神像雄狮，
并非炫耀银色须。
依靠加堆父族神，
并非神明不护佑，
神明之上有神明，
未到三十三天前，
谁来保佑还不知。

世界四面八方里，
王侯之上有王侯，

未到生死关头前，
勇士决心不可估。

财物就像额上纹，
相互买卖有输赢，
货物之上有货物，
孰优孰劣不易知。

佛殿转动佛之法，
神佛之上有神佛，
未到帝释天之前，
法术不能轻易示。
在那千百庄户间，
勇士之上有勇士，
未见格萨尔王前，
即称勇猛也枉然。

世上男女各一半，
美人之上有美人，
未见森姜珠姆前，
谁敢妄称是美人？

自称我勇他也勇，
未见岭国勇士前，
究竟谁勇尚不知。
此地实乃深海底，
此宫实乃珍珠宫，
国势世上无人比。
国王福泽比天高，
国都宫殿皆坚固，
宝藏珍珠都富有，
三样齐备真难得。

还请诸位听我言：
年事已高是长辈，
经验像是草和木，
既有长来又有短，
既有青来又有黄。
悲喜像是空中云，
既有厚来又有薄，
既有高来又有低。
山峰既高又是险。

喜色长老之跟前，
所说言语像九鼎，
心思坚定似海深。
此非夸耀我自己。

去年定策之时候，
国王妃子和文武，
众人之心被鬼迷，
国王王妃生嫌隙，
心中不合由此生。
秋季之月降霜雹，
繁花因此而枯萎。
良田若是遭霜灾，
饥荒便会随之来。

君王之前进谗言，
嫌隙便是从此生。
西绕贡桑带两人，
罗布顿珠男仆名，
拉吉宗典女婢名，
一齐消失像彩虹。

得成就时脚打颤，
福气将尽饭碗大，
瘟疫将行狂风作。
在此之后时日里，
九病全部齐身上。
乌云密布细雨降，
杜鹃来时乌鸦癫，
青草枯时牦牛疯，
命数尽时勇士疯，
国将亡前君暴虐，
此乃古今所皆有。

如今我已年事高，
未死已知地狱事，
也知来世之事情，
尘世之事我也知。
说话像是高处水，
不像绿水无波澜；
说话像是锯之齿，
只要锯出无商量；
话似猫头鹰羽毛，

黑色羽毛俱一样。

最终暴君和谗臣，
白白葬送四万兵，
还有许多财和宝。
如若失去一贤人，
如同失去一座城，
遭逢如此之厄运，
自是伤心无需说。
若是追究其缘由，
儿子若不听父言，
离那送命已不远；
女儿若不听母言，
必会成为淫妇人；
臣下若不听君言，
基业将会落人手；
僧人若不守戒律，
冤魂必会满人间。
老人所说之言语，
定策之时若无用，
就像好树烂皮下。

此外还有相似理，
如若不翻越高山，
怎能到达平坦地？
如若不吹一狂风，
经幡怎会有声响？
君心若不被臣乱，
属民怎会有危险？
女子若不乱男心，
夫妻不会生不合。
盗匪若是不跑马，
援军怎会亮兵器？
饿狼若不冲羊群，
羊群不必急忙逃。

春天若是不播种，
夏天怎会长枝芽？
如若未去战岭国，
王弟就不会送命。
此外还有其他事，
发生之事需谨记，
之后勿再生此念。

施放朵玛之方向，
若是不能灭妖魔，
声响可能伤自身。
敬献别人之毒酒，
若是不能伤人命，
小心反害自已命。
你等君臣若不退，
岭国君臣无穷尽。
国王若再不安分，
格萨尔王法术高。
勇士若再不安分，
岭国勇士无穷尽。
兵士若是不安分，
岭国箭矢不留情。

岭之国家无敌手，
健跑骏马无需蹬，
岭国勇士勇无敌，
岭王法术无人敌，
自有神明护佑他。
如若没有神明佑，

哪能刀剑不入身？
如若戈矛非天赐，
怎会交战无敌手？

勿忘此事我的王，
别去战敌守己土，
何必无故丢兵将？
否则一世所积财，
都将落入岭国手。

鹿儿拼命在前跑，
定是野狗在后追；
帐篷之绳突然断，
定是帐外有狂风；
水中突然起泡沫，
怕是雪山要消融；
乌鸦若在空中叫，
想必杜鹃飞藏地；
天上云彩变颜色，
怕是天要降霜雹；
君臣如此之急躁，

必是厄运之先兆。

如若依我老人言，
还是安分为上策。
与其去战强大敌，
不如与他和平处。
与其指望险恶人，
不如去求神和佛。
与其去找无耻伴，
不如将心向佛法。
与其依止无道师，
不如自己诵念经。
与其骑上羸弱马，
不如依靠一双脚。

是否此理请细想，
听懂君臣记心间，
不懂歌亦无解释。

听完喜色长老所唱的这样的一支曲子之后，国王心想：这个老头从来都是“不能做”和“不敢做”，真是没完没了。没有智识的女孩，她的悲喜无需计较。不懂佛法的上师，既没有慈悲，也不能度人。大人说出的疯话，就像是没有袖子的衣服，老人说的话也不一定都对。

于是，曲赞王说道："王弟战死和被抢财物的仇恨，如若不反击去报仇，怎么能取回公道？上部有天竺国王，下部有汉地之王，北方有朱古国王，西方有大食王，南方有辛赤王。哪能够全部依别人的意思？还是要看实力说话。长颈的雄鹰，准备展翅翱翔天空，岂知羽翼快要被风折断？白嘴的小骡子，准备奔跑开来，岂知蹄子快要陷入冰中？食肉的饿狼，冲入羊群之中，岂知脑浆会被投石器打出来？骗子和那盗匪，去抢掠别人的钱财，岂知自己也快要有牢狱之灾？市镇里的女子眼界高，还以为迷住了他人，岂知自己快要失身？岭国的兵马，即使像雄鹰飞向空中，像野驴驰骋在地上，像小偷一样懂得隐蔽，像强盗一样胆大，像饿狼一样敏捷，我们也不需要惊慌和胆怯。因此，我们就算失去了国都，美名也会留在大地；就算国王殒命，也不会给人留下话柄；与岭国决战，战死也无怨无悔。"

曲赞王耸肩发出咂腭声，眼睛里露出凶光，继续说道："老人家不要仗着年老，就在这里多嘴多舌，嘴巴还是留着饮美酒，不然小心祸从口出。从今日开始，你就不用再到殿前君臣集会之处，也不许说这蠢人固执的言语。"于是，国王将喜色长老逐出了臣列，众人都不敢拂逆国王的旨意。

此时，王兄赞吉说道："取出三兵与敌战，并不惧怕其他敌，唯独岭国胜不了。骏马驰骋在地上，怎会害怕损马蹄？岭国的神兵，向来无人能战胜。金银财宝和锦缎，还有那贤人的大智慧，谁人会不需要？如果没有取得珍宝的福力，即使再怎么努力，也不会有财宝。贤人的智慧都在脑中，需要通过谚语向众人诉说。梵音在上师的嘴中，心若不诚无法听到。以上的谚语都有道理，现在这时候怎么还能让长老不言语呢？我们向外交战了多次，没有一次取胜。长短合适的刀箭，能够斩断一切衣食。福气用完的人儿，饥饿反而像火烧一般。快要破戒的僧人，日夜都想着女色。现在你们显出的勇猛，会加速国家的灭亡。在我赞吉的心里，在国都之上，国王和我等兄弟，还有臣属和黎民，都应该同甘共苦。看老人家多威严，老人家的言语都有大智慧。酒喝多了会让人发疯，好勇斗狠会进牢狱，喜欢赌博必将债台高筑。如果没有吃过苦的东西，怎能知道甜的味道？如果没有穿过粗布麻衣，怎能知道绸缎的柔滑？如果不翻过高高山坡，怎能到达万里平川？你等君臣这样惊慌，必会像经幡被吹在空中。”说完，王兄赞吉唱了一支曲子：

阿拉塔拉唱塔拉，
塔拉是歌之唱法。

敬请本乡山神知，
中请大鹏红魔知，
下请残暴之神知，
用那歌曲请三神。
歌曲请来三神明，
助我取那天竺地。
祈福君臣和黎民，
无苦无悲都安乐。
国都从那仙界来，
依靠大海之黎民，
希望君臣得声威。

不是神明不庇佑，
皆因人行不义事，
残暴和那伤人心，

心中妒忌像烈火，
心中哪有他人事？
寸寸都是自己利。
此地四周之神明，
现在到了庇佑时。
国王若是风中幡，
祈望幡尖及四地；
国王若是天上虹，
祈望彩虹色明亮！

如若不识此间土，
在那大海之深处，
有那宝殿珍珠宗，
宫殿历经九世王。
经历九世经营后，
国都美名始发扬。

我乃赞吉国王兄，
和那国王同血脉，
心意相通无需说。

古人谚语早有云：
高山之上需经幡，
神明庇佑存此地，
风儿也会环绕吹；
大水之上需桥梁，
过路旅客由此过，
财富也会从此来。
聪明之人住河口，
无事之人住村尾，
有智之人列首席。
以上皆是古谚语。

如今人心不再善，
想似鸟儿飞空中，
不知高空有狂风；
想似雄狮立雪峰，
不知雪山会消融；
想似青龙震天吼，
不知雷电威力大；
想似火焰般燃烧，
不知大水浇灭火。

想法简单眼光浅，
三句未完动兵刃。
贪心想占他国地，
本国资财散满地。
看到别人宫殿美，
如今祸事已临头。

去年出征四万兵，
我做统领率众兵，
冲锋征战无数回，
剩下残兵返故乡。
为国舍弃自己命，
去到岭国忙征战，
败兵返回真羞惭。

一为防人之恶口，
二怕国王减福气，
三怕南地被夷平，
四怕生灵遭涂炭，
因此拼死去征战。
但是最终四万兵，

只剩五千三百人，
所失财物更无计。
岭国地方和地狱，
在我看来是一样。

未去战过怎会逃？
只因觉如威望高，
岭国勇士声威震，
岭国勇士似阎罗，
方知此军难战胜。
格萨尔王是神明，
想用巫术是妄想。
岭国地和中阴路，
同样狭窄不能过。

并非赞吉性懦弱，
想要取胜反兵败，
若再自负必是疯。
从此不再自认为，
能够战胜岭国兵。
君臣无谓空勇猛，

死人能否再复生？
若能复生人满地。
安分守己可保命，
已是无望再取胜。
无谓去与敌征战，
最终自食败之果；
无谓去走许多地，
亦是自找苦头吃。
偏要走那岩上路，
最终脑浆洒满地；
偏要用手去摸天，
小心闪到自己腰；
偏要去战天上神，
小心自己的病痛。
以上皆是古谚语。

若是再不安分点，
明天黎明即将至，
岭国追兵即刻到，
厄运也将到门口。

你等虽然逞英勇，
胜利会由他人夺。
若是过度炫宝物，
宝物终会被人夺。
马儿若是跑太多，
小心四蹄碰石上；
美貌女子不自持，
小心最终失己身；
年轻男子不自控，
小心遭遇杀身祸；
君王若是不自持，
小心失去王之位。
是否此理请细想。

若是还想去岭地，
不欲之事难强求。
大水看似虽宽广，
最终亦需行桥下；
君王看似有权势，
最终难逃法之责；
骏马看似性情野，

最终还需背鞍鞯；

勇士看似很勇猛，

最终魂魄散风中。

凡此均会来应验，

到底如何请细想。

如若听懂记心间，

不懂歌亦无解释。

听完赞吉的歌，曲赞王心里不悦，盯着赞吉看了好一会儿。罗刹女阿卡若森玛心想：鹞、鹘、鸱枭三种鸟，虽然共栖青草堆，想法不同各是各；王兄、大臣和国王，虽然都为同一国，想法不同各是各；父亲、母亲和子女，虽然都为同一家，想法不同各是各。

想到这里，罗刹女吹了一个响亮的鼻哨，抿抿嘴唇，嘴和眼都露着笑意，摸了三下鼻子，来回踱了三次后说道："最初天空起乌云，若无乌云天似玉；深山不安被雪扰，若无雪儿是岩山；兄弟不和妇人离间，若无妇人家庭安宁。你们想想是不是这样的道理？贡桑这个恶妇逃走了，我们有什么必要去追？敬献神明的青稞酒，不用去闻味道美不美；房顶上的茅草，不用去管累积了多少；无智女子的心地，不用去管属意谁人；没有道法的上师，依不依止都无关紧要；不公正执法的官长，敬不敬重都无所谓。无勇的战士，即使兵刃再锋利都没有用；没有脚力的马儿，即使驮上金鞍也没有用。你们想想是不是这样的道理？之前兴兵征战，耗费巨大，国力艰难，百姓都挨饥受饿。心底若是悲伤，不会有阴霾散去的一天；没有勇气的男子，不用指望有勇猛的一天；吝惜积累财富的富人，不用指望有享受的一天；不懂佛法的上师，只想着施主的钱财，心底不会有清静的一天。无耻的妇人，诓骗了所有人，哪能得到终生的伴侣？”说完，罗刹女给神明献上茶酒，敬献了哈达，并奉上金银礼物。随后，她唱了一支这样的曲子：

阿拉塔拉唱塔拉，
塔拉是歌之唱法。

我之父族高似天，
天空自是无边际。
我之母族似绿水，
源远流长无穷尽。
我之身体透白光，
白色自是纯洁色。
父族天印之神知，
水神黑色龙王知。

如若不识此间土，
在那大海之深处，
真真切切珍珠宫。
能够镇住王宝座，
是我曲赞扎杰王。

只要海水不到底，
财宝就会无穷尽；

只要国王福力在，
国土便无穷尽日；
只要海水不枯竭，
鱼儿便不会绝种。

如若不识我辈人，
父系是那白天神，
母系是那黑龙女。
小儿名叫美维色。
为何要叫维色名？
去照明镜显自身，
解开迷雾是明镜，
甘甜是那水边花，
心灵无垢像天空。

白色纯洁长哈达，
是那水神之喜绫，
若非必要不敬献。
一是哈达白又长，
二是女子心纯洁，
三是宫殿亦白色。

三样齐集之地方，
杜鹃啼声真优美，
柳枝喜鹊啼声美，
牧牛童子放声唱，
歌声像那青龙吼，
孔雀也来开尾屏。
妙龄女子唱歌声，
君臣心意在此绕，
威势国王和臣子。
天空之中青龙吼，
画眉啼声便微弱。
即使妃子降懿旨，
胆大婢女亦不惊。

雪山顶上之雄狮，
不能因为有银须，
便去行走市镇中。
林中之王是猛虎，
岂能畏惧小狐狸？
大鹏鸟儿有铁翼，
哪能将那爪儿缩？

威震三界曲赞王，
对那岭国三十子，
岂能不战心自乱？
富贵父族有粮库，
地方出现饥荒时，
无需再去乱惊慌。
君臣端坐珍珠宫，
王兄赞吉走四方，
如今找错征战敌，
皆因君臣非注定。

两面人儿乱地方，
受惊马儿摔主人，
熊头狗儿咬主人，
懦弱官长弃属民，
狡猾臣子害君王。

古人谚语又有云：
跑马并非是好事，
小心脑浆会迸流；
积财并非是好事，
小心遭到贼惦记。

国王国都坚如石，
折损如此多兵马，
损失如此多财物。
国王命脉之所系，
魂鸟魂刀和魂玉，
还有魂宝大珍珠，
阿杂母苏之供品，
生命之丸十八颗，
全部落入毒妇手，
凡此都赖君臣手。
不生病痛靠自身，
不堕地狱靠上师，
高深计谋靠君臣。
此前折损如此兵，
需去不用太多人，
只需赞吉等三人。

白色雄狮立雪山，
若无狮鬣下悬崖，
不会与狗相混淆，
狮鬣狗鬃不一样。

青龙在那云中穿，
冬月过后落湖上，
不会与蛇相混淆，
因为龙有火之翼。
斑斓猛虎入林中，
林若起火会现身，
不会与狐相混淆，
身上斑纹自不同。

曲赞国王之王妃，
不享富贵走他乡，
必要经过吾村镇，
难同乞丐相混淆。
若说不会混淆理，
虽说衣着和打扮，
可以乔装来改变，
本生民族之体征，
如何能够轻易改？

小女心中如此想：
之前所去之兵马，

兵败原系少谋略。
我看还应如此行，
上部天竺十六国，
熟悉道路和地形，
需有十六领路者，
带上援军五十名，
去把天竺转一圈。
若还未能擒毒妇，
妄称英雄真惭愧。
此外汉地十八省，
需派心腹十八人，
辅佐之人十八员，
需探汉地之虚实，
如此毒妇难逃脱。

找那熟悉岭国者，
上知岭国格萨尔，
下知平凡小牧童，
如此之人需十员，
前往岭国上下部。
以上之人齐备后，
再派一万名兵丁，

将那大海团团守。
此外无需再派兵，
一来耗费会巨大，
二来又是麻烦多。

所唱之歌即如此，
听懂君臣记心间，
不懂歌亦不解释。

听罢罗刹女所唱此曲，国王和大臣们心想：罗刹女阿卡若森玛唱的歌也有一番道理，我们原来派出许多兵马舍身征战，也未能打听到毒妇的下落，还折损了许多兵马，还不如依她的计策行事。

喜色长老心想：计策虽好，若不在路上守卫，只在大海周围派一万兵把守，必是不幸。俗话说，外敌入侵要守住门户，内人外逃的时候要小心宝库。我国的三个人外逃，必会给敌人带路，将他们引至我国。岭国格萨尔王拥有空性法身，既是凡人，也是天上的神灵，精通各种法术，会让我们始料不及。王妃西绕贡桑，有雄鹰一般的翼力，能从空中呼啸而过；有大象一般的神力，有摧毁一切的力量；有大海一样的深沉，怎会放过一只鱼虾？有高山一样的伟岸，树木都由她生长。雌马奔跑无耐力，只能够跑一阵子；偷来的钱财不长久，只够一日或一夜。这样虽不是万全之策，但是君臣能够一心也总算是好的。

喜色长老长叹了一口气，嘴动了一动，双眼微闭，双手相互揉搓着放在了膝盖上，他将额头顶到膝盖上，恭敬地待在原地。他心想：心中的话儿说不出口，说出的话不能全部作数，积蓄的财产不一定能永久，该如何是好？不过喜色长老没有再发言，君臣们就依自己的意思定下了计策。

十二

此时，岭国格萨尔王麾下的父叔子侄和勇士们在花园城市，贡桑为他们穿上卡切、泥婆罗、天竺等地的衣服，让他们去探听了地门和路门的消息，他们在城市的左右绕了一周。是夜，岭国格萨尔王在莲花园中立起了风轮树，因神帐是神所赐予的，外面不需要绳索，里面也不需要柱子。岭国格萨尔王便在帐中微笑着打坐，观想护法神们有什么神奇的昭示。

十五日夜晚，在天空的云层中，有一块方形的云块儿，格萨尔王梦见了鲜艳的彩虹、花瓣雨，梦中还有鼓乐笙箫等各种乐器的声音。在云中，姑母南曼杰姆头顶发髻，身似火山，脚底八瓣莲花，左手拿着鼗鼓，右手拿着银制铃铛，胯下骑着无鞍狮子，她向格萨尔王说了如下预言：

阿拉是从本性唱，
祈求佛法勿衰败。
塔拉从那乐土唱，
祈望众生得解脱。
顶礼佛法僧三宝，
顶礼空行母诸神。

如若不识此间土，
南方天竺是佛国，

高高宫殿珍珠园，
加塘白雄之原野，
岭国勇士齐聚地。
灿烂太阳升起处，
月儿是为太阳伴。

如若不识我辈人，
天竺泥婆罗之间，
米利亭湖之边上，
一座三层宫殿中，
居住诸多空行母，
南曼杰姆我为首。
是为迷途引路者，
是为黑暗启明者，
是为不闻传言者，
是为指明解脱道。

东方绿叶国度中，
同罗巴瓦坐垫上，
次拉卓嘎为其一；
仁钦巴瓦坐垫上，

益西措杰为其二。
西方莲花光芒地，
大乐空性父和母；
诸事成真之国度，
吉祥仙女千和万。

南方多罗之国度，
益西康卓等五母，
赐我预知之神力。
在那白色明镜中，
前尘后事一一现。

曲木里赤宫殿中，
曲赞扎杰国王名，
早晚供奉诸魔王，
还要将心付鬼怪。
杀生食肉造恶业，
心中远离善佛法。
最近有位新妃子，
不懂装懂出计策，
还要装作能预知。

天竺十六国家中，
有位可靠之大臣，
能够预知七八日，
此人不同于他人。
不过我也能预料，
谁能认得此人面？
西绕贡桑自莫属。
还有随行之勇士，
勿要松懈需精明，
不能让此人脱逃。
还有君前大臣们，
还有事情要交代，
东方船只之道路，
去往天竺汉地者，
共有十八名大臣，
勿要松懈需机敏。

罗布顿珠是新臣，
勿要松懈需预判。
其余勇士需英勇，
勿使一人登上船。

母苏达纳多吉和，

扎巴滚噶二巫师，

随行还有十大臣，

已经渡水准备来。

认得诸人之人物，

当是拉吉宗典女，

祈望能够去辨认。

之后需要勇士将，

勿要放过一敌兵，

要擒用那套索擒，

若要杀他置刀头。

之后大海之深处，

是行是止我自知。

东西南北四大门，

把守四门四魔王，

魔王麾下四支兵，

并非多来而是少。

岭王法术随心时，

明日你同胯下骑，

施法速行勿耽搁。
你需幻化成人形，
扮作一名占卜师，
需要占卜预知术。
国王和那王妃心，
相隔有那一山高，
要行要止不能定，
像是门坎之焰火，
要熄要燃不确定，
命悬生和死之间。
国王王妃和公主，
虽然同住一宫殿，
心中所想不一样。
故此需扮占卜师，
占他一卦驱黑暗，
让那国王和王妃，
全部相信不怀疑。

但是不能拖太久，
太久恐怕会生变。
二十九日擒魔王，

十九之日擒女魔，

国王还请细思量。

在那十五那一天，

开启矿门取矿藏，

将那财宝送岭国，

敬请国王放心上。

姑母说完，便消失不见。翌日天一亮，岭国格萨尔王用明镜敲了三下金刚杵，为天竺的路哨、汉地的渡口等地的勇士们唱了一曲布置阵法的歌：

阿拉塔拉唱塔拉，

塔拉是歌之唱法。

将头磕地礼敬佛，

恩深根本上师知，

白色帝释天神知，

莲生大师敬请知，

法身普贤菩萨知，

报身大悲菩萨知，

化身观音大士知。

在那净土之上唱，

将那世上诸游魂，

全部引至大乐土；
将那地狱诸苦难，
全部引至极乐界。
祈愿僧侣寿数长，
祈愿长辈病康复，
祈愿女子享安乐，
祈愿男子体强健。

如若不识此间土，
南方曲木里赤地，
白色加塘莲花原。
水路船路和鱼路，
是为波浪翻滚地。
加塘父子竹之山，
绿色树林变黑暗，
是为黯然伤心地，
亦是游魂游荡地。
此地是为妖魔地，
剜人肉来食人血，
虽有疼痛不理会，
专做恶事取人命，

还吃蛇虫和鼠蚁，
没有慈悲怜悯心，
魔地之名从此来。

如若不识我辈人，
晨间屠夫掌人命，
对那敌人无怜悯，
勇士部卒在周围，
奋勇与那魔王战，
对他丝毫无畏惧。
岭国父叔勇士们，
治下均有千万民，
世上无人不知晓。
与那平常不一样，
非同寻常如下言：
世界形成之原理，
在那天和地中间，
二足凡人有许多，
虽然都是投人胎，
有些珍贵似黄金，
价值无法去估量；

有些像是黑色毒，
吃入口中腹中痛。

我来说说其中理，
平凡血肉之身体，
有人可得空性身，
皆因慈悲利他人。
投得人胎有不同，
有人心恶性残暴，
嫉妒愚昧和贪婪，
无始无终迷本性，
最终堕入下三途。
逃脱地和解脱道，
净善业和慈悲心，
没有一时能齐具。
恶人似那剧毒蛇，
恶妇是那口舌源，
恶食落肚是毒物，
以上均是古人谚。

岭国诸将听我言，

我有言语要说明，
昨夜在那睡梦中，
姑母南曼杰姆现，
对我说出预示兆，
所说言语是以下：
曲木里赤之国王，
现在身在深海中，
红色宫殿珍珠宗，
十日之内就消失。

一位大臣一仆从，
出发前往十六国，
探听敌国之虚实。
此外还要往汉地，
十八人去十八省，
这些只是试探者。
多康四水和六岗，
需要智高者十人。
为何需要这些人？
魔王新妃叫阿卡，
谗言改变国王意，

如今国王无主见，
全部都听恶妃言。

为何派人去打探？
从前妃子是贡桑，
不知她身在何处，
不知还会有何事。
药袋里面装毒草，
羊群里面进饿狼。
所以岭国勇士们，
天竺十六国家中，
边走边看探情形，
途中从始到最终，
都有护法神相随，
无需害怕会迷途。

到得陆地之时日，
需要无情去厮杀。
去往汉地之人们，
在那电光船之中，
是为勇士需齐心，

一个不剩扔水中。
船边上部之路口，
前往多康之人们，
三人需战敌十人，
需要争先不怕死。
行军统领为辛巴，
除却辛巴无人可。

听懂耳中之甘露，
不懂歌亦不解释。

听了岭国格萨尔王唱完这支神明预示的曲子，岭国的勇士们都有如梦初醒的感觉，都真切地知道了神明的预示。众人心想：珍贵生命不易逝，死亡在那永世尽头。珍贵生命若不逝，饮食财宝顺便来；身体官能不退化，伴侣自是顺便来。

辛巴、丹玛、尼奔和扎拉等人喜笑颜开地聚在白玛多丹大厅时，右边花色虎垫上的霍尔辛巴王心想：如今需要到深海中，必然需要几个法术高强的人；要前往边地，就需要一些勇猛的人。这个道理老夫自然知道。于是辛巴说道："国王的命令我们怎敢违抗？神的预示和格萨尔王的神通自不用怀疑。我霍尔辛巴被罪孽折磨，以前犯下的罪孽，到现在还在忏悔。我有何德何能？若没有神明的预言，必是不能成事。无论格萨尔王说的是对是错，我都要依令行事。"说完，辛巴向格萨尔王献了一条哈达后，唱了一支这样的曲子：

阿拉塔拉唱塔拉，
塔拉是歌之唱法。

敬请本地山神知，
天印中印地印神，
霍尔诸神请保佑。
普隆金刚洞穴中，
辛巴红色之神知，
身着红色之甲胄，
后披红色之大袍，
红马像那疾风吹，
勇士满身鲜血者，
今日助我一臂力。
从那敌人后方追，
将那敌人全消灭。

如若不识此间土，
加塘白玛之地方，
树林竹子生长地。
在那大海之水边，
是我君臣相聚地。

如若不识我辈人，
心向善方诸神明，
誓杀黑方诸恶魔。
我居犏牛宗宫殿，
霍尔十五部首领，
第巴惹杂之后裔，
辛巴得名叫梅乳。
心胸宽广智识高，
前事后情都知晓。
我乃格萨尔大臣，
头脑才智自不同；
岭国三十位勇士，
战敌得胜自不同；
斑斓猛虎之子孙，
技艺高强自不同。

霍尔国家之辛巴，
从前是为霍尔臣，
居住在那白帐中，
最终兵败命堪忧，
岭王把我将死人，
饶命封作殿前臣。

自从那日之后起，
生出解脱六道心，
与那岭将共进退，
誓将敌人去消灭。
今日安乐好时光，
曲木里赤大海中，
无法全军都行进，
只能施法去战敌，
敌人将那本部兵，
分散天竺各地方。

我军应当如此行：
我和玉拉董迥等，
象雄达穆赤赞将，
阿扎南卡晋美将，
扎拉来做先锋将，
还有其余增援军，
勿要分心齐奋进。
黑色妖魔阿杂惹，
占卜之术精而准，
巫咒之术又迅速，

又兼心思也精明。
猪妖岩妖和风妖，
各自法术有不同，
岩妖变作天上鸟，
猪妖显出猪之形，
风妖飓风威力大，
因此心思需集中。

此外还有如下事，
大海之上船只中，
洛浦卡乌多杰和，
赤堆查瓦米奇等，
行走跟那风一样，
妖魔无声亦无影，
需要国王来消灭。
超同叔父咒语强，
尼奔通赛见识广，
拉达奔钦技艺高，
噶德之力将海搅，
丹玛神箭能穿杨。

你等诸将和部下，
还有国王之叔父，
速速前往海之底，
勿要放过一个人。
不知此去要多久，
之后相聚之时日，
或许会有神预示，
或许岭王有旨意。
天明之后见群山，
知晓何时变黑暗，
知晓父叔之心意，
知晓上师之教诲，
凡此俱在股掌间，
此乃心中之想法，
敬请君臣记心间。

听罢辛巴这支曲子后，国王和王子扎拉孜杰、叔父超同、丹玛、巴拉、噶德、尼奔等都连连称是。众人都说辛巴有当年戎擦查根总管王的风范，像总管王一样深谋远虑。但是，玉拉和董迥颇不以为然，认为辛巴王年事已高，不熟悉地形，且又不甚懂法术，但是又不好直言。曲珠、南卡晋美、达穆赤赞、其达亚美等人觉得天竺诸地即使险恶，又有什么不敢去的？

于是，其达亚美站起身献上一条哈达之后，说了一番豪言：“国王陛下，我们若连这点勇猛都没有，死后又有何面目去天葬台？我们一有国王的福荫，又有神明的保佑，三有好的命数。虽然身躯有大小，但是生命无贵贱。虽说都是慈母子，各自本领不一样。”阿达拉姆心想：从前在羌塘生活，食肉饮血，从未想过会到南国。前世注定要成为格萨尔王的臣子，又何曾惧死？死自然会死得其所。富人家里的财物，如若施舍便有好报。国王跟前的臣子，夺得胜利才能留名。于是阿达拉姆也领了军令。玉拉和董迥看了两眼辛巴后，也应承了下来。

玉拉说道：“从家乡出发之后，就没有听过美言，没吃过美食，没穿过好衣。所以必须从格萨尔王处求几粒金刚护法加持过的长生丸，否则魔王的巫术和咒语都甚是厉害。”董迥闻言，也连连附和。格萨尔王便将长生的圣水、千佛之发、七世婆罗门的肉身、长生丸、长生结都一一赐下。

三日过后，根据神的预示，格萨尔王和叔父尼奔等勇士守住大海出口。辛巴为首的扎拉孜杰等岭国将领们，从陆路到达曲木里赤的海界西方阿卡如地方。在一个十字路口，他们换上了泥婆罗的装束，裹上头巾，穿上白衫。有人着喀什米尔的装束，戴上扁帽，之后来到了对岸的陆地。此时，他们看见三岔路口，曲木里赤的南大门外站着曲赞王派来的人，个个身着旱獭皮镶边的衣服，且赤发蓝身。他们心想：这些人一定是把海底的生鱼虾吃得多了，才长成这般模样，一点不像是修过善法的。

辛巴在水边来回踱步的时候，忽然听到海中一声巨响，但见一阵电光闪过后，青烟后面出现了十五条渔船，在海中如金鱼般穿梭。乡人惊惧地说：“今天怕是有祸事临头了，这些一定是曲木里赤的魔军。如此多的魔军，定会滥杀无辜，让这里生灵涂炭。”说完，乡人便收拾金银细软，各自逃去，有的都没来得及收拾钱财。待十五条船逼近，辛巴穿着泥婆罗人的衣服，摆出金银珍珠等物，扮成集市里的客商。旁边的玉拉和董迥等人将刀剑藏在鞍下或衣服下，在三岔路口扮作拦路之人。魔军一见之后心想：所有人都喧哗奔逃，好像这些泥婆罗和克什米尔人并不知晓，我们一个都不能放过。

最先到来的一个魔将，身形似大象般高大，红须黄眉，褐色头发，身上裹着黄白色的布，手里拿着两支长短不一的火枪。他身后的随从也各自带着火器，向辛巴走来，辛巴还思忖着这是一个什么妖怪。象妖伸出双手从左右各拿了九根金条和九根银条，嘴里哇哇地说着一些话。辛巴装作语言不通，用手势告诉他这些东西价值不菲。这一下惹恼了象妖，象妖说道："此地的主人是我，没有人比我有权势。放在三岔口的金银绸缎等物，都是属于我的。"他料定辛巴等人是泥婆罗和喀什米尔的人，想抢了他们的财物，然后将他们投入狱中。象妖心想：强人抢掠弱小财，不需讲什么道理。饿狼吃羊的尸体，也不需分什么夏冬。盗匪又分什么男女？末了，象妖唱了一支风风火火的曲子：

阿拉塔拉唱塔拉，
塔拉是歌之唱法。

一声二声三声呜，
是我魔方之歌曲。
请那若巴恶魔知，
食肉红黑铁神知，
取命纯白魔神知。

如若不识此间土，
是为渡口和路口，
此地实乃三路口。
大海门户为其一，

国王之路为其二，
大村庄户为其三，
三路之名从此来。

如若不识我辈人，
从那天神龙之宗，
力大无穷似疯象，
人唤屠夫黑大象，
一人拥有两名号。

曲赞地方之主人，
威震三界曲赞王；
天竺十六国度中，
威力最大曲赞王。
旺堆杂钦权力大，
火焰蛇神最勇猛。
天竺小国不胜数，
从未放在他眼中。
翼力堪比大鹏鸟，
将那龙妖收治下。
威势可以比日月，

转动世界之方向，
比那老鹰有力量。

古代藏族有谚语：
高高天上罗睺曜，
使那日月失自由。
雪山顶峰之雄狮，
其他野兽安敢吼？
大鹏鸟儿飞空中，
其他鸟类怎能比？
南国里赤之国王，
是那珍宝之主人，
珍珠遍地似石头。
大海之中肉食多，
大到鳌来小到鱼，
还有中间之蛙类，
肉食当是无穷尽。
还有在那陆地上，
还有各种白蓝米。

不再跟你多费舌，

今日到来有原因。

古人谚语早有云：
无权哪能去抢掠？
无财怎去聊商事？
没有姿色怎炫耀？
没有雄财怎硬气？
在这三路之地方，
许多财宝遍地上，
盗匪见了起歹意，
英雄见了乱心智，
是否此理见分晓。
高山之上落巨石，
猛虎怎能拦它路？
树林之中起大火，
即使檀香也难躲。
大水一旦起波浪，
高山也能被冲走。
水国君臣一出动，
无人胆敢拦去路，
为何你要来拦路？

你是有魂或无魂？

有魂生命是无价，

快拿珍宝来赎命。

你所积蓄金银宝，

今日我便要抢掠。

村镇貌美之女子，

虽未娶来心中爱。

富人家中之马匹，

不为骑来为食肉。

父亲儿子之豪言，

虽无必要刀头说。

你说是否此般理。

在这今日之时间，

撞见你非幸运事。

到底想要去何处？

为何逗留在此地？

听懂耳中之甘露，

不懂歌亦无解释。

听完象魔狂妄的歌后，霍尔辛巴王心想：狡猾的人儿从背面晒太阳，四方阴云密布时，是落雨的征兆。话虽不能说两面，但想事情要思虑周全。

于是辛巴想着用言语诓骗他一下，然后将这十五艘船全部消灭。辛巴望了望周围的亲信们，然后向着玉拉的方向，唱了一支曲子：

阿拉塔拉唱塔拉，
塔拉是歌之唱法。

白色天神敬请知，
从那泥婆罗地方，
战神山神父族神，
所供诸神敬请知，
紧要关头需显灵。

如若不识此间土，
眼虽未见耳听闻，
是为陌生之土地，
名唤曲隆西国都。
东为金刚法座地，
西为曲木里赤国，
中间是为阿扎地。
在这吉祥日光地，
何愁心事不能成？
在这神明注目地，

心中不可有邪念。
在这财富聚集地，
无耻之人勿伸手。

如若不识我辈人，
我乃商人往各地，
卡切克米泥婆罗，
将那金子装背囊，
所拥银子用斗量，
白绫用那丈来量。
我乃泥婆罗商王，
自然识得宝物价，
多吉扎杰是吾名。

汉地和那天竺间，
财宝之宗做桥梁，
让那货物变便宜，
亦能帮人捎口信，
心中信仰崇敬佛。
天竺泥婆罗之间，
日夜奔忙做贸易。

古代藏人有谚语：

国法轮回共同存，

水和裂缝共同存，

金子和沙共同存，

田地渠水共同存。

有形凡人之身体，

各个民族有不同。

汉地共有十八省，

身姿面色俱清朗，

聪颖文明昌盛地，

因果法纪俱可扬。

天竺佛法之圣地，

清规戒律严明地，

神明上师驻锡地，

空性仙女汇聚地。

高原卫藏四茹地，

父系神猴慈悲心，

母系罗刹岩石魔，

凶狠嫉妒生长地，

佛法罪孽共生地，

经济实力发展地，

勇猛六艺展示地，

以为天竺城堡固，

以为汉地法纪严。

曲赞国王之故乡，

虽在海底难抵达，

如若不安于已位，

我想难敌岭国兵。

头颅虽高难碰天，

头颅后脑有鬼怪。

勿往猛人面前冲，

是那黑色之魔敌。

恃强掠夺他人财，

以后必然遭饥馑。

如若不安于已位，

小心岩石被雷劈；

富足之家若吝啬，

小心财被盗匪夺；

君王若是太残暴，

小心王位被臣夺；

美人若是太招摇，

小心孽种满地跑；
恶犬若是大声吠，
小心石棒挨身上。
以上比喻有理否？
此外还有其他比，
大鹏鸟王真威猛，
虽用身体遮山坡，
但是其余鸟族们，
哪会没有飞行路？
水中巨鳌真威猛，
虽用身体横拦海，
其余鱼类和蛙类，
哪会没有行走路？
雪山顶上之雄狮，
鬃髯横陈真威猛，
但是其余野兽们，
哪会没有行走路？

天竺地方里赤海，
曲赞扎杰大国王，
君臣权势大无边，

大海国都又宽广，
还有珍珠等矿藏。
你虽声威震天响，
南瞻部洲无数国，
哪有一国独称霸？
所以还是安分好。
天竺地方佛法地，
老妪背金走在路，
强盗怕是难搬动，
小偷怕是难找到。
弱小安分又守己，
不怕强横来欺凌。
富人若是会持家，
不怕官家来抢掠。
美人若是能自持，
不怕浪子来招惹。

是否此理请细听！
弱小如我之财富，
你虽蛮横想来抢，
我所拥有珍奇宝，

别说一块或一两，
一粒米也别想要。
男子丈夫八尺躯，
虽说力量有大小，
但是血肉是相同。
你之父族虽是魔，
神明到来自降伏。
你之母族虽是鬼，
哪有咒师不能收？
你是曲赞之老臣，
我乃泥婆罗商人，
虽有悬殊可比试。

刀鞘之中的宝刀，
锋芒如何虽未知，
刀刃刀柄皆俱全，
哪会不能割人肉？
箭在弦上等待发，
射程如何虽未知，
若是不发勿摸箭。
堂堂男儿八尺躯，

若不拼斗枉为男，
若不拼斗留笑柄。
若是真想蛮横夺，
我再多求亦无用。

听懂请你记心间，
不懂歌亦不解释。

辛巴唱完这首曲子后，将金银又从象魔手中夺了回来。辛巴从左边的红色斗篷下取出大块牛角弓，从右边斗篷下的花虎箭筒里拿出格萨尔王赐的神箭，将箭搭在弓上后退了一步，晃了三下脑袋并喊道：“来吧！”象魔见状，心想：他究竟是什么人？是恶贼觉如所变的，还是天竺和觉如相互勾结，狼狈为奸的诡计？如若是奸计，那真是饿狼杀羊，后面还有恶犬。

正当象妖说不出话时，魔国大臣黑色猪妖心里也在想：本想明年会在岭国遇上，如今却先在泥婆罗撞见，况且天竺又不是一两个小国，一国之后又会有另一国。曲木里赤，只有一国之地，还能谈什么胜负？真是未胜一敌又来一敌。病重时若没有良药，这是一病未消又染一病。猪妖口里喊道：“你这人真是无理。”说话间，猪妖从虎纹箭筒中取出一支裂竹箭，从左边豹袋中取出弓，接着说道：“若说到底有多勇猛，要看碰上的是什么人。此地是我的地盘，不让通行是我的权力，你没有置喙的余地！”说着便冲上前来，想射杀辛巴。

辛巴毫不犹豫地向魔国大臣疯猪妖抛出了电光及火星四射的箭，箭不高不低，正中猪妖的后颈。猪妖倒在了旋风之中，辛巴上前取了他的首级。

此时，岭国的玉拉、董迥达拉赤嘎、阿达拉姆、阿达曲珠、其达亚美、南卡晋美等将均从右边取出箭，从左边拿出弓，一齐射出箭。一时间，万箭齐发，箭的嗖嗖声、弓弦的声音、勇士的喊杀声响成一片。射出的箭像扑向尸体的鹰鹫一般，一齐飞向了魔军的船只。此时魔军的船只好似被鹰鹫拖着的狗尸，有些妖臣走来走去，有些往岭国的勇士抛了一百多支电箭，但因岭将有神明护佑，未能伤得分毫。魔军船上的船夫和随从们四散逃命，有些钻入船中，因岭军往船上射箭，他们便落入水中，无处逃生。

大路的三岔口，曲木里赤国有一小部分兵将好似有金刚之身，哈魔、萨堆赞杰亚美、多杰扎巴等魔将虽向岭国勇士抛出如天降冰雹一般多的风火电光箭，但因岭国勇士有格萨尔王的庇佑，未能伤得他们。反倒是岭军，上有暴风雪般的神兵，中有雪花般的灵兵，下有海水般的龙兵。风声和火声充满大地，同时天上也开始降下冰雹。离此地不远的天竺多隆地方的市镇上，人们不得不开始逃命。弓箭的声音、勇士的喊杀声像是千条青龙的吼声，而战神的威力也使得天地变色。

此时，血流满地，尸横遍野。黑色阿杂母苏因有巫咒铁丸，所以箭矢未能伤到他。萨堆乌查纳布身材高大，双眼通红，号称“双手遮天，双脚盖地”。他化身成铁头铜嘴、人身鸟首的怪物向玉拉扑来。萨堆向玉拉抛出三块浇了铁水的巨石。玉拉先用右手接住一块，扔入海中；又用左手接住一块巨石，扔还回去；最后一块，打到玉拉头上，烧掉了玉拉的一小撮头发，因玉拉有十八铁轮，是战神的十八护法轮，所以未能烧到其他。玉拉将浇了铁水的巨石抛向空中，口中念道：“神明请勿放走萨堆，天神珠杰勿分神，父神山神们，今日护佑不能小。”在玉拉附近的萨堆，看见玉拉徒手接住浇了铁水的巨石又抛出，十分吃惊，不敢肯定玉拉是人是鬼，是神是妖。于是，萨堆对着玉拉唱了一支恐吓的曲子：

阿拉塔拉唱塔拉，

塔拉是歌之唱法。

天印中印神明知，
残暴地印黑角知。
如若话语不明白，
所说皆如石上水。
行商若是不盈利，
前后奔忙白辛苦。
战敌如若不取胜，
背上兵刃是负累，
宝刀还需露锋芒。

如若不识此间土，
实乃大海之深处，
多塘九座鸟之山，
彼岸母斯之故乡。

如若不识我辈人，
高山顶上之白雪，
照耀大地放光彩。
能与勇士相匹敌，
我是大力疯象魔，
是那艺高斑斓虎。

我是空中之乌云，
自然能降下雨来。
我有大鹏之翼力，
你辈乌鸦怎能比？
银色雄狮之须髯，
老狗之须怎能比？
阎罗勇士之威力，
无勇懦夫怎能比？
善跑骏马之步伐，
平常驴儿怎能比？
青龙吼声震天响，
小小蜂鸣怎能比？
你我之间怎能比？

小狗初长喜乱吠，
小心口鼻撞石上；
马驹初长想奔跑，
一时不能配鞍鞯；
年轻女子喜装扮，
想将家业付流水。
白色岩尖像刀刃，

自能砍出裂缝来。

在这今日之时日，
不知敌从何处来。
看你蓝面似铁青，
如若旗鼓不相当，
我还当作是死人。
你的金子真晃眼，
知道重量价值否？
不知就放黄铜列。
晶莹北盐味道美，
若是不识善烹调，
与那沙土有何异？
若是勇士钢铁身，
背上铁尖之竹箭，
胜敌历史有几许？
斩杀敌人有几人？

古人谚语早有云：
上师若说太多法，
便有可能堕地狱；

君王若是分贵贱，
国业不稳之前兆；
年轻男子狂妄语，
必会招来棍棒石；
老马喜跑若过度，
后背长疮之前兆。
今日在此之地方，
天不落雨桥怎塌？
体若无病怎唤医？
若是无鬼怎施咒？
若无敌人怎挥刃？
我乃居住自已地，
偷盗实乃造恶业，
上师哪能来度你？
巨浪滚滚之大江，
柽柳独桥怎能渡？
蓝色鹞鹰飞经地，
小鸟怎有翼力达？

今晨我部千百人，
还有勇猛七大臣，

许多坠入江河中，
如今若是不复仇，
与那行尸有何异？

听懂耳中之甘露，
不懂歌亦无解释。

歌一唱完，萨堆同时拿出霹雳雷电火枪和哈拉九转毒物[1]，连抛了几下。但因玉拉身上的黑精铁制成的甲胄有千佛的福力和战神的护佑，所以未受伤害。萨堆又迅速摸了摸左边的霹雳雷电宝刀，从腰间抽出刀刃黑似黑夜来临、刀背白似阳光照雪的黑毒火焰刀，将马头转过来说道："我们俩今日棋逢对手，又都身穿白色甲胄，一定要分个高下，斗个你死我活！"说着便卷起袖子，往玉拉身上扑去。

玉拉心想：今日要不是有赞布南吉珠拉、卡瓦嘎布、三千神山多吉三兄弟等山神的护佑，一定不能够挡住敌人。玉拉用拇指扣住刀环，口中念道："如意法王之神明，还有桑钦王，在那三十三天上的白髻梵天神、虹光路上的龙子沃丹等，今日到了保佑我的时候。"说完，玉拉唱了一支雷霆齐下的曲子：

阿拉塔拉唱塔拉，
塔拉是歌之唱法。

不变歌曲姜域歌，
姜歌威猛龙之歌，

1 哈拉九转毒物：曲木里赤国的一种毒药名。

歌声好似龙吼声，
霹雳雷声和闪电，
一齐劈下杀敌人。

如若不识此间土，
是在大海之边上，
歇日地方三岔口。
九山地方之村镇，
无旧识来无新交。
三宝神明之真言，
如影随形在身边，
庇佑像是降甘霖，
引路像是天上日。
无所畏惧上界神，
今日助我一臂力！

并非是说以前无，
还需快用神功力，
打开智眼来看我。
黑魔形似猫头鹰，
影子空中一片黑，

身大铺满大海上，
声音像是青龙吼，
不是魔王是什么？
今日请将他降伏。

索多祖父姜域神，
红白花等姜域神，
此乃山神父族神，
一生一世都供奉，
危难时刻自会佑。
上师本尊空行母，
煨桑献饮并礼佛。

在那八日吉祥日，
藏地项神为首者，
东方阿尼玛卿神，
南方绒拉坚参神，
西方追赞拉贵神，
北方念青唐拉神，
还有红火虎战神，
助我玉拉一臂力。

玉拉说完，双方拼斗了几个回合，未分胜负，便各自回阵。萨堆赞吉亚美像电闪一般来到董迥身旁，从右边拿出食肉威猛战斧，往斧刃上吐了一口唾沫，在桥边的巨石上来回磨了九下。斧头闪出的火星，差点连石头都融掉了。萨堆又念了三遍立取人命的阿杂黑咒，将霹雳断岩斧挥在空中，将彩虹一般颜色的套索拿在手里，对董迥唱了一支这样的曲子：

阿拉塔拉唱塔拉，
塔拉是歌之唱法。

长歌像是大水流，
短歌像是下冰雹，
长短均是母苏歌。

如若不识此间土，
南隆大国之上方，
歇日山坡之下部，
大海西部之路途。

如若不识我辈人，
东方水国深海中，
八万兵马之先锋。
国王内臣武功高，
金液之价无法估。

绸缎大衣好纹理，
质地好坏无法估。
罗睺食那日和月，
无法得知它踪迹。
萨堆赞吉亚美臣，
平常人儿不能比。

你那白衣蛮横人，
白盔是那陶器底，
白甲像是鸟羽翼，
若是打碎必好看。
身上兵刃像装饰，
必被骗子所割断。
逞能懦夫兵器多，
霸道大臣生事多。
残暴君王爱敛财，
大胆兔子爱跳崖。
不做正事偏捣乱，
无财反而眼界高，
无食亦是不知耻，
无衣躯体像行尸，

无智像那孤独僧，
眼界高似高山顶。
需要住时无屋住，
需要陪伴无伴侣，
头发散乱髯指天，
欢心好似龙吼声，
身体比那云还高。
慈悲之心吹风中，
后世之事抛脑后，
不度人来不自度，
你那狐假虎威者。
去年和那今岁间，
曲赞国王之水国，
虽无风儿波浪涌。

你这不祥之俗人，
若是凡夫之肉身，
我这空性之套索，
能够套住日和月，
其他还不都能捉。

若是无形神鬼身，

黑夜狂风刮起时，

从我白岩躲不掉。

鸟儿挥翅飞空中，

天空自是无边际。

彩虹高挂天空时，

岭国战事无穷尽。

萨堆唱完，便将套索抛向董迥，董迥的后背中了两个钩子，前边护心镜下方也中了三个钩子，蛇头套索亦套在董迥身上，他便失去了知觉。因蛇头套索上施了阿杂母苏的巫咒，董迥便觉得呼吸困难，像那待宰的羔羊被拖下马背。萨堆赞吉亚美拖着董迥，像是鹰鹫捕兔、鹞鹰捉鸟、饿狼拖羊的尸体一般。此时，念青唐拉神明之子阿扎王子南卡晋美，骑上一匹形似银狮一般的骏马，像闪电一般来到近前，抽出专门辟邪除魔的九斩黑暗宝刀，歌都未唱便砍下去，萨堆的黑色毒蛇套索立时便被砍成两段。萨堆见状，便放开董迥，扑向南卡晋美。南卡晋美从刀鞘中抽出白镜宝刀说道：“我们俩且有话说，天上雄鹰习惯了吃肉，饿狼习惯了奔跑，羌塘骗子习惯了妄说。一来用套索抓了董迥，二来挡住我们的去路，三来无端开启战事。今天若不让你一并偿还，便不要唤我南卡晋美的名字。”说完，他唱了一支誓让敌人有去无回的曲子：

阿拉塔拉唱塔拉，

塔拉是歌之唱法。

大义之歌向敌唱，

希望能将魔消灭。
护法诸神起火焰，
将那诸魔像火烧。

今日我要敬诸神，
危难时刻请保佑，
神明三宝可信赖。
夏日之雨不会竭，
细雨润物赐福禄，
今日勿要再招摇。

如若不识此间土，
曲隆地方之山口，
天竺洛域坚固土，
大城天竺之法城，
圣地法身诞生地。

不想魔军气焰盛，
不久就将全烧死。
魔王曲赞真蛮横，
鸟太想飞飞不远。

岭国君臣威力斧，
虽然魔王非树木，
但也如树一般斩。
岭国君臣似青龙，
部卒像那雷电闪，
宝刀箭矢如雨下，
今日便须分输赢。

如若不识我辈人，
南卡晋美是我名，
今为格萨尔法臣，
一生从未惧怕敌。
当我与敌拼斗时，
自有战神保佑我。
比试刀剑锋芒时，
岩石也能轻易削。
食肉年虎真威猛，
白岩魔军幻化中，
即使坚固如钢铁，
也要融成铁之水。
护法神力似火焰，

铁箭竹身之箭矢，
铁箭之尖虽锋利，
空中刮起狂风时，
哪能比过惊雷电？
当我拨动指尖时，
蓝天虽空满狂风，
铁门之上满荆棘，
黑魔坚固之宗堡，
立时来到铁门下。
魔命号称如铁丸，
立时碾碎像稻谷。

岭国大王之大臣，
从未想过会身死。
如若战敌未取胜，
成为神子是妄言；
开弓箭若射不到，
称为神箭是妄言；
跑马若不到远地，
称为神马是妄言。
我等岭国十勇士，

南方里赤海深处，
像那鱼儿轻快游。
我知大海深无底，
空行诸母有神鱼，
使那火焰燃烧开。
南方水国之魔王，
若未像那干柴烧，
便是岭国法力弱。

古人谚语早有云：
黄冠上师无道法，
如若不分神和鬼，
最终祸事及自身；
执掌三界之君王，
如若不分善和恶，
食人钱财浪荡子；
善跑膘肥之骏马，
若是不能翻山岭，
小心酥油会融化。
心想好事来坏事，
想要入侵殒己命。

曲木里赤之国王，
像那空中之云朵，
稍微一动化成雨，
晃动一大被风吹。
曲木里赤之大臣，
前半生像山顶雪，
好像晶莹又明亮；
后半生像岩石山，
腹内全是岩和石；
余生像是空洞穴，
砂石满山又满谷，
此外无一财宝存。
无耻乞丐空手来，
六字真言不会念。
吝啬财主积财富，
变成饿鬼无衣食。
无道上师之斋饭，
到得地狱惹虫蚁，
除此之外无其他。

南卡手中之宝刀，

白铁像那日光耀，
预兆堪比明亮镜，
千万仙女绕周围。
强悍黑铁自锋芒，
勇猛战神像云层，
杀敌像是降冰雹。
黑魔像草全斩断，
不然南卡非我名。

正当魔将凝神聆听南卡的歌时，玉拉从旁向他砍了一剑，魔将的脖颈立时像蔓菁一样被削断。鸡头蛇神的魔将脖颈虽被斩断，但脖子里还有三支矛，它们越变越长，魔将于是将其向玉拉的胸口刺去，正中玉拉的护心镜，护心镜上有格萨尔王的白色“阿”字和红色“吽”字。因大部分力道被战神和诸仙女吸走，所以只是护心镜像木头一样被焚烧，玉拉的绸衣和格萨尔赐的长寿衣被烧得焦臭，但未伤到玉拉的性命。玉拉又向魔将断掉的脖颈砍了一刀，从右边钻出一条黑毒蛇，从左边钻出一只花猫头鹰，后面一只怪兽分别长着虎、熊等九只猛兽的头。玉拉心想：它是魔怪之子，必定有多般变化，有多个魂魄，像梦境一般。玉拉口中念着咒语又砍了一刀，登时蛇头、熊头、马头等露出白花花的獠牙，毒蛇显出黑色的皮，若是胆小的见了定是胆颤心惊，即使英雄见了也会如临大敌。此时后方的阿贵达拉赤赞赶到近前将它的头砍下来拿了过来，只见它眼睛赤红，黑舌吐信，蛇尾摇来晃去。

此时，铜顶神山顶上飘来莲花生大师幻化的七彩祥云，岭国的十位勇士有莲花生大师的十个化身护佑。为了消灭萨堆，众人口中均念道六字真言，那些衍生出来的怪物便一动不动了。

魔怪倒下后，但见铁头的黑色蛇妖有着大象一样的大耳朵，在海里钻出钻入，蛇尾巴像空中的柱子一样搅动着大海，波浪涌上天空像下雨一般敲打着石头。此时，阿达拉姆往戴着珊瑚玉石的头上戴上白色的头盔，穿上白色的甲胄，腰间的金甲上系上三兵，一眼望去，她像是白海螺一样美丽，面颊里排着嚼肉噬骨的三十颗银牙，英姿飒爽地骑在一匹花黑相间的马上，脚穿三彩靴子，放在脚马镫之上，手中并不拿刀枪剑戟，便挡住了西面像咒师咒房一样的门。蛇魔一见，吃了一惊，料想阿达拉姆一定不是凡夫俗子的血肉之躯，要么是龙界来的龙女，要不就是上界的天神，再不济也是个泰让变的。蛇魔心想不能杀她，只能将其活捉。于是蛇魔将龙妖用珍珠制成的日月幻眼擒曜索抛向阿达拉姆，毒蛇的索尖系在空中，向阿达拉姆唱了一支威吓的曲子：

阿拉塔拉唱塔拉，
塔拉是歌之唱法。

如若不识此间土，
黑色大路三岔口，
曲木里赤西大门。

如若不识我辈人，
坚固珍珠宗堡中，
曲赞扎杰王殿上，
我乃首臣黑蛇魔，
本领世上无人敌。

古人谚语早有云：
能医涎液之医生，
能度死者之上师，
无边大海之水源。

今年之年明亮时，
你是凡人或是神。
空中云彩未满时，
青龙吼声必漫天。
水中波浪未起时，
浑水响动声音大。
猛虎还未出洞穴，
小鹿已经脚颤栗。
深海底下之军队，
若被埋伏心灰冷。

曲木里赤之国都，
国王亦是龙妖类，
曲赞扎杰是他名。
天竺十六国家中，
威势最猛便是他，

财富最雄也是他，

臣子勇猛也是他。

蓝天被那黑暗吞，

带来光明是太阳。

大地灰白石和土，

带来滋润是细雨。

天竺无勇又无运，

握住命脉是龙妖。

你这女子真蛮横，

小命粗细像马尾，

自以为像铁柱般，

想法现实是两样。

我乃龙妖先锋将，

你是弱小之女流，

还当先锋真奇怪。

一半糌粑半茅草，

用水冲食真奇怪。

我有锋利黑铁刀，

你用铅来挥几回，

需知两物不一样。
红色火舌疾如电，
与那彩虹一同行，
地上四足之走兽，
想要同行是妄想。
我是勇猛黑蛇神，
像那阎罗取人命，
你这弱小之女流，
想要敌我是妄想。
今晨我已取胜利，
号称猛如青龙者，
身有六翼全打断；
号称猛如猛虎者，
全部用那弓箭射。

身带不祥小女子，
玉饰之上着白盔，
不伦不类之装扮；
盔旗之上有白甲，
引来勇士自耻笑；
棉线之上放箭头，

只是徒添己伤心；
靴子之上有彩纹，
不能挡住汉地路。
越看我越觉奇怪，
若说你是女儿身，
头戴玉饰身披绸，
为何还要带兵刃？
若说你是男儿身，
为何戎装不上身？
还要配饰女儿物。
勿要隐瞒红眼女，
说出实话好沟通，
镫带短了好下马。

听懂你要记心间，
不懂歌亦不解释。

大力黑蛇妖唱完，像被血壮了胆子一样，将火焰人猿石拿在右手，将花色毒蛇套索拿在左手，跳到阿达拉姆身上，说道："你选一样吧。"阿达拉姆心想：在今日之前，羌塘单薄白嘴马，被那冰雪所困住，蹄力哪能不受损？牦牛在那岩中活，行走岩石之间时，哪能不丢却头上角？雄狮实乃雪之子，山上风雪飞扬时，哪能不占雪之宗？阿达拉姆羌塘女，取得胜利多果实，哪会战胜不了敌？今日早晨，两雄相遇，多说无益，还是亮出各自的真本事。

阿达拉姆心下大怒，说道："常言说的好，翻山越岭时，要一步步走，哪能挥动翅膀飞过去？盗匪嘴中谎话连篇，若是不去细究，弱者怎能得公理？无财女子放声唱，若是没有衣和食，哪还理会歌好坏？骏马四蹄在蹦跶，若是不能穿平原，蹦来蹦去有何益？你我二人相遇，就像前面喻言里所说。说话要有回应，施舍的食物也要有回报。我虽弱小像是地上的蝼蚁，也要来挡一挡你这巨大的滚石。"说完，阿达拉姆从右边取出食肉饮血箭，从左边取出野牦牛角所制成的三界摇动弓，箭搭弓上后唱道：

阿拉塔拉唱塔拉，
阿拉歌来敬神明。

首先顶礼并膜拜，
上师三宝本尊神，
礼敬空行诸仙女。
再次顶礼北方地，
九尖铁角之故乡，
虎豹涧中之龙神，
礼敬大乐之神明，
礼敬奔日[1]擒飞禽，
礼敬姜日[2]闪天空，
礼敬天湖龙族神，
玉达神山披甲胄，

1　奔日：山神名。
2　姜日：山神名。

圣湖玛旁雍措知，
空行五部吉祥草。
从那头顶往下面，
到那双脚往上面，
五行人身之中间，
请要如影随身后。

如若不识此间土，
南方天竺法之山，
右边吉祥古塘山。
天竺十六个国家，
自有都城十六个，
是为上师传法地，
是为护法之神殿，
是为仙女之乐园，
是为勇士之乐土，
是为善法传扬地。
在那莲花法台上，
佛法枝叶繁盛开，
此乃众人所皆知。

如若不识我辈人，
就像先前你所说，
毒蛇之头两根舌，
心中妄想有宝物。
在那如意藤之上，
钢爪大鹏神之鸟，
羽毛似刀收龙界，
头上之宝闪金光，
毒蛇窜动变敌人。
在那青金云朵上，
青龙想要显吼声，
以为你声最响亮。
在那雪山之顶上，
狮子鬃毛指天空，
必能降伏那青龙，
吼声从此便绝迹。
大地平静大海上，
巨鳌之王名声大，
想要潜入海之底，
毒蛇走过之路途，
巨鳌也是一声叹。

世间凡人之君王，
美丽曲木里赤中，
曲赞扎杰国王名，
比那阎罗更为威。
上界注定之神子，
除去格萨尔王外，
占领世界之地时，
将那南杰丢风中，
你说该喜还是忧？

如若不识我辈人，
吉祥之草中降生，
阿达拉姆是我名，
认了凡人做父母，
日西可卡是父名，
达珍玉吉是母名。
生身父母虽不是，
养父养母恩深重，
将我从小抚养大，
直到皱纹上额头，
与那亲生无两样。

身形像是神仙身，
眼睛明亮能预知，
头长乌发彩虹显。
从前不知善与恶，
还未听到梵音前，
手握弓箭取他命。

羌地牦牛自古多，
还有羚羊和野驴，
三岁开始带弓箭。
当我到得五岁时，
弯弓开始射出箭，
向那岩石上射去。
野生牦牛有利角，
自恃威猛来怒吼，
一时惹得我生气，
将那牦牛都擒来，
不是虚言是实情。

羌塘木堆鲁赞王，
是为转动世界人，

人肉马肉和人血，
均是他的口中食；
人皮狗皮和马皮，
均是他的身上衣。

原先最初之时间，
岭人生计是第一。
我乃日西阿达将，
岭王手下之龙女，
龙女之名从此来。

箭不似射似落下，
像是天上落雷电，
岩石也是无处躲；
马不似跑马似飞，
像是雄鹰翔高空，
怎能不划过天际？
刀不似刀似着火，
像是树木被火烧。
不分日夜和高低，
电光火舌窜烧地，

福羊命亦会陨落。

龙女我同蛇魔你，
心事已经显易见，
从这今日之时候，
你若觉得你英雄，
取胜美名扬四方，
南瞻部洲魔来占，
来将佛法全部灭。
如若我威要食肉，
无论新旧均护法，
佛祖地位自会高，
使那众生离苦难，
天上自会降神雨，
遍地开满吉祥花。
今日我射一支箭，
从那仙界再往下，
中间念青唐拉山，
到那大海龙宫上，
没有此箭不至地。

上师教诲学生听，
严守清规和戒律，
必定不会堕恶途。
君王旨意臣须听，
法度严明之官长，
属民衣食必定足。
父母之命儿须听，
儿女顺从尽孝道，
家中财物必然丰。
你说是否此般理？

你之空话像龙吼，
如若不能有闪电，
话说再大是空话。
你之迅疾像雷电，
如若没有细雨下，
天空就像被火烧。
大话似那大鹏立，
如若不能收龙界，
只是空费羽和毛。

上要降伏那天空，
将那日月摘下地。
下要降伏那大地，
一寸地也逃不掉。
将那敌军擒拿时，
唯有你能帮助我。
灵妖龙妖罗睺妖，
今天请你全降伏，
手放额前诵念经。

阿达拉姆说完，便抛出一支箭，正中大力黑蛇妖发际。蛇妖的身体像竹子一般裂开，里面钻出各种蛇虫走兽，虽然岭国众将都过来帮忙，但是鱼蛙等仍逃入了水中。那条黑蛇变得像松树一般高，迅疾如闪电般消失无踪。黑蛇索、红珍珠柄的霹雳宝刀，黑色生魂铁制成的天地晃动铁箭，黑蛇擒拿套索等都落入阿达拉姆和董迥等人手中，岭军取得胜利。

后方的达热查赞，其人鹰眼人身，长着一双铁手掌，身体的右边有毒蒸汽，左边有毒雾。当他打开装满毒气的包裹，登时四周全被黑毒笼罩，仿佛大地震颤，日月变色，上中下三界均充满黑色的毒物。正当岭国的勇士们无计可施的时候，蒙古的赤马达拉托赞美巴喷出一道火焰，毒气才散去了一些。此时，毒蛇哈拉度杰迅速从刀鞘中抽出毒刀，冲上前，噶伦曲珠迎了上去。毒蛇哈拉度杰以为噶伦曲珠毫不畏惧，便以为他是不死金身。噶伦曲珠挡在他面前，毒蛇便掏出火焰霹雳电箭，射了许多支箭，但因噶伦曲珠的甲胄有金刚护法护体，并未伤到。噶伦曲珠被一些灵妖围住，赤红马四蹄也无处动弹。哈拉度杰见他逃脱不了，便唱了这样一支狂妄的曲子：

阿拉塔拉唱塔拉，
塔拉是歌之唱法。

三声南人勇士歌。
高高天上之狂风，
是为日月在歌唱；
大地巨石扔水中，
是为阻住去路扔。
大水波浪往何处，
舟桥必是最明了。

如若不识我辈人，
宝贝大海之里面，
大海波浪之中间，
哈拉度杰真勇士，
曲赞国王殿上臣，
专为降伏强悍敌。
我乃锄强扶弱者，
是那旅人引路者。
我乃大臣阎罗王，
将死之人怎能敌？

熊熊燃烧红火焰，
干草怎能与之敌？
水流之势何凶猛，
沙土之身岂能挡？
哈拉度杰百毒身，
莫说是那凡人躯，
即使日月也能遮。
你说是否很神奇？

昨日在那早晨间，
像是从天上落下，
大地好像在悲戚，
无父无母像岩魔，
非神非鬼像魑魅，
非人非牛像野猪。
到底此男是谁人？
哈拉若是施毒法，
你辈怎能抵挡住？
我的双足踏上地，
地上草木就萎靡。
你称不死之英雄，

我即投出多种刃，
最终被那套索擒，
无勇装勇真羞耻。

高山若是不安分，
白雪盖时真羞愧。
林山若是不安分，
被那大火烧灰烬。
斑斓猛虎自伤神，
无缘再现其笑颜。
兔子虽然善奔跑，
雄鹰一旦扑下身，
兔子便是无路跑。
初生羊羔爱玩耍，
一旦饿狼到草原，
哪里有心再玩耍？
狂妄勇士行将死，
前来搅乱我心智，
休想逃脱一两步。
红色毒绳似火舌，
今日套你将死人，

不但摧毁你肉身，

连同摧毁你魂魄。

听懂耳中之甘露，

不懂歌亦不解释。

哈拉度杰唱完，便抛出冒着毒气的绳索，噶伦曲珠旋即被钩住。虽然曲珠有空行母的生命结和其他护身符，但仍是昏了过去。噶伦曲珠脖子上挂着毒套索，被拉了几下，却未被拉下马。随即曲珠用食肉红柄刀砍将下去，毒套索登时断为两半。哈拉度杰心想：我这回是敌他不过了，倒不如用自己的法术钻入岩魔的肚腹之中。于是，哈拉度杰便朝着碧波汪汪的大海逃去。噶伦曲珠风一般地从后追赶，见他躲进洞穴中，便用火将他逼了出来。哈拉度杰见无路可逃，便回身放了三支毒箭，但是没能伤到噶伦曲珠。噶伦曲珠说道：“喂，你哈拉度杰毒蛇魔，狂妄像那火焰烧，火焰自有水来浇。耳中既能听闻，眼睛也能看见。人之将死，机智如鹞鹰。去往地狱的时候，有父母亦无用，有君王也没有办法保护。”说完，他唱了一支英勇的曲子：

阿拉塔拉唱塔拉，

塔拉是歌之唱法。

上请梵天大神知，

中请古拉格佐知，

下请阿尼玛卿知，

护佑杀敌取胜利。

吉年日光威力大，

冈底斯山雪消融，
融成流水满地方。
红色火焰燃林中，
树木最终变灰烬。

如若不识此间土，
天竺水门之上方。
在此之前时日里，
眼虽未见耳听闻，
天竺是为佛法地，
得道上师自然多。

金刚密宗之道统，
在那藏地广传播。
天神莲花生大师，
从那三十三天上，
将那战神格萨尔，
派至岭国上部地。
若说公是为天下，
若说私是为藏地，
将那岭国之敌人，

黑魔祖孙全部人，
全部挫骨并扬灰。

在那岭国之地方，
共有八十名勇士，
其中有那七贤人，
还有虎将鹞雕狼。
父叔像那伟岸山，
母姨像是天上虹，
勇士像那细雨落，
岭国被那众人羡。
富贵像那邦锦花，
诸国之中最好地。

岭国格萨尔大王，
首先战火指向北，
鲁赞魔王为首者，
八十魔子收治下。
霍尔地方白帐王，
向岭派出五万兵，
岭国众人羡慕地，

像是冰雹砸草地，
最终霍尔白帐王，
和那霍尔千万户，
被那岭王当奴仆。

此乃国王之胜果，
征战拼斗均无敌。
歇日十八国度中，
玉拉赞布为其一，
托拉赞布为其二，
穷拉赞布为其三。
可战之敌有千百，
龙魔为敌必是疯；
可走之路有千百，
若去跳崖必是疯；
可食之物有千百，
若食哈拉必是疯。

无道上师喜钱财，
若是贪取太多财，
堕地狱时如何处？

蛮横官常不公正，

黑白不明陨自身。

无勇懦夫扮英勇，

刀枪出鞘自明了。

无耻女子真自私，

离间话语到时明。

所说比喻皆真理，

宗堡若是不安分，

国之财宝归岭国。

我也并非是重臣，

忝列岭国勇士列，

犹如岭王之眼睛，

犹如杀敌之利剑。

蛮横魔王听我言：

勇士若是不安分，

懦夫必被刀剑杀。

富人若是积财多，

强盗抢时会后悔。

诵念巫咒奉供品，

想要普度那众生，
最终自己堕地狱。
山上落下之巨石，
其势虽猛无甚用。
如果有勇来比试，
如有法术请施法。
我劝小儿勿逃走，
狐狸逃时钻洞穴，
除了烟熏死洞中，
还有哪里有生路？
女子多伴损自身，
最终诸病来缠身。
无耻骗子抢掠财，
入牢狱时方知悔。
今日英雄度杰你，
虽然想要投靠海，
无奈没有金鱼技，
今日应是逃不脱。

这条魔幻之套索，
像是阎罗手中索，

抛出哪有不擒理？

像是罗睺擒日月，

像是抓住鸟之脚。

诸位战神勿分心，

将那神索套敌颈。

噶伦曲珠说完，便抛出套索，套住度杰的脖子，像是鹞鹰捉住小鸟一般，像是阎罗王用绳索套住恶人，不一会儿，哈拉度杰便像是上钩的鱼一般被擒住。此时，岭国众勇士都聚齐后，喊声震天，声音大过青龙的吼声。伟岸似峰的岭国勇士们取得胜利后，将哈拉度杰似牛羊一般捆绑后带了过来。然后向西面阿达拉姆白塘的、左右延绵不绝的部落派去了信使。岭将消灭曲赞扎杰手下鸟、蛇、猪等妖臣的消息传遍天竺上、中、下诸国。从佛塔太阳神殿到轮回林天葬台，再到天竺佛之道场波罗奈斯都派来大臣拜见。在加塘玉日地方，十位勇士跟他国大臣们详细交谈，停留了十三日。

此时，曲赞扎杰的大臣、咒师以及阿杂琼纳的上师琼纳美巴等坐在红色火焰铁船里面，正从曲木里赤赶来。格萨尔王的侍从们及赤红如火的白鼻神马，像是烟雾漫天、日光耀般地从天上架着虹桥到来。在天神、灵妖、龙妖以及战神和空行母等迎接下，虹桥的一边连接水面，叔父超同便走下虹桥。只见叔父超同褐色的头发编成佛祖古青结、金刚杂结、咒师吽惹结、勇士三兵结、空行母结、右边切玛结、左边曼陀罗结、勇猛猛虎结等九种不同的结，再用九尖金刚装饰发髻，在褐色的五条须髯上戴上一个金镜。四周护法之神围绕，右边有火焰般的护法，左边有沸水般的护法，后面有狂风般的护法，前面有云层般的护法。叔父超同与其说是人身，不如说是天神，像是忿怒马头明王威震三界。

此时，魔军的船只上走来十五名妖臣。叔父超同施起法术，使得天地变色，阎罗侧目，仿佛头能碰天、手能撼山、尾能摇海。他变化成鸟妖鲁赞一般，长着十九张嘴、十九只眼，头顶的角好像要将天空戳破一般。他喊了三声，将大海挡住，仿佛黑夜来临一般。妖臣辛吉赤玛心中思忖：他究竟是人还是鬼？辛吉赤玛想看个究竟，便朝着叔父超同走去。因为辛吉赤玛心中的恐惧像日月对罗睺一般，他便将哈拉霹雳毒装到大炮小炮、长枪短枪中，朝着叔父超同发射。叔父超同像是伟岸的山峰一般丝毫不动，毫发无伤，连眉毛都未能烧到。于是，叔父超同便唱了一支令人恐惧的曲子：

阿拉塔拉唱塔拉，
塔拉是歌之唱法。

一声二声三声吽，
三声之后开始唱。
三吽天上诸位神，
今日来做叔父伴，
帮我一起来杀敌。
生鬼死鬼和怨鬼，
所有非人之鬼魅，
全部将他压下面。
佛法传扬满天空，
恶魔除名连根拔。
百位神明敬请知，
忿怒马头明王神，

忿怒神中属第一，
四十二位和平神，
慈悲度化世间人，
今日都请护佑我。

如若不识此间土，
南方曲木里赤国，
在那空空天空上，
一是无路辟路处，
二乃彩虹架桥处，
三是施展法术处。

如若不识我辈人，
属于忿怒百神明，
为首马头明王神，
火焰虎神父族神。

在那以前之时候，
在那北方山背后，
是那魔怪为首者，
头上长着牛之角，

背上长着雄鹰翅，
尾巴似那黑毒蛇，
四肢像是野兽掌，
身形却是凡人身，
一日游遍世界地，
羌塘阿库唤鲁赞。

从前居住羌塘时，
在那岭国之地方，
即是乞丐母之子，
是那魔怪之首领。
以前魔部全消灭，
全部收入我治下，
光芒像是日和月。
百马落在一马后，
飞快好似飞鸟般。
百人臣服一人下，
似那森姜珠姆妃。
我乃转动世界人，
未将觉如放眼中。

直到一天之清晨，
从那达果山山口，
来一小人骑矮马，
小人看似快落马，
九样兵刃拖地上，
来了如此之一人，
我和他战取胜利。
在那大鹏神鸟前，
乌鸦拍翅不管用，
太阳光芒照大地，
乌云在旁真可怜。
初始还未亮兵器，
只从对方马前过，
像那鹞鹰追小鸟。
如此孱弱之小鸟，
就像无智之觉如，
吃完食物即排泄。
右手捉时飞空中，
左手捉时入水中，
空手怎能碰彩虹？
最终抛出刀枪箭。

清晨抛出几只箭，
那时鲁赞落下风，
毒角落在右边上。
中午时候比试刀，
那时互不分上下，
双方都未受伤害。
晚间白盔再肉搏，
觉如力量明显大，
鲁赞技艺不如人，
最终鲁赞恶魔王，
言听计从对岭王。

春日时候之酥油，
出门时候有用场；
秋季成熟之麦子，
酿酒时候有用场；
身上羊羔皮衣袄，
行商之时有用场；
贤人熟知空性事，
讲历史时有用场；
无畏英勇之战士，

征战时候有用场；
上师佛法之口诀，
度人离恶有用场；
善于治理地方者，
占领国都有用场；
你虽是那鲁赞王，
对我岭王有用场。

勿要停留去岭地，
在那岭国之地方，
天空宽广无穷尽，
大地无垠广且袤。

要想喝尽海中水，
需有天空般肚皮；
要想将那山峰毁，
需有霹雳般力量；
要想生吞黑毒蛇，
需有大鹏般喉咙；
要想转动这世界，
除了岭王无他人。

手下奴仆和婢女，
所喜所欲所需者，
华丽衣裳美味食，
除了富家谁会有？
不过还有相似理，
威势浩大之君王，
如若不能严执法，
莫说占领他国地，
本国土地亦会失。

想要布施之上师，
如若口中不诵经，
小心直接堕地狱。
喜爱打扮之女子，
如若不找好归宿，
流落他乡会后悔。
没有羞耻之兄弟，
若是全信反被骗，
以上所言俱是实。

在那世间之地方，

小国自是数不完。
黑方魔怪真蛮横，
想将天空穿身上，
想将大地垫身下，
想要统治人世间。
岭国国家之君臣，
像是稻谷齐长成，
像是树苗节节高。
高山上面之白雪，
装饰山峰透明亮，
是那狮子栖息地，
狮鬃在那威武扬。
无敌湛蓝之大海，
是那巨鳌栖息地，
还有鱼虾戏其中。
此外还有如此景，
洛绒藤萝檀香树，
是那虎豹栖息地，
兽毛在此显光滑。
岭国叔父君臣们，
众国都归岭治下，

转动世界之方向。

你乃阿杂老巫师，
母苏巫咒之主人，
心肠歹毒使黑咒，
正义之事从不做，
身上五毒皆俱全，
留你等人在世上，
是会毁掉这世间。
岭国敌人无穷尽，
来世之时无苦痛。
你将善方视作敌，
恃强欺凌那弱小，
一生都行偷盗事，
不会有那占都日。
喜爱钱财之上师，
哪能渡人离苦海?
鲁赞我虽是老魔，
还是格萨尔度我，
力量比那从前强，
勇士武艺无人比。

转动天地之方向，
是那搅动大海者，
是为打破黑暗者，
威力像那青龙吼，
像是冰雹下平原。

火声风声和水声，
地动山摇大海涌，
同一时间齐出现。
三声吽和三声啪，
吽啪声后敌即倒。

黑域黑刃之宝刀，
今日到了挥动时；
霹雳三尖金刚橛，
今日将要搅大海；
霹雳九刃金刚杵，
将要转动这三界；
晶莹光亮之明镜，
开启天界之智慧；
三尖电舌之神枪，

今日取那敌人命。

吽吽啪啪[1]！

叔父超同唱完，连念了三声吽啪后，用霹雳宝刀将天上的云朵追来赶去，霎时间，雷声阵阵，电闪雷鸣，乌云密布，霜雹齐下，天地好似要合拢一般。这时，叔父超同又将霹雳三尖金刚橛向海底掷了三次，海水即刻翻涌，使得空中都充满了水。叔父超同随即将霹雳火焰枪左右耍了几下，左右两边的山也合拢到了一起。岭国格萨尔王心下大悦，夸赞叔父超同在天上似飞鸟，在水中似鱼儿一般，说话间他仍是岿然不动。

叔父超同向水中投了二十五颗石子，杀死了二十多个妖魔，像是风吹焰火、火烧草原一般。此时，海底的叫喊声像是天地要裂开了一般，有些妖魔因未找到水路，于是口鼻中都灌满了水，开始呼吸困难。正当他们半死不活、无路可走的时候，咒师查拉美巴站了出来。他站起身，张开翅膀把天空占满，将八十火焰哈拉毒箭、红色霹雳火枪等向岭国的叔父勇士们射去。叔父一惊之下，差点堕入海中，刚好赛巴尼奔赶到，尼奔用左手抓住叔父的右手，将他送回了虹路上。

因为魔将变出了霹雳闪电，于是尼奔的右边燃起了火焰，左边燃起了铁水，头顶上又是闪电和冰雹。此时，格萨尔王将自己的身体变成了金刚之帐，魔怪见左右都无法通行，便将长手伸向天空，挥了挥手中的双刃黑毒刀，左手拿了红色哈拉蛇铁，胁下放了五颗石子。魔怪心想：用毒或石头、套索，总有一样能制服敌人。如若他真是岭国恶贼觉如的化身，或用火烧，或用毒鸩，或用石子射杀。如此思定后，魔怪唱了一支这样的曲子：

一声二声三声呜，

阿热呜塘魔之歌。

1　吽吽啪啪：巫咒中的咒语。

绒钦大海一声鸣，
属民财富二声鸣，
君臣威名三声鸣，
三声鸣声从此来。
南山查赞山神知，
绒吉敏米拉孜知，
海中护卫龙神知。

如若不识此间土，
是那水流汇聚处，
没有一条通行路。
红色闪电和狂风，
是那风火颠倒地，
海水自定流向地。

如若不识我辈人，
勇武像那银色狮。
身有六艺斑斓虎，
食肉饮血是本性；
身有六艺活阎罗，
去取敌命是本性。

气力无敌疯大象，
遇见敌人都消灭。

曲赞扎杰大魔王，
麾下五十名妖臣，
其中至勇至猛者，
达桂冬布为其一，
辛玛拉赞为其二，
蛇神朱古为其三，
乌扎续钦为其四，
帕瓦东丹为其五，
还有赞贵为其六，
为那君前六大臣。
王兄赞吉为其一，
王弟萨堆为其二，
嘎热吽钦为其三，
木扎惹杂为其四，
南卡晋美为其五，
阿尼拉赞为其六，
六人为那心腹臣，
是为定策行计人。

我所说者俱有理，
白色之人听我言：
世间之事早注定，
今日晨间之时候，
从那大海之深处，
身上病痛非所欲，
实乃前生所造业，
所行恶事非所欲，
恶事像那树之胶。
神魔之军难安宁，
此乃前生所注定。

去年我方之部队，
去往汉地之时候，
在那边界造桥时，
恶贼觉如弄波浪。
总共三万之部队，
有的逃脱无影踪，
有的掉落到水中，
有的刀口已送命。
蛮横恶贼狂妄言，

想要夺取王之位。
大奸大恶说善言，
上师怎能知其意？
岭国干尽奸恶事，
将那生命都残害，
还来抢掠我方财，
还要将那剩余兵，
都已回到本地后，
赶尽杀绝来追杀。

古人谚语早有云：
红日转动耀大地，
罗睺为何要生气？
大鹏飞到枝头时，
猫头鹰儿莫生气。
雄狮傲立在雪中，
哈巴狗儿炫耀啥？
金子价值颇高时，
无需将那黄铜磨。
岭国乌合之部众，
羌塘鲁赞号称强，

其实鲁赞大国王，
最终什么都不剩。
像是红火般君臣，
头上自有水来浇。

你还要做觉如臣，
不是臣子是奴仆，
白日需要听命令，
夜里还需侍左右，
好需三山去打探。
你说是否此般理？

门旁侍女唱小曲，
日夜劳作不停歇，
虽然滋味不好受，
还要装成是主人。
哈巴狗儿被绳拴，
所食实乃剩余食，
还想去跟别人比，
小心被棒打掉牙。
是否此理细细想。

你乃奴仆最底层，

莫说美食和暖衣，

就连说话都无权，

还来夸耀那主人。

若是再不安分点，

定用套索取你命。

魔怪说完将套索抛向格萨尔王，因格萨尔王是空性彩虹之身，他的套索像抛向空气一般毫无反应。他一惊之下又抛了一次，这一回套索断成两截，一截在他手里，一截掉进了水中。他又将黑色毒蛇枪从右手交给左手，像乞丐打狗般地打向色巴尼奔，因色巴尼奔有阿尼玛卿、红山大神、红虎年神等护佑，所以未受伤害。

魔怪又跳向叔父超同，挥了挥蛇铁，叔父超同眨了三下眼睛，又向后退了三步，虹桥将断未断。叔父的脚和膝盖都快碰到海面的时候，喊了一声："侄儿格萨尔王化身的梵天等诸神敬请显灵。"说完，叔父超同便到了虹路之上。叔父超同大汗淋漓，全身湿透，胡子全部倒竖起来，上面流满口水，鞋履全部被打湿，身子在风中好像快要倒了一般。

此时，色巴尼奔说道："真是黑方的魔敌，若是岭国的敌人有这般本领也是不错。俗话说，在太阳的光芒前面，星辰算得了什么？白色的冰雹一下，花朵儿还怎能开放？在那火焰蔓延的地方，林山哪能幸免？在勇猛的岭国勇士面前，魔军使不出什么妖法。乞儿显摆财产，是招来杀身之祸的前兆；僧人经常来到村镇，是要破戒的征兆；到处乱吠的老狗，是要挨石头的先兆；喜欢骂人的长官，是要失去权位的先兆。这些道理都慢慢会清楚，还有很多相似的道理，我就不一一赘述。"说完，色巴尼奔将黑暗九斩刀从刀鞘中取出，像是天空划过一道彩虹，口中念道："我这刀一抽出，不但凡人的血肉之躯，连那魔怪鬼魅，此刀都能斩杀干净。两个勇士相逢时，先要报出自己的家世地位，脉络传承。宝刀从刀鞘中抽出的时候，要将铁的来历、铁匠的身世故事、浇铸铁水的细节等一一备说清楚。”说完，尼奔唱了一支神勇闪电曲：

阿拉塔拉唱塔拉，
塔拉是歌之唱法。

阿拉岭国之母语，
一声阿时法日升。
塔拉是世间诸事，
大至六道向佛法。
敬请三宝神明知，
前世今生和中阴，
都要礼敬佛三宝。

如若不识此间土，
大海深处魔之邦，
宝贝珍珠之故乡，
是那魔王之故乡。
挡住南瞻部洲门，
做那牟利之勾当，
毁那佛祖之佛法，

压迫天竺其他国，
破那汉地之法度，
黑方魔怪衍生地。

如若不识我辈人，
在那前世之时候，
是那多闻天王身，
珍奇宝物之主人，
成就享受如雨下。
待我投了凡人身，
上岭赛巴八部中，
赛巴巍峨之高山，
是那族长之手印；
蔓延在那原野间，
是我尼奔达雅将。

天上青龙之吼声，
怎不响彻在空中？
岭国君臣和部众，
哪能不降伏敌人？
以上不是狂妄语，

美味酥油等食物，
粗糠等物怎能比？
牦牛之肉少油脂，
猪肉油脂怎能比？
岭国君臣和神子，
狂妄魔怪怎能比？

本来岭国之地方，
未去抢掠他方地，
反而遭遇狐兵侵。
若要说出因由来，
古有谚语早有云：
若是不与困难遇，
终是不能获成就。
若是不去杀人命，
难以抛弃恶业身。
若是不去忏悔罪，
如何能够得重生？
若不施财予他人，
怎能遂你之心愿？
若是魔邦不挑衅，
岭国君臣不会来。

红色毒蛇之毒铁，
像是乞丐手中棒。
母苏魔国之国王，
手下臣子似虎豹，
若是虎来将皮剥，
将那豹皮垫原野，
除此之外无他路。

魔子毒人听我言：
你之妄言不符实，
大力魔怪疯大象，
不管鼻子有多长，
先须填饱自己肚。
艺高鸟王大鹏鸟，
无论怎样挥动翅，
不能降伏龙妖魔。
魔王所占之大海，
珍珠矿藏之宫殿，
在我看来不长久。
殒命像是山上幡，
终被大风所吹走。

短命像是风中烛，
终会熄灭变黑暗，
除此之外无他路。

听懂耳中之甘露，
不懂歌亦不解释。

唱毕，尼奔将铁匠铸造的历史、白黑花铁的来由都仔细说了，魔怪一时被言语所吸引。尼奔机智多谋，更兼武艺高强，手中的刀一挥，便将敌人的脑袋像切萝卜一样砍了下来。敌人的脑袋落地之后过了一会儿，身子才缓缓倒下，格萨尔王将他的灵魂超度到了净土。

岭国诸将在越升越高的虹桥上，像一团球体一般，向着珍珠宫殿进发。曲木里赤海中端，身着红衣的昂魔变成一只大嘴大鱼，将海中的波浪全部洒向空中。鱼的尾巴抵着珍珠宫殿的宫门，鱼鳍像是大鹏鸟的羽翼一般，将水中的妖魔们全部覆盖在下面。

岭国君臣们的前进道路被挡住，正无路可走的时候，白色梵天大神、念青古拉格佐、宝顶龙王、森姜塔里等诸神仙女来到鱼旁，有的占住虹桥，有的在鱼背上诵念刀枪不入的口诀。天空中开始出现彩虹，格萨尔王用左手抓住叔父超同的右手，对他的护法神加了期克印，叔父超同心才稍安。大鱼突然发出了一声巨大的咂腭声，食肉饮血的罗刹女用铁水沸腾般的声音唱了一支残暴的曲子：

在那大海之深处，
獠牙阿热龙妖知，
还有查赞土地神，

还有红岩天宗中，
赞贵热巴三兄弟，
食那血肉取人命，
食肉饮血罗刹女。

如若不识此间土，
在那大海海水里，
南杰赤赞国王名，
贡确嘎热上神名，
中为死神和魔怪，
下为龙妖之国王。

如若不识我辈人，
大海水波荡漾中，
有那坦途如白纸，
凹凸红岩般人形，
食肉饮血之鬼魅，
热巴红魔之后裔。
人若直立取首级，
人若喧哗立取命。

你从陌生之地来，
你等凡人真狂妄，
无路海上架虹桥，
天空虽高飞过来，
大海虽阔跨过去。
你所行路是何方？
你之赤心献给谁？
自从把守河渡口，
上船下船和中船，
阿杂母苏三船路，
除此之外无处走。

天上风云变幻时，
火焰冲到云霄上。
中间风声急切时，
将那闪电收牢中。
空中飞行过鸟路，
虽是大鹏须小心。
为何随心所欲走，
须说实言勿隐瞒。
我乃神力大鱼怪，

不只凡人之身体，

就连日月也能咽，

海水无底吸入口，

将那龙妖入口食，

此地主人便是我。

听懂耳中之甘露，

不懂歌亦无解释。

说完，食肉饮血罗刹女便变成了一只大鱼。岭将扎拉孜杰听到罗刹女的言语，怒不可遏。那扎拉孜杰，像是天上下凡的战神，头盔和盔旗像是朵朵白云，银甲像是皑皑白雪，身上三兵环绕，威武不凡，像是雪狮挺立，雪狮白鬒飘飞，像那荆棘蔓延，像那猛虎出林。扎拉孜杰从右边的火山虎面囊中取出银翼白箭，从左边的巴扎环囊中取出弓弦由仙女的白绫做成的神弓，对那行尽一切恶事的罗刹女唱了一支威武的曲子：

阿拉塔拉唱塔拉，

如若不唱三声塔，

没有平顺之声调。

如若修习无法身，

实乃没有根本枝。

一敬大乐顶门处，

无量光佛之法身。

咽喉享受之轮中，
礼敬大悲观世音。
中央曼陀罗宫殿，
礼敬化身莲花生。
在那右肩之垫上，
礼敬年神和战神。
在那左肩之垫上，
礼敬大海之神明，
今日助我一臂力。
此乃说话之方法，
贤人话语有来历，
没有来历非贤人。
庄稼上面之麦穗，
若无果实有何用？
双眼所看之戏剧，
需要明白其中理，
若是不明前后因，
看来就像天上虹。
呼唤诸神之名时，
在那殊胜坛城中，
自有神明之居处。

若是不知神居处，
需像暴雨般呼喊。
天上诸位神明们，
勿要分神请细看。
往下看去海无底，
无法攀来无处抓，
敬请神明来护佑。

岭国君臣和勇士，
有那佛祖在额头，
自有观音来护佑。
不比其他更强横，
地下阎罗法之王。
大力超同坠水中，
我看还有何妖法？
日月星辰升空中，
哪有地方比它高？
在那地方行走者，
除了岭将又有谁？
若有即刻飞过来。

在那大海之深处，
曲赞国王居其间，
牢固珍珠宗堡中，
以为自己是无敌。
只是暂时栖身处，
临难无法背身上，
行走无法做伴侣，
灶石无法煮出茶。
若问何事是正道，
为了来世依佛法。
有财从不施舍者，
与那饿鬼无二样。
有衣夏冬若不换，
蓄来只是惹虫虱。
上师若是不度人，
供奉徒添身上罪。
官长执法若不公，
话语便像饿狼嚎。
羊羔膘肥体又壮，
最终沦为狼之食。

曲赞扎杰大魔王，

与那众国皆不合，

本是飘零风中幡，

自忖大地之主人。

一众野兽之妖臣，

以为本领世无双，

其实都是自空想。

婢女席上放妄言，

众人皆当耳旁风。

奴仆扮威来责骂，

众人皆会去顶嘴。

东方岭国之地方，

桑钦国王咦哦哦。

头上双耳仔细听，

纯白心中仔细想，

面上双眼仔细看，

岭国少数之君臣，

来到天竺十六国，

并非挑衅来争斗。

强横威势之主人，

雪山之巅触天者，

轮回白色老雪神，

在未到达太阳前，

像是擎天之立柱。

波光粼粼漫山谷，

天竺曲木里赤国。

岭国虹桥未到前，

大海仍分上下部。

逞威逞能之男子，

是为魔国曲赞王，

未见格萨尔王前，

想将世界收治下。

所说之言是空话，

没有意义似水纹。

想我扎拉孜杰将，

并非一般之人物，

是为弘扬佛法者，

惩罚不依佛法者，

像是阎王之部卒，

遇到强敌不畏惧。

强伍阎罗之法场，

若是遇敌决不饶，
是否如此细细想。

高高雪山触碰天，
虽高不会变岩山。
你命风中之烛火，
快要熄灭变黑暗。
大水流淌至冬日，
快要冰封变白原。
曲赞扎杰大魔王，
要像沙丘被风吹。
再看岭国君臣们，
要将珍珠宝殿中，
所有宝物运藏地。
世间六道之众生，
慈悲恩德如雨下，
是否知晓罗刹女？

白绫和那白色银，
今日装饰这神箭，
父脉由儿所承袭。

摇晃白鹅大神弓，
今日将箭放弓上，
并非随便立标靶。
不杀小小之飞禽，
实乃灭敌之神箭，
箭一射出不生还。
三节竹子所制箭，
若长一分不太好，
若短一分亦不好。
岭国富财是哈达，
荆棘霹雳之箭头，
食敌肉来饮敌血。
箭身三节聚三部，
所有灭敌所杀命，
慈悲之心度乐土。
箭一射出难生还，
射完不堕恶三途。
鱼嘴白肚罗刹女，
在那两眼之中间，
两排牙齿像斧头，
喷出气来似黑毒。

勿要左右去闪躲，

在那黑毒似海中，

吃我神箭不要躲。

扎拉孜杰歌一唱完，便射出一箭，正好射中大鱼的眉心。大鱼变得像被鹞鹰捉住的小鸟、风中的稻壳、落地的雄鹰，脑浆迸溅，动弹不得，入不了水，又直不起身，口中嘟囔着，水上泛起白花花的一片波浪。于是，岭国格萨尔王用空性大慈悲心将他的灵魂度至净土，大鱼的尸体变成一座大山，立在里赤水之中央，象征着格萨尔王的这段功绩。

随后，他们来到陆地上，岭国的十位勇士喜笑颜开，在结塘白玛地方，与大臣罗布顿珠、王妃贡桑西绕、拉吉宗典等人汇合。岭国的君臣们因得不到消灭魔王的预示，所以未敢妄动，全部在深山里一处长满竹子的开阔地搭起了星火般的营帐。

此时，天竺的上中下诸部都在议论从大水西边来的十位勇士将妖魔们或推入水中，或用刀剑杀死，或用套索捉住。正所谓喜鹊之声传遍远近，若是未闻真是老牛；青龙之声响彻天空，若是未闻便是聋子。天竺的人们都不知打败妖魔的是岭国格萨尔王，都在互相问询着。岭国格萨尔王和辛巴、玉拉董迥等人发出告示，阐明自己的来意。告示上说，“天竺原是佛法之地，但被妖魔所占，我们在东方岭国听闻此事，专为消灭妖魔而来。”于是，东西南北各方的持法国王、上师、瑜伽行者、居士等都来到此地觐见格萨尔王。

此时，桑钦王对玉拉、董迥、阿达拉姆等将领颁布消灭曲赞魔王的命令，并让来自本地的西绕贡桑和罗布顿珠等三人带路。藏历七月十五日，格萨尔王、叔父超同、丹玛玉杰、噶德、扎拉、色巴尼奔、仁钦卫达等从水路进发，装成是从铁船逃出的曲赞魔王的属民。岭国众将在西绕贡桑的指引下，来到了水宫的外门。外面的铁门中间盘着毒蛇，右边是斑斓猛虎，左边是花纹猎豹。每个宫门前均有十五个野兽，且个个不同，有猿猴、猩猩等，在宫门前嚎叫，亦有许多不同的鸟叫声。曲赞魔王、长老喜色、王后阿卡、王兄赞吉及曲赞王的五十名内臣居于宫中。

岭国众将扮成曲赞王派去寻找王妃西绕贡桑和罗布顿珠的人，格萨尔王等两人打扮成卦师，将卦文背在身上，头戴卦师帽，右手拿着垫子，左手拎着卦箱。主仆二人扮成卦师来到围墙内东边的黄色珍珠门，顿时红日升上山顶，海上闪起金光。看似乞丐的两人连叫了四声，叫声似天上青龙之吼，似海中巨鳌之吼，似林中猛虎之吼，似雪中狮子之吼，宫殿也摇晃了几下。王后阿卡夏三和婢女从金子与珊瑚制成的窗棂、琥珀做成的窗户的向阳窗上望下去，看见格萨尔王等二人，右手拿着箱子，左手拿着卦垫，头戴卦帽，看着不像本地之人，手中还戴着白藤和明镜。

王后阿卡夏三心里嘀咕着：这两人从何而来？并马上一五一十地向曲赞王说了。曲赞王说："还是看看为好，本来我们这海底是不会有什么乞丐的，但是岭国之人善使妖术，又比较狡猾，我想肯定是有外人来了。若真是会打卦的卦师，便让他们算算从前逃走的西绕贡桑等人如今身在何处。"接到曲赞王的旨意后，王后带着三个随从来到格萨尔王二人面前说道："你们两个乞儿今日是从天上掉下来的，还是地里钻出来的？我们的铁门莫说是凡人，连风和水也难以进来。你们两个乞儿，究竟是从何处来的？"王后说完，唱了一支画眉九变曲：

一声二声三声啊，
三声啊后唱支歌。

所唱洛域不变曲，
一敬红色赞拉神，
敬那食肉红罗刹。

在那大海之深处，

二敬食肉之龙妖，

今天来引歌之头。

如若不识此间土，

在这大海之深处，

只有鱼虾有行路，

只有巨鳌有栖处。

九头罗刹之红岩，

除了雄鹰不能栖。

在那高高天空上，

除了日月不能显，

除了云朵不能飘。

在那雪山之上边，

只有狂风能呼啸，

只有雪狮能安歇。

南国曲木里赤中，

所有机械都自由，

曲赞扎杰大魔王，

立于天地之中间，

手下魔臣俱勇猛。

蔚蓝天空宽且阔，
云朵于是自围绕。
大地若是有福分，
天空自会降甘霖，
草木不枯是前缘。
君王若是有威福，
不需强求福自来，
享受财宝不会少。

如若不识我辈人，
赞吉扎巴吾父名，
泽麻美多吾母名，
阿卡夏三是我名。

古人谚语早有云：
贼臣偷取君之宝，
最终命丧法场上；
恶子散尽父母财，
最终居家遭饥馑。
恶妇会将丈夫害，
此乃恶妇之行径；

无道上师贪恋财，
最终难免堕地狱，
以上均是覆亡理。
与此相似贡桑者，
王妃扰乱君王心，
将那财宝全散尽。
君王命会丧妃手，
此事以后会明了。

昨日今天之时候，
天空全被云所占，
会下连绵不绝雨。
坚固岩山不会变，
高山不变亦不动。
水从深山流近处，
此乃亘古不变理。
国王不变妃之伴，
臣下赤胆兼忠心，
妃子之心亦纯白，
家国何愁不昌盛？
在此路不通行处，

为何要到此地来？

若是钱财无往还，

谁会拿出珍奇宝？

在这曲赞国度中，

飞鸟也难飞出天，

风儿也难去逃脱。

我等生存在海底，

财富积蓄在海底，

财富不尽珍珠宗，

想要尽可来买卖，

若是想抢是休想。

小鸟展示翼力前，

哪知大鹏忽然至？

日光未照山顶前，

大海之冰怎会融？

国王在未用膳前，

乞儿哪能来讨食？

国王未系腰带前，

乞儿哪能来呼号？

灶上神火未生前，

谁为乞儿来煮食？

两个狂妄之乞儿，
勿再往前须后退，
不要再到此地来。

为何让你勿来此？
古人谚语早有云：
敌人若是朝民去，
所积财物尽被抢，
并且伤害他人命，
还有呼号声震天。
若是黑魔得逞威，
寿数未尽之凡人，
时辰未到都归西；
若是妇女得逞威，
权大老人会饿死；
若是山羊得逞威，
一会攀上宫殿顶，
屋里将会满羊粪。
所说比喻皆真理，
你等乞儿食饱肚，
无聊话语满乡间，

还想谣言来诳我。
是否如此发一言。

乞儿故乡是何处?
父母之名唤作啥?
种姓是高或是低?
勿要隐瞒需实言。
若是不从实招来,
在那魔方大臣前,
小心引来血光灾。
国王之命似烈火,
大风不能刮风中,
大水流动无处去,
空中青龙不能吼,
即使小鸟也难飞。
狭长玉塘之地方,
里外三层有人守。
大海上下三层里,
三个渡口有哨兵。
你若是雨从天降,
若是潮气从地生,

你若是风请呼啸。
慢说你是凡人躯，
即使是那风火水，
也是难逃杀身祸。
乞儿发出之吼声，
若是传到国王耳，
必加刑罚于你身；
若是大臣心不满，
必会将你来活剐。

勿要往前退回去，
再者需要说实言，
为何要到此地来？
若是说不明来意，
必要严刑加你身。

若是听懂记心间，
不懂歌亦不解释。

说完，自忖美丽的王后阿卡夏三头摇得像拨浪鼓一样，嘴唇撅得像喝奶，鼻子里呼着热气，斜着眼返身回到宫殿。此时，格萨尔王等两人将棒子往地上砸了砸，红色的珍珠宫殿又摇了一摇，大海里面发出声响，本来无浪的地方也起了波浪，珍珠宫殿摇摇欲坠，好像要被水冲走了一般。曲赞王、喜色长老、王妃阿卡三人披头散发，像是被风吹散的雪花，谁都说不清楚大海中为什么会有如此从前未有过的风浪。曲赞王随即从上部阿嘎力木返回深海之中。曲赞王大声唤了几声，没听到王后和王兄回应，心想大事不妙，他断定来到宫门前的两个乞儿，不是恶贼觉如变的，就是觉如的护法神。心想：岭国的恶贼觉如，识得多种变化，诡计多端。今天来的两个乞丐，或是外人入侵，或是自家的山神鬼魅心怀不满，来取我们的命来了，还需再问问清楚。于是吩咐阿卡夏三再去探问。

王后阿卡夏三来到格萨尔王面前说道："你们两个乞丐，身形比雪中的狮子还大，快快说出实言。"于是，格萨尔王的仆从说道："王后面容皎洁像银月，明眸皓齿，真是美若天仙。我们两个乞儿只是腹中饥饿，到处游走，去过很多地方，只为求取三餐饱食。如今看此地，有美艳的王后、英明的国王、勇猛的大臣，在这大海之中，安乐得像山上的夕阳和草上的露珠，兵士像是戴着头盔的石头。您从向阳窗里问的话，我马上就来回禀。"于是，格萨尔王的仆从便唱了一支这样的曲子：

阿拉塔拉唱塔拉，
塔拉是歌之唱法。

如若不识此间土，
眼虽未见耳听闻，
曲木里赤深海中，
漫说是那凡人躯，
风儿也难去通行。
所说之话难入耳，

往上是那雪落处，
往下是那暴风刮。
本来在那深海中，
大海汹涌自是猛，
没有鱼虾之路行，
百人转动各自轮，
百马各自试马蹄。
在那辽远天空中，
升起各样之彩虹。
小鸟无处飞行时，
大鹏还在安闲转，
毒蛇滑动真可怜。
从那空中云层里，
青龙一声震天吼，
最终宝物从手落。
曲木里赤君和臣，
号称守卫有百人，
号称不放一外人，
虽有百人在守卫，
如今有人已入内。

狗欲吃盐跟人后，
虽然奔波均自取。
飞禽飞翔在空中，
羽翼掉落无奈何。
男儿意欲逞英勇，
曲木里赤君臣们，
都在争说最勇猛。
真到杀敌取命时，
能否自保尚难说。
曲赞扎杰国之王，
说是自己最有权。
若不知天高地厚，
在那南瞻部洲中，
多有国家像罗睺，
想要挡住日月路；
还有国家像巨鳌，
想要横拦在海上。
雪上狮子威力猛，
以为自己最威猛，
等到日光照头上，
雪花融化不稀奇。

南方海上之国度，
身披重甲之国王，
以为水中城堡固，
即刻就能开出路。
深海海底珍珠宫，
以为此宫最坚固，
实则脆弱似泡沫。
珍珠宫中曲赞王，
妄想夺取世界地，
真是不知自己力。

古时藏人谚语云：
军马装备来对阵，
激起勇士之怒火；
无法上师多说言，
日后肯定堕地狱；
不善女子所行事，
激起男子之恶心，
自是徒添己烦恼；
恶狗乱吠逞能者，
很快就有石子来。

眼界颇高之妃子，
勿要分心听我言：
汉地地方之官长，
私下受贿并敛财，
违背汉地之律法。
号称勇猛之勇士，
想要取胜夺财物，
最终撒下一腔血。
城中名嗓花女子，
辗转在那多人间，
最后孤苦无人依。
是否此理请细想。
眼界颇高之山羊，
要来毁坏宫殿墙。
没有耐力之骏马，
只是无端扬沙尘。
喜欢乱吠之恶狗，
身上招来乱石子。
无耻官长爱纳贿，
最终所害是自己。

美人若是不安分，
惹得众男去犯法。
蔚蓝天空晴无云，
空中半片云都无，
却有闪电大如牛。
水中绽放之花朵，
虽然花瓣很靓丽，
离水立刻便干枯。
浪荡女子之行径，
若无便是善法地，
若有便会扰家庭。
有毒果实味道甜，
吃在口中是否甜？
请你细细去思量。

我从泥婆罗来时，
手上拿着白木棒。
你是山顶风中幡，
自是大风汇聚处，
疾风吹时真凛冽，
若是长久旗柄断。
你乃岩上之松树，

枝叶盛开显绿意，

若有闪电难幸免，

若是长久被斧锯，

神木之根会干枯。

小镇里面之官长，

自忖权力是最大。

据说此地一国王，

欺压属民日已久，

今日到了报应时，

失去宫殿是无疑。

言语最后要幽默，

人们惯常说美言，

恶语相向变成仇，

若是说出是恶言，

怎会收到美言答？

听懂言语放心间，

不懂歌亦不解释。

听完，王后阿卡夏三冷汗直流，心中同时升起恐惧和悲伤，过了一会儿说道：“呀，你们两个卦师不要这么说，刚才说的尽没有些好话，这样恶语一句接一句的也没有什么意思。你们两个智慧有多少？办法有哪些？还想请你们算上一卦，看看我们宫殿中前往四面八方的臣子们如今如何，另外还需要问其他一些问题。”卦师说道：“如此甚好，若行善事一切都好，若说实言人皆满意，你说的若是实言，我可以算上一卦。”王后心想：这卦师当是尽知一切事，他是从泥婆罗来的，泥婆罗和天竺是一脉相承，应该是没有什么仇怨。于是，王后将卦师之言一字不落地对曲赞王禀告了。国王说道：“今天早上两个乞丐卦师一来，宫殿就开始摇晃，海水也开始翻滚，这是个不祥之兆，莫非是惹怒了山神？还是算一卦问问。”但是就像俗话中说的，公犏牛不敢下岩石，狮子不到市镇一样，国王他不敢亲自去，于是还是派王后阿卡夏三再去问询。王后令随从拿着蔗糖和水果，来到两个乞丐卦师面前，将礼品献给卦师后，唱了一支请求算卦的曲子：

一声二声三声啊，
三声过后开始唱，
不变母语之歌曲。

敬请查拉让赞知，
罗刹母女来援助，
祈望心想事能成。

如若不识此间土，
在那大海之中央，
坚固宗堡珍珠宫。

如若不识我辈人，
曲赞国王之王后，

东罗措姆是我名，
一女共有三个名。
幼时父母所取名，
唤泽登嘎喜罗宗；
之后做了国王妃，
东罗措姆美人名；
在那乡间之恶名，
阿卡夏三妖女名。

灵验卦师听我言：
所说之话有深意。
打坐参禅之上师，
最终将那恶魔擒。
严厉执法之官长，
最终地方必平安。
父叔所举之例子，
实乃女子祸事至。
女子唱出心曲时，
实乃想要出嫁时。
男子身负之仇恨，
与敌相遇时候知。

今日早晨之时候，
我所说出之恶言，
实乃失言勿责怪。
现在两位大卦师，
国王之前已禀明，
特派女子来问询，
烦请算上一神卦，
卦象显示自明了。

古人谚语早有云：
多密之人不算好，
偏私执法失王位，
胡乱作法上师殒，
妇女不言失权利，
粘上狗嘴屋入盗。

今日请算一神卦，
所有事情请明示，
国都曲木里赤地，
不像从前生祸乱，
有人认为宫殿摇，

有人认为海波涌，
有人认为大鱼晃。
从前不动之宫殿，
像是海波怒翻涌，
是否神明在忿怒？
还是其他什么因？

在那从前之时候，
国王面前王妃绕，
以为一生之伴侣，
忠诚可靠之大臣，
马蹄疾劲之骏马，
但是如今已不同。

天降甘霖真是好，
汇成湖泊饰大地；
天空聚齐乌云朵，
是要滋润这大地。
上师道行高或低，
须看腹内之智识；
君王权势大或小，

须看民心之所向。

母姨衣食好或坏，

须看心胸之大小；

女子身姿好或差，

须看父母之血脉。

以上所说是比喻，

无谓人言风中传，

里面所说外面闻。

还是言语归正传，

先前我国几大臣，

前往天竺法之地，

心想之事成未成？

还有我国几大臣，

前往汉地架金桥，

天竺汉地卫藏间，

所做之事成几何？

卦师要算神卦时，

卦象令旗要几多？

供奉物品要几多？

时候酬劳要几多？

所需均由我来备，

请说明人之明言。

行到高山之山顶，

忘记祈福是疯子。

在那庙宇法场上，

能度苦厄是上师。

我国宝物矿藏里，

宝库财宝数不清，

金银等物用不竭，

所以卦师心勿忧。

以上我所唱之曲，

敬请卦师放心间，

若有唱错勿见怪，

若有冒犯稍忍耐。

等王后阿卡夏三唱完，卦师便眉开眼笑地说道：“你说的挺有道理，算卦所需的酬劳物品一齐备，我便来算，天地之间万事万物没有我算不准的，还请你放心。我要胯下一匹骏马，身上一件衣裳，马上的一副鞍，鞍上的一件垫子，头上一顶帽，帽上一支翎，腰间的兵刃，刀上有着雕着花纹的刀环，以上东西齐备了，我必算个精确无误的卦。另外，算卦之时的行装，需十匹精美的白绫、十两黄金、十根银条、红色珍珠制成的颈链、珊瑚制成的佛珠串、三个珍珠宝盒以及三支黄色珍珠制成的箭旗，还需白旗飘扬在天，黑旗缀上彩虹的花纹，箭尖由铁制成，箭身要有翎羽。以上的东西一准备齐全，就马上可以算卦了。”

听卦师说完，王后阿卡夏三便回到国王跟前，将卦师的要求一五一十地说了。国王心想：一时将这些东西借给他用又有何妨？便吩咐手下按卦师的要求一一照办。卦师将白绫抛向天空，将白黄红绿四色旗帜立于四方，礼敬上界天神、中界年神、下界龙神等。卦师将供奉的青稞和酥油等，同桑烟一道敬献神明。卦师心里念想着战神、念青神、顶宝龙王、梵天大神、董迥嘎布、龙子沃丹、姑母南曼杰姆等诸神佛，他用手将骰子掷出，看到卦象将头摇了三摇。卦师又掷了一次骰子，眉开眼笑地向周围看了一看。卦师再掷了一次骰子，看到卦象作咬牙切齿状。

此时，卦师说道：“明眸善睐的王后，英明神武的国王，还有勇猛无敌的大臣们。今日所显的卦象，是大吉之卦，先前算了三次卦，未敢言明，但是上天显示的预言，我又怎能不同国王讲？正所谓，狂风若是吹大地，经幡怎能不动摇？深处流来之水流，除了大海无处去。君王旨意一旦下，属民怎能不照办？食物富足之仓库，宴客之时若无用，积来就像饿鬼食。研习佛法之上师，若是不能度世人，修行几多都无用。所以，美人你且慢慢听，我自会一一道来。”说完，格萨尔王双眼望天，用白色神音六变的曲调唱道：

阿拉塔拉唱塔拉，
塔拉是歌之唱法。

礼敬预知一切神，
礼敬巴琼轮回神，
礼敬二语玉鹦鹉，
礼敬慈悲轮回神。

如若不识此间土，
蔚蓝大海之底部，
盛行一切之地方，
居于水中像是鱼，
飞在天上像是鸟。
大海之中烧火焰，
若是没有神奇木，
顷刻就会变黑暗。

如若不识我辈人，
泥婆罗地之上部，
遍知一苦卦师名，
遍知轮回之形成，
一苦实乃自身苦，
不知几时会死亡，
此乃我之一苦也。

禀告珍珠国君主，
还有眼高之王后，
我知世间一切事，
卦象未显不乱说。

在这大海之深处，
所显卦象真是差。
世上卦师有百千，
不实卦象如此显。
世上法场有百千，
没有如你般施主。
卦象自有千百样，
今日所显真是差。
看那第一卦象时，
像是诋毁曲赞王。
看那第二卦象时，
君王表里如一卦，
资财全被别人抢。
看那最后之卦时，
国土尽数沦人手。
雪地之上小狮子，
想要与那白雪敌，
小心牛倌扯狮鬃。
深林中间之猛虎，
勇猛显示其獠牙，
小心暗箭将你伤。

市镇女子高眼界，
你若老是换情人，
小心诸病会缠身。
所显卦象是如此，
先说外出之大臣，
若是用一比喻说，
勇士若是要逞能，
像那雄鹰陷罗网。
男儿若是要逞能，
全力追逐胜利果，
最终身体被血浸。
去时山上落巨石，
来时遇上大狂风，
若是看那卦象示，
怕是很难能回返。
还有卦象所显示，
水中所生之鱼虾，
天上所飞之禽类，
中间地上诸走兽，
威势之人能抵挡，
不但能挡还能收。

此卦显出如此象，
如果让我乞儿看，
实乃岭国之觉如。
还有卦象所显示，
日月被那罗睺擒，
众星光芒立暗淡。
三只狼子跟羊群，
若是群狼来到时，
羊群变成盘中餐。
此非坏事是好事，
卦中所显之羊群，
像是岭国之兵马。
卦中所显三狼子，
恰是你的虎狼军。
看来好似在岭地，
之后三狼赶散羊，
像是岭国之兵马。
狼群来到平原上，
像是国王之军马。
口中所食之羊儿，
像是岭国之鼠辈。

之后卦象更神奇，
水和火儿相遇时，
火焰还想扑水上，
去想此事是无用。
狮子和犬相遇时，
老犬还想比狮勇，
想要更勇是无用。
猛虎狐狸相遇时，
狐狸想要比虎威，
想要更威是无用。

从我初次算卦起，
从未见过如此卦。
如今老乞心中想：
雪山顶上之雄狮，
我看像是曲赞王；
想要逞能之老犬，
我看像是觉如贼。
碧波万顷之大海，
我看像是曲赞王；
想要扑水之火焰，

我看像是觉如贼。

深林中间之猛虎，

我看像是曲赞王；

想要逞威之狐狸，

我看像是觉如贼。

曲赞王像野牦牛，

觉如贼像老毛驴；

曲赞王像美花豹，

觉如贼似老恶犬。

国王威势日渐盛，

岭国骗子捉狱中，

好似有此一般事。

之后卦象又显示，

高高坚固白岩石，

遭遇霹雳是注定。

宽阔无垠之大海，

白肚鱼儿之故乡。

岭国富足之领地，

注定属于曲赞王。

岭国三十名勇士，

像是三十头绵羊；

曲赞王之虎狼师，
像是山头置狼群。
先前三十头绵羊，
全部落入狼之肚。
岭国三十名妇人，
可在我国做婢女。
紫色茶宗之城堡，
快要成为我们屋。
我未见过更好卦，
是为很好之征兆。

乞儿到得门口时，
大海好似波涛涌，
此乃富贵像海涌。
乞儿到得门口时，
国王还未去饮茶，
王后还未系腰带，
国王你和老乞丐，
应该是有前世缘。
王后未系上腰带，
说明享受无穷尽。

王后对我出恶言，
将那吉祥稍减损，
但是还有破解法。

古人谚语曾有云：
酿成纷争是妇人，
执法奸恶是父叔，
干尽坏事是仆从，
献上美食是君王。
大臣之部克敌军，
功劳均在君王头，
没有一件是公义。
原本富足多财资，
不用反变成仇敌。
乌鸦飞来大地黑，
屠夫一来必害命，
妇人一来必坏事，
盗匪一来必偷盗，
无此四端便安宁，
若有便是变恶土。
所说俱是真理言，

勿用多说言可见。

国王麾下之精兵，
待在原地有何用？
勿停速速往岭地，
在那加塘列营帐。
年老乞儿自祈福，
祈福出征能克敌，
祈福战士能凯旋。
之后年老乞儿我，
便会回到泥婆罗。
国王若想避灾祸，
还需多做几道法，
由我乞儿来完成。
做了好事之乞儿，
请赐多多之钱财。
若有钱财必解灾，
若无我便就此走。
是要如何你细想，
乞儿来历便如此，
卦有好来也有坏。

听懂歌请记心间，

不懂歌亦不解释，

还请国王王后知。

乞儿的歌一唱完，王后便将乞儿的话一五一十地禀告了曲赞王。国王说道：“全部按照卦师吩咐行事，钱财只是草上的露珠，哪有不能舍弃的道理？我那装满宝物的宝库，没有那么容易倒塌。”王后听国王说完，她欢喜地想到：国王与臣妾相处不到一年，这样的欢乐若是不能长久，便像草原上的零星小花一样，没什么值得高兴的。夏季三月总是十分短暂，像是夜里的霜露一般，疾病和饥饿总是在冬春之间到来，为了我和国王长久的幸福日子，我们还是依照卦师的吩咐行事为好。

于是，他们给了卦师许多金银绸缎和珍珠等物作为酬劳，并将衣服鞋帽、宝剑枪矛、电箭火枪等摆到了他的面前。王后还答应于本月二十九日奉上公犏牛、水牛、骏马、骡马等。卦师听完说道：“呀呀，如此我便可以做一场好的法事了。”于是，卦师便开始做法，口中念着吽吽啪啪，召唤着各路神明，用战神威势曲调唱道：

一曲敬那护法神，

礼敬慈悲观世音，

释迦牟尼等诸佛。

有的变成天上龙，

吼声雷电请勿小；

有的变成那狂风，

狂风威力请勿小；

有的变成红火焰，

今日火势不要小，
到得发威之时候。

此地珍珠宫殿门，
我乃泥婆罗卦师。
算出之卦如此显，
国之根基王妃摇，
王妃逃亡边界地，
仆人一同去变心，
还有婢女相勾结。
从那珍珠宫殿里，
三人逃走到他国，
三人背负之财物，
不仅有那金和银，
还有国王之神位。
逃亡之地是东方。

自从那日之后起，
国王心智开始乱，
胜利属于其他人，
失利属于他自己。

之后娶来阿卡妃，
钟情于她对她好。
现在幸福之光阴，
像是云层中日光，
既有明来又有暗。
之后君心又再乱，
往东派出十八臣，
往南派出十三臣，
之后增援有十六，
周围仆从有五十，
现在正在城中央。
在那一月时间里，
诸般神卦我来算，
祈福法事我来做，
最后应能返故乡。

宫殿像是水泡沫，
最终好似变流水。
伟岸似山之国王，
会像雪山般融化。
娇艳如花之王后，

会被夜霜所摧毁。
青龙一般的王兄，
会被霹雳从天劈。
还有阿尼拉杰臣，
会被冰雪所封住。
还有南卡贡桑臣，
最终流落在外地。
如狼似虎之猛将，
最终被那敌人灭。
岭国强大至如斯，
如上卦象俱属实。

卦中显示解脱法，
上部天门把守者，
勿要被那乐神迷，
速速将那门关闭。
中间天上之空门，
风魔南拉美巴守，
勿要分神将门闭。
大地之上水之门，
白色水神美衮守，

勿要分心缩财门。

还有卦师父族神，

速速在那四周绕。

如果真要成大事，

在那十五日之内，

需要满足我要求。

还有眼高之国王，

你之胡须像山羊，

胡须不要被人扯；

凶恶好似狗一般，

铁链不要被扯断；

爱美似那金眼鱼，

鱼鳍不要被钩捉。

此乃卦师之祝语，

卦师将要返家乡。

国王王后和大臣，

安乐像是云中日，

既有暖来又有凉。

黑白善恶之事情，

像是梦中所出现。

心中流淌之江河，

永远流淌不停歇。

听懂王后记心间，
不懂歌亦无解释，
还请王后牢牢记。

卦师唱完，开始收起曲赞王给的金银等物，然后卦师说道：“古人谚语早有云，彩虹总是会有太阳围绕，男子总是会有女子围绕，金子总是能得到高价，官长总是能得到款待。我也不需要更多的财物，今日我们两个也算是各得其所了。”说完，岭国格萨尔王变化的卦师说着往水路走，王后看他二人既没有上天，也没有入地，便像彩虹一般消失无踪。

曲赞王和王后便从九十九级金银台阶拾级而上，回到宫殿。那黑暗不散的钢铁之殿，中间立着金银的柱子，左右各有三个电舌。九柱齐列电船上的九层珍珠宫殿中，曲赞王和王后及大臣们都深信卦师的话，以为他们在外的臣子们很快就可以返回。曲木里赤的君臣们都深感欢喜，大家都议论着卦师所说的预言，以为曲赞王真的能够得祝福，曲木里赤国也能够安宁。

另一边，格萨尔王和两个仆从回到加塘地方，与岭国众将聚首。以格萨尔王为首的岭国三十勇士、七贤士、鹞雕狼三虎将都齐齐坐下，听格萨尔王讲述装扮卦师的始末。霍尔辛巴王也将攻破水门、擒杀蛇妖和猪妖的事情一五一十地汇报了。岭国格萨尔王和扎拉孜杰、尼奔、丹玛、噶德等人都大喜，庆贺大部分敌魔已除，众人都纷纷敬谢岭地诸神。这正是，将那敌人全消灭，吉祥大地升太阳；天空开始聚乌云，大地降下滋润雨，漫山遍野开满花的时候啊。众人说说笑笑，其乐融融。

此时，叔父超同在一旁心想：丹玛、辛巴、巴拉等人都在夸耀自己杀敌有功，都在说自己勇猛无敌，身手矫健，用兵如神。美人用乳洗面，是自古就有的事情，但追杀残兵败将有什么好夸耀的？当日，来到大海深处，将大海中的曲木里赤军搞得人仰马翻的还是我叔父超同。他们现在是不将我老人放在眼里，不念旧食、旧衣、旧人的恩德，还将他撂在一边。虽不知那新人、新马、新妇日后如何，但却将其使劲吹捧。这是什么道理？于是，叔父超同对格萨尔王唱了一支表示不满的曲子：

阿拉塔拉唱塔拉，
塔拉是歌之唱法。

礼敬红色马头王，
上敬火焰红年神，
中敬白岭父族神，
今日请来援助我。
前往深海之底部，
立誓将那敌人除。

曲赞扎杰大魔王，
威势像那阎罗王，
力大像那大鹏鸟，
宫殿像是罗刹宫。

今年岭国君臣们，
没有不能做之事，

亦无不能成之事，
众人都说已威猛，
最猛实乃岭国将。
僧人和那在家人，
齐了才能成部落。
天空云彩和青龙，
齐全才能降下雨。
才智办法和口诀，
若是未齐事不成。
上师学生和施主，
少一便是无胜慧。
君王臣子和属民，
少一便不能胜敌。
我等老将在老列，
就像老马垂垂老，
奔跑力已不从心，
饲料厚被已无用。
犏牛牛角生锈时，
已是不能耕田地。
老父头发已花白，
哪里还能做家主？

老母皱纹已满额，
哪里还能持新家？
老人老马和老狗，
若是年老无衣食。
是否此理君臣们？

在那二十日之前，
岭国地方诸勇士，
各个身携之兵刃，
刀枪长短均一样。
都是君前之大臣，
功劳高低亦一样。
翻越九山之老马，
若是没有好饲料，
多跑只是废马蹄。
一生抢掠之匪将，
若是不能成好汉，
忍饥挨饿是白挨。
施主所施之钱财，
若是不能积阴德，
钱财施来有何用？

还有岭国君臣们，
如若真是勇士兵，
不去杀敌有何用？
如若真是称贤妇，
持家无道有何用？
如若真是富家子，
不能享受有何用？
君臣共同去杀敌，
何须争那谁更勇？
若是天上不聚云，
哪会下起那细雨？
若是没有那雪山，
狮子何处去栖身？
春天要是不播种，
夏天怎会有发芽？
父亲若是不勤劳，
如何养育膝下儿？
勇士若是不征战，
如何能够攻破城？

还是听我老臣言：

从那大海之深处，
一看大海碧波顷，
二看天空云彩飘，
三看空中风呼啸，
此乃取胜之征兆。
国都被那武力夺，
若是不奖有功者，
君王颜面将何存？
施舍仆人不感恩，
言语没有法度威，
修佛结果是苦痛。
然后大海之深处，
侄儿占堆格萨尔，
取胜法门皆齐备，
将那敌人踩脚下，
随即变化成卦师，
见到魔方之王后，
可惜未能见魔王。
虽然男仆满口应，
但是大臣无回音。

婢女口中放狂言，
以为能为国献策，
计策好坏还未知。
骗子想要用言语，
诓骗良善之人们，
奸计哪里能得逞？

翻过九座山坡后，
坡后有那九只怪，
待得坏人性命时，
此时如何能自处？
在那大海之深处，
虽将大臣全消灭，
留有国王未能捉，
谁要前往捉国王？
在那辽远天空中，
霹雳闪电同时下，
未能奈何红岩石，
八部天龙齐哀叹。

岭国众位君臣们，

前往珍珠宫殿时，
都曾立下军令状。
如今对付魔王者，
当是我这老臣子，
岂有不能克敌理？

老人老马和老狗，
老人是那英雄父，
白发飘飞作装饰。
老狗年事渐已高，
贼到门前亦不觉，
无法觅食早注定。
听懂耳中之甘露，
不懂歌亦不解释。

叔父超同唱完这一段充满讽刺意味的歌之后，摸着颌下的胡须，目露红光，毒蛇般的嘴中好像要喷出火焰一般，众人都不敢对叔父提出异议。此时扎拉说道：“我们岭国的君臣、勇士、上师、达官等都有上天的翅膀、入地的爪子，这些都是神明所保佑的。能从天上的鸟路飞过，不是因为岭将的道法高强，而是因为神明在前面引路。若说谁勇我等勇，若说智谋我等高，若说权势我等大，食物油脂酥油多。岭国得享平安福，全靠前辈父叔族，戎擦查根总管王，达戎叔父超同王，还有父王桑钦王，福禄双全之三人，像是空中日月星。俗话说，虽未吃到白酥油，也知味美营养足。白银宝镜无需擦，光芒照人世人知。天上白云无需摇，世上众人皆可见。今日虽然众将都可前往海底，但平定魔王者非叔父超同莫属，叔父超同睿智的头脑、犀利的眼光那是众人皆知的。在曲木里赤的西门，姜域玉拉、姜王子、辛巴、董迥等将尽显勇士的本色，勇猛的将士，飞驰的骏马，还有高深的智谋都在大海深处闪现。”

扎拉继续说道：“叔父手中拿着洁白无瑕哈达，并献给上师，能被酥油灯和香火供奉的，除了神明还有谁？若要嘉奖此次最勇猛的人，除了叔父超同又有谁？我们一众君臣夺取胜利，实现自己的诺言，取了敌人的性命，夺了敌人的宫殿，将珍珠宫殿献给了藏地，打开了矿藏之门，遂了我们岭国的心愿，叔父居功至伟。所以，等我们到了岭国，还要嘉奖勇士，赐予其勇猛之旗，还要将金银财宝、牛马、夺取的别国旗帜等一一展示。各位兄弟手足，今日齐聚是我们的福分，对内严苛、对外和善完全没有必要，还请将心胸放宽一些。内刺外滑的是牛肚，我们不应该如此。父叔们，新来的臣子罗布顿珠、西绕贡桑、拉吉宗典需要仔细回忆，并给我们描述敌国的情形。从到达敌境起，我们诸位将士都没有欢庆过。今日起十三日内我们要大摆军宴，在加塘地方食肉饮酒，观看歌舞表演。然后等岭国君臣、勇士出发的时候，刀和碗需不离身，不知何处是敌、何处是友。父叔们需同行，不要去想纠纷和旧怨，所有都是天注定。你们意下如何？”

随即，西绕贡桑和拉吉宗典从左边前排的彩虹纹獾皮垫子上起身，手拿哈达，左手拿着银酒瓶，为所有的岭国君臣、勇士、上师们献上哈达和美酒。将士们各自立下誓言：要取敌人的首级，要拼尽最后一口气，流尽最后一滴血。两名女子从二人合谋开始，将宫殿的位置、宫门、密室，还有王后阿卡夏三的命门等，都一一说了。

魔女自有仙女敌，妖魔自有勇士敌，魔王自有格萨尔敌，今日到了用武之地。是真正的金子，就需在市场上通用。是洁白的哈达，就需敬献在上师座前。施舍的钱财，堕入地狱时有用。二人说道，虽然流落四方，但是对珍珠宫殿极其了解；虽然离开魔宫已有三年多，但是各处宫门、密室等都一一记得。于是，西绕贡桑便唱道：

阿拉塔拉唱塔拉，
塔拉是歌之唱法。

一敬东方金刚神，
若是不敬金刚神，
哪有日光耀幸福？
空行之母通体白，
守护黑头众藏人。
二敬金色之诸神，
仁钦康卓守宝藏，
多闻天王佑四方。
三敬西方极乐土，
若是不敬西方神，
哪有福力与富贵？
再敬北方之仙女，
北方仙女通体蓝，
若无夏日蓝绿色，
多闻宝藏如何满？
礼敬中间之佛祖，

还有百千空行母，
若是不敬空行母，
投生路上难解脱。

歌唱六道之众生，
都能解脱勿遗漏，
都能心想事皆成。

桑钦威望比天高，
勇士手足智谋高，
愿将敌人全消灭。
魔方珍珠之宫殿，
是那世间矿藏门，
将其留在藏人地，
其余珍宝运岭国。

此地到那加塘山，
叫做扎西曲岭寺。
小女来自印度地，
安乐祥和之地方，
有那佛祖之道场，

投胎为人福分大，
守卫佛法之女子，
童蓝卓玛是吾名。
从那曲木里赤国，
来了一名妖魔将，
将我父母皆捉去，
还将小女掳魔宫。
从此身上染妖气，
无奈食那血和肉，
虽然内心向佛法，
身子却在牢笼中。

我敬高处之风马，
心想此生修佛法，
为那来世铺平路，
将那躯体留藏地，
今日心想事要成。

东方曲木里赤国，
水路通行之方向，
电光闪现之路数，

像是彩虹之纹路。
东西南北四大门，
四门皆是坚且固，
所行之路亦不好。
通往珍珠宫殿者，
无一道路是平坦。
曾做四年魔王妃，
到得魔王宫殿后，
从前路径都知晓，
不知如今有无变。

前人谚语也曾云：
若是几年未翻山，
哪知路途变平坦？
若是几年未涉水，
哪知渡口变宽阔？
若是几年未返家，
哪知门窗之变化？
离开魔王已数年，
不知魔王之心事。
小女心中如此想，

外表银白之佛塔，

黑魔哪能去撼动？

白昼吉祥之哈达，

哪能染上黑魔纹？

善方佛祖之法身，

黑魔哪能来撼动？

我方岭国之君臣，

若是劳累或战亡，

小女要去依附谁？

小女心中如此想，

手中夺宝是侮辱，

女子死后无位分。

小女二人思及此，

毫不犹豫踏路途，

遇上兵刃不退缩，

遇上坎坷亦不退，

忠心似雪像红日，

哪管云朵飘不飘。

于是小女自做主，

生存与否自掌握。

若死自有上师度，
若生前往岭国地，
今日就能见分晓。
珍珠宫殿之南门，
门前宽阔路平坦。
岭国君臣勇士们，
勿要分心来保佑，
断那魔王之命脉，
转动神风之轮翼，
诵念神风之咒语。

我等二人需出发，
罗布顿珠跟身后，
我等主仆共三人，
到得魔王面前时，
嘴上绵软像牛奶，
心里需像利刀剑。
敌人要来进犯时，
若不抵挡会送命，
雄狮也要赤手抵，
猛虎也要用刀砍。

今日珍珠之宫殿，
或许变成岭国地。
还有阿卡夏三妃，
若不能将首级取，
西绕贡桑等二女，
将会有那性命忧，
如若战败是行尸，
空唤仙女之名号。

听懂耳中之甘露，
不懂歌亦不解释。

听得西绕贡桑唱完，岭国众将均大喜。岭国的大臣、勇士们是天神下凡的天竺八十得道者，是高原藏地的守护者，亦是要解救六道众生之人，是一支消灭妖魔的军队。自此十日间，他们饮酒取乐，不胜欢喜。

十三

天竺地方的一万户民众此时也听到了格萨尔王的威名，都赶来拜见。在未见到格萨尔王前，岭国的噶德、丹玛、玉拉等人款待了前来的民众，将他们引为自己的后勤保障，一同歌舞宴乐。随即格萨尔王使出多般变化，在曲木里赤海底夺了头彩，像是彩虹飞架，让人眼花缭乱，使人铭记在心。叔父超同大喜，往两名女子身上各放了一块隐身木，口中念着至宝疾风咒，让两名女子先行，随后罗布顿珠，之后色巴尼奔、扎拉、丹玛、噶德等人也拥着格萨尔王到来。岭国众将各自来到了金门、银门、莲花上旋洲等地。

西绕贡桑和拉吉宗典先行，二人沿途在路上和石头上用金银二色做下记号。二人看见新建的宫殿，在十八级台阶处有一个巨型的铁球，能使宫殿往海底沉，而上方有十八风扇能将宫殿往上拉，十八风扇安装在宫殿顶上。虽然二人已经到了宫殿门口，因有叔父超同的隐身木，所以守门的罗刹女达卡夏腾、罗刹子亚卡夏森、罗刹侄查通玛米等并没有发现她们，其听见二人发出的响声，还以为是有两只乌鸦飞来。于是，西绕贡桑和拉吉宗典迅速进入宫内，将暗箭的线一一砍断，将机关的开关全部捣毁，将达锐米宗宫往上、南门周围的所有电线都弄断。之后，她们又来到外宫宫门。

此时，罗布顿珠来到了东方的神山天宗，看见了十八毒蛇和五十毒人。他们有的在吹火筒，有的拿着火钳，使得烟雾升腾，火苗高窜。于是，罗布顿珠就装作是大臣拉桑格丹，推开门，正好撞见毒人铁匠淖加。铁匠淖加走上前一看，从罗布顿珠的衣着装束上确定了他是本地人，并发现他长得像是以前的大臣拉桑格丹。于是铁匠淖加说道："喂，你这小伙儿，像是从猛虎洞中出来，真是颇为神奇。今日一见，确信我是遇见了贵人。有何贵干？还请明说。”说完，淖加便唱了一支这样的歌：

一声二声三声阿，
三声阿是南方音。

南方铁匠火筒声，
铁匠拿锤整日敲，
日夜被那烟雾罩，
来生好似到地狱。
此地甲热毒之宫，
空中均是毒气飘，
我乃铁匠毒之王。

似虎小伙听我言：
夏日细雨未落前，
花朵怎能去开放？
空中青龙若未吼，
孔雀开屏有何用？
没有安定大洲前，
来找铁匠有何用？
还有一言需相询：

新人面孔好面熟，
姓甚名谁没记住，
父母故乡是何处？
故乡地名有哪些？
小伙之名叫做甚？
有何供品见国王？
毒人铁匠之门前，
红色闪电起火焰，
哪有不被火烧者？
剧毒烟雾罩四方，
你的姓甚又名谁？
不要隐瞒速速讲。
今日来到宫门前，
究竟所为是何事？
无人能从此门入，
红色闪电满大地。
水中宗堡珍宝宫，
生魂俱是系于此，
进门锁匙有九百，
还有铁梯无计数，
红色火焰和闪电，

除却此宫无处有。

我乃威风强横人，
曲赞国王置于顶。
守住珍珠宫殿门，
老匠我是自威风。
貌似温良之小伙，
斑斓猛虎之花纹，
能知取名自何处。
空中青龙之威风，
未闻声前已起火。
白帽女子之斜眼，
只因与伴未相熟。
美味食品营养高，
闻见其味食欲开。

还请听我老人言：
所住之地是何方？
来此究竟有何事？
讲明言语心放宽，
所谋之事不难成。

若是隐瞒不实说，
是好是歹谁人知。
若是自己不挪动，
门槛也是高似山。
若是自己不言语，
如何能够辨真假？
若是不尝食物味，
哪知是酸还是甜？

还请回味我之言，
听懂耳中之享受，
不懂歌亦不解释，
还请小伙记心间。

老铁匠说完，就右手拿锤，左手持钳，像是黑旋风一般站在宫门前，不让他们入内。罗布顿珠心想：从前听说这个老铁匠与我的父母相互熟识，也曾共同生活过。我的父系与老铁匠的父系虽不是血脉至亲，但是过从甚密，相互扶持。今日，他已经认出我来了，我便不能再诓骗他。罗布顿珠便打算说一段半真半假的话来试探一下老铁匠。于是，他便唱道：

阿拉塔拉唱塔拉，
塔拉是歌之唱法。

如若不识此间土，

此乃深海中宗堡，
此地没有坦途走。
全赖铁匠之功劳，
钢铁之锚沉海底，
能使宫殿不上升，
不动像是钢铁柱。
纵使空中狂风啸，
不能波及珍珠宫，
水波虽动难奈何。
周身九百大风轮，
不动珍珠之宫殿，
岿然不动像高峰，
此乃全赖老铁匠。

在那宫殿铁门旁，
青龙夏日一声吼，
绵绵细雨落大地，
阴云笼罩在大地，
天上乌云全密布，
宫殿之高由此知。

一轮红日耀四周，
温暖滋润着水土，
在那无垠苍穹中，
雄鹰与那云齐飞。
咒师一念那咒语，
乌云立刻便消散，
此乃咒师之恩德。
非佛非魔逃南方，
南方无定往北方，
用那谷物换北盐，
此乃南北相通处。
散尽财物弘佛法，
得到上师之福力，
引导学生之路途，
师生情谊从此定。
纯色金子之价值，
哪会跟那银子同？
价高价低众人知，
此乃金银相通处。
富人施财予乞丐，
事后必能得福报，

此乃二人相连处。
你之言语都有理，
在那从前之时候，
你乃良善血脉子。

如若不识我辈人，
格丹便是我之名，
去年今岁两年间，
流落四方到边地，
将那世界都转遍。

若问为何要远走，
野鸭之心向湖泊，
奈何湖泊却结冰，
野鸭无奈向南迁；
画眉之心向树木，
无奈树叶全落下，
画眉只能寻他处；
仆人之心向君王，
无奈君王太残暴，
仆人只好逃他乡。

若是辅佐一明君，
此生来世得安乐，
是否此理老铁匠？

古人谚语曾有云：
高山不被风吹跑，
大海不会成浅滩，
滴水不能融岩石。
天地之间的云彩，
变换方向只因风，
在那夏秋交替时，
大地怎能不落雨？
日月交替分昼夜，
在那空中转四方，
罗睺星曜虽凶残，
日光一出便消失。
在那日出之东方，
汉地君王置于东，
天竺君王置于西，
汉地天竺之中间，
有块金石大如山，

怕是斧头劈不开，
无人能够负在背，
而且无地可滚落。
汉地天竺之中间，
大水拥有三个名，
难用人力去阻挡，
亦难用那舟桥渡，
大海根基便在此。
汉地天竺之中间，
顶天立地之人杰，
想战武力难抵敌，
威势也难将其降，
不若臣服在其下。
是否听懂老铁匠？
我之言语需明白。

灌溉良田种稻谷，
到了秋季丰收时，
岂有变成绿色理？
村庄中间小溪流，
白色冰雪覆盖时，

岂有水流之声音？
山坡上面之野草，
大火若从四周围，
哪会留下半寸黄？
草原之上花朵开，
秋季若是风霜至，
哪有机会再怒放？
草原上面之羊群，
赶往无主之草场，
若是饿狼来此地，
哪有羊儿返羊圈？
曲木里赤曲赞王，
王兄王弟和大臣，
麾下臣工若危亡，
覆巢之下无完卵。
坚固珍珠之宫殿，
四周铜墙和铁壁，
若是大敌攻入内，
还有能力抵挡否？

听懂耳中之甘露，

不懂歌亦不解释，

还请铁匠记心间。

听罗布顿珠唱完，老铁匠心想：善人必是说善语，好肉必须有脂肪，飘在上面有油花，沉在底下是油脂，此中营养已全备。良善父系的后裔，言语中颇多比喻，谗言谎言和实言，首先要使人明白。去年今岁之中间，往前追溯再三年，曲木里赤之国都，风中之幡无宁日。大海之中海波涌，便有外人入我境，有的打扮像卦师，有的打扮像商贾。我方国王和大臣，有的说往东边走，有的说往西边走。小鸟乱飞折鸟脚，羽毛还会落满地，所说比喻皆有理。狐狸若是不安分，小心皮毛染血色；女子若是不安分，小心名节不能保；男子若是不安分，小心引火来焚身。我国之主曲赞王，今时已不同往日，换那王妃像换衣，从前贡桑拉姆妃，因其残暴逃他乡，舍弃锦衣和美食，决意从此断关系。连同随侍二奴仆，三人合谋逃出去，惹怒国王和大臣，此般情况我皆知。

于是，老铁匠说道："呀，尼玛坚参之子，你的父亲和我的父亲，从前是亲如手足，有福同享，有难同当，即使只有一碗饭、一件衣，也是共同享用。言语不论是好是坏，也不会互相隐瞒，还会互相商量对策。这些我都知道，所以今天你我二人相遇，也要互诉衷肠。遇敌时武器一致对外，有食物就平分，行时脚步一致。一起兴高采烈地翻山，一起并肩下陡坡。喜时一起吃山上的青草，悲时一起喝罐底的污水。野牦牛和岩羊，互相不会有仇怨。藏羚羊和长颈鹤，若问为何能共处，羚羊哺乳幼小鹤，小鹤难忘羚羊恩。此情便像你跟我。从今天开始，我们有衣同穿，有食同吃，我说出的话绝不改变，将心儿托付的朋友，无需将心儿剖出。你我今日交谈的言语，我不会泄露给外人，你来此地究竟是为了何事？"

罗布顿珠听完，一把抓住铁匠的手，说道："说出的话不能更改，立下的誓言也不能改变，你说的话自有道理。我俩便天亮时一同亮，天黑时一同黑，一生荣辱都与共，锦衣美食共同享用。我去了岭国，看见格萨尔王，是那南瞻部洲的大王，是六道众生的父母，是度人的上师，是普度众生的佛祖。看你如此勤劳，定能帮助岭国。从今天起，五十扇铁门，有五十把钥匙，将它们速速拿来，到时候这一座珍珠宫殿必归岭国。我是将你引作至交，才对你说了这番话，我们还需要骗得你的同伴们的信任。”

铁匠一听，觉得他说的有理，格萨尔王的确是威名远播。老铁匠眼眶里泛着泪，返身走进打铁的房子，里面有五十多名技艺高超的铁匠，其中有的已经染上魔鬼的灵，喜欢干食肉饮血的勾当；有的失去了自己的权力，再也吃不到美食；有的吃住行都受限制，像是在坐牢。铁匠们问起刚刚那人是谁，老铁匠只是含混答应了一下，便召集了自己信赖的几个随从，往他们每人手里都发了一个金、银、铜等制成的钥匙。老铁匠将其他心向魔王的人都用一道火焰杀死。伴随着那些人的哀嚎声，老铁匠将剩下的人儿都招降过来，一行十七人便往宫门走去。

此时，周身耀着光芒的格萨尔王，连同如十五月亮般的扎拉和草原日出般的尼奔等三人抵达珍珠宫殿宫门外。罗布顿珠等十七人向格萨尔王行了跪拜之礼，格萨尔王将万千日光哈达抛向空中，众人大喜。格丹尼玛坚参用火电钥匙将白色宫殿四周用金银铜等制成的性命橛子拔出，往上面各放了一块巨石。众人将珍珠宫殿的各个宫门也占领住。格萨尔王骑着白鼻骏马，沿着九十级台阶而上，把铁梯一一斩断，使得九十级铁梯，上又上不去，下又下不来，断得只剩十几级，使得魔王、王妃和魔臣们上天不能，入地亦不能。

此时从那闪着红黄光芒，又有珊瑚光泽的金向阳窗里，魔妃阿卡夏三和大臣黑嘴毒翅正在往外窥看。二人向南方扎西旋门泛着彩虹光芒的地方连看了三遍，认出了西绕贡桑和拉吉宗典，跟着的是被绳索绑着的本国的大臣神力大象和黑头野猪等四人。王妃阿卡夏三大怒，哪有空理会那九十级铁梯？

魔众当即拿出刀剑、火枪和毒箭等。魔方的达桂赤赞、独眼黑鸟、聂果白浩等因为冲在最前面，所以他们纷纷掉落在金银等制成的巨球上，不用一刀一枪，便都死了。魔妃阿卡夏三赶到，看见臣子们纷纷殒命，便后退了一步，心想不妙。于是她想借助铁山般的电光往前逼近，却被上面的仙女用火焰法术送回到了扎西旋门旁。

魔妃立刻惨叫了几声，看见从前的王妃西绕贡桑身姿颀长，皮肤白皙，双眼像是水瓶般晶莹，身姿像白藤竹子一般笔直，脸上皮肤的红白二色像是自生。于是魔妃便气得咬牙切齿，双眼充血，燃起妒火，她摇动着肩上的肉，长啸了一声。她身上的魔性再度被激发出来，她那松树般的身子变成了毒蛇一般，她唱了一支这样的曲子：

一声从那天上唱，
这首曲子像云朵。
再次从那海底唱，
威势之曲空中唱。
高高日月无处走，
唱首罗睺星曜歌。

一敬嘎热旺秋神，
黑方之法要兴盛。
佛法只是乱人心，
耳中不想去听闻。
神明像是彩虹风，
不会护佑扰你心。

如若不识此间土，
在那大海之深处，
宫殿珍珠之宗堡，
外人不能进入内，
宫殿铁门会自闭，
里面声音传不出。

铁山像是火焰烧，
律法比那金子重。
法术高强之臣子，
比那罗睺还厉害。
黑色地上之毒蛇，
活物一动就难逃。
大风吹过火焰烧，
一烧山脉无依靠。
勇猛曲木妖臣们，
若战世上自无敌。
国王像是雪中狮，
将那野兽全镇住。
若敢违逆国王意，
即可投入牢狱中。

人面蛇心之女子，
两面三刀之妇人，
为何要到此地来？

天上自有百颗曜，
中间自有百阵风，
水中自有百条鱼，
人们自有百条法。
国人擅自逃出境，
若是没有国王令，
外人不可再入内。
一扇水门一大船，
一千兵士一长官，
食肉饮血为首者，
有那黑色魔之臣。
宫殿四方四大门，
各有一名大将军，
一是赞吉亚美将，
二是南卡珠杰将，
三是红面阎罗将，
四是赞贵亚美将，

实乃此地之护卫。
水路桥路和船路，
好似围墙一样拦。

今日遇我不走运，
我似罗刹女妖魔，
爱做之事取人命；
我似罗刹女龙妖，
喜爱病魔和苦痛；
我似疾风女罗刹，
地印黑神护佑我；
我似火焰女罗刹，
天印白神护佑我。
勇猛斑斓大猛虎，
身姿矫健有六艺。
如今我真怜惜你，
再来此地是送命。
黑色乌鸦真蛮横，
要抢杜鹃之羽毛，
惹得鹞鹰发怒威，
空中满是乌鸦毛。

蛮横小鱼挥翅者，
想要搅动那海水，
惹得龙王发怒威，
浅滩遍地是鱼骨。
勇者莫要追弱者，
若是追赶太过甚，
小心鲜血满山谷。
草原之上羊群跑，
饿狼躲避找猎物，
若是猎杀太过甚，
小心溪流全是血。

门口两个毒妇人，
眼高于顶实际低，
眼睛比那天还高，
双脚不能踏在地。
生性狡猾二妖女，
最终性命在我手，
我乃食肉饮血魔，
你等岂是我对手？
我乃珍珠宫主母，

堂下奴婢来挑衅，
王后一怒发神威。
络腮胡子之老狗，
实乃猎豹口中食；
毒蛇地上迅速动，
是那大鹏口中食；
貌丑女子若眼高，
只会使那男子厌。
从何处来去何处？
如若不说出实言，
食你肉来饮你血，
还要将你骨架拆，
将那魂魄用火烧。

听懂耳中之甘露，
不懂歌亦不解释。

王后阿卡夏三唱完，她的身旁便围绕起了身材高大、武艺高强的魔神。她将黑色的绳索从左肘取下，盘在右手上，想将西绕贡桑等二人缚住，像那鹞鹰捉住鸟儿，像那鹰捕获兔子一般。西绕贡桑定了定神，心神安稳得像高山上升起的日月，她心想：自己有诸战神和护法神护佑，定能将敌人擒获。于是，西绕贡桑取出有手肘般宽的水晶霹雳剑，唱道：

阿拉塔拉唱塔拉，
三声塔拉口中唱。

本尊神和空行母，
礼敬诸神请护佑。
六道众生皆父母，
希望菩提得安乐。
上敬三位仙女神，
下敬三位龙女神，
中敬所有灵妖神，
还有藏地命运神，
勿忘请来护佑我，
今日做我强后援。

如若不识此间土，
是你黑口罗刹女，
故土红色岩石地。

父系实乃食肉族，
母系实乃饮血族，
黑色魔头之女儿，

心高想用头顶天，
被那日月压下来；
爱美面容用奶洗，
眼中反而生白翳[1]；
不稳双脚踏在地，
反而死亡陷地下；
自忖动听放歌声，
却像喉中筋肉断；
投降在那君王前，
从此自身伏王法。

如若不识我辈人，
西方天竺之中央，
父亲德高威望重，
诸般佛法心中念，
取得功德扬佛法，
心中慈悲度世人。
母亲实乃仙女身，
礼敬佛祖供奉神，
施舍财物予穷困。

1 白翳：眼球角膜病变后留下的疤痕，能影响视力。

所有属民皆安乐，
吉祥哈达满天飘。
西绕贡桑是小女。

我之父母和乡民，
还有其他亲戚们，
都被魔王残杀害。
曲赞扎杰是魔王，
将我掳至他宫中，
在那曲木深海中，
四年暗淡之时光。
与其做那魔王妃，
不若溺毙在水中；
与其做那魔王妃，
不若躯体埋地下；
与其住在魔王宫，
不若流浪在边地；
与其享用魔宝库，
不若执棒去乞讨；
与其烹茶给魔王，
不若用水代替茶。
如此想来弃王宫，

往那东北方向走。
欢喜红日从东升，
乌云聚来细雨下，
时节到得初夏时，
正是一个好兆头。
心像雪山顶红日，
四肢上面细雨下，
绿色枝芽像财宝，
三物合成好意头。

东方岭国之地方，
男子全是勇武士，
头上头盔划天际，
身上甲胄败敌人，
周身三兵取胜利，
度那六道之上师。
腰间银色往圣土，
脚上彩鞋占营帐，
口中梵音声声传，
好似自己脱地狱。
你所不知岭国地，

未去耳中曾闻否？

生命好似龙吼声。

能够投胎在此地，

大乐圣土是自生，

占住宝地建神殿。

岭国之王格萨尔，

好似山顶之红日，

即将转那门岭地。

猛将好似那虎豹，

要将威容展南地，

要让吼声响南地。

此般神奇之景象，

快要展现在眼前，

魔女安能战胜我？

古人谚语曾有云：

今生权位之高低，

实乃前世所种因；

财宝荣华之多寡，

亦是前生所注定；

武艺法力之高低，

要看是否守神戒。
何惧你这女魔头？
你我今日比高下，
可以比试射箭矢，
比试谁的箭法准；
亦可近身拼刀法，
便可看出谁更勇；
不过还可比枪矛，
可看枪尖谁更利。
你我今日比高下，
像是狼儿遇上狗，
不是你死即我亡，
一地不能容你我。
像是小鸟遇鹞鹰，
需见谁生和谁死，
一林不能容二鸟。
像是妖魔遇神仙，
若是不能分胜负，
怎能有那好戏看？
像是细水遇火焰，
哪能相安而无事？

像那霹雳和岩石，
遇见怎能无损伤？

在这今日之时候，
若想赤手来肉搏，
摩拳将那六艺施，
捋袖将那拳头挥。
你是蛮横之魔女，
应该不是等闲辈，
魔女勿要分了神。

神明神明快显灵，
狂风暴雨中显灵，
将这阿卡大魔女，
擒拿好似鹞捉鸟，
像是饿狼擒绵羊。
若是今日不显灵，
上天神明属无信，
咯咯索索拉加罗。

贡桑拉姆唱完，将剑刃对向魔女，立在那里。魔女大怒之下，眼中竟流出血雨，她挥动铁一般的长指甲，向贡桑拉姆抛出绳索。套索的钩子正好钩住了贡桑拉姆所穿的纹有鸟龙的白色上衣。当魔女准备将绳索往回拉时，拉吉宗典毫不犹豫地跳出来抓住了魔女的右手，挥动白柄水晶小刀一斩，便将那绳索拦腰斩断。她再往魔女的双眼上各插了一刀，将其嘴往左右撕开，割下其耳尖，将其右手按住。贡桑拉姆取出神索，将魔女的双手绑在背后。她继续往左右拉扯，使得魔女脸上血肉模糊，头发像是被剥的鸟羽一般，然后将魔女用三条铁链锁在大石上。

曲赞魔王从宫中往这边望来时，看见他的王妃像是老马被乌鸦啄了眼睛，像是被脱光服饰鞋帽的人。魔王不禁气血上涌，眼冒血光，咬牙切齿地发出哂腭声，他头发竖起，坐立不安，在宫顶急躁地来回走了三趟。

正当他想坐着白色迅速的长翼铁鹰飞到地下时，他看见比太阳还耀眼的光芒，让人睁不开眼睛。在这一团光中的是岭国格萨尔王，他上身像神山，中部像灵山，下身像龙山。战神的旗帜飘扬，白盔像是天上的云朵，白甲像是空中的繁星。其胯下是像疾风一样的神马，马脖上系着铃铛，马头上插着烈日一般的黄旗。

神马上身像雄狮挺立，小狮须髯飘飞；下身好似飞鱼，飞鱼展开鱼鳍，四蹄如右旋海螺。珍宝所制成的马鞍，前半段用金子打造，黄灿灿的像太阳一般；后半段用银子打造，像是银色的月光；中间缀满珍珠，像是七色彩虹。火焰一般的色彩，缀满其周边。镫带像那黑色的毒蛇，像不死的毒蛇还在摇动。镫子像是巨鳌对立，巨鳌在发出哂腭之声。镫环似那巴扎，犹如彩虹落地。

坐在长翼铁鹰上的曲赞王看见岭国格萨尔王身背九样兵刃，似那虎豹鲲鹏的九万九千战神充满空中，他便想着要将非神非鬼的格萨尔王挫骨扬灰。于是他在左右各摆出三口霹雳火炮，前面再摆上二十支毒枪，他得意洋洋地对着格萨尔王。一群头上戴着铁盔，脚上穿着铁靴的鬼怪举起红黄白黑四色的旗子，各色旗子布满天空。曲赞王当自己是食肉饮血的阎罗一般，用威震三界、气吞四方的口气唱道：

一声二声三声阿，
三声之后唱支歌。
阿声是那南方音，
不变南方故土音，
魔国未变之乡音。

在那高高天空上，
嘎热佛法守护神，
无敌想将天地转，
神力能将日月吞，
亦能将那山川摇，
八十仙处夺神威，
三十三天抢宝库。
今日请神来护佑，
食肉饮血和啃骨，
请勿分心武功神。
平时里面礼敬佛，
关键之时自护佑。
天印大神白山羊，
白角像是海螺耳，
白面像是海螺髻，

快快武装勿分神。
此人似鬼又似神，
今日需要斩手下。
高高天空云端上，
年老美髯威武神，
美髯在那胸前飘，
赭色阎罗饮人血，
右手拿着凡人肉，
左手拿着凡人皮。
中印大神花山羊，
今日请来援助我。
在那风暴之中央，
黑角山羊在胯下，
叫声满山又满谷。
黑色山羊风之翼，
黑人长着鹰嘴脸，
今日援助曲赞王。

如若不识此间土，
此地实乃曲木国，
是那大海之底部。

珍珠宫殿财宝宗，
宫中龙界之精华，
其他龙宫未有者，
三色珍珠红黄白，
无尽像是海边石，
宫殿是由珍珠建。
不用积蓄食和衣，
一有无价之珍珠，
二有威势之君臣，
别人怎能来抢走?

你这红面红马人，
如若不识我辈人，
蓝色空中之青龙，
实乃降下冰雹者，
也是翻动大海者；
如意宝树之枝叶，
是那大鹏栖息处；
南国曲木里赤国，
曲赞扎杰是国王，
矿藏宝物之主人，

其他诸人皆想要，
手下臣属无小人，
法度严明之君主，
属民怎会不安乐？
水草丰美之山坡，
牛羊怎会不栖息？

若说根本是如此，
单人匹马红黄白，
有形无形尚不知，
勿瞒还需说实言。

今日晨间之时候，
要说珍珠宫殿里，
外人怎能进里面？
就连风也难进入。
小鸟都难通行处，
大鸟怎能挥翅膀？
南门吉祥之宫门，
非人非鬼两女子，
叫声充斥山谷中，

巧言如簧来歌舞。
再看我的好王妃，
全身被那鲜血染。

古人谚语早有云：
山坡后面聚野驴，
高山背后之平原，
君主左右聚大臣，
妹妹身后有兄长，
富人荫下仆人生，
以上所言俱是实。

今日晨间之时候，
像是妖魔两女子，
将我王后绑柱上，
孤王怎能坐视此？
我之土地我之宫，
此地之物属于我，
盗匪怎能来抢夺？
不瞒说出实言来，
去年今岁之中间，

大队行商之马队，
去往汉地路途中，
蛮地恶子唤觉如，
横身挡住那去路，
杀人命来夺人财。
山门桥门和水门，
将那道路均挡住，
凡此均是不义事。
不止如此还需说，
天上未落细雨前，
大地怎能开满花？
天生青龙未吼前，
闪电怎能劈岩石？
未有入侵盗匪前，
怎有反击之箭矢？
若是为置金和银，
怎有欠债随身后？
你我二人之一战，
实乃前世所注定。
从那岭国地方来，
究系有形或无形？

若说你是无形神，
我有阿杂术母苏，
无影无踪吹风中。
前世若无造下业，
今世不会有果报。
翻越高高山坡前，
不会到达那平原。
若未发出呼喊声，
山间怎会有回声？
是否如此请细思，
勿瞒说出实言来。

骑马威武之人儿，
从那空中云层间，
青龙发出巨吼声，
闪电威力今日看。
白雪水晶宗堡上，
有那雄狮般须髯，
身背各样之兵刃，
武艺如何今日看。
在那宽阔大海中，

有那巨鳌般威力，
张嘴抖动那舌头，
能吞多少今日看。

听懂耳中之甘露，
不懂歌亦无解释。

曲赞王唱完，心想：他是无形的岭神的化身，还是觉如的诸般变化之一呢？今日撞见不是坏事是好事。在今日晨间时，我要令他像小鸟被鹞鹰捉，像秕糠被风吹，像绵羊被狼拖，在他的脖颈上套住阎王的夺命套索。跑马时摘花是顺便，翻滚时顺势会压死虫蚁。曲赞王嘴里哼着曲子，捋起袖子，准备好了黑铁火枪和火焰哈拉毒器。曲赞王手下的大臣们也备好了毒雾、毒套索、飞石、红黑毒铁等物，坐在长翼飞鸟里等着。

格萨尔王心想：这魔王到如今还是心存乖戾，想要跟我争个你死我活，这都是前世种下的恶因，必会堕入恶途。魔王用自己的魔力害别人，用巫咒之术取别人性命，用暴力夺他人之乡土，用蛮横抢他人之财物，他狡猾地骗取整个村庄。像这样的魔王，留他在世上，是徒添罪孽。

于是，格萨尔王对魔王说道："煮完茶离开时，剩下的是一堆灰烬，再回头望时，留下的是三块灶石。旅客是那过路人，离开之时有些凄凉，围绕的是狗和乌鸦，留下的是一堆鸟粪。不止如此，还需说，在今日之前，高人之外有高人，未碰到高高天空前，没人能比日月高。一树还比一树高，未碰到如意宝树前，所有枝叶不能敌。一神还比一神高，未碰到三圣怙主前，没人能赐成就。今日你我相遇，不是坏事是好事，你可能也是如此觉得。往雪山顶上看，白雪和雄狮多和睦；往大海之滨看，巨鳌和海螺多和睦；往大千世界看，妖魔和神明多和睦。想与我岭国为敌的魔国，数不胜数。但是，俗话说得好，高高的天空虽然广阔，但是日月各有自己的轨迹。大海虽然无垠，但是船只各有自己的道路。凡人虽然有诸般想法，但是死后都需往一处地方。”说完，格萨尔王暗忖：今日需要用武力去抵抗。于是他便用食肉饮血的武功唱了一支这样的曲子：

阿拉塔拉唱塔拉，
塔拉是歌之唱法。

阿拉自然而然唱，
法身报身和化身，
三身请将福力赐。
塔拉用那慈悲唱，
混沌六道之众生，
祈望能够得解脱。

如若不知此乐曲，
父系苍茫天空曲，
不唱空空之乐曲，
要唱辽阔无边曲。
母系大河奔流曲，
不唱大水之乐曲，
要唱源源不断曲。
不将草风入乐曲，

要唱无所阻挡曲。
本来国王之乐曲，
就有诸般之变化。
白色神音六变曲，
神明得道之时唱；
黄色五样彩虹曲，
护法禅定之时唱；
斑斓猛虎吼声曲，
年神庆祝之时唱；
青色落水喜结曲，
龙王取宝之时唱；
勇猛食肉饮血曲，
鲁赞中箭之时唱；
勇士电闪雷鸣曲，
夺那白帐之时唱；
动听杜鹃变换曲，
南诏饮鸩之时唱；
熊熊火焰之乐曲，
辛赤殒命之时唱。
此外还有这般事，
在那黄色霍尔地，
唱那不同九种曲，

威光征服大众曲，
征服敌阵之时唱。

现在听我之言语：
我之顶门安乐宫，
居住白色梵天王，
发髻像是层层云，
从那虹路飞天上，
手握战斧取敌命。
脚下将那魔王踩，
安能不敌一船只？
在那天空之路上，
黄色年神光芒耀，
黄甲像是那日光，
面容像是虎獠牙，
英勇战神与年神，
格佐神明之使者。
食肉发出咂颚声，
吼声响彻那山谷，
神明食那黑魔血，
无处躲亦无处逃。

大海波涛翻滚处，
水泡在这齐右旋，
鱼虾在此忙游弋。
巧舌黑色之毒蛇，
遵命带上毒蛇索，
枪旗箭旗均摇晃。
水中顶宝龙王神，
从前便在海底住，
水中哪会有路逃？
此乃君主命运神。

如若不识此间土，
空中满是南方云，
三夏落下冰雹地，
是那青龙之故土。
有那风力和火翼，
一声巨吼震天响，
铁水沸腾之电舌，
在那红岩上翻涌。
大地高岗法场上，
密宗上师长髯者，

八部方向俱转动，
能用手指引云彩。
青龙黯然伤神地，
在那高高雪山顶，
银鬃雄狮真威风，
对着其他野兽吼，
好似宝镜中窥见，
到得海中失颜色，
勇猛想要去食肉，
不想落入大海中。
从那如意宝树顶，
大鹏之鸟有风翼，
虽说翼力惊人大，
如若乱飞不安分，
疾风像那锋利刀，
小心鸟羽落满地。
南地曲木里赤国，
珍珠宫殿财宝宗，
曲赞扎杰来称王，
一手伸向天竺地，
一手伸向汉之地，

双脚伸向雪域地，
想要转动藏汉地。

我等前世已注定，
一有释迦佛祖佑，
二有莲花生使者，
三有藏地命运树，
四有消灭魔王法，
五有大千世界王，
六有打击君主锤，
七有解救弱小母，
八有形成世间缘，
九有岭国至尊宝，
十有神明之佛法，
十样祥瑞俱齐集。
我乃天神下凡来，
你这残暴之魔王，
你之残暴我所无，
你之享受我所无，
你之福力我所无，
你之狡猾我所无，

你之妖术我所无。
我乃岭国格萨尔，
心中所想所念事，
一是祈望敬神面，
二是众生投凡胎，
三是度那地狱众。
就为成就此三事，
傲然挺立似宫殿，
将那四方之魔王，
和那魔域十八国，
全部消灭吹风中。

山神水神土地神，
所有拥有之宝物，
全部留在高原地，
山顶之上俱是宝，
下流之水俱甘露。
一道矿藏之门后，
妙法梵音心归处。
二道矿藏之门后，
黄色金和白色银，

绿松石和朱辰砂，
青色铁和黑生铁，
红色铜和黄色铜，
五谷和那六种畜，
如此丰美之衣食，
就要留在高原地。

自从投得凡胎后，
虽说出身有贵贱，
性命何能有粗细？
一旦投得凡胎后，
除了死亡无路走。
白色善妙佛之法，
能得解脱众所知。
我乃岭国格萨尔，
像是天上阳光照，
十五之日满月时，
将那四边黑暗吞。
三夏降下细雨时，
是要长出六稻谷。
取那魔王之性命，

不为食肉和饮血。

黑色魔域魔王们，
对那世人行恶事，
积下罪孽之恶身，
堕入恶途五百世。
最终罪孽积满身，
对那佛法不向往，
没有善恶慈悲心，
亦无羞耻之心生。

古人谚语曾有云：
清晨需有一山坡，
若是水草不丰美，
便有牲畜不饱肚。
夜晚需有圈舍归，
若是没有暖圈舍，
待宰之时便无膘。
清晨宰时需屠夫，
若是没有屠夫宰，
怎能知道善恶业？

晚上超度需上师，
若是没有慈悲心，
天堂地狱便难分，
善恶之事便难分。

我岭国格萨尔王，
今日之前岁月里，
与那十八魔国敌，
有些用那好计谋，
有些用那武力平，
将那魔域变佛土。
去年今岁之中间，
未去入侵来进犯，
无幡之处现经幡，
未去撒下种子前，
已经长出了果实，
岭国实乃神仙地。
言语不回是哑巴，
有敌不战是狐狸。
去年今岁到此地，
你若真是如此勇，

你之兵刃在何地？

即刻便来施我身。

岭国三十位勇士，

大队兵马昨已到，

你说是喜还是悲？

听懂耳中之甘露，

不懂歌亦无解释。

听岭国格萨尔王唱完，由于曲赞王心中没有向善的佛法，故而一提到释迦佛法，他便感觉天地翻转；一说到六字真言，他便口中吐沫；一提到岭国的格萨尔王，他便感觉心被刺扎一般；一提到三十勇士和得道之士们的名字，他便像被铁链锁住的毒蛇，像被毒液攻心一般。曲赞王身上的汗毛、头发、睫毛、须眉等统统竖起，眼睛鼓出像是天上的星星一般，随即他口中吐着口水，咬着牙，白着眼，横着眉，其全身因为太过激动而致不能弯曲。

曲赞王心想：若是射出这毒箭，别说是岭国的地方，就算是高空之上的天宫，也能使其转动方向。随即他便吩咐手下的大臣黑毒叶贝调转铁鸟的方向，那铁鸟响了三声之后便像鸟一般飞来，迅速逼到近前。格萨尔王的日月追魂神索上有神仙施法的铁钩，中有灵神的铁环，下有龙神的毒蛇，战神、护法、空行母等在其左右像云朵一样汇集。

曲赞王拿着霹雳火舌向岭国格萨尔王奔去，并向他掷了五十几次火舌，都被格萨尔王的神索套住。格萨尔王观想起空性，火舌便像打在风中一般。曲赞王大惊，料定了这便是恶贼觉如，于是他又连续抛出三枚猿人飞石，但是三枚飞石像是水中的泡沫一般，第一枚被天上的神仙接住，第二枚被中界的灵神接住，第三枚被董迥接住，没能伤到岭国格萨尔王。

格萨尔王说道："父亲的儿子无需跑，即使想逃，也没有路。狐狸虽然想逃往洞中，只要在洞口用烟熏，狐狸哪里还有逃路？鱼儿虽然想逃入水中，只要将鱼钩抛出，鱼儿哪里还有逃路？你我二人的恩怨，前世注定像是额头上的纹理，想擦是擦不掉的。你我二人像是稻谷和柄、鼓和鼓槌、岩石和松树。你现在已经无路可走了。口、耳、眼睛三物，若是不齐非凡人；妖魔神仙和佛法，若是不齐非世界。神妖高低会互换，因果像是那褡裢，饥饱只在呼吸间，悲喜像是岩羊角。你我前世之夙缘，想要逃跑无处逃。我之神索一抛出，别说是你这妖魔，就连日月也难逃，罗睺星曜也套住。水火风等所有物，没有此索不能捉。高山之上的枝叶，虽说是高高在上，但只要火焰一烧，哪还能郁郁葱葱？低处大海无边际，无边还兼水深沉，但是世间万般水，哪有不入舟桥下？南瞻部洲无数国，幅员势力强盛者，军队勇猛善战者，有谁未被格萨尔平？你且睁眼来看看，是否此理你来想。山虽高还在天空下，水虽宽还在舟桥下，王虽威还在阎王下。虽说命有长短，死有先后，但终究谁也躲不掉。"

格萨尔王说完，便将神索抛出，正中那在空中盘旋的铁鸟。神索的钩子将铁鸟钩住，像是鱼钩将鱼钩住，像是绳子缚住待宰的羊羔，亦像是勇士擒拿大奸入狱、阎王索命。格萨尔王继续拉动神索后，铁鸟就变得越来越低。曲赞王便将肋刀、食肉黑铁、哈拉火焰等毒器连连抛出或挥打。无奈格萨尔王周边有红黑战神和诸护法，右有勇士，左有仙女，后有护法，前有上师，顶有大神，腰有灵妖，脚下有法轮，所以曲赞王并不能伤他分毫。格萨尔王将神索一拉，再系在坐骑上拖了一阵后，铁鸟便被拉到了加塘东门扎西天洲的平地上。

铁鸟落地后，曲赞王和三位妖臣便陆续从中走了出来。魔王正欲奔向格萨尔王时，噶德用右手抓住曲赞魔王的脖颈，用左手抓住魔王的头发，往地上砸了三下。曲赞王抱住噶德，二人扭打成一团，像是斗角的野牦牛一般，一时不分上下。此时，格萨尔王用铁钩钩住这罪大恶极的魔王，噶德和巴拉找来一个野牦牛般大小的石头，用三根铁链将曲赞王绑在了巨石上面。之后，董迥、丹玛和辛巴等人唱着战歌，便要去一对一的搏斗。黑色叶贝撞上了辛巴，赞堆坚参撞上了丹玛，达姆赤赞撞上了董迥。正当六人打得难分难解时，后面的玉拉和阿达拉姆等赶来援助，以二敌一，像鹞鹰擒鸟、鱼钩捉鱼般擒住了几个妖魔，并将擒住的妖魔绑在了南门扎西天洲的门旁。只见魔妃鲜血淋淋地看着魔王，魔王也看着魔妃，几人都像线团一样被牢牢捆住了。

十四

此时，以扎拉孜杰为首的岭国十余名勇士也架着虹路到来。神灵龙等拉出的丝绳上，出现了姑母南曼杰姆。姑母对岭国众将说，要将珍珠宫殿翻转过来，将妖魔全部消灭，并将矿藏珍宝等全部取走。叔父超同沿着丝绳，飞也似的来到宫顶，他看见魔王的宫顶竖着红黑二色的经幡，上面绘着毒蛇、鸟族、猪族等的图案，便将经幡一一拔出，扔入海中。超同再往宫顶插上神界的红色旗帜、灵界的黄色旗帜、龙界的蓝色旗帜，上面绘着虎豹鲲鹏的图案。超同并向天竺法王祈福，愿佛法虽有暂时的衰退，但不要有完全终结的时候。

岭国的勇士们沿着虹路，来到了南门扎西洲。老铁匠杜杰扎巴领着铁匠森擦加密、南卡珠杰、车雅诺桑、西玛沃亲将电门往左右各转了转，将螺丝和关节一个个卸下之后，虽然宫殿外层都是由钢铁所制，但它还是往前后左右倒去。在四起的烟火中，宫殿倒成了十八段，有的变为铁水，有的变成了尘土。宫殿倒下之后，废铜废铁堆得像山一样高。

此时，罗布顿珠、西绕贡桑以及拉吉宗典等人露出了笑容，他们穿上绸缎衣物，戴上各样首饰，将十六名铁匠带到了岭国众将的营帐中。以老铁匠杜杰扎巴为首，诸位铁匠坐定了位置。在南门扎西洲，大海和陆地的边界，地上连一块儿小石子也没有，平原像是八瓣莲花，众将便围坐在这里。

叔父超同心里觊觎着曲木里赤国的财宝。格萨尔王着萨霍尔王的装束，坐在日光宝座上时，叔父超同上前献了一条哈达，并说道："如今我们大获全胜，魔王和他的臣子们已经全部被俘获，像黑狗一样被绑了起来。将珍珠矿藏的门，留给了高原藏地。今日，我们需论功行赏，依各自立下的战功，一一封赏。"说完，超同便唱道：

阿拉塔拉唱塔拉，
塔拉是歌之唱法。

敬请马头明王知，
大乐雍仲苯神知，
希望心想事能成。

如若不识此间土，
曲木里赤之平原，
南门扎西之大洲，
是为众人齐聚地，
看啊此地真神奇！

如若不识我辈人，
在那世界之中央，
石头形成之大山，
不能摧毁众所知；
在那流水之中央，
源远流长众所知。
龙王大海之门户，
玛旁雍措在中间，

紫色长系之将领，
是我达戎之超同。
拥有吽啪之法术，
兼有神奇之巫咒，
变化自有千千万，
世上应是无敌手。
岭国里面之谋主，
达戎超同美名扬。

曲赞扎杰大魔王，
竖起双耳听我言：
莫要再起歹毒心，
四蹄全部钉橛子。

古人谚语早有云：
蓝天之上的青龙，
白云之上占宗堡，
发出巨吼飞空中，
口中吐出闪电来，
劈开岩石毁鹰巢。
雪山上面的雄狮，

雪山之上占宗堡，
蓄起须髯往雪山，
吼声响彻大地上，
利爪镇住诸猛兽。
岩石上面野牦牛，
岩石之上占宗堡，
岩石之上辟出路。

魔王无需再讶异，
高高天空升日月，
魔部之军侵我乡，
洛域地方生战乱，
山谷之间血流河，
岭国勇士心大怒，
将那魔怪全消灭。

如今岭国君臣们，
叔父超同之想法，
今日攻下南国地，
自是上天所注定。
得道上师多福力，

行者之路多艰辛，
真言指引之恩德。
今日晨间之时候，
发生之事真神奇，
曲赞扎杰大魔王，
像是小鸟被鹞捉，
手下为首三大臣，
像是狗儿被链拴。
王后自忖模样美，
面容血肉变模糊，
是否可惜君臣们？
珍珠宫殿好坚固，
刹那倒向四方地，
剩下一地之废墟，
以后依凭在何处？
魔王王妃和大臣，
锁链带至岭国地，
虽说岭国非无狗，
要用曲赞来看门。
因果报应之时候，
躯体落入他人手，

无翼也想飞山涧，
最后脑浆洒一地。

去年所煮红色茶，
今日是否有剩余？
酿了九年之美酒，
今日到了成熟时，
需要喝它满九次。

之后岭国君臣们，
将那青龙骑胯下，
必是降伏八部者；
将那雄狮拴门前，
除了帝释无他人；
套索捉住魔王者，
除去岭将无他人。
翻山越岭之因由，
只是为了赚钱财。
春季播下之种子，
只为秋日得果实。
岭国君臣潜海底，

将那生死置度外，

只为夺取珍珠宫。

需要速速去行动，

打开魔王之宝库，

一为勇士之喜绫，

二为嘉奖诸猛将，

三为上师之道法，

人人心中都在盼，

此乃叔父之想法。

听懂耳中之甘露，

不懂歌亦不解释。

达戎叔父超同唱完，带上大鹏天宗盔，身着木里甲，左手挽着强弓，右手拿着箭，食肉弯刀在腰间。他对着曲赞的大臣吐了口水，并且抽了他们几鞭。因曲赞王是真正的魔王，曲赞王往叔父脸上吐的口水，像是铁的冰雹一般，惊得叔父连退了几步。

正当叔父差点摔倒的时候，丹玛怒火中烧，叫道："在佛殿里面胡言乱语，在佛域里伸出魔掌，诵念佛经的时候鬼哭狼嚎。他这个大魔王竟然敢往叔父身上吐口水！"说完，丹玛恨得咬牙切齿。此时，尼奔说道："上等男儿的胸襟，宽广得可以让雄鹰盘旋；中等男儿的胸襟，可以让枪矛旋转；下等男儿的胸襟，才狭隘得如小巷一般。如何处置魔王，还是由格萨尔王来定夺，你我兄弟就不要管了。"说完，尼奔继续回到席上，享用茶酒美食、蔗糖、蜂蜜等天竺地方的特产。

十五

此时，天竺地方的僧俗男女，上至王公贵族、得道高僧，下至贩夫走卒、聋哑残疾等，都来拜见格萨尔王。在降伏魔王的这一天，所有人在扎西法洲的南方莲花塘齐集。煮茶的炊烟似浓雾一般，打水的人儿像小鸟一般，劈的柴火像冰雹一般，所有的高矮山坡都聚满了人。所有人都身着华服美履，口中说着美好的祈愿。格萨尔王同岭国的众勇士在白玛顿丹神殿的天竺中门旁，搭了一顶吉祥旋转神帐。正当格萨尔王同众人坐在神帐里时，天上虹光四射，传来了梵天大神如狮吼般的声音，梵天大神用白色大乐六变曲调唱道：

阿拉塔拉唱塔拉，
塔拉是歌之唱法。

如若不识此间土，
此地实乃彩虹宫，
实乃云聚雨落地。
曲木里赤土地上，
将那魔王全降伏，
珍珠实乃世人财，
尤其藏地更需有，

岭国因缘成此事。

如若不识我辈人，
三十三天宫殿上，
白色梵天之大神。

还请小儿听我言：
一看天上青龙吼，
二看细雨从天降，
三看地上五谷生，
三样聚齐好兆头。
深山流下之雪水，
近处鱼儿展金翅，
万里田地收果实，
众生希望都成真。
深山之中得道师，
近处村镇开道场，
都来躬行不懈怠，
此乃来生之指引。
如若生前犯罪孽，
来生必会堕恶途，

若是不斩恶业根，
如何能够全身退？
如若不能降魔王，
取那珍珠有何用？

今日之前时日里，
岭国君臣和将士，
日夜转动三兵刃，
背井离乡颠沛苦，
美食不能安闲食，
心想安乐却苦闷。
今日剩下之兵事，
曲赞扎杰大魔王，
绝对不能长久留，
如若不能快斩杀，
不死之身便难降。
阿杂母苏上师们，
巫咒之术自然生，
手下三个大魔臣，
还有一个毒王妃，
非是良善血肉身，

而是黑魔之后裔。
除此之外还有事，
就在不久时日里，
要将珍珠宝物取，
要将矿藏之门开。
不久之后返家乡。
本月十五之时候，
在那水中备好船，
船夫达瓦之大恩，
需要铭记不能忘。
珍珠宫殿好王妃，
连同两位新臣子，
岭国得此好事成。
还有岭国勇士们，
前往曲木之地时，
渡口船王之恩德，
才能得路平魔王，
此地之王入船上，
魔域才能变佛国。

是否听到桑钦王？

梵天大神唱完，便消失得无影无踪。格萨尔王得到梵天大神的预示，他眼望天空的时候，光明开始到来。于是，岭格萨尔王将昨夜梦中梵天对他所做的预示一一对岭将们说了。格萨尔王将彻底消灭魔王、魔妃、魔臣的方法用神音六变的曲调唱道：

阿拉塔拉唱塔拉，
塔拉是歌之唱法。

礼敬上方之神明，
从那高高云彩中，
梵天大神为主者，
敬请诸神能知晓。
在那绵延山脉间，
念青唐拉为主者，
敬请战神部族知。
从那大海之上面，
顶宝龙王为首者，
敬请龙神部众知。

如若不识此间土，
扎西法洲白玛塘，
三大怙主居此地，
是为道场鼎盛地。

羌塘紫色之山峰，
天竺空中之繁星，
自会离苦得解脱，
指引到达极乐地。

如若不识我辈人，
实乃世界之国王，
降伏众多魔王者，
解救所有弱小者，
平定地方部众者，
是我岭格萨尔王。

见到经过众人羡，
在那父祖神殿里，
父母儿媳等众人，
和谐之名传世上。
在那从前时日里，
转遍世间所有地。
梵天大神之神旨，
格萨尔王之法缘，
悲喜冷暖尽皆有。

三兵转到身上时，

从来未曾狂妄过，

转头看那狭长地，

头下枕着大石头，

口中饮那清泉水，

眼中认得昴宿星。

东西南北任意走，

像是日月和星辰，

然后此生在此度。

除此之外更加多。

另外一样也注定，

无处躲来无处藏。

红色火焰蓝色水，

成仇前生所注定。

黑色钢铁和树木，

互相劈来互相抬。

白色神明黑方魔，

此起彼伏竟相高。

得到神明之预示，

昨日梦中梵天神，

预示将那魔王和，

魔妃魔臣尽快除，

夜长梦多反不好。

吉祥乡土之下方，

三大寺中之僧众，

一要诵经积功德，

二要祈福保平安，

七日之内做法事。

本月二十九日时，

将这残暴之敌人，

带上锁链领出狱，

君臣王妃等五人，

挨个刨出五个洞，

头朝下来脚朝上，

将那所有魔之子，

用火燃烧不留痕。

再在上面置宝瓶，

缠绕佛法之怨鬼，

全部埋入土坑中。

叔父超同来领头，

噶德将军去陪同，

带上十余名随从。
尼奔辛巴和丹玛，
巴拉董迥和玉拉，
希望能按号令行。

此时我学佛祖身，
禅定打坐并观想，
看看能否观净土？
待得十五之日子，
班师共同回岭国。

格萨尔王唱完，扎拉孜杰、尼奔、巴拉、丹玛、噶德、玉拉、董迥等将都连连称是。叔父超同长于谋略，善使法术，心想：国王有令，我怎能不从？今日到了打开矿藏之门的时候了，他便应下了国王的差事。到二十九日时，岭国所有勇士们，右手拿着橛，左手拿着金刚、套索、宝镜等物品。魔王等五人被捆得结结实实，每个人都由岭国的三名勇士从左右押着。其余的勇士们敲锣打鼓，吹响号角。

叔父超同和噶德负责带人将五个妖魔头朝下、脚朝上地扔进坑里，并往坑里填上砂石，在上面修筑黑白花色的佛塔。岭人随即敲响法鼓，希望魔头们不要再有重生之日。国王入了禅定之后，因是在此地消灭魔王，所以修筑了黑、白、红、蓝、黄五色的“法鼓佛塔”，将魔王压在塔下，也供天竺地方的后人凭吊。扎西法洲寺庙的三千余僧众，集体祈福。桑钦王为首的法身、报身、化身将他们的灵魂引至净土，免堕地狱。

随后，仙女般的西绕贡桑拉姆将洁白的吉祥哈达、红日自生金身献给了格萨尔王，并将神殿右边的守卫情况、取出矿藏的方法等唱成一支这样的曲子：

阿拉塔拉唱塔拉，
塔拉是歌之唱法。

希望今日事能成，
欢喜无量天空中，
希望日月星辰聚。
巍峨山峰安人心，
希望不变永久固。
安乐无底深海中，
希望取得珍宝矿。
一是大水安闲流，
二是魔邦归岭国，
三是君臣能齐心。
安心像是四方庙，
佛法业果自能得。

桑钦至宝听我言：
今年占得山后方，
大海之上行军时，

不同之路有三十。
若要知道海深浅，
除却金鱼还有谁？
若要知道时节变，
除却杜鹃还有谁？
古语亦不全有理，
金眼鱼儿海中泡，
深海之中难保命，
除却神力之巨鳌，
食肉取命之主人，
口长獠牙无计数。
杜鹃鸟儿生门隅，
春季万物发芽时，
水土滋润上枝头，
六变乐曲真动听，
杜鹃鸟儿栖此处，
鹞鹰翼力真惊人，
杜鹃鸟儿怎能比？
执掌部落之首领，
无人能敌曲赞王，
将那天竺十六国，

恃强欺凌三十载，
当时以为无人制。
岭国君臣似落石，
妖魔像是地上虫，
而且转动世界向。
小女子东罗措噶，
神明之眼看顾我，
梦中预示有明言。

珍珠宫殿宝库门，
水儿漫溢在地上，
地上还有诸电路，
铁匠制出之毒铁，
分辨黑铁之好坏。
红电转轮在何处？
大水密道在何方？
铁匠杜杰来引路。
我自会到深海中，
助那格萨尔王力。
石宫之中珍珠宝，
要将声名扬世间。

珍珠所造之银殿，

库中红黑之珍珠，

大神金刚多闻王，

还有四方之金刚，

将那宝物运藏地。

转轮宝库之珍珠，

稀世宝马之珍珠，

长鼻大臣之珍珠，

喷焰末尼之珍珠，

欢喜左旋之珍珠，

轮回坛城之珍珠，

二十一度母珍珠，

狭长神殿之珍珠，

释迦佛陀之珍珠，

以上皆由珍珠成，

实乃龙宫之宝藏。

此一珍珠之宝库，

迦叶波佛时形成。

南瞻部洲珍宝主，

白色黄色黑色宝，

大臣手中皆一样，

从那南方海中取。
从前千世之佛祖，
留下所需修行物，
变成龙宫之宝库。
今日不动何时动？
取宝莲花生大师，
取宝岭格萨尔王，
除此无人能取得。

宝库之物不穷竭，
需用如同父唤子，
如同遇见那主人。
岭王法术建功业，
今日宫门之内外，
引路之人由我来。

听懂耳中之甘露，
不懂歌亦不解释，
众人还请记心间。

闻听贡桑拉姆唱完，桑钦王的属下们都深以为然。于是，贡桑拉姆先行，随后便是桑钦王、叔父超同、噶德、丹玛、巴拉、赛巴尼奔等人，众人依次来到了水路蓝色宗堡的门旁。贡桑拉姆拿出金喜旋珠和五支黑旗，往一肘来长的魔王生魂金刚橛上碰了一下。里面的守卫还以为是前来供奉香火的人，此时，岭格萨尔王来到门外道："无事怎会敲库门？敲这库门有因由。今日仙女的法术、我岭格萨尔王的慈悲，还有三宝的谛语齐集。到了践行佛祖法旨的好日子，此乃前世注定的事情，任谁也不能躲过。心中如彩虹般的念想，若是能感知幸福便是极乐，如若不能就是毒水沸腾。开了库门便是自生的宝贝，不开库门就是黑暗的洞穴。龙女们可曾听清？"守卫们还是将信将疑，不肯打开库门，于是，贡桑拉姆说道："今日国王威势盛，虽非库主亦可开库门，你们可曾听清？"她和颜悦色地连喊了三遍开库门，守卫们仍是不肯打开。于是，岭格萨尔王用释迦佛祖的符咒、莲花生大师的伏藏印、梵天大神的神迹六字等绕在额前，拨着念珠，唱了一支打开库门的曲子：

阿拉塔拉唱塔拉，
塔拉是歌之唱法。

依止正确之善法，
世上六道之众生，
希望都能得涅槃。
今用歌曲来归趋，
今用歌曲来启请，
今用歌曲来祈愿，
非此怎能成佛祖？
歌唱善果成佛法，

从那恶途地狱里，
彩虹净身引极乐，
塔拉是为解脱曲。
地上巨石十八块，
唱出十八佛音曲；
边地十二重镇里，
威武之曲十二首；
中间十七大宗里，
悦耳曲子十七首。
此乃国王之乐曲，
父系空空苍穹曲，
母系大水奔流曲，
还有草风机械曲，
无阻金刚本声曲，
国王所唱之乐曲，
乐曲不同三十九。
乐曲核心是佛法，
无佛众生无安乐。

今天在这海底唱，
大海当中之库门，

海水汇集好似画，

水流声音哗啦响，

金眼鱼儿往右旋，

虾蟹巨鳌往左旋。

大水流下水泡显，

南方世界第一海，

曲木里赤南方国，

宝顶龙王十七门，

均是珍珠之祖宫。

想要之人千千万，

唯有因果是正途。

引渡来生之上师，

执法公正之君王，

能够依靠之伴侣，

依止谛言之学生，

吉星高照之富人，

威势权重之父叔，

武艺高强之勇士，

安居于室之妇人，

操持家务之姨娘，

善因善果之慈悲，

十样齐集之地方，
除却岭国无他地。

如若不识我辈人，
在我未投凡胎前，
未遭俗世毒箭前，
未得血肉骨骼前，
实乃上天之神明，
梵天大神之小儿，
拉珠智美当时名。
于是投胎到岭国，
一有佛祖之钤记，
二有莲花生卦象，
三有格佐心意结，
母靠龙宫之大事，
成事之人是孤王。
南瞻部洲宝库主，
是我岭格萨尔王。

龙妖和那诸鬼怪，
勿要抵抗速开门，

若是开门恕无罪。
听到孤王之声音，
不要再想无生路。
听到孤王之声音，
心中不再有悲伤。
国王身躯所及处，
哪会不国富民强？
国王智慧所及处，
民智哪能不开启？
如今宝库需献我，
若不和平献予我，
将用武力来夺取，
海水全部搁浅滩，
守卫全部绑柱上。
今日需要你诺言，
此处宝物藏地需，
此乃上天之旨意。
如若违抗上天旨，
除却地狱无地去。
如若违抗君王旨，
除却牢狱无处去。

如若不听父母言，
除却乞讨无处去。

以上言语需细听，
听懂还需记心间，
不懂歌亦不解释。

岭格萨尔王唱毕，他作势要用五样神供奉红、蓝、黄、白四色旗帜，用手指献曼陀罗般供奉神面。守卫的鬼怪纳卡惹杂和亚卡夏萨等一见，便立即打开了大门，并伸出舌头，说着敬语，恭恭敬敬地拜了格萨尔王。格萨尔王对着鬼怪们说道："神仙之水是净水，今日请来涤荡我，所有阴暗皆洗净，新地固如耶萨哈（梵文）。"说完，他来到了宝库里面，用手拿起白色珍珠的赞拉神、黄色珍珠的多闻天王和蓝宝石的雪白吐宝鼠，用珍宝莲花缠头巾供奉。

北方命运之王主财仙女的随从们，对格萨尔王毕恭毕敬，三跪九拜。西方语言之王，通体红色，戴着红色珍珠项链，红色瞻巴拉[1]顿玉珠巴像宝贝一样围绕，将如山一般的矿藏握在手中，在格萨尔王前伸着舌头，晃动着头发。在他的东面有紫色的瞻巴拉，由身带九样兵刃的钢铁战神围绕，作势向桑钦王敬献着红色珍珠制成的宝贝。格萨尔王对所有神灵之子施了净水，并进行了灌顶。然后他向叔父超同赐了红色瞻巴拉，向扎拉孜杰赐了白色瞻巴拉，向尼奔赐了黄色瞻巴拉，向噶德赐了紫色瞻巴拉。自己将珍珠制成的观世音、释迦佛祖、莲花生大师等佛像拿在手中，祈祷海底能够永远有黄、白、红三色的珍珠。随后格萨尔王对神龙、灵妖、战神、护法神、使者等发号施令，让他们取出大小不一的宝盒。众人便依照命令，恭恭敬

1　瞻巴拉：梵语，一财神名。

敬地拿出了各种宝盒。于是，桑钦王又闭合了宝库之门，让它能够永世长存。

格萨尔王对众人说道："如若白色岩石变绵羊，水边沙子变青稞，牛形裂缝变成牛，马形巨石变成马，似灵红岩变成灵，方能打开此库门。如若不然，谁都无权打开此库门。尔等龙子及土地山神需继续守卫这个宝库，我自会保证你们衣食不竭，还会给你们备好各种供品和树种、药种等。"龙子山神等便遵从格萨尔王的命令，继续留守在了原地。而岭国的格萨尔王和大臣们，便准备班师返回岭国。水中的巨鳌、鱼虾等均右旋，对格萨尔王表示敬意。

次日，在扎西法洲的平原上，天竺七大部中像灯火般的上师、执法的官长、身带三兵的少年、笑颜如花的少女等，众人头戴繁星般样式不一的帽子，身着地上植物般不同款式的衣服，等候着岭国众位君臣。格萨尔王和岭国的大臣们根据资历，依次坐在了吉祥神殿的金座、银座、珍珠座及宝石座上。天竺的色须上师坐在首位，其后依次是身着袈裟的僧人、拥有福力的仙女。勇士果珠登斯坐在右边，战神达堆崩斯坐在左边。

坐定后，天竺的比丘[1]根嘎美朗将黄帽托在手上，向格萨尔王燃起烟味漫天的香，吹奏起鼓乐笙箫，声音像是青龙一般震彻云霄。右边是坛城，左边是箭旗，前面供奉上了牛奶、酸奶、青稞酒、酥油茶等，然后根嘎美朗对着格萨尔王唱了一支这样的曲子：

阿拉塔拉唱塔拉，
塔拉是歌之唱法。

一敬三十三天上，
白色梵天大神明。

1　比丘：承认守护《毗奈耶经》所说的二百五十三戒，并如仪守持律仪的男子。

二敬高高山峰上，
念青格佐之山神。
三敬大海珍宝主，
顶宝龙王之神明。
祈福希望得福力，
祈望心想事能成。
祈求护持佛法者，
诺布占堆桑钦王，
威望比那天还高。

如若不识此间土，
天竺自是神明地，
是那人间之净土，
是这吉祥之神殿。
八瓣莲花平原上，
法身僧人出生地，
报身得到福力地，
化身取得成就地。
是否知福属民们？

头戴黄冠之上师，

福力如雨自然下，
誓语如草自然生，
祈祷果实都成真。
金顶银顶之官长，
威势似同辉日月，
威名像那青龙吼，
六艺似那雷电下，
灭魔像是劈岩石。
像是大山之父叔，
气度像是高山峰，
计谋像是大地土，
深沉似那无底海。
财物享受无穷竭，
成就像是大雨下，
指引众生之明灯，
是那诺布占堆王。
消灭妖魔部卒者，
有那岭国狮虎将；
诵念咒语施法者，
是那叔父超同王。
八部神界转向者，

尼奔似那黄花开；
拨开烦恼乌云者，
有那董迥战神将。
水路大路引路者，
有那贡桑拉姆妃；
转动智慧之轮者，
有那罗布顿珠臣；
知晓前事今事者，
有那拉吉宗典女。

凡此我们都知晓，
袖子当中之羊毛，
厚薄如何手自知；
嘴中牙齿有几颗，
嘴中舌头自然知。
神殿佛像多或少，
执掌僧人自然知；
碧蓝大海之深浅，
白肚小鱼自然知。
魔国曲赞珍珠王，
最终将他降服者，

我国仙女等三人，
和那岭国众神将，
没有恩情比此重，
格萨尔王上界神。

如若不识我辈人，
东方金刚座之山，
根嘎美朗比丘士，
在那长老山洞中，
修行佛法已一世，
马巴译师之弟子，
释迦牟尼之教徒。

计谋高深之神子，
且请宽心听我言：
去年今年两年间，
曲木里赤国度中，
曲赞扎杰大魔王，
将那天竺十六国，
昂头来削胸膛肉，
低头便削屁股肉，

踩脚便削小腿肉，
瞪眼便来剜眼珠，
说话还要割舌尖。

人人心里念佛法，
无奈曲赞大魔王，
拿起武器说妄语，
他是天竺大魔头。
所幸恩重之神子，
今年便将他消灭，
曲木之国变佛域，
珍珠宝物满地上，
哪有比这更安乐？
哪有恩情比此深？
心安似雪收果实，
地方祥和之根本，
哪有比这更重要？
手中五彩之哈达，
有那神明上师福，
今日献于国王前。
除此还有其他物，

释迦牟尼之金像，
观音大士之银像，
自生度母松石像，
五部空行[1]黄铜像，
忿怒金刚黑铁像，
凡此珍奇诸宝物，
悉数献于国王前。

此时岭国君臣们，
回到岭国之时日，
身似山峰不动摇，
声似青龙不减损，
心似日月不黑暗。
有那佛祖之赐福，
万千空行在前迎，
万千护法在后送，
后望是那战神将，
前望英雄和勇士，
头上白色梵天绕，
脚边顶宝龙王绕，

1　五部空行：东方金刚空行，南方珍宝空行，西方莲花空行，北方羯磨空行，中央佛陀空行。

腰间念青山神绕。
祈望身体无灾病，
祈望身似不动山，
祈望梵音无阻碍，
祈望内心无变化。
祈望珍珠和宝物，
时时常有不穷竭。
格萨尔王伟岸身，
似山身上满花草，
祈望得到千佛佑，
格萨尔王功业扬。

显密同修佛之法，
空行诸母得吉祥，
希望吉祥漫天上，
希望祝福遍大地，
岭国人们请记心。

比丘根嘎美朗的歌一唱完，格萨尔王便双眼望天，祈福上中下三界的六道众生都能够离苦得乐。格萨尔王并接见了此地的长者、上师、妇女和青年诸人。众人将金银、珍珠、绿松石、琥珀、绸衣、水晶等堆得像小山一般，为格萨尔王祈福。所有人都心向善法，举行了三日法会，并约定八日之后君臣们再由虹路和渡船返回。从高山顶上，到大海之滨，大地上的所有属民都互通信息。许多不同肤色、不同种族、不同眼眸的人如花团锦簇般齐集一地。他们有的来自山上，有的来自海底，有的来自林间，有些似人猿，有些似猴子，都在众口一词地赞扬格萨尔王的壮举，感谢他消灭魔王，并使佛法重返，阴霾散去。

此时，格萨尔王说道："呀！岭国的勇士们，今日返回岭国时，要交接国业，需有人在魔地管理属民，宣扬善法。若说哪位将军是合适人选，我看便是尼奔了。因你人品贵重，能够运筹帷幄，又是我格萨尔王的父叔辈，当能担此重任。"格萨尔王下了这道命令之后，尼奔从紫色座上起身，向着格萨尔王一拜，给其他岭国上、中、下三部的勇士们都敬献了哈达，随即诉说了天地形成的来历和桑钦王格萨尔王拯救黎民的历史，并说在今后要扬十善，弃十恶，心向佛法，远离恶业。尼奔随后唱了一支曲子：

阿拉拉姆唱阿拉，
三声歌曲之唱法。

顶门大乐宫殿里，
恩深根本上师知。
喉咙享受法轮中，
祈望金刚手能知。
心脏法轮之中央，
大乐上师敬请知。

今日开得宝库门，
将那矿藏引藏地，

岭国国度取胜利。
天竺佛法诞生地，
开得宝库之门后，
上至黄冠之上师，
下到普通之僧众，
还有诸多地方官，
都要献上珍珠宝。
上至白发之老者，
下至白齿之青年，
我将上师福力结，
和那珍奇之宝物，
所求尽可赐给你。

我们岭国之地方，
上部分布山岭中，
中部在那草原上，
下部在那深林中，
此乃岭国之地势。

我乃尼奔达雅将，
有那五万之属民，

格萨尔王之大臣。

此前岭国之地方，
入侵敌军似疾风，
南方魔军到岭国，
擦戎乌戎多热戎，
姜域擦域南方地，
九十九个大部落，
曲木里赤想占领。

今年岭国之大军，
将那曲赞大魔王，
分成三段埋地下，
魔国妖魔全消灭，
魔国财宝悉数取。
曲木里赤之船王，
对那恩重之上师，
信服并且去顶礼；
对于公正之官长，
愿为奴仆侍左右；
对于哺育之父母，

愿意报答其恩情。
之前威势之船王，
指引我等之路途。
曲赞扎杰之兄长，
赞吉亚美为首者，
逃回本国之时日，
我等岭国三十将，
在后追赶之时候，
困在海边不能渡。
所幸罗布顿珠臣，
和那船王是旧识，
盟誓兄弟最亲近，
如何能够说没有？

古人谚语早有云：
上师学生和施主，
受戒誓言若相合，
不堕恶途有保证。
君王大臣和属民，
若是执法能公正，
威望不低能保证。

父亲母亲和子女，
若是听取对方言，
便能无灾和无祸。
父叔心思往一处，
王业传承是自然；
母姨善于积钱财，
家业丰盛是自然，
心想事成如此喻。

岭国君臣听我言：
从那国王以下起，
诸位岭国之大臣，
需要齐心并协力。

此地摄政之官长，
船王赞杰多吉任，
麾下诸位大臣绕，
如需委任新臣子，
皆以你意来选拔。
需依岭王之意旨，
宣扬佛教之善法，

消灭魔方之恶法，
黑白善恶需辨明。

今日实乃吉祥日，
天竺其他之国度，
七国君主请静听，
格萨尔王之恩情，
并无远近亲疏别。
虽说并非定贵重，
大小合适之礼品，
今日到了赏赐时。
诸位得道之上师，
敬献珍珠各一串；
诸位守戒之僧众，
敬献珍珠各一罐。
诸位父叔及达官，
敬献珍珠各一挂；
诸位年轻之女子，
敬献珍珠之饰物；
诸位持家之母姨，
敬献珍珠红黄白，

制成颈索各一条。

以上俱是国王赐，
然后岭国君臣们，
勿停速速需出发，
明日后日便开船。
念布十八部落中，
所有大船俱齐备，
你等心中如此记。

尼奔唱完歌颂格萨尔王的恩德和将珍珠赐予众人的歌曲后，所有黄冠上师、法衣僧众、父叔姨娘、身带三兵的青年、貌美的女子等所有老少妇孺心中都升起吉祥的太阳，纷纷跳起了欢乐的舞蹈。神明上师的福力，众生皆能获得，于是众人欢喜地向格萨尔王顶礼。

十六

七日之后，便到了岭国君臣离开的日期。这日，船王身着华服，头戴华帽，腰间缀满各种珍宝，坐在珍珠座上，摆下盛大的宴席，茶酒佳肴如小山一般，众人尽乐同欢。酒宴完后，船王对格萨尔王说道：“君王的旨意，臣子怎不服从？上师的教诲，学生怎不听从？生活在山上的鹿儿，如何不在草边栖息？大水之中的鱼虾，怎能不在海里生存？恩深如海的君王，我怎能不在您统治之下？”说完，船王又将许多金银、珍珠等宝物献给了格萨尔王。

格萨尔王等一众君臣坐上一百九十艘大船，里面装满金银、珍珠等财宝，来到了多热地方。岭国各门及山头、渡口、岗哨的父叔勇士，同岭国大系赛巴八部、中系文布六部、小系穆江四部、尕竹部、丹玛部、黑白贡觉、琼布白黑黄等部队齐集在世人艳羡的中心坛城岭国达塘查木地方。红色原野上满是骏马和营帐，格萨尔王便来到了周边没有绳子、中间没有柱子的童哇顿丹神帐旁。留守的妇女们为迎接格萨尔王，燃起了漫天的桑烟。右边是青年男子，左边是少女姨娘，均献上了哈达，并敬上了美酒。

这一日，真是天上吉星高照，地上亦是吉时，中间五谷生长，三样齐全值得庆贺。不变天空似八辐轮，不变大地似八瓣莲花，不变外部似吉祥八宝[1]，不变内部似轮王七宝。曲木里赤国的铁匠杜杰和五十名小铁匠也被带到了白岭上部，铁匠们欢欣不已，都觉此地居住有自由，于是他们便着华服美履坐在了营帐边上。

岭国君臣们坐在神帐中，像是云彩流动。看那大将，像是雄狮须髯飘

1 吉祥八宝：又称“八瑞相”，由白海螺、金法轮、胜利幢、宝伞、莲花、宝瓶、金鱼、吉祥结组成，是藏族人民最喜欢的吉祥组合图案之一。这种图案常常涂绘在寺院、民居、帐篷壁及各种生活器皿之上。

飞；看那大部兵马，像是雄鹿之角；看那岭界将领，似野牦牛炫其犄角。还有似青龙飞天、藤竹漫地的将军们均在帐中。岭国驻守的父叔姨娘煨起桑烟，烟雾弥漫四方。岭国的卓洛白嘎拉孜、乌罗女儿尼琼、达戎女儿卓措、色让女儿尼吉、丹玛女儿玉珍等女子坐在左边，其他勇士坐在右边，身后是箭旗枪旗。其中嘉洛女子森姜珠姆不似寻常女子，是世间女子的翘楚，岭国女子的代表。她头戴十八样装饰——六个白色九旋宝、六个红色火焰宝、六个黄色火焰宝，将九转天珠往左右一戴，颈上戴着绿松石、珊瑚、琥珀、钻石等各样宝贝，身着华服大氅。她身姿颀长似藤竹，头发像是柳叶，美貌动人，真是令男子心动，让女子嫉妒。她移动脚步时值百匹骏马，往前来时值百头犏牛，往回走时值百头骡马。她白得像是红日照耀下的雪山，红得像是烈火炙烤下的红铜。看那一双眼睛，像是天上的星星；看那睫毛，像是圣贤写下的小字；看那鼻子，像是两只笛子；看那嘴唇，像是开着的莲花；看那两排牙齿，像是银骰并排；看那一对耳朵，像是海螺右旋。如此一个标致的美人儿，即使神明见了也会侧目，君王见了六神无主，青年见了怦然心动，父叔见了手足无措，真正是世间女子中的极品，母仪天下，是空行母的化身。姿容俊美，冰雪聪明，还有定国安邦之计谋的王妃森姜珠姆从右边的金瓶中倒茶，从左边的银瓶中倒酒，从怀中取出五条洁白的哈达，为迎接格萨尔王唱了一支九狮六变曲：

阿拉塔拉唱塔拉，
塔拉是歌之唱法。

上师佛祖本尊神，
礼敬祈望赐福力。
顶门日月法垫上，

祈望度母能知晓。

在那右肩法垫上，

祈望战神能知晓。

在那左肩法垫上，

益西空行母能知。

在那心脏法轮中，

东方金刚空行知。

在那大脑宫殿中，

南方珍宝空行知。

喉部享受法轮中，

西方莲花空行知。

今日请来援助我。

如若不识此间土，

玛隆心中之坛城，

南瞻部洲之中心，

阿尼玛卿之脚下，

达塘查木之原野。

在那君王神帐中，

金光灿灿金座上，

坐着雄伟桑钦王。
在那旁边银座上，
戎擦查根总管王。

如若不识我辈人，
在那前世之时候，
还未投那凡胎时，
未尝尘世疾苦前，
未得凡人皮囊前，
绿叶繁盛之净土，
银叶盛开法垫上，
母为白色之度母，
吉祥福聚庄园里，
生为嘉洛之女儿，
冬日新年初十生。
在我出生之时候，
白色雄狮立雪中，
青龙在那空中吼，
草原之上姜声响，
森姜珠姆[1]从此来。

1 森姜珠姆："森"在藏语中为狮子之意，"姜"为王妃之意，"珠"为龙之意。

以上所说是正理，
言语无需再多说，
话语多说属无益。
要说话语之精髓，
今为吉日安乐否？

去年年初之时候，
岭国父叔勇士们，
去往天竺之地方。
曲木里赤大魔王，
曲赞扎杰是他名，
传说魔王威势猛。
属下众多之魔臣，
传说六艺武功强，
传说巫蛊大咒师，
传说巫术法力强。

聚齐此地君臣们，
我从宝盒取喜绫，
喜绫不同有五种，
赞颂神明之喜绫，

觐见君王之喜绫，
男儿勇士英雄绫，
母姨安居之喜绫，
如此不同之五绫，
今日献给桑钦王。
边角像那长流水，
祈望佛法永流传。

请问雄狮桑钦王，
你等君臣将士们，
去年到达南地时，
曲木里赤之魔军，
到底凶猛有几何？
阿杂母苏之巫术，
到底巫术有多强？
黑方魔部之大臣，
勇猛六艺有多强？
似鸟似蛇和似猪，
嫉妒愚昧和贪念，
三毒危害有多大？
毒铁毒刀和毒箭，

毒药威力有多大？
曲木里赤之海水，
海水究竟有多深？
天竺珍珠之宗堡，
宫门究竟坚固否？

以上小女之问题。
此外珠姆之祝愿，
祝愿国王行好运，
威望比那天空高，
青龙曼妙吼声中，
祈愿君王威望高。
岭国辽阔之国土，
祈望吉祥享安乐。
福气如海之属民，
祈望得到矿藏宝。
去年曾经祈过福，
祈愿出征之大军，
能够不遇艰和险；
祈愿艺高之大臣，
性命无恙返故乡。

所唱耳中之甘露，

还请君臣记心间。

珠姆唱完这样一支曲子之后，为君臣们敬茶敬酒。此后，君臣间亦唱了几首曲子，此处不赘。

次日，格萨尔王同其他勇士及父叔兄弟们来到了神帐之中。格萨尔王坐在当中的金座上，神子扎拉坐在银座上，擦香丹玛、叔父超同坐在绿松石宝座上，其他岭国的勇士们根据自己的位置一一坐定。岭国的女子们摆上了美酒佳肴、水果肉食等。岭国的勇士们一边享用着应有尽有的美食佳肴，一边详细地诉说着前往曲木里赤国的经过、罗布顿珠的计谋如何高深、海水如何深不见底以及如何消灭了曲木里赤的魔王、魔妃、魔臣等情形。

第三日黎明，周围国度的人们已经赶到。于是森姜珠姆和侍女为众人奉上泥婆罗的葡萄酒和卡切的米酒等各种佳酿，她说道：“岭国的政教与日月同辉，君王的社稷如高山般稳固，民众的安乐像大海一样深厚。所以大家不用忧心，尽管享用美酒。”当人们尽情享用着美酒佳肴、欢聚一堂的时候，森姜珠姆一边敬酒，一边询问格萨尔王和诸臣征途是否劳顿。格萨尔王言道：“今日的祝福如此美好，心想之事定能成。”说完，他微笑着唱了这样一支曲子：

阿拉塔拉唱塔拉，

三声塔拉歌唱法。

上师空行本尊神，

请勿离开驻顶门，

顶门之上赐福力。

如若不识此间土，
岭国达塘查木地，
噶拉神仙之原野。
如若不识我辈人，
玛域岭国之君王，
诺布占堆格萨尔。

大臣叔父和姨娘，
勿要分神听我言：
我之言语是如此，
曲木里赤之地方，
地上珍珠之宝库，
天上花朵如雨下，
空中彩虹支帐篷，
看似神仙之净土，
周围都是雪和岩，
中间海中珍珠宗。
此后还请听我言：
九头毒蛇之魔头，
世间从此除他名。
魔神萨玛之魔鬼，

我用法术消灭他。

曲赞扎杰大魔王，

从那铁屋走出后，

套索扯住浑不觉，

勇士齐力将他灭。

夺了南国珍珠宗，

白色岭国藏家地，

满是珍珠之宝贝。

我乃桑钦雄狮王，

降伏南方魔国王，

此后世界变安乐，

神明旨意都完成，

岭国心想事皆成，

藏地心愿都完成，

最后获得大胜利。

此地诸臣听我言：

之前也曾攻宗堡，

但是所获之成就，

没有此次这么多。

今年岭国国度里，

上至父叔和兄弟，

中间大将和勇士，

下至奴仆和婢女，

都可分到红珍珠，

岭国所想都成真，

藏地祈愿俱成实。

现在还请丹玛将，

将那雷声响亮鼓，

绕着此地敲三回；

吉祥右旋白海螺，

绕着此地吹三回。

将为众人分珍珠，

务使人们都听清，

所有人需聚在此。

黄色珍珠四千人，

应由三位福人发，

一乃嘉洛之坚参，

二乃戎擦查根王，

三乃赛巴之尼奔，

分发珍珠红黄白。

岭国大臣坐席上，

根据个人之需要，
布施所有珍珠宝，
不用适度尽可取。
所拥珍珠三洞窟，
实乃无竭矿藏宝，
所想皆有之宝物，
五色财神瞻巴拉，
可从宝中获成就。

从这今日之后起，
岭国全部之属民，
让那珍珠皆散满，
挥去心中之阴霾。

听懂还请记心上，
不懂歌亦不解释。

格萨尔王唱完，丹玛便根据格萨尔王的旨意将法鼓敲了三回，将法螺吹了三遍。于是，岭国诸部都聚齐时，在红色檀香木的台子上放了九箱珍珠，并支起孔雀伞。森姜珠姆将箱子一一打开，嘉洛坚参、尼奔达雅、戎擦查根三人身着白绫所制的衣裳，头上裹着白色头巾，像是白色梵天大神下凡一般，将手中的珍珠布施给了岭国长中幼三系的人们。正当人们欢呼雀跃时，戎擦查根唱了一支祈愿的曲子：

阿拉塔拉唱塔拉，
塔拉是歌之唱法。

顶门大乐宫殿中，
无量光佛敬请知。
喉部享受法轮中，
观音菩萨敬请知。

如若不识此间土，
岭国达塘查木地，
宝物成就如雨下，
心中所想皆能成。

如若不识我辈人，
世界初成之雪山，
历经九代之老人，
我乃戎擦查根王。

三代凡人往上数，
三代神明往下数，
此前数代之人们，

祈愿之事皆能成。

白色岭国之地方，

但愿富裕比龙宫，

但愿升起安乐日。

白色岭国君臣们，

但愿享受比神明，

但愿福禄聚岭地。

南瞻部洲众属民，

祈愿吉祥享安乐，

祈愿长寿无病灾。

祈愿佛法能昌明，

将那赞吉王消灭，

从前威势较为重，

从此岭国众大臣，

祈望威势都能重。

如意宝物之福禄，

希望能够传藏地。

岭国勇士大臣们，

希望都具勇者气。

祈望福气聚藏地，

举国都能享太平。

今日岭国的部卒，
身无灾病王所佑，
长寿无量寿佛佑，
财富瞻巴拉所佑。
今日施下红珍珠，
岭国大臣和兵将，
祈望威望日益高，
祈望威名扬四方，
祈望心想事能成。
天上升起吉祥日，
地上盛开吉祥花，
空中出现吉祥虹，
吉祥如意诸事成。
白色岭国之国度，
祈望国力日渐盛；
黑头藏人之地方，
祈望吉祥并安乐。

听懂耳中之甘露，
不懂歌亦不解释。

戎擦查根唱完，于是，人们便拿着布施的珍珠，开心地回到了自己的领地。岭国众臣来到格萨尔王的桑珠达孜宫，岭国沉浸在一片祥和的氛围中。次日天明时分，一道强光照在了桑珠达孜宫上，仿佛是太阳照耀在雪山上一般。上界天神、中界年神、下界龙神以及战神护法等都被光所围绕。到了各自回到驻地的时候，格萨尔王说道："世上众人都需要的红黄白三色珍珠及珍珠制成的佛像，若是能将其留给后人，是造福一方的善举。"此时，格萨尔王坐在宝座上，前面摆满了各国的供品，他唱了一支白色六变曲：

阿拉优美之歌曲，
塔拉是歌的唱法。

上师三宝本尊神，
礼敬上方本尊神，
如此神明引路途。
顶礼大海神明王，
大恶从那地狱度，
法身能够得解脱。

天上彩虹帐房中，
虹光照射天空中，
人身大鹏鸟之头，
右手拿着日光索，
左手拿着疾风枪，
周围神兵有十万，
白色冬董敬请知，
今日请做凡人友。

珍珠之宝聚于此，
福禄之中获成就。

空空天空宫殿中，
彩虹架出帐房里，
人身猛虎之面容，
右手拿着天灵盖，
左手拿着金刚橛，
百万灵军所围绕，
诸位年神敬请知，
今日请做凡人友。
珍珠之宝聚于此，
福禄之中获成就。

大海珍宝宫殿中，
水军自有十万众，
龙子沃丹敬请知，
今日请做凡人友。
珍珠之宝聚于此，
福禄之中获成就。

西方极乐世界中，
绝美莲花宝座上，
无量光佛之法身，
祈望慈悲照世人，
千佛周围在围绕。
珍珠之宝聚于此，
福禄之中获成就。

莲花福禄宫殿中，
无量寿佛敬请知，
红色佛身入禅定，
手中拿着长寿瓶，
五种性佛[1]所围绕，
赐下长寿之成就，
今日来做凡人友。
珍珠之宝聚于此，
福禄之中获成就。

铜色吉祥的顶尖，
莲花福禄宫殿中，

1 五种性佛：大日如来、不动如来、宝生如来、无量光如来、不空成就如来五佛。

祈愿莲花生能知。
长发披在身后面，
五角金刚在右手，
右手拿着天灵盖，
装饰许多珍奇宝，
诸多空行母围绕，
今日请做凡人友。
珍珠之宝聚于此，
福禄之中获成就。

从那达莱仙界中，
报身大慈大悲知，
慈悲化身观世音，
右手拿着水晶串，
左手拿着莲花茎，
慈悲度化世间人，
今日请做凡人友。
珍珠之宝聚于此，
福禄之中获成就。

上界神仙宫殿里，

白色梵天之大神，
还有大神帝释天，
十万天兵所围绕，
今日请做凡人友。
珍珠之宝聚于此，
福禄之中获成就。

中部灵神之地方，
九部大神敬请知，
藏地十三神明知，
今日请做凡人友。
珍珠之宝聚于此，
福禄之中获成就。

如此财运勿外传，
此乃格萨之旨意。
如此珍宝之成就，
锁入财运柜之中，
放入财运袋当中，
光芒如那日月星，
此乃毕生之财运，

是我格萨之旨意，
勿将财运泄于外。

在那世界之中央，
阿尼玛卿之深山，
三百六十山峰绕，
手中拿着如意宝，
各种成就如雨下，
今日请做凡人友。
珍珠之宝聚于此，
福禄之中获成就。

此乃毕生之财运，
是我格萨之旨意，
勿将财运泄于外。

勇士勇猛之运气，
今日福气请至此。
安乐生活之运气，
今日福气请至此。
美味食物之运气，

今日福气请至此。

乳汁如雨之运气，

今日福气请至此。

吉祥八宝之运气，

今日福气请至此。

持国天王守东方，

守住东方福气门；

增长天王守南方，

守住南方福气门；

广目天王守西方，

守住西方福气门；

多闻天王守北方，

守住北方福气门。

祈望福气勿动摇，

祈望福气无减损，

似那不动岿然峰。

祈望福气勿断绝，

似那枝叶开四方。

三宝和那诸佛祖，

赐给人们之福气。

祈望成就如雨下，

祈望吉祥漫天间，

祈望祝福遍大地。

格萨尔王唱完，将财运柜合上，众人大喜。正当岭国的父叔兄弟和大臣们都坐在席上时，扎拉孜杰从左边站起，他向格萨尔王和众位大将献了哈达之后，唱了一支曲子：

阿拉塔拉唱塔拉，

塔拉是歌之唱法。

上师三宝本尊神，

遍识三界敬请知，

三圣怙主来引路，

六道众生皆父母，

在这六道轮回中，

祈望得免堕地狱。

如若不识此间土，

玛域岭国之地方，

在那白色神帐中。

如若不识我辈人，

岭国大中小三系，
大系赛巴是高山，
中系文布是大海，
小系斑斓之猛虎，
面容像是那图案，
长出獠牙食敌肉。
手中所拿之宝刀，
自是用来取敌命，
我乃神子唤扎拉。

各个部落听我言：
国内部落三十个，
执掌将领有三十，
中间部落二十五，
执掌勇士二十五，
外有七个附属国，
七位大臣来执掌，
名姓一一不赘述。
所说事情是如此，
去年今岁两年间，
未去出征来入侵，
说来此事真神奇。

若是夏天不降雨，
地上枝芽怎生长？
海上冰冻未消融，
大海如何翻波浪？
入侵不是岭之国，
实乃曲木里赤国。
高时如若不安分，
必会碰上罗睺曜；
威时若是不安分，
小心岩石被雷劈；
富时如若不安分，
小心财被盗匪抢。
曲赞扎杰大魔王，
生来便是不安分，
想要觊觎他人财，
后来害了君臣命。
虽说大海深无底，
岭国君臣均是神，
富足珍珠财宝宗，
今年被我岭国降。

在那藏域高原地，
一是威名苏措湖，
南方觉牧之神湖，
北方神湖纳木措，
木里廷之大神湖，
上部玛旁雍措湖，
西宁蓝色之天湖，
总共藏地十处湖，
红黄白三色珍珠，
献于湖主各六十。

去年年末今年初，
天竺扎西之法洲，
来到珍珠宗堡时，
天竺七大国家中，
共有僧侣五千余。
上至尊贵之上师，
和那父叔和官长，
献上喜乐珍珠宝，
其余黎民和百姓，
亦要施下珍珠串。

还有汉地之地方，
共有僧侣五千余。
上至尊贵之上师，
和那父叔及官长，
献上喜乐珍珠宝。
其余黎民和百姓，
亦要施下珍珠串。
天竺上部满珍珠，
藏地亦是满珍珠。

昨日岭国之地方，
内部中部和外部，
老少妇女全在内，
施舍珍珠类宝贝。
上至上师之法器，
和那女子之装饰，
施舍珍珠俱满斗。

昨日之前时日里，
欢声笑语满大地。
今日回到自己宫，

在这桑珠达孜宫，
东西南北所来兵，
勿要久留需回返。
驱走黑暗之日月，
今日在这岭国生，
还有众星来围绕。
狭长地带之流水，
响声震彻在岭国，
流动世间之时候，
勿要忘记雨水恩。
所灭敌人计无数，
所取宝物亦无数，
此乃岭国之去因，
留给藏地有如斯，
世间安乐是如斯。

明日太阳上升时，
岭国内外中三部，
还请回到各自地。
空中青龙吼声大，
夏季之时有吼声，

祈望岭国得吉祥。
雪山狮子真威猛，
雪花之中须髯飘，
岭国威望日益高。
宽阔天空之当中，
日月星辰转四洲，
杜鹃故乡是门隅，
春季之时亮美嗓，
岭国威名日益盛。
猛虎在那林中猛，
岭将武艺日渐高，
岭国财富日益多，
藏地佛法日渐盛，
世界和平和安详，
我所许下之心愿，
遍及南瞻部洲土。

在座岭国君臣们，
希望路途能顺利，
希望再有聚首时，
祈望身体无病灾，

药师佛祖会保佑。

祈望一生无困阻，

无量寿佛会保佑。

祈望佛法能昌盛，

三圣怙主会保佑。

祈望财富不要少，

瞻巴拉财神保佑。

祈望男子勿阵亡，

岭国战神会保佑。

祈望空中满吉祥，

希望祝福遍大地，

希望能够如雨下，

希望五谷能丰登，

希望心想事能成。

扎拉孜杰唱了一支这样的曲子，诉说了自己的祈愿。岭国的上师官长、勇士兄弟，上至白发老者，下至小儿，都像夏季草原上的鲜花和天上的彩虹一般。众人都得到了丰盛的礼品，各自回到了自己的驻地。

整理者说明

《曲木里赤财宝宗》的资料来源于白宗根据著名格萨尔王说唱艺人的录音整理的文字资料。2001 年，根据西藏自治区社会科学院《桑珠艺人口述格萨尔王传》整理小组的工作安排，我们在很长一段时间内集众人之力对此书进行了整理和校对。

在整理过程中，工作小组始终秉持科学的方法，尽可能保留格萨尔说唱艺术的原始韵味，在不影响音韵的前提下保留方言。对于文中出现的前后内容不连贯、词义不清晰、内容有漏误等情况，我们或请教说唱者本人，或根据前后文进行了查漏补缺。比如：从曲木里赤宗逃出的仆人罗布顿珠，在原文中曾有扎西桑珠、尼玛曲培、扎西欧珠等十几个不同的名字，我们便将所有名字统一成了罗布顿珠。另外，在谈及曲木里赤军到达岭地与岭军交战了多长时间时，文中写道："曲木里赤军今年来到岭地……来了九月仍未见胜负。从去年至今已过十六天……"在这一段中，时间前后矛盾，我们便将"已过十六天"删去。还有，在故事结束之后，仍出现了说唱者自己的生平和故事梗概等内容，因显繁琐，我们也一并将其删去。

虽如此，这本《曲木里赤财宝宗》因篇幅浩大，录音时间早，无其他参考资料，整理及校对者水平有限等原因，仍可能存在诸如词义不明、名词术语不统一等谬误，望读者在阅读过程中，能提出宝贵意见。

整理者

译后记

从遥远的阿里高原到广袤的安多大地，在藏民族繁衍生息的大部分地区，都流传着格萨尔王的故事。格萨尔王是藏族人民口口相传的超级英雄，他的故事世世代代流传在雪域的田间巷陌。

格萨尔王的故事跟世界上其他民族的英雄故事相比，有一个独特的地方：它的来源不同于神话传说、小说演义等其他文学，它来源于一个神秘的讲述者——说唱艺人。据传这些格萨尔王说唱艺人大多是出自神授，他们在因缘际会下掌握了说唱格萨尔王的故事的技艺。他们中的大部分人可能连自己的名字都写不好，但都能说唱出十几部格萨尔王故事。

在解放前，格萨尔王的故事是散落在民间的瑰宝，并没有被系统地收集和整理。经过几代人的努力，藏族地区各地的格萨尔研究者已经陆续录音、整理、出版了众多关于格萨尔王的书籍。知名学者降边嘉措老师也编撰了《格萨尔王传》（汉文版）。这无疑是广大内地朋友了解藏民族伟大史诗的一个极好的媒介。

每一种文化的发扬光大，能为世界上其他国家、其他民族的人们所熟知，这都离不开翻译者的辛勤付出。吐蕃时期因为有译经师们，佛法才能翻越喜马拉雅山脉，在雪域大地开枝散叶。因为有那些优秀的译者，我们才能够免去学习其他语言的繁琐，我们也才能领略到其他文化的魅力。

也正是因为认识到藏译汉工作的重大意义，2012年，我来到西藏大学文学院攻读中国少数民族语言文学藏汉翻译方向的硕士。其间，蒙翻译方向导师拉巴泽仁教授推荐，我万分荣幸地参与了此次格萨尔藏译汉项目，历时一年多，终于翻译完成了这一部《曲木里赤财宝宗》。

翻译过程中，我所遇到的困难很多，但不得不说，我跟《曲木里赤财宝宗》一书有难得的缘分。因为这一本书，当年就是由我的父亲进行整理的，所以在遇到困难的时候，我也能够及时地向我的父亲求助。我父亲也将原文从头至尾向我进行了解释，因原文是说唱艺人口述，所以难免有拖沓重复之处。对一些重复之处，父亲也帮我进行了必要的删减。

另外，本书的故事也是一个比较新的版本，并未有其他汉译版本可资参考。对其中出现的曲木里赤国的人名、地名等，我们进行了较为接近的音译，而对于岭国或其他已经规范的人名、地名，均按照规范术语进行翻译。

本书的翻译工程十分浩大，对于刚刚涉足学术领域的我来说，是一次机遇，也是一次挑战。在此感谢给予我这次机会的次仁平措所长、拉巴泽仁教授、白玛扎西老师以及所有在此过程中帮助过我的老师、家人、朋友们。我也将再接再厉，砥砺前行。

同时，因本人水平有限，书中难免有许多谬误之处，也希望前辈学者、专家老师、热心读者们批评指正。

落桑旺秋

2017 年 4 月